月夜の詩人　吉川行雄

矢崎節夫

てらいんく

吉川行雄（二十代後半）

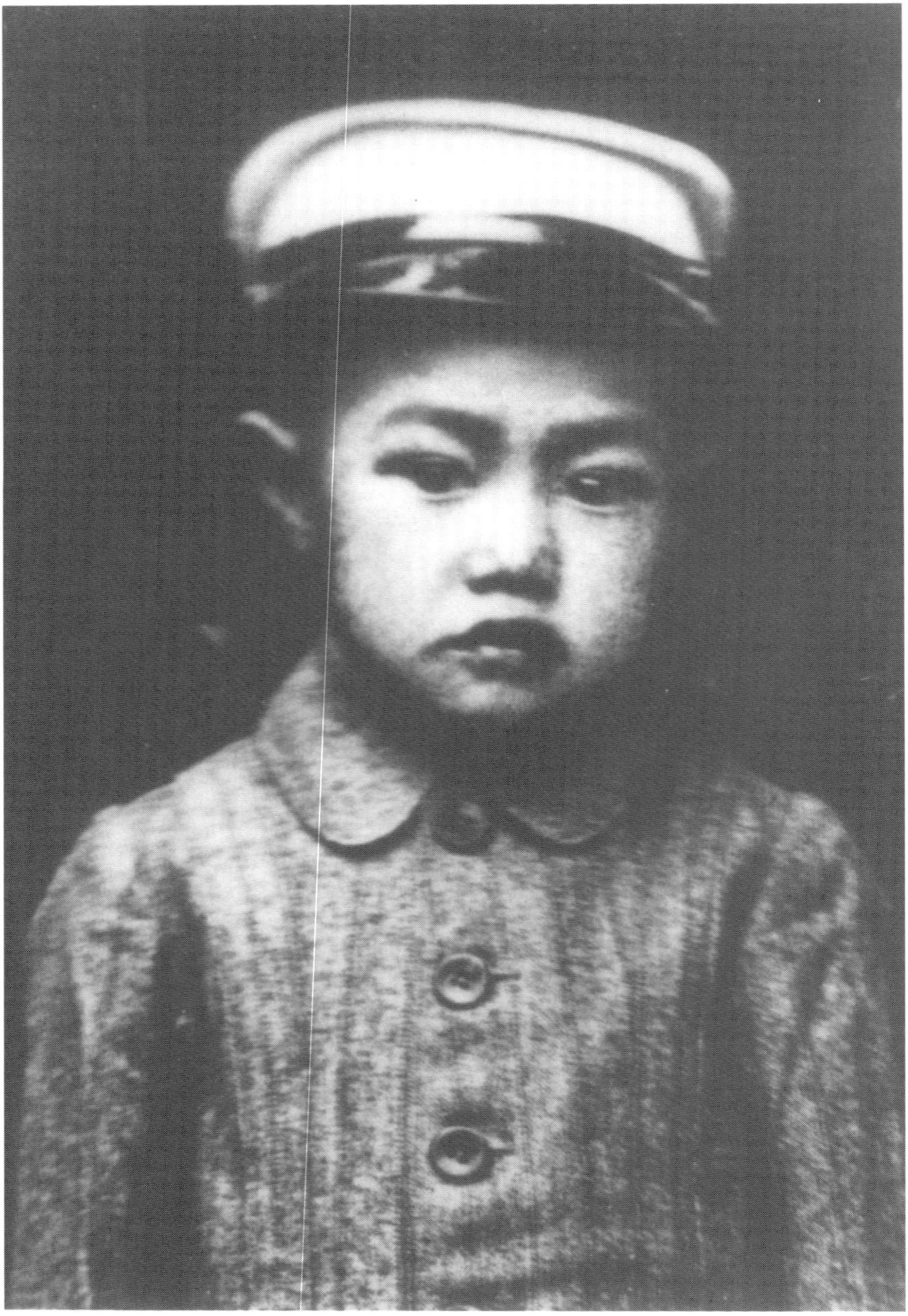

小学校の頃の吉川行雄

父實治

母とら

昭和初めの吉川書店

弟英雄と静江

愛用の文机と壺庭

吉川活版所風景

五月十一日、吉川家から心月寺への葬列

猿橋を渡る葬列

月夜の詩人

吉川行雄

もくじ

月夜の詩人　吉川行雄

吉川行雄童謡全集　353

プロローグ

月夜の詩人　吉川行雄に出合うまでには人と人との繋がりがあった。まず、周郷博さんがいた。そして、その前にまど・みちおさんがいた。

平成十七年（二〇〇五）九月二十八日、まど・みちおさんが電話のむこうから尋ねられた。

「あなた、周郷博さん知っとる？」

「はい、お目にかかったことがあります」

「私には何人も恩人がいるのだけど、周郷さんもその一人でね、もう誰も周郷さんのことを知らんと思うので、私の覚えとるエピソードみたいなことを話しておきたいと思って。あなたの時間のある時、いつでもいいのでね、きてほしい」

私には何人も恩人がいると、まど・みちおさんはおっしゃった。私自身にとっての恩人は佐藤義美さんとまど・みちおさんだ。二人の師がおられなければ、今の私はない。その師が周郷博さんを恩人の一人という。

——周郷博さんのことを調べてみよう。

この時、こう思わなかったら、本著は生まれなかった。

周郷博は、明治四十年（一九〇七）千葉県生まれ。東京帝大卒業。専攻は教育社会学。文部省、東大助手、国民図書刊行会などをへて、お茶の水女子大学教授、同附属幼稚園園長を歴任。

一高時代に『赤い鳥』に投稿。まど・みちおとは国民図書刊行会発行の『チャイルドブック』編集で出合う。昭和二十八年四月号に編集者、指導　周郷博、担当　高市次郎　城谷花子　石田道雄とある。『チチノキ』『チクタク』同人。詩集『失われた季節をもとめて』昭和五十五年（一九八〇）没。

周郷博さんといえば、私にとっては三越左千夫さん主宰の童謡誌『きつつき』同人で、至光社の雑誌『ひろば』に昭和五十年前後に随筆や対談をされたことを覚えている詩人だ。

すぐに至光社に電話をし、随筆のコピーと、代表の武市八十雄さんに周郷博さんについてお話をうかがう約束をとりつけた。十月二日、まど・みちおさんに、数日後、武市八十雄さんにもお話をうかがった。そして、十月十七日、千葉県佐原市大倉にある、三越左千夫資料館を訪ねた。童謡誌『きつつき』を見せていただくためだ。ここに周郷博さんの書かれた随筆「時間」があった。

「私が一高（旧制第一高等学校）の一年生のとき、そのころ復刊した雑誌『赤い鳥』に、吉川行雄という詩人が、美しい月夜の詩を書いていた。私の「北へいく汽車」という詩とも童謡ともつかないものが北原白秋の推奨ということで『赤い鳥』にはじめて載ったのもそのころだった。それから一年ほどたったころ、吉川行雄は見も知らぬ私に手紙をくれて、彼が出していた『鷭《ばん》』という詩の雑誌（個人詩誌）の仲間にならないかといってきた。二、三の文通のあと、その翌年の春、さそわれるままに、飄然と、中央線に乗って、手紙で指定のように猿橋の駅に私は降りた。迎えにきている吉川行雄という始めて会う詩の先輩、心の友を、幼々しい期待で、しばらくのあいだ、その駅で待った。昭和四年のころの地方の町の駅は、戦後現在の駅とはまるっきりちがってのどかだったし、私は白線帽に朴歯の下駄という格好の旧制高校生。しず心なく咲きにおう桜も風も、いまとは違って肌にしみるにおいがあった。が、いくら待っても、迎えにくるはずの吉川行雄はこない。私は春風にまかせて、一本しかない町の通りをずっと橋（猿橋）のほうへ歩いていって、吉川活版所兼書店をみつけ、店へはいって「ごめんください、東京からきた周郷です。」といった。気のよさそうなおばさんが、にこにこして「行雄さん、周郷さんがきたに……」と奥へ向って声をかけているのに、それでもまだ、詩人吉川行雄はでてこない。「おあがんなさい」といわれて、ひんやりする奥の部屋へ足をはこんだら、月夜の詩人吉川行雄はひとりで机のまえに坐っていた。病身――少年時代腰が立たなくなって坐ったきりでいる人だった。でも私はうれしかった。やっと、詩でつながった心の友と、こうして、いっしょになれて向かいあってなんの屈託もなく春の部屋にいる。詩人吉川行雄は病身だが、活版所や店の事務は、坐ったきりのからだですっかり一人でやっているようだ。お父さんは気のいい仕事熱心。五十六、七歳だったかも知れない。植木をいじるのが自慢だった。さっきの気のよさそうなおばさんはそのお父さんの二度目の奥さん。「後妻」にきたばかりの四十歳をすこし越した人で、このおばさんは、私にとって忘れがたいほど、親身を感じさせる人がらだった。そのほかに元気で明るい働き者の英雄さんという弟と、その妹、女学生の富士子さん、小学校の五年生の豊《とよ》ちゃんがいた。

　私がそれから『鷭』という詩誌に加わったのはもちろんだが、詩のことで思いだすことはあまりない。ただ、二人でそうして物しずかに、とぎれとぎれに話しているあいだに、詩を書くのはなぜだろうか？　といったときに、吉川さんは「なぜって……、それは愛だと思う。」としずかな笑いをうかべていったのだけが、今もひどく印象にのこっている。足ばかりでなく、腕もひどく痩せていたから、手を動かすのも不自由で、机にその細いひじをもたせかけて、さびしそうな、やさしい、断乎とした声で吉川行雄は私にそういったのだった。

こんなふうに書くと、吉川行雄の一家は暗いと思う人がいるかも知れないが、断じてそうではなかった。彼の詩のように、月夜に鷺がうっすらと舞い降りるように、ビワの花かげをイタチが月の花粉を背中の毛並にふり乱してすっと消えていくように、どこともない清純とやさしさが家族をつつんでにおっていた――」


（三越左千夫主宰・童謡雑誌『きつつき』昭和四十年二月発行より）


猿橋――私にとってなつかしい名前だった。父の里が山梨県塩山だったので、幼い頃、父に連れられて中央線の車中から、何度か見た橋だ。「もうすぐ猿橋が見えるよ」と、耳元でそっと教えてくれた父の声が、いまでも聞えるようだ。

いまは線路の位置が変わり、車中からは見ることができないが、猿橋駅の手前、右側に見えた。――父のふるさとの詩人、月夜の詩人　吉川行雄に会ってみたい。周郷博さんが歩いた道を、私も歩いてみたい。

これが吉川行雄との出合いの始まりだった。

吉川行雄の作品は『日本童謡集』（与田凖一編・岩波文庫）（注・以後本著の中の「日本童謡集」はこの本を指す）に二篇掲載されている。「三日月」と「うすい月夜」だ。

三日月

枇杷《びわ》の花、
お背戸。
三日月
冷《ひや》い。
いたちッ子、
ほう、ほ。
うまやに
消えた。

――「赤い鳥」昭3・5

うすい月夜

うすいおぼろに、
いぶされて、
月は魚になりまする。

ほそい木にゐる、
丹頂も、
とろり、とぼけて飛びまする。

風とふくれて、
ふはり来て、
とろり、お羽が消えまする。

うすい月夜の
れんげうは、
白い羽虫《はむし》になりまする。

――「赤い鳥」昭4・3

平成十七年（二〇〇五）十一月二十三日、周郷博さんと同じ道を通って、猿橋に向った。駅前の広場を抜けると、昔の甲州街道に出る。右は東京日本橋へ、左は長野県下諏訪に通じる宿場道だ。ひっきりなしに通る車を避けながら、右へ、猿橋の方向に十分ほど歩くと、そこに吉川活版所兼吉川書店（現・㈲吉川）があった。

もちろん、あらかじめお約束をとっての訪問だった。周郷博さんと同じく、私も店に入ると声をかけた。「ごめんください。東京からまいりました矢崎です」すぐに奥さまがでていらした。「お寒かったでしょう。どうぞ、おあがりください」まるで昭和四年に時間が戻って、周郷博さんと一緒にお訪ねしているような、あたたかくて、しあわせな空気が私を包んでいた。

奥の部屋に待っていてくださったのは、吉川行雄、ではなかった。行雄の弟、吉川英雄の次男、吉川誠さんだった。

「この家は百年たっていて、行雄おじさんの居た時と同じです。おじさんの部屋は南東に窓があって、そこから毎晩月を見ていたんです」

吉川家には、吉川行雄の雑誌『よしきり』『鶲』『ロビン』のほか、昭和二年の行雄の日記、行雄が亡くなった後、父實治が編んだ『牧場の柵　絶唱　吉川行雄』などが残っていた。これを基に、児童文学誌『ネバーランド』（てらいんく）の連載「童謡の星々への旅」の第一回として「月夜の詩人　吉川行雄」を書いた。

その後、吉川家には行雄と交友のあった童謡詩人たち、北原白秋以後、日本の童謡を担ってきた、与田準一、巽聖歌、藤井樹郎、多胡羊歯、柳曠、島田忠夫、柴野民三、小林純一、新美南吉、そして師、佐藤義美、まど・みちお等の、昭和二年から昭和十二年までの三百通以上の手紙とハガキが残されていることがわかった。これは驚くべきことだった。

たくさんの若き童謡詩人たちの手紙やハガキが、これほどまとまって出てくることはもうないであろう。これらはすべて、作品や日記と共に、吉川行雄が残したものだ。一人の童謡詩人の生きた証しだ。

本著『月夜の詩人　吉川行雄』は、行雄の残した作品と日記、そして友人たちの手紙とハガキで綴った、童謡詩人吉川行雄の生涯である。

明治四十年〜大正十五年まで

吉川行雄は、明治四十年（一九〇七）二月十九日、父吉川實治、母とらの長男として生まれた。住所は山梨県北都留郡大原村猿橋百九十七番地（現・大月市猿橋）。吉川家には二歳年上の姉保子がいた。

父實治は結婚後、猿橋活版所（後の吉川活版所）を始め、行雄が生まれた頃はすでに活版所といえば猿橋活版所を示すほど、山梨県下では大きく仕事をしていた。又、活版所と共に、北都留郡の教科書を一手に扱う吉川書店も営んでいた。

父實治の人柄については、『牧場の柵』の中で、新美南吉は「――話の途中、吉川さんのお父さんと弟さんが一寸顔を出された。お父さんといふのは、活快な活動型のざつくばらんな、併し人を楽しませることをよく心得ている人であつた。印刷もやつてゐられるさうで（因みに吉川さんの個人雑誌「ばん」はお父さんの手で印刷された）その方や村のことやらで、もう忙しくて忙しくて全く悲鳴をあげますよと楽しげな悲鳴をあげられたかと思ふと、この間どこそこのカフェーできいたんですがね、やつぱり中山晋平の曲はいいですね、やつぱり中山晋平は違ひますねといふやうなことを云はれた……弟さんも、お父さんが若かつたころはこんなであつたらうと思はれるやうな、暗いところのない元気な青年であつた――」と記している。ここにでてくる弟は、吉川英雄。英雄は明治四十三年（一九一〇）三月二十一日生まれで、行雄とは三つ違い。更に三年後の大正二年（一九一三）一月一日、三男美男《はるお》が生まれた。

この年の四月一日、行雄は猿橋尋常小学校（現大月市立猿橋小学校）に入学した。尋常小学校の二年生の夏休み、行雄に新しい弟ができた。四男常治だ。常治はしかし、翌大正五年五月十六日に亡くなった。幼くして亡くなった弟を行雄はどんな思いで見送ったのだろう。菩提寺の心月寺の吉川家の墓所には、吉川家の墓の横に常治だけの小さい墓がある。

大正六年（一九一七）二月二十二日、二女ふじ子が生まれた。吉川家に再び幼な子のかわいい泣き声が響いた。

小学生の頃の行雄の写真が一枚残っているが、目のくりっとした、利発な少年の姿がここにある。

行雄はおとなしく、本好きの子だった。

母とらが「うちの行雄はとても本の好きな子だ」とよくいっていたという。

成績も優秀だった。小学校の恩師長田俊興は、吉川行雄の第一童謡集『郭公啼くころ』の序で、「吉川行雄君は小学校時代から、よく読書し、よく思索し、よく文を草し、よく詩歌をものしてゐた。受持つてる頃、君があの猿橋の、今でも東向きになつてある旧校舎の板壁にもたれて瞑想に耽り、読書に耽つてゐた姿が私の眼前に髣髴として来る。」と記している。

この読書好きの行雄の心をしっかりと捕えた雑誌が、行雄六年生の七月に誕生した。童謡童話雑誌『赤い鳥』だ。二頭の小馬に乗った王子と王女の色彩豊かな表紙で飾られた『赤い鳥』創刊号は、吉川書店の平台の上で、まばゆい光を放っていたことだろう。

行雄は日本で一番最初に『赤い鳥』を手にし、わくわくしながら頁をめくった一人だったにちがいない。『赤い鳥』との出合いが、行雄の童謡創作の種を植え、芽をだし、大きな花を咲かせていくことになる。

大正八年（一九一九）行雄十二歳。

三月二十七日、猿橋尋常小学校卒業。四月一日、大原高等小学校入学。

行雄がいつポリオにかかったのかはわからない。

「ポリオはポリオウイルスによる急性ウイルス性疾患で、いくつかある病型のなかでは、麻痺が典型的な病像です。麻痺は発熱、悪心、嘔吐、頭痛などが数日続いたあとで出現しますが、徐々に回復します。しかし通常は筋肉の萎縮により、変形その他の後遺症を残します。ポリオワクチンの普及により、わが国では一九八七年に二名の患者が出て以来、発生していません（家庭医学大事典・マイドクター・講談社）」とある。

　行雄に麻痺の徴候がでたのは、どうやら卒業式の日らしい。同級生で、後に小学校の校長になった友人知見好文が伝えた話によると、大正十年（一九二一）三月二十五日、大原高等小学校の卒業式で、卒業生総代として答辞を読むため壇上に上がろうとしてころび、それがもとで歩けなくなったという。行雄十四歳の早春のことだった。

　行雄自身の悲しみと、両親の悲しみはどんなに深かったろうか。以後、吉川活版所と吉川書店が行雄の全世界になった。その中心が店の奥の廊下つづきの六畳間、行雄の部屋だった。

　吉川家は甲州街道に面して、書店は間口奥行共に四間半。それに居間や部屋があり、活版所は別に裏にあった。行雄の部屋はこのすべてのまん中にあった。東南に大きな窓があって、ここから東の月がよく見えた。窓の横には壺庭があって、外出のできな

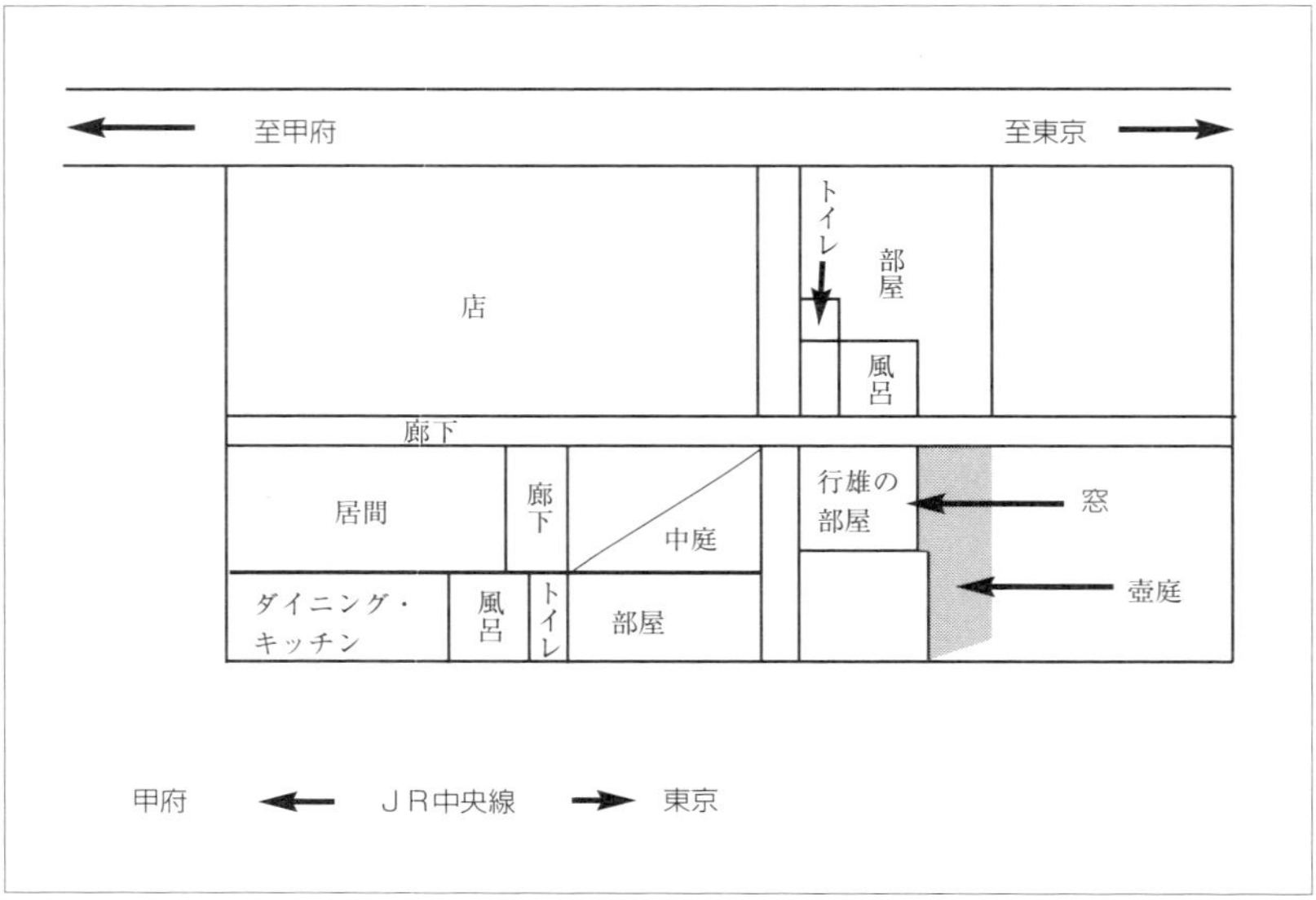

吉川家の平面図（吉川誠さんによる）

くなった長男行雄の為に、父はここに四季折々の花を植え、行雄用に廊下をへだてて風呂とトイレもつくった。

行雄はここで、廊下にむかって文机を置き、昼は家業の事務を一手に引き受け、夜は読書をし、創作した。吉川家は、全体的にはいまも当時のままで、行雄の部屋もそのまま残っている。一度拝見させていただいた時、そこに文机も残っていた。私はその文机を窓側に向けて写真を撮ろうとすると、誠さんが、「机は廊下に向いてありました」といわれた。私はなるほどと思った。窓に向けてしまうと、廊下から人が部屋に入ってくる時に、体をそっちに向けなければならない。これは行雄にとっては不都合だった。文机を廊下側に向けて坐われば、いつでも正面で話ができる。きっと、昼間は障子もあけっぱなしにしていたのだろう。

この六畳間について、『牧場の柵』の中で、友人の仁科義比古が次のように書いている。

「行雄さんの平常坐所の右脇は、父君の構設になる

壺庭で軒近く二本の赤松がスックと伸び、下には椿、ツヽヂ、南天等が苔蒸した溶岩の根元から生え、続いて紅葉と山茶花とか行儀よく立並んでゐる。仰げば南東の空高く、彼の筑波を連想せしむる夜祭りの名残りを停めた天皇山が緑青の様な松の繁みを浮ばせてゐる。

又左手の廊下を隔てヽ泉石冷かな中庭の呉竹や紅葉が、軒先を越して清楚な趣きをみせてゐる。かヽる自然に囲まれた六畳が行雄さんの天地であつたのだ。背後の床に竝んで家祖仏壇が設けられ、どことなし隅々までが性格そのまヽな整然さを見せてゐる。間近には浴室も備えていた。

生前知友同学と談笑されたのも、業余の瞑想思索も、読書も、執筆も、校正も、此部屋であつて、而かも商事、家政方面の計理も又この部屋を心臓としたのであつたろう――」

行雄が猿橋尋常小学校を卒業したこの年の四月十九日、五男豊が生まれた。吉川家は四男二女の大家族になった。

窓の横には壺庭

吉川行雄がいつから童謡を書き始めたかは定かではないが、『吉川行雄童謡集・月の夜の木の芽だちばん・のぱむふれつと(1)』の中で、「私がはじめて作つた童謡が『夕焼』――夕やけ小やけお家へかへろほしものいれてる母さんが見える——、と云ふのである。そのころまだちつちやいかつた私。夕焼小焼と母さんをむやみになつかしがつた私。思ひ出すと涙ぐましくなるあのころ。もう一昔の前になる」と記している。この文章が昭和三年（一九二八）冬なので、一昔というと大正七年（一九一八）、『赤い鳥』が出版された時だ。吉川行雄は日本の童謡の誕生と共に、自らも童謡創作へと一歩を踏みだしたことになる。小学校の六年生、十一歳の時だ。

行雄の童謡が最初に活字になったのは十六歳、大正十二年（一九二三）『明日の教育』八月号だ。この雑誌は見つけることができなかったが、『郭公啼くころ』に、「……夢！ 私は想ひ出す。大正十二年八月号明日の教育　童謡欄に　西條八十先生の撰で私の童謡三篇が一等に当撰した、あのうれしかつた日を想ひ出す——」と書かれている。十六歳の少年にとって、どんなにか誇らしく、夢のような出来事であったにちがいない。文学する心が、行雄の日々をとても楽しく、華かなものにしたことだろう。

大正十三年（一九二四）山梨県教育会北都留郡第二支部発行の『銀の泉』が発刊されることになった。この時、行雄は大いに力を発揮した。『牧場の柵』の中で長坂慶俱は次のように書いている。

「大正十三年当教育会ガ『銀の泉』発刊ノ議ヲ起スヤ、率先ソノ挙ニ賛シ精神的物質的応援ヲ惜マザルノ意ヲ示シ、巻毎ニ童謡、童話ヲ寄稿シテ児童ニ鑑賞ノ資ヲ供セラレ——」

『銀の泉』は低学年用と高学年用の二冊にわかれていて、童謡や児童自由詩・綴方などが載っている。印刷所は吉川活版所。手元にある昭和三年七月発行の第四巻A第一号の童謡欄は、濱田廣介、小田俊夫、横山彰夫、武田幸一、大竹一三、吉川行雄が、昭和六年七月発行の第七巻B第一号の童謡欄は堀内のぶ子、与田準一、巽聖歌、小口吉太郎、有賀連、島田忠夫、柴野民三と、昭和に入ってからの吉川行雄の知人友人たちの名前が載っている。行雄の依頼でそれぞれが作品を載せたのだろう。一地方の教育誌を越えた立派な教育雑誌で、行雄の力大というところだ。

大正十四年（一九二五）行雄十八歳。
この年の七月、姉保子が金沢家に嫁いでいる。
大正十五年（一九二六）行雄十九歳の時の作品が残っている。

秋の思ひ出

松の落葉に埋もれて
あか初茸《はつたけ》も見へました

名さえ知らない小鳥など
時々かさこそ来てました。

楽しいたのしい遠足に
足を痛めて泣きました

みんなにわかれて、先生と
林をぬけてかへりみち

とほい河原の秋の陽に
枯葉がちぎれて舞つてゐた

ふたりはしみじみ見てたつけ
いつかの秋のことでした

今年もさみしい秋が来て
またあのころとなりました。

この年の中頃から行雄は『赤い鳥』童謡欄に投稿を始めた。選者は北原白秋だった。
『赤い鳥』七月号に「すみれと雀」が選ばれた。

すみれと雀

すみれ、すみれ、すみれは、
どこに咲いてゐた。

すみれ、すみれ、すみれは、

おせどの石がけの
雀の古巣の入口に。

雀、雀、雀は、
毎日何してた。

雀、雀、雀の子、
お汽車を見てゐたの、
お汽車の煙を見てゐたの。

『赤い鳥』十二月号にも「子牛の夢」が選ばれた。

子牛の夢

月夜だ、月夜だ、
子牛の夢だ、子牛の夢だ。
月夜だ、月夜だ、
鉄砲百合だ、鉄砲百合だ。
月夜だ、月夜だ、
子牛は啼いた、子牛は啼いた。
月夜だ、月夜だ、
鉄砲百合食べた、鉄砲百合食べた
月夜だ、月夜だ、
子牛はさめた、子牛はさめた。
月夜だ、月夜だ、
まぐさ場のにほひ、
まぐさ場のにほひ。

小学校六年の時に初めて手にした、あのまぶしいほどに光輝いていた雑誌『赤い鳥』に自分の作品が載り、それを手にし、頁をめくって見つけた時、十九歳の行雄の喜びはどんなだったろう。一番喜んだのは母とらだったにちがいない。外出することが出来ない行雄が、家業の帳場だけでなく、童謡という新しい、美しい道を見つけだし、一歩を踏みだしたことは、行雄の未来を考える上でも、大きな喜びだったにちがいない。

昭和二年（一月〜五月）

大正十五年は十二月二十五日、大正天皇の崩御によって幕をとじ、五日間の昭和元年をへて、昭和二年が始まった。

昭和二年（一九二七）行雄二十歳。

幸いなことに、この年の日記が残っている。日記は頁いっぱいに、ぎっしりと書き込まれ、頁をめくるたびに、行雄の日々の生活や、童謡創作に励む真摯な姿、家族や自然に対するあたたかいまなざしが、一つの映像を見るように浮んでくる。

そこで、行雄自身の言葉で昭和二年の行雄の一年を語ってもらうことにする。

日記の中に『赤い鳥』や『金の船』『金の星』の名前がでてくるので、さきに当時の童謡界について簡単に説明しておこう。

大正七年七月に発行された『赤い鳥』（赤い鳥社）に続き、大正八年十一月に『金の船』（キンノツノ社）が、大正九年四月には『童話』（東京コドモ社）が発行され、北原白秋、野口雨情、西條八十がそれぞれの雑誌の童謡欄を担当し、自作を発表し、投稿作品の選をした。これによって白秋派、雨情派、八十派と称する若い投稿詩人たちが次々と生まれていった。『赤い鳥』は前期・後期をへて、昭和十一年十月号まで続き、『金の船』は大正十一年六月から『金の船』（越山堂）と『金の星』（金の星社）に分かれ、選者の野口雨情は『金の星』に移った。『金の船』は昭和三年二月号で、『金の星』は昭和四年六月号で休刊。『童話』は大正十五年七月で休刊した。

昭和二年のこの時期、吉川行雄は『赤い鳥』『金の船』『金の星』等の雑誌に投稿している。

日記は赤い表紙のライオン当用日記　東京・ライオン歯磨本舗製だ。ライオン歯磨の宣伝用としてつくったもので、紀元二五八七年、西暦一九二七年と扉に書いてある。

昭和二年の元旦は母の呼ぶ声から始まった。

一月一日(土) 天気・晴なれど薄陽。温度・稍暖。起床・九時、就床・十二時。

「行雄さん……」靄の中で見る太陽の様なほのぼのとした声だ。私はふつと眼を開けた。「何時……?」「九時だよ」母の声だ。おやおやもう九時か。明るい朝の陽ざしが障子に一杯だ。何と言ふひつそりとした元朝だろうなと思つた。諒闇……ふと私の頭の中に黒い影がさした。門松の見えない正月。諒闇に対する悲愁の念……たとへ意識せるとせざるとにせよ知らず知らずににぢみ出た我国民性の現はれに私は涙ぐましい緊張味を身内に感じた。

雑煮もちを三杯たべた。「行雄兄やんがうんと食べるぞ」父がこんなことを言つた。全くうんざりしてしまふ。こんなことを言はれると面はゆくて食べては居られない。ハハハ……――

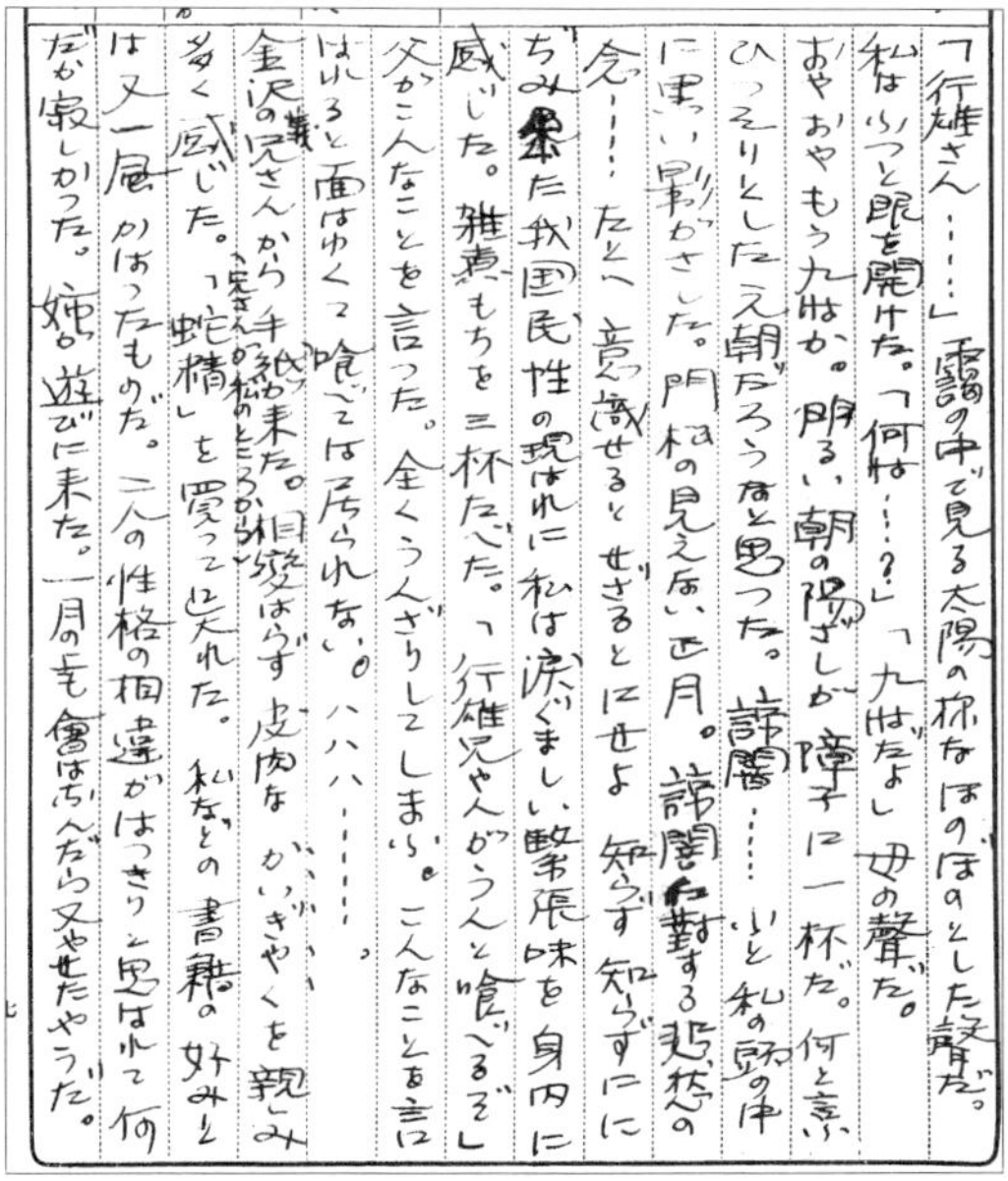
「行雄さん……」靄の中で見る太陽の様なほのぼのとした声だ。
私はふつと眼を開けた。「何時……?」「九時だよ」母の声だ。
おやおやもう九時か。明るい朝の陽ざしが障子に一杯だ。何と言ふ
ひつそりとした元朝だろうなと思つた。諒闇……ふと私の頭の中
に黒い影がさした。門松の見えない正月。諒闇に対する悲愁の
念……たとへ意識せるとせざるとにせよ知らず知らずにに
ぢみ出た我国民性の現はれに私は涙ぐましい緊張味を身内に
感じた。雑煮もちを三杯たべた。「行雄兄やんがうんと食べるぞ」
父がこんなことを言つた。全くうんざりしてしまふ。こんなことを言は
れると面はゆくて食べては居られない。ハハハ……。
金沢の兄さんから手紙が来た。相変はらず皮肉なかいぎやくを親しみ
多く感じた。兄さんが私のところへ「蛇精」を買つて送つてくれた。私などの書籍の好みと
は又一層かはつたものだ。二人の性格の相違がはつきりと思はれて何
だか寂しかつた。姉が遊びに来た。一月の末會はなんだら又やせたやうだ。

一月二日(日) 天気・晴天。温度・稍暖。起床・九時、就床・十二時。

私は床の中に仰向けになりながら天井の杢目をいつまでも見つめて居た。障子の日射が三角形に東の方へそろそろと伸びて行つた。明るい日にひたひにほんのり汗をおぼえるほどの暖かさなのに

ともすれば甘い眠りにさそわれるのをひきしめて床を起き出た。宮内官渡辺真氏のラジオ講演をきく。曰く「諒闇は悲しむべきことである。併しその悲しみのために若しも日本国民が一ケ月も絶食したり一年も何等の仕事も手につかなかつたなら実に我国に取つてこれ以上の損失不幸はないであろう」思はず快哉を叫び度かつた。卓見であると思つた――

近代風景の北原白秋の朝は呼ぶと云ふ論文を読んだ。颯爽たる意気。偉大なる詩人的風格。ことごとく感嘆せざる得なかつた。改造社の現代日本文学全集に対する巨弾等痛快である。だがあまりに通常人とは異つた偏狭さではあるまいか。所謂「詩人」と云ふ象牙の塔にこもりすぎてはゐないだらうか。

一月三日(月) 天気・晴なれど何か曇。温度・朝寒日中暖。起床・八時、就床・十二時半。

暖い陽光の中で水仙が急に伸びて来た。ほのかな霊性のほめき。かそかな生命の動き。若々しいエネルギーの溢れと言つたものがしみじみ想はれる。弟のたもとの着物姿をしみじみと見てゐると何だか弟と言つた感じがしない。どこかの「小父さん」を想像させる。この二三年とても大きくなつたことが何だか不思議な気がする――

「おれも年寄になつたものだな」なつかしい父の述懐だ。思へばもう父も五十だ。五十と言へば人間生活の老境に入る一つの転機だ。閑寂をたのしむとか静思をたのしむとかする頃である。それなのに父の高麗鼠の様な性急さを私は寂しく感ぜずには居られない。人間の性格の如何ともすることの出来ないことを今更痛感した――

一月四日(火) 天気・晴。温度・や、暖。起床・十一時、就床・一時。

奈良屋さんから御年玉をもらつた。いさ、かたぢたぢの態だ。まだ子供だと思はれてゐるのかと思つたら内心忸怩たらざるを得ない。お礼にお子供さんに何か童話の本でも贈ろうかと思ふ。

大田屋の孝ちやんから御礼のハガキが来た……

岡山に居ますと国のことが想はれます……私のほほにかすかな微笑の浮んで来たのを感じた。矢張りホームシックにかゝつたのかと……幕の内の天皇陛下御重態に依り洞ケ峠をきめこんでゐた連中が今頃になつて年賀欠礼のハガキを持ちこむこと。父や弟は朝から大車輪で印刷にかゝつてゐる。本当に欠礼したら好いのにと思つた。

このごろ本を読みはじめてもすぐ倦怠をかんじて駄目だ。今年はひとつみつちり考へたい。童謡の方もみつちり勉強したい。考へることの意義あることを知つてゐる私はこれが良いと思ふ。

天皇山に夕陽が真紅だ。あの赤松の林の中にホロホロと小鳩が暖い母の愛に啼いてゐるやうな気がする。いや本当にきこえる。……

特別記事欄「読書。北原白秋著　△お話・日本の童謡　△近代風景」


一月五日(水)　天気・薄陽の感じ。温度・寒。起床・十時、就床・十二時。

清々しい冷気の空にアンテナが揺れ揺れてゐる。紅葉の病葉がうら悲しく風に散つた。庭の植木達に霜除けをしてゐる人夫のぼくとつな姿が清冽な朝の空気の中に黙してゐる。

朝だ、朝だ。木々の木梢に早や春らしさがひそやかに動く気配だ――天皇山の夕陽が今日は薄日だ。赤松が夢見てゐる。

童謡　ほろほろ啼いては

ほろほろ　お山の
山鳩は
ほろほろ　日暮は
なぜ啼いた。

ほろほろ　お山の
親鳩は

なぜか　遠くの
夢見たの。
ほろほろ　啼き啼き
陽が紅い
ほろほろ　啼いては
眼さました。

家中だけの新年会だ——

一月六日(木)　天気・薄陽。温度・寒。起床・十一時、就床・一時。

泥沼のやうな眠りからふと私はさめた。頭の芯がずきずき痛む。うつうつとした忘却の世界だ。ガラス戸ごしにねぼけた眼をやると、八つ手のはかげに男がうづくまつてわらをいぢつてゐる。黙黙として動かない。今朝父や弟が東京へ出かけたのもおぼろげに知つてゐたのみでよくねたものだ。興が湧いて来て左の如く駄句る。

薄陽の障子に雀の影二つ動かず。
黙々と薄陽が中にわらいぢる男。
八つ手葉の陽光に散りかゝる思ひかな。
小雀にふと病葉の散り落ちて。
南天の実に紅まさる室の暗さ。
わらずとの木の根ぬくとき薄陽かな。
さみどりの芽が心の隅にいつか育つてゐる。

一月七日(金)　天気・雨。温度・やゝ暖。起床・九時半、就床・十二時。

——おとなりのめぐみちゃんに本をやろうかと昨日から思つてゐたのだが　今日もついやりそびれてしまつた。夜兄さんが遊びに来た。弟が私が用があるやうに電話をかけたものだから　けげんそうな顔をしてやつて来たが結局おそばを御馳走して幕だつた—これでごちそうでもなかつたら——？　アハハハ……。兄さんが初めて食べるはづのなまこをずいぶん食べたのにあきれた。

北原白秋の日本の童謡をよんで子供のころの思

出をなつかしく思ひかへして涙ぐましく感じた。

一月八日(土) 天気・晴後曇。温度・小春日。起床・十時、就床・十二時。

今朝はずいぶん暖だ。おつとりした陽の光に軒下の子供たちがはねあそんでゐる。和やかな小春日和。私の幼時がしみじみ思はれる。朝鮮南天の霜除けのわら帽子がしみじみ眺められる――

雀の影

うす陽の障子に
二つの影
ちらちら雀の二つの影
くち葉の小枝に
さみしいな。

うす陽の障子に
二つの影
ちらちら雀の二つの影
小枝飛び飛び
一つになつた。

うす陽の障子に
一つの影
ちらちら雀の一つの影
いつまで一つぢや
さみしいな。

一月十日(日) 天気・晴夜曇。温度・寒冷。起床・九時、就床・一時。

『金の船』『赤い鳥』二月号、みんなはじかれてしまつた。童謡道の如何にむづかしいことかをつくづく思ふ。しばらく投稿を断念して精進しようかと思ふ――

一月十一日(月) 天気・晴。温度・寒冷。起床・十時、就床・十二時。

底冷のする寒さだ。

断念したはづの童謡。矢張り投書せずにゐられない。下手の横ずき。自分は矢張り度しがたい男だ――

寒の中の雀の子。チッチッと動いて止まない雀の子に私は無限のなつかしみを思ふ。南天の実がさやさやの葉ずれに寒冷の気持をいだかせる。

一月十四日(金) 天気・晴。温度・や、暖。起床・十時半、就床・十時半。

　　子供が来てる

陽炎
陽炎
チラチラ
チラチラ
土筆だ
土筆だ
子供が通る

お汽車の煙り
お汽車の煙り
ポツポツ
ポツポツ
輪を描く
輪を描く
子供が見てる

陽炎
陽炎
チラチラ
チラチラ
田螺だ
田螺だ
子供が来てる

一月十五日(土) 天気・晴夜雨。温度・暖。起床・九時、就床・十二時。

童心句　雑吟

○細目に開けた障子　団子背負来てる。
○団子背負　梢の朽葉　鳴らしてる。
○風の子供　そつと　そつと　団子背負の頭た丶いてる。
○子鳩　ほろ丶　うつよな　夕陽のお山。
○赤松　夕陽に光る　天王山。
○福寿草　ほう。笑つてる　笑つてる。
○花弁の花弁の奥に　ぽつちり光る露よ。
○水仙　水仙　伸びる　伸びる　お日に　お日に。
○南天　日がかげると　紅さ　まさつて来る。
○雀啼いて　春が来たかな　春が来たかな。
○雀　雀　春が向山に見えたかな　見えたかな

嫁いだ姉保子が、幼い照子を連れて遊びにきた。

一月十六日(日)　天気・晴。温度・暖。起床・十時、就床・十二時。

童心句　詠草

○照子ちゃん。お丶来たな。肥えてる肥てる。
○照子ちゃん。眼も口もみんな笑つてる。
●雨が昨夜降つた●
○雨。雨。おどつてる。おどつてる。風に風に風に。
○雨。雨。電灯消しては逃げる。風に乗つて逃る。
○雨。雨。みんな活動館に聞いてるだろ。
○雨。雨。春が来るので野原へ野原へそつと来る。
○雨。雨。汽車の笛が遠くだな。消えそだな。

一・一五夜

一月十九日(水)　天気・晴風アリ。起床・十一時、就床・一時。

——風が吹きすさんで痛快だ。
夕方東の空に出た　鰯雲を美しいと思つた。
西川勉氏の童謡
お月さんお空の一人旅

お腹が空いては歩けまい
お月さん前に鰯雲
……………
を想ひ出した。

一月二十日(木) 天気・晴ノチ薄曇。温度・寒。起床・九時、
就床・一時。

短歌詠草

○枯木の如やせて細りしわが指をしみじみと見て
　涙流せり
○嬰児に乳ふくませつ若き母よ陽に和みつ、なに
　を想ふや
○吾子と陽光にあそびて母よ今日もまた勤めに出
　でし父を想ふか
○日だまりに靴おきてあり長靴の光りてあればな
　にか嬉しも
○福寿草は日向の中に寝てあり鳥の来て鳴く椽と
　なりたり

●日だまりにて●

童心句一つ
○お日向に眠るな靴よ眼さましな

一月二十二日(土) 天気・晴。

特別記事欄「今朝から起床時間と就床時間とも記入しないことにした。夜と昼をとり違へてゐる自分として気恥づかしいからだ。日記は人に見せるものぢやないが。」

一月二十六日(水) 天気・曇ったり晴れたり。温度・や、ゆるむ。

猿橋の町中を縦横に駆けまわる不思議な乗合自動車がある。或る人は共同便所だと言つた。或る人は刑事被告人護送車だとも言つた。お化じみた形で文明開化?の風を吹かせて呉れる。猿橋もまた開けたるものかな。また幸なるかなである——

一月二十七日(木) 天気・曇後晴。温度・寒なり。

寒空を駄句りまをす。

○ラヂオのニユースこの寒冷に氷るなり
○南天のくすびて落ちぬ寒さかな
○牛乳の氷溶かして今朝ものみぬ
○草堂先生も風邪ひきてと便りおこしぬ
○この寒天に氷すべりに行かむ子もあり
○かせぎかせぎ父も寒さにづきんかな。
○遠々と下駄の音寒く消え行けり
○明日の陽もまた風に吹かれなむ。
○この日ごろ陽光にあたりみず幾日かな。
○雀どもの来らぬ庭や池の氷。
○ラヂオの落語腹よぢらせぬ炬燵かな
○客ありてまた追出さる子供どち

一月二十八日(金) 天気・晴時に曇あり。温度・甚だ寒。

あゝ雲が流れる。物干台が陽光に白く輝いてゐる。今朝床の中に眼を細くして風のない和やかな日和を楽しんだ。「吉川さん」杉本順作さんの声だ。水道工事の地面に関して父と上京のために出て来たのだ。一時間も汽車時間前に二人して出かけて行つたので随分待つたこと、思つた。

一時頃煙草店の叔父さんが来た。二時間ばかり炬燵に入つて煙草をふかしてゐた。「あゝまた火鉢を置きかへたな」叔父さんの言葉に私は思はず苦笑した。変転して極まりのない我家の調度には実は私もやゝうんざりしてゐる形だつたのだ。

父達も六時ぢや勿論帰れまいと思つたが九時着でも来ない。汽車の着を待つ心はなんとなく哀愁のあるものだ。夜おそくなぞでは父もこの寒さに敵はないことだろう。

一月二十九日(土) 天気・晴。温度・風強くて寒し。

父は昨夜更けてから東京より帰つた。夜中にふと眼覚めてそれとおぼろげながら気付いてゐたが、何だか夢の様な気がしてゐる。お祖師堂の仏具売払の件で朝食も昼も済ませず父は飛び歩るいてゐたが、四時頃にやつと昼飯を食べそれから望月大工との用談だ。まるで栗鼠の様な眼まぐるしさだ。六時近くまで話してゐた――豊が気分が悪くて困つてゐたが初めは風邪らしいとの事であつたが、胃の調子が悪いと分かつてやゝ安心した。久し振りに父や美男と花札いぢりをやつた。やはり私は負けた。どうも余程負けることはうまい男だと自分乍らあきれたことだ。花札……矢張り古風な江戸趣味らしい気分があつて良い。

一月三十日(日) 天気・晴。温度・寒。

〃おや美男はなんだ　五時頃起るはづだつたのに〃ほつと眼がさめた私は美男が横にすつぽり蒲団をかぶつて寝込んでゐるのに驚いて母に尋ねた。〃あ、だつて起すとおこるんでな〃私は吹き出したくなつてそつと美男の頬を指先でつゝいてやつた。〃ふじ子。まりをつくべえ〃おや豊の声だ。すつかり元気になつた声だ。トントンまりをつく二つの影が明るい日射の障子におどつてゐた。子供なんて現金なものだ。少しよければ直ぐにあゝなんだと思つた――

特別記事欄「夜十一時まで荷札の針金とほしをする。井上正夫のラジオドラマ〃世に出ぬ豪傑〃を聞く。」

美男この年十四歳。ふじ子十歳。豊六歳。

一月三十一日(月) 天気・晴。温度・朝やゝ暖午後に少し出る。

〃美男！いつまで寝てるんだ〃美男を起す父の声にふつと眼がさめた。まだ九時。いつもより早いなと言つて笑はれてしまつた。父が便所の壁を拭いてゐる。〃行雄この薬は妙だよ。壁がこんなにピカピカ光るよ〃何だかこう子供つぽい浮き浮きした父の言葉の調子に少し奇異な感じがした。一月の今日は三十一日だ。いゝ日和だ。四五日来の珍らしい寒さとは打つてかはつた暖かさだ。

不景気の声も久しいものだが今日あたりの集金成績には全くうんざりして仕舞ふ。不景気風よこの未曾有の寒さと共に飛んでしまへ。

このごろ本を読んでいるすきがないのに閉口し

てゐる。書箱の中も机の下も本だらけだがまあ夏になつたら読むこと位にしておかう――

ラジオのよせの夕のくだらない落語に腹をよじる位の所がよい所だ。落語と言へばあの突然に知らない人から話しかけられる様な調子が極く自然に出るのが　私はいつも不思議でならない。父が何か不機嫌にばたばた何かかたづけはじめたので今夜は一時間ばかりお蔭で無言の行をしてしまつた。

二月

一月二十二日に起床就床時間は記さないことにしたと記していたが、二月に入って又、記すことを再開している。

二月一日(火)

天気・晴。温度・朝やゝ暖。起床・九時半、就床・一時。

今朝は珍らしく父も見えない。家の中が妙にひつそりしている――昼間父が帰らぬものですつかり遊び呆けてしまつた。

夜荷札の針金通しをする。

金庫の上に三角形の戸棚がまた乗つかる。建直さんに八円また取られる。正雄の支那よりの帰朝ばなし？ほら半分にまくし立てるのを父がそばからまぜかへしてゐる。

〝支那ぢやにわとりは何と言ふな〟〝チーと言ひます。卵のことはチーランと言つてますね〟〝チーラン、チーランで雪が降るようだな〟〝翡翠なんか安いもんですよ〟〝そうかな二十位だろう。翡翠の作り方なんぞ、もちに色をつけたものか戸棚のすみのあたりで化石したにすぎないものだ〟こう言つた調子だ――

二月二日(水)

天気・晴。温度・やゝ暖。起床・八時半、就床・十二時。

美男の寝坊には驚いてしまつた。起床零時五十分正に死の様な眠り……珍らしく暖い日だ。寒がりの私にはちつとも感じないが母が大変に楽だと言つて居た。豊が益々悪くなつて来た。昨日あたりは大変元気づいて外へ遊びに出たりしたが、今日はまた体温三十九度と云う程だ。小鷹医師が相変らずのもぞもぞした様子で来て呉れた。今日も昨日にまけない閑散振りだ。昼間豊が泣くので一日いらいらした気分で少しも落付かなくて所謂無為にして終ると言ふ訳だつた――父が何と思つたか夜になつてから廊下の拭き掃除をはじめた。今夜は夜まわりが通らない。

おそくまで外は下駄の音がしてゐた。思ひもこほる寒夜だ。あ、夜まわりが遠くきこえて来た。寒いな。

二月三日(木) 天気・晴。温度・寒。起床・九時半、就床・十二時。

今朝は珍らしく美男が先に起きた。しみじみとした薄陽の中に春がほのぼのと眼ざめてゐた。寒冷の底の底を流れる春はふつふつと泉んで……。

豊が小鷹医師の調剤の効果ですつかり元気になつた。床敷の中で一日中こままわしだ。〝豊ちゃんあたつといで〟など言つても其時は申訳にちよつと炬燵に入るが直ぐ飛び出してしまつて落ちつかない。小鷹医師はそれが良い良いとひとりでうなづいていた。十姉妹の死かばねに私は深い哀感を思つて静かになでさすつてやつた――先日金沢からもらつてたつた一晩の命。思へばはかない生命の神秘だ。姉さん(金沢の)が何だかロクマクらしいとのことで心配だ。あんなにも喧嘩をした姉だが矢張り私は彼女の弟だ。

二月五日(土) 天気・雪夜晴る。温度・寒。起床・十時、就床・一時半。

眼がさめたら障子の外に雪が降つてゐた。今朝から降つてゐるのだとのことだ。父が今日甲府へ行くのもたぶん雪のために中止になつたのだろう。製本場に音がしてゐた。

△淡雪や白々と眼に沁み明る。

△夕闇のそと迫り来る雪雀
△凍み絶えて雪玻璃戸に見えずなれり。
△大空に星沁こほれり幾千萬。
母が姉さんの見舞のために金沢に出かけて行つた――

二月六日（日）天気・晴夕方や、雪。温度・暖。起床・十時、就床・一時。

明るい雪降りの朝だ。清々しい雪晴れの風はおつとりとした静けさを保つてゐる。英ちやんが朝から金沢の姉さんのお使ひ走りだ。大月へ行つたり飛び歩るいて居た。文兄さんが〝英ちやんは保子のおか丶へだ〟と言つた相だ。父が十一時の列車で甲府へ行つた。書籍商の総会で……。英ちやんもＢ電池を取りに上野原の小野へ行つた。

あまりひつそりとした閑散ぶりにすつかり遊んでしまつた。

高山のめぐみちやんが久し振りに遊びに来て半日ご愛嬌を振りまいて行つた。〝大きな兄ちやん〟〝大きな兄ちやん〟つて賢い子だ。めぐみちやんに菊池氏の童話読本をプレゼントした――

火事だ！あはた〲しい警鐘……。宮谷の火事だ。真赤に小宮理髪店の屋根にひろがつた。火災。火の粉。お湯に入つてゐた母も驚いて飛び出して来た。父も英ちやんも一散にかけて行つた。長田先生のことが心配になつた。だが英ちやんの話に大分はなれている様で安心した――

二月七日（月）天気・晴。温度・寒。起床・十時、就床・一時半。

大正天皇神去りまし給ひ永久に御帰りまさぬ大葬の日は来た――

特別記事欄「金沢の姉さんが来た。家で十日ほど養生して見るとのことだ――」

姉保子が養生のため里帰りをした。幼い長女照子も一緒だった。保子はこの時二人目のいのちを宿していた。

二月八日(火) 天気・晴。温度・寒風アリ。起床・十時、就床・十二時。

――明るい日だ。物干台が真白く光つてゐる。姉さんの笑い声だ。気のせいか何と言ふ朗かな声だろう。病人のやうな声ぢやない。晴々としてゐる。私はほつとして言ひ様のない深い喜びに打たれた。母が一人で忙しいことだ――

二月九日(水) 天気・晴。温度・寒。起床・九時半、就床・十二時。

童心句草

△お日お日お日。物干台に明るい。小雀。

△寒いな。小猫が水のんでゐる。

△南天の赤い実がぽつりぽつり落ち乍ら泣いてゐる。

△お屋根いつぱいの影そろりそろり北の方へ動いてく。

△静けさ。春がぽつつり。お眼をさましたよ。

△ちいさな芽。風がつめたいのでお首ひつこめてゐる。

△まつ白い雪。夕陽に。ゆつくりゆつくり流れる。

△お庭先そつと来てゐる雀の子。

△夜更けです。お汽車の音が遠くなります。

△お炬燵にねんねしてる子供ほゝ紅めてる。

△お二階で病気の姉さん。寒い寒いせきしてる。

△お父さんと子供　お寝床でなにか仲良く話してます。

△お客さんがみんな帰つたらしんとした眠たさ。

二月十日(木) 天気・晴。温度・寒。起床・十一時、就床・一時。

童心句集

●眼がさめたらお障子が曇つてゐる。

●寒い風アンテナが白く光つてる。

●鳥が飛んでお空に小風が生れる。

●伯母さんが明るい陽向にだまつて立つてる。

●お医者さんがみんなニコニコ笑ひます。

●お父さんお留守はひつそりしたお日さま。
●照子ちゃんのお顔笑つてるゑびすさま。

××

朝。障子の暗さにまだ早いことであろうと思つて寝てしまつたらもう十時半だ。曇つてゐたのですつかり思ひ違ひをしてしまつた。明るい静かさだ。いつかお天気になつた。空は清々しくすみとほつてる――

二月十一日(金) 天気・晴。温度・寒。起床・十時、就床・一時。

▲小雀のあそび暮すや寒き風。
▲大空に陽のおつとりとすはりけり。
▲炬燵して只人戀ふる男かな。
▲紀元節の空にしみこほる愁ひかな。
▲人も来ず父やいそがはし寒さかな。
▲雪便り人死のある不風流。
▲せつとうの夫婦日になごみたり春来らし。
・・・・
▲せつとうに猫からかへり日の椽かな。

▲今日も暮れて涙流るゝわがこゝろ。

××

各地雪の被害瀕々たり。雪は豊年の徴とかや。然るに人命無数に失はるゝはこれ何の徴ぞや。特別記事欄「越後の高田市積雪一丈一尺に達す。実に寛文年間以来の大雪を伝ふものなり。各地死者。埋ぼつ者多数により鉄道事故ひんぱんなり。

二月十二日(土) 天気・晴。温度・寒し。起床・十時、就床・十二時。

―

童心句抄

○アンテナの凧。ゆうらゆうらとつな渡りしてる。
○烏鳴いてる朝。病葉に白い霜ぞ。
○日が暮れる。そつとした光がお窓に寒いな。
○子供が来てる　お庭先の白い日暮。

二月十三日(日) 天気・晴。温度・やゝゆるむ。起床・十時、就床・十二時。

○小鳥に猫が来てる。お日様だまつてみてる。
○お父さんお仕事。静かだな　小鳥チツチツ。
○お二階に呼んでる。姉さん　よい昼だな。
○お池の鯉。ちつとも見えない。ぽくりぽくりあはばかり。
○八つ手の葉霜にやけて首たれてる
○唄つてる子。ほうらほうら。まりついてる。
○おとなりの子供。お窓のところでよんでる日暮れ。
○夜更け、眼鏡かけてねんねのお父さん。

二月十四日(月) 天気・晴。温度・や、暖。起床・十一時、就床・十二時半。

ほつかりした明るさの中で父が廊下を掃除してゐた。せつとうのめすがふくみ声で啼いてる。良い日和だな。汗ばむほど。ぬくとさの床の中で私はああ、とあくびをした。

姉さんが今日は下に居りて来た。炬燵に昼から半日あたりこんでゐた。久しくあはなかつたがやつぱり—嫌に妻君らしくならずに—昔のま、のやつちやんなのを嬉しく思へた。

××

△姉が眼にしみじみ春を見たりけり。
△昔なる姉が姿をおろがみにけり。
△日暮れば夕餉しずかに母にありけり。
△日暮れ来て炬燵にてラジオ聞き入りにけり。

二月十五日(火) 天気・雨あり後晴。温度・春の如き暖かさ。起床・九時、就床・十二時。

おやつ！雨だ。雨だ。
おつとりしたおしめりだ。
松の葉の雨のおと。
八つ手葉の雨のおと。
南天の霜枯れ葉の雨のおと。
庭石におちる雨のおと。

土に沁み入る雨のおと。
池のわらおひに消える雨のおと。
みんな静かな雑談に花を咲かせてる。
うそうそと聞きほゝけてる私の心にも
いつか　しとしとと忍んでる
雨のおと…………。
あゝ。雲のはれまに陽が鮮やかな
ラインを自然に。我が心に。引く。
あゝ。雨もはれる。
…………。
私のはてしない童話的な
夢はまたしても、
一つの変つた、
シーンに流れてゐつた。

二月十六日（水）天気・雨。温度・初め暖後寒。起床・九時、就床・十二時半。

今朝も静かな雨だ。大変に暖かだ。昼間から気温が急に下つて寒い氷雨となつた。天王山が一杯の霧だ。ぼうとした霧だ。

××

姉さんの見舞品を続々ともらつて父や母は困り切つてゐた。姉さんもすつかり元気に恢復して来た様だ。今日一日照子とたわむれてゐた。すつかり母らしくなつた。姉の動作を私は不思議なことに見た。照子がすつかりおも湯になれて乳をのみたがらないのも流石と思へた。

××

兄さんがまた見舞に来た。良い兄さんだ。またよいお旦那さまだ。しかしこんなにも妻君の御機嫌伺に来なくてもよさそうに思へるなと私は考へたのであつた。

二月二十四日（木）天気・晴。温度・寒。起床・九時、就床・十二時。

――真暗な野の果であつた。いつか月は地平線のかなたにおちて星が一つ。そうだ。たつた一つ幻想的な眼をして神秘的なまたゝきをしてゐた。それは全人類の運命をジムボライズしたかの如き光り……ぽつゝり現はれた影。それは旅人であつた。突然。美しい夜の虹が立つた。旅人はどうしたか。大空をみつめてどこともなく消えて行つた――

　夢。夢！私は眼をさました。私は深い死の様な憂鬱にとざされた気持だつた。これはどうした意味の夢だろうか。

　××
▲曇つた空から生れてゐる。子供がある。
▲曇つてゐてもすつと明るくなることもある。
▲夜の雪から子供らしい夢も生れる。
▲雪が降ると誰もとおらなくなるおもて。

二月二十六日(土) 天気・晴。温度・我には寒けれど雪ふるを見ると暖らし。起床・十時、就床・一時。
　姉と遂々争つてしまつた。姉一人のために吾家はすつかりかきまわされてしまつたのが私には気にさはつたのだつた。母なども明日全快の祝をしたらかへしてしまうのだと言つてゐた。争つた後私は深い自己嫌悪におち入つてしまつて一日だまり込んでしまつた。なんとなく涙の流れる気持だつた。曇つた空からはまた新なる憂愁が生まれつつあつた――
　特別記事欄「▲燈消えてふじ子よびけり静けさかな。▲外はいつか雪の寝るらし足の冷え。▲充電の音はたとたえいる暗さかな。▲まくらべの懐中時計にこゝろさえけり。」

二月二十七日(日) 天気・朝晴昼から曇。温度・寒。
　童心句抄
▲朝鮮南天雪がこわいのでわらぼうし。
▲朝鮮南天のわらぼうし誰かとつてやらないか。
▲雪が白く残つてるお庭石、青い色してる。
　××
　姉の全快祝ひである。
　なによりも母の安心されたであろうことを想つて私は嬉しかつた――ふじ子がおとらばあさんの

ところへお使に行つて五十五銭もらつたと言つた。二十銭出すつもりで五十銭玉一つに五銭白銅をまちがへたゞろうとのことだ。あのおばあさんのところとして悲惨な喜劇でなければならない。金沢の兄さんが来た。今夜はすつかり話しがはずんだ。

二月二十八日（月）天気・晴。温度・風あり寒し。起床・九時、就床・一時。

○父甲府へ私の保険金三百円也を受取に行く。夜五時五十二分にて帰る。
○風があつて寒し。店への細き入口より殊に寒なり。いわゆる我家の北極のある所以なり。
○朝日新聞によれば憲本提携なると。
○父留守なれば遊べること、思ひしに帳場多忙にして日もこれ足らずの有様なり。
○水仙水鉢に美しく咲き誇こる。終日眺めて清新の感失せずして春近きを想はしむ。アンテナ風に光りて涙ぐましき夕なり——

三月

三月一日（火）天気・晴。温度・寒。起床・十時、就床・十二時。

静かな朝だ。父はまだ十時だと言ふのに炬燵に寝こんでゐる。美男まだ寝てゐた。春が来てゐた。まだちよつと頭を出したほどの木の芽にかすかな哀愁があつた。雀が来て啼いてゐる。わらをかむつた朝鮮南天も池の戸口に手をのばしてほのかな春を息づいてゐた。

××

豊が着物をきかへたら変な恰好になつたので笑つてしまつた。父は言つた。〝浅川の炭焼き男の祭に出て来たやうな格好だ〟と。アハ……——

三月二日（水）天気・晴。温度・寒し。起床・十一時、就床・十二時。

——姉が今日帰ると言つてゐる。彼女はでも仲々帰らうとはしなかつた。せつせと赤ん坊の着物こしらへだ。男かな女かな。胎児の動きをむづがゆく感じ乍ら彼女は男の児の布と女の紅い布とを見くらべてゐた。静かな母性が彼女の頬にほのぼのとした笑をつくつてゐた――

三月三日(木)　天気・朝晴後曇。温度・寒。起床・十一時、就床・一時。

▲夢

私は歩いてゐた。
雨に濡れて夢の世界に。月を探してゐた。
なぜだろう。雨の中を月を探すなんて馬鹿らしいぢやないか。
でも私はだまつて　たゞ歩いた！歩いた！
ふと気がついた時。私はすわりこんでゐた。
泣いてゐた。情ない夢だ。涙が流れる。
馬鹿！そうだおれはこんな男だ。
空想の世界を不具者らしい感激をもつてながい間歩るいて来た男だ――

数日、短歌と詩が続く。

三月五日(土)　天気・雪。温度・寒。起床・十一時、就床・一時。

ちらちらと雪降りなれば
日ねもすを
眺め暮らして
こゝろ足らひぬ。

夜更けまで
物書きあればさむざむと
雨戸に風の
音を立てけり。

三月六日(日)　天気・晴。温度・寒。起床・十時、就床・十二時。

日曜日のラジオの
落語聞きほけて

今日もいつしか
夕来れり。

夜更けまで
書物読みおれば
心和めり
この寒夜なるに
寝ぬる忘れて。

三月七日(月)　天気・晴。温度・寒。起床・十時、就床・一時。

雀は空から生れる。

明るさの満ちあふれた
世界から（もう春だよ）
青空から（春の空がかすむよ）
雀がひよつこり飛んだよ。
そうだ。ひよつこり！

雀は生れたんだ。

私は今まで
雀が空から生れると云ふことを
知らなかつた。
あ、。雀は
空から　生れる………。

三月九日(水)　天気・雨。温度・暖。起床・十一時、就床・一時。

私の感傷…。

灰色に重苦しく垂れ下つてゐた
雲がちよつと雲切れがして
青い空が覗くと、
たちまち晴れて空は雲が東へ東へと流れる。
雫だ。雫だ。木の芽のやうな梢の雫だ。
この暖さに炬燵でもあるまいと

私は廊下の冷さに坐つてゐた。
日暮になつて晴れたので太陽は見られなかつた。
廊下のつめたさにしみじみした感傷の流れがある。
隣家のおばさんのうつ拍子木がふと気楽に聞えて来た。
お題目が例のキンキン声でよくとほる。
のんきな声だ。

三月十日(木) 天気・晴。温度・暖。起床・十時、就床・一時。

冬から春へ。

あんなにも寒かつた冬が
こんなにもめつきり暖かくなるものか、と
母は言つた。
炬燵に入つてゐると汗ばむほどだ。
来客があつて私は廊下に追ひ出されて
日向ぼこりだ。
鉢植えの梅の古木のさむらい蜘蛛の
巣をひき出して見たら。
お留守だ。蜘蛛はお留守だ。
どこへ行つたんだろう。
ああ、鼻の先に梅の花だ。匂ひ、匂ひ、
梅の花はおとなしいな。
いつも笑つてるおかめさんだ。

三月十一日、この日から十七日まで「創作日記」の記述が続く。日記の他に、童謡などを書き止める日記があったようだ。

三月十一日(金) 起床・十時、就床・一時。

創作日記
童謡三篇。一、夢で咲く花。二、雨の降る日。
三、雨降り婆さ。

三月十二日(土) 天気・晴。温度・寒。起床・十一時、就床

・一時半。

創作日記

一、工夫さん。二、南国のお月夜。三、お星さまたちの子供。

童謡三篇、夜更け一時までかゝる。

三月十三日(日) 起床・十一時、就床・一時。

当地としてはまれなる大雪降る。一尺二三寸はつもりしならん。

創作日記

童謡四篇、一、死んでた黄金虫。二、あいこでポン。三、大雪小雪。四、ハアテナ、ハテナ。

三月十四日(月) 温度・暖。起床・十時、就床・一時。

創作日記。

童謡三篇、一、おぼろ夜のはなびら。二、山の仲良したち。三、春駒。

今日雪解の良い日和——

三月十五日(火) 温度・寒夜に入りて暖。起床・十時、就床・一時。

創作日記。

童謡四篇、一、日暮れの雨。二、小人の旅人。三、お人形さんのお午寝。四、ぼたん桜の花散るころ。

——夜更けまで書物しおれば雨の音深く身に沁みて聞こえる。

三月十六日(水) 温度・寒。起床・九時、就床・一時。

創作日記。

童謡五篇、一、からたちの芽。二、黒猫のおばさん。三、いつかのお窓。四、あかい小箱。五、雲の大入道。

——胃を病んでゐた英ちやんも小鷹医師によると胃カタルとのことだ。昨夜、夜中痛がつたが今夜は安静らしいので安心した。一日さつぱりしない天気だつた。

姉保子が無事出産した。

三月十七日(木) 天気・雨。温度・寒し。起床・八時半、就床・二時。

創作日記。

童謡二篇、一、蟻のお花見。二、おいのり。

——金沢の姉に今日十一時半。次女の出産あり。産後経過良好とのこと。

△八つ手の葉に春の眼があいてる。

△春先きの風なぜにこうも寒い。

三月十九日(土) 起床・九時、就床・十二時。

——工場、店とも多忙をきわむ。英雄が東京へ飛ぶ。渡辺君は大月まで数回の往復だ。小林亀麿さんの選挙印刷物で……。床敷に教科書充満のため、各人の寝床移転あり。

特別記事欄「本日はつきりせぬ天気であつた。煙火店の叔父さん来る。教科書荷解に卯之さん応援に来る。自転車店の雄さんにも大月に一走りたのむ。

三月二十日(日) 天気・雪。温度・寒。起床・八時半、就床・一時。

昨夜よりの雪、今朝大雪となる——今日も工場多忙をきわむ。雪のため店は閑散であつた。選挙戦たけなはにして政、憲、両派の舌戦や、憲政会有力なり——北原白秋著、童謡集を読む。

三月二十二日(火) 天気・晴。温度・暖。起床・八時、就床・一時。

暖い日である。今日や、閑散であつた。改造、中央公論を一寸読む——選挙戦益々白熱化して自動車飛び歩るく。夜、荷造りをする。また今夜も一時になつてしまつた。シンとした夜更けはいろいろ考へさせられる——

三月二十五日(金) 天気・曇夜雨。温度・暖。起床・九時半、就床・二時。

金沢の子供　幸子《サチコ》と命名あり。

本日の衆議院壇上の演説者を遂になぐり飛ばす。言語道断こゝに至つて議会の神聖を極度にけがせり。

夜に入つて雨となる――春だ。春だ。春先きにはよく雨が降る。私の子供のころの思ひ出には不思議にも雨の日のやるせなさが多い。

三月二十六日(土)　天気・雨。温度・暖。起床・十時、就床・十二時。

読んだ本、三木露風著、詩歌の道――激烈なる選挙戦ついに違反者を出す。衆議院に於る清瀬一郎さんに対する暴行事件遂に告訴となる。暴行者の意図は清瀬氏の眼を強打して盲目たらしめんとするにあると聞きて、私はつくづく政治家商売のおそろしさを痛感した。同時にこれに対して義憤を感ぜざるを得なかつた。

三月二十九日(火)　天気・晴。温度・暖。起床・八時、就床・十二時。

――今日散髪する。ひげの多いのを笑はれた。ひげをいつもはさみで刈ると言つてやつたら床屋さんあきれてゐた――今日いよいよ投票日だ――吉井先生の庭の紅梅が明るくつぼみを色づかせて来た。通りかゝる人々の足をとゞめしめるほどに……。

三月三十日(水)　天気・晴。温度・暖。起床・十一時、就床・十時。

岡田嘉子、椿姫撮影中武内良一と駆落ちす。（三月二十九日）南京領事館に支那兵（南軍）乱入し、ニ港以来の掠奪惨殺を行ふ。その責を負ふて我荒木大尉自刃す。（三月二十四日）

暖かい日だ。炬燵では少々ぽかつくほどだ。英雄十一時の列車で上野原へ行く。申告書の校正に……。

四月

四月一日(金) 天気・晴夜雨。温度・暖。起床・八時半、就床・十一時。

今朝もまた暖い陽だ。猫がトタン屏を時たま渡りながら、チヨツチヨツと横目で椽の小鳥をぬすみみをしてゐた。閑散な日だ。店にはチヨイチヨイの客はあるが。

△可愛い可愛い木の芽みんな空を見てる。
△いつか曇る春の陽光の暖かさは。
△子供たち唄つてるいつもいつも陽のよい軒下に。
△どこかの子が雨だつて言つていたら寂しくなつた。
――いつかしげくなつた雨の音……。

四月三日(日) 天気・朝晴のち雨。温度・中暖。起床・八時、就床・十二時。

創作日記。

童謡三篇。一、ねむつておいでよ。二、春だもの。三、里のひるま・山の夜。

徳田秋聲氏の蘇生を読む。何よりもその枯淡な筆致に感心した。

愈々春だ。すつかりめだつて来た木の芽に隣家の夕餉の煙がほのかにまつはりついて生々した生命の輝きが私のこゝろをおどらせた。いつか雨が本降りとなつて明るい空気のなかに小鳥の声が聞えた。猫がのそのそと八つ手の葉の向うを歩いてゐた。

思ふように泣ける人は幸福だ。

四月四日(月) 天気・曇時に晴、花雨。温度・暖。起床・七時半、就床・十一時。

昨夜の雨でお花見のおつぶれになつた腹いせに子供たちが物干台に上つてはしやいでゐた――特別記事欄「今日各村の収入役来る。青年会の総会小学校に於て開かる」

四月五日(火) 天気・晴れたり曇ったり。起床・八時半、就床・十二時。

昨夜頭が重かつたが今朝はすつかり晴れ晴れしかつた。豪雨もすつかり晴れてうつすりしめつた庭の土が気持よく見えた。時々は雨が来た。静かに空を見るとまた晴れまを見せた。こうした一日はなんとなく春のなやましさを感じるものだ――キング五月号へ童謡を投ず。
創作日記　一桜花が散る　二木の芽　三春の宵だもの

四月六日(水)　温度・や、寒。起床・九時半、就床・十二時。

早春を愛しむ。

いつしかにわれは歩めり夢の園
梅も香れり桃も匂えり
おほいなる身の悲しみを冷やかに
常に笑まむとつとめ来しわれ。
わが笑みのあまりにも寒き笑ひゆえ
鏡を見るとおそろしと思へり。

昨日今日春は暖かになりにけり
木の芽もつねにひらき伸びせり。
さまざまに春は愛しもこゝろにも
草は萠え初むあゝ草は萠えたり。
永い間星を見たしと思ひけり
雲のちぎるゝ風の夜の星。
特別記事欄「時雨るゝと思えば直に雲ははれまを見せて梅雨のころのやるせなさがある。と云つた今日の天候である。國木田独歩の武蔵野が想はれる」

四月七日(木)　天気・曇。温度・や、寒。起床・九時、就床・十二時半。

暖陽射すこの椽にして石楠花の花芽のまろさ
眼に美しと見ゆ。
背戸ならむなにやら声のきこゑ来て
春日静か静かなりけり。

朝の清々した春日和はいつのまにか気まぐれな

風のいたづらに何となく寒い午となつた。稲田屋さん来る。鳥沢中込校長来る。渡辺君大月伊東へ教科書ゆづり受けに行く。猿橋の清水校長からチューリップ一鉢いたゞく。

夜母と英雄で教科書の荷物三個を作る。

夜更けまで隣家の琴の音聞ゆ。シンとして外は寒いらしい。空ははれらしい。

四月十日(日) 起床・九時、就床・十二時。

童謡二篇。一、あたまがまろくて、二、よい花咲く花（石楠花の謡）

石楠花が一瞬時、一瞬時に開きかけてゐた。なんと言ふ美しさだ。あゝこゝにもほのぼのとした春の神秘がある。霊性のまなこは閑寂の泉の中から湧き起る動的美を、処女美を凝視してゐた。

朝、眠りに満ち足りた眼をやれば石楠花のまろいつぼみは私に微笑した。

夕べ一日の退屈を清浄な愛をもて慰撫して呉れる。石楠花よ。

神はおまへだけにこの世のあらゆる美をあたへたのだ。

特別記事欄「朝…日本晴、午…和やかな日、午後…冷え〴〵と曇る、夜…雨の音す」

四月十一日(月) 天気・曇。起床・九時、就床・十二時。

童謡二篇。一、雀のお花見、二、日和に。

愈々輝きを増して来た石楠花だ。

来る日も来る日も少くとも、

過去においては私に取つては何の感激もない平凡なる一日一日であつた。

しかし夏頃から、去年の、花芽らしい萠芽を見せてゐた石楠花がめつきりあでやかに花の容姿をそなへて来てから、私は生きることの生甲斐を想ふの最高潮に心を飛躍させた。私は日記をくつて見てこの二三日たゞ石楠花あるがために日記をつけてゐる自分を愛しくも見出だして微苦笑したのだつた。

特別記事欄「金の船へ投稿す　童謡三篇なり」

四月十二日(火) 天気・晴。起床・七時半、就床・十一時。

童謡二篇。一、雨に。二、ひともしごろ。

帳場多忙。

石楠花すつかり開いたら余り美しくもないと想はれた。今日は一日和やかな日和であつた——

四月十三日(水) 天気・晴。起床・十時、就床・十二時。

童謡二篇。一、雨だれ。二、夢みる雀。

金沢の兄さんから安部磯雄著社会民衆党綱領のパンフレットをいたゞく。

楠山氏著御堂殿の子を読む。藤原時代の殿上人のいたましい骨肉闘争はまざまざと描きだされてゐた。絢らんと栄華の中に生々しい人世の苦悶を紙上に再現したのだ。私は涙ぐましいまでに感激していつまでもひきつけられる様によみつゞけて居たのだつた。

四月十四日(木) 天気・晴、曇、雨。温度・寒。起床・九時、就床・十二時。

庭にまた新たに種々木が植えられた。伽羅、つつじ。等々すつかり模様がへの体だ。すつかり庭が暗くなつて奥深く?なつた。父が、〃これもおれの道楽でな〃と言つた。父は笑つた。私も笑つた。植えたら早々雨だ。小庭の雨。おあつらへ向だ。

古典を読みたい念がしきりだ。何より古典のあの閑寂典雅がこのましく想れる。詩人露風の云つたとおりクラシツクを読むと人間味が出る。古くてもなんでもよいものはよいはずだ——

特別記事欄「今日はまた寒くて一日炬燵にかじりついてしまつた」

小庭とは壺庭のことだ。行雄の坐する文机の右側にあった。

四月十五日(金) 天気・雨。起床・九時、就床・十二時。

雨は小庭に静かに煙つてゐた。昨日植えられたばかりの樹々がおあつらへ向きの雨にそぼぬれてじつと立ちつくしてゐる。石楠花の花がぽつと赤絵具が水にくづれた様に咲きおごつてゐる。

　石楠花は私の小庭に於る女王だ。彼女あるがためにどの位ひ庭を明るくしてゐるか知れない。そしてどの位ひ人々の心を明るくして呉れるか知れない。父が机に向つて何か書いてゐる。時たま書き物の手を休めてほつと息をつく父の眼はいつも庭の青いものを柔和に愛撫してゐた。雨はいつか眼に見えない程度にかすかになつて来た――

特別記事欄「童謡一、いしたゝき。二、夢の行列」

姉保子が二女幸子と一緒に里帰りした。

四月十六日(土) 天気・晴。起床・九時、就床・十二時。

　童心は嬰児の顔に如実に表象されてゐる。私は金沢の幸子をはじめて見てその輝やかしい童心に頭を下げた。神々しきまでに美しいこの嬰児に不思議な愛着を感ずるもの　あながち彼女の肉親たちばかりぢやあるまいと思ふ。

　童謡は童心の高揚から生れる。精神の清浄から生れる。物を見てそれが美しいなと想はれる時生れる。

　ナイトキヤツプの三つの頭だ。父・美男・豊だ。戯画を画いてゐる父。時々おこる三様の哄笑。こうした平和は永い間私のユートピアとして常に空想してゐた。しかし永い間得られなかつた童心境だ。

四月十八日(月) 天気・晴。起床・九時、就床・十二時。

祭の宵に。

ガラス障子の
いゝ月夜。
祭の夜はうれしいな。
煙火のポーンも
時たまは

ハッとおどろく
こともある。
誰か来るよな
宵のくち。
春の夜風になつかしい
うたをうたへば
よいお風いつか
戸のすき冷えて来る

四月十九日(火) 天気・晴。起床・九時、就床・十二時。
——母が珍らしく芝居見物としやれた晩だ。兄さんが珍らしいと言つた。ヘン　馬鹿にするないだ。

四月二十日(水) 天気・晴。起床・九時、就床・十二時。

風来る日は。
愛すべきつぼみの
チユーリップ。

空かける風が時たま
気まぐれに
この小庭の花を
なやませる。
ほこりくさい部屋の中に
端座して
あゝ今日は想ふ
心月寺に今年は
桜花咲かぬと聞くを。
あゝかゝる憂ひはいつたい
なにが故に……。

春の嵐が小学校を襲つた。

四月二十一日(木) 天気・曇。起床・九時、就床・十二時。
寒風来る。小学校弓なりにそる——

四月二十二日(金) 天気・曇。起床・七時半、就床・十二時。
また炬燵のこひしい寒さだ。曇つた空から灰色の風が流れた。昼過ぎてちよつと日の光が雲の間から覗いた。

小学校児童等、校庭にむしろをひいて勉強する。寺子屋時代の再来だ。風のため危険に瀕した学校である——

姉保子が体調をくずし、生まれたばかりの幸子は母保子のそばに、そして幼い姉照子は吉川家にあずけられた。

四月二十四日(月) 天気・晴。起床・八時、就床・十二時。

姉さんがまた病床に就いたので、今日から照子宿ることになる。姉さんが手紙をつけて子守によこした。家に居た時の元気もなく、妙に沈みきつた調子で物を云つているのがさみしかつた——母が照子も可愛相だ。こんなにちいさいのに親に抱かれることも出来ないんだものとホロリとしてゐた。春にもなつたのに姉の気持の弱いのに私は考へさせられる。病気するとこんなにも人の気持が変わるものかと。

四月二十六日(火) 天気・晴後曇。起床・八時、就床・十二時。

——父、照子を湯に入れる。大声で泣くのを一生懸命にあやす父。初雷の鳴る夕だ。急に激しくなつた風の音だ。

四月二十七日(水) 天気・晴。起床・八時、就床・十二時。

美男の気の重い日だ。彼はうなつた。騒ぎやの彼も今日は流石に意気消沈の有様だ。ちんぼの横が痛いには大笑ひだ。美男は病気をしても愛嬌者ではある——創作日記。俳句六句。童謡三篇。夢の宵祭。霧島つゝじ。月夜。

四月二十八日(木) 天気・晴後曇。起床・九時、就床・十二時。

姉の病気。照子の風邪引き——美男の体温四十度に達す。心配だ。

今日の暖かさはどうだ。むしろ暑いと云つた方が適切な位だ——

行雄はこの年二十歳。徴兵検査の年だ。猿橋から出ていた同級生が検査を受ける為に帰省してきた。行雄は改めて自分の状況を悲しく思った。

四月二十九日(金) 天気・晴時に雷ありて曇。起床・八時、就床・十一時半。

日記にかへて
徴兵検査のために帰省した高取君
ちつとも昔のまゝにかはらない。高取君（それは容貌の上にも態度の上にも言葉使ひのよくなつたことも変つたとは言へる）
愉快な金属性の元気な声でスパスパ語つた。
吉川君の病気はどうだと言つた。
私はハツとした。
————。

深い沈黙の淵からほのかな哀愁が浮き上つて来た。

高取君よ！　それだけは聞かないでくれ！

四月三十日(土) 天気・晴。起床・九時、就床・十二時。

——ふと私は昨日の高取君の言葉がいつのまにか私の心の中にしみじみした哀傷のかげをつくつてゐたのを感じた。「とうとうお互いに徴兵検査の年になつたね」　涙が出て来た。

五月

五月一日(日) 天気・晴。起床・七時半、就床・十二時。

徴兵検査の当日
「今日は昭和何年何月何日か」
これがのつけから私をめんくらはした徴兵検査官殿の言葉だ。私が答へずにニヤニヤ笑つてゐたら「知らんのか」と来た。後で兄さんが「軍隊式だね」と言つた。軍隊式つて他愛もないものだと思つた。

――今日の徴兵検査のこと――

童謡二篇。俳句三句作る。

思ひ出は常に新鮮でありたい。新鮮で匂やかな果実の如くありたい――

五月二日(月) 天気・曇後雨。起床・八時、就床・十二時。

安心することはいゝことだ。静寂な気持で安心して花でも見てゐたらどんなにかいゝだろうかと思ふ――働くと云ふことは生活を楽しむと云ふことだ。種々な邪念が起つて来ないだけでも働くことの有難さを思はねばなるまい。

友達はよいものだ。よい友達はどこにもあるものだ。

五月三日(火) 天気・雨。起床・九時、就床・十一時半。

――いゝおしめりだと父は云つた。徴兵検査の壮丁が朝から賑はつた。田舎の小学校長等も自動車に乗り込んだ。

静寂な世界を深く見つめることの出来る人はいいと思ふ。静寂の世界の奥所から脈々たる自然の動きを見つめることの出来る人は少くとも真実・純真なる美を知つてゐる人だからだ。

五月四日(水) 天気・晴。起床・七時、就床・十二時。

大空に胚胎せる舞踏

私の庭の雨上りの朝
なんと云ふすばらしい朝なのだ、
明るくて露つぽい朝の空気なのだ。
ほかほかした陽の光りがこれはまた、
なんとよい自然の満悦を溢らしてゐることだ。
静謐な黎明の禅定が厨からほのぼの
立ち上る音もなき煙りに破れて
勇ましい初夏の活動の世界がこの小つぽけな
小庭に見られるのだ。
霧島の花の真紅の炎の中に陽が鮮かなる
明暗をつくつて乱舞してゐた。

あゝ大空に堆積する力強きエネルギー！
あゝ大空には軽やかな瑞喜に満ちた初夏の舞踏
の胚胎！

五月五日(木) 天気・晴。起床・八時、就床・十一時。

蛙啼く朝　霧島の真赤かな
霧島やあかとき起きの眼に沁むる。
わが窓にそと暮れかゝる雀色。
童謡一篇。朝のお庭。

五月六日(金) 天気・晴。起床・七時、就床・十二時。

自然はおほらかな清い母だ。われらの慈母だ。
病気することもたまにはよいことだ。年中病気してゐることは悲しいことだ――

五月八日(日) 天気・晴。起床・八時半、就床・十一時。

私は床の中でいい声を聞いてた
雀、いしたゝき、鶯……。
私は静かに眼を閉ぢた。
ほのかな乳色が私の眼の中にしみとほつて来た。
（明るい陽の中でサヤサヤ若葉が鳴つた。
風の光りだ。
寂、寂、寂！）
私は不思議な何者とも知れない息吹を感じて
そうつと眼をあけた。
また鶯だ。
風の葉鳴だ。
あゝ湧き起るノスタルヂヤ。
そうだ。私の心は旅の空で、どこかの温泉宿で
淙々たる渓流の音をきいてゐたのだ。

五月九日(月) 天気・晴。起床・八時半、就床・十一時。

童謡をつくることのむづかしさよ。
私は自分の天分を疑はずにはゐられない。
生きてゐる。人間はそれで沢山だ。ほんとうに悲める人は、自分の行つた種々の行為に――幸だ。それは人生の生甲斐を感じてゐる人だからだ。中学校で同人雑誌をつくるとの事だ。童謡一篇。

五月十日(火)　天気・晴。起床・八時、就床・一時。
童謡七つ星　金の星六月号に推せんさる。
村童社社友となる。童謡二篇おくる。
赤い鳥、金の星、金の船へ作品投稿す。
姉がいよいよ甲府へ行くことになる。

七つ星さま

七つ星さま
長《なが》柄《え》杓《しゃく》
かはりばんこで
水くんだ
水は　みづうみ
山のかげ　あの山のかげ

七つ星さま
長柄杓
水涸れ天の川へ
水ために
七つ星さま
ヒーカリコ

この日の日記に「村童社社友となる」と書かれているが、村童社とは十六頁ほどの同人誌『螢の光』の発行所で、住所は発行者の小田俊夫と同じ、東京市小石川区竹早町三五。昭和三年六月十二日配本の『螢の光』第十集の編集室話によると、社友の条件は、「社費三ケ月分二十銭又は半年分四十銭を御前納下された方が村童の社友であります。社友の方へは毎月一回（十二日頃）螢の光一部づゝを御送りいたします。社友の方のみ螢の光へ御創作を御発表になることが出来ます」とあり、百人ほどの社友がいるようにも書かれている。
小田俊夫は吉川行雄と一番親交の厚かった詩人の一人で、たくさんの手紙とハガキが残っている。

五月十二日(木)　天気・曇。起床・九時、就床・十二時。

——今日、私の部屋？の大掃除だ。帳場がすつかり明るくなつたのが何よりうれしい。童謡二篇程作る。私の童謡道への精神もや、明るい広野へ近づいたように思はれる。

童心を生涯に徹せしめよ。わき眼もふらず童謡を唄ひつゞけて行きたいと思ふ——

明るい方へ一歩を踏みだしたかに見えた吉川行雄。しかし、姉保子の幼い長女照子が病んだ。そして急転していく。

この時、姉保子は甲府の病院に入院していた。

五月十三日（金）天気・曇。起床・七時、就床・十二時。

照子病む。

昨日までの元気はすつかりどこかへ飛んでこの気力なさはどうだ。

午後になつて橋向うに寝てるとのことだつたが、金沢からの電話によれば随分と険悪な容態らしい。母が行つてゐるがまだ（十一時と云ふに）帰つて来ない。さつき出かけた父が不安な面持で帰つて来た。英ちやんがすつかりしよげかへつてゐる。もしかのことがあつたら甲府へ行つてる姉さんが気の毒だなぞと言つてゐた。

なんだかからだがふるへるやうだ。——私はなぜか涙ぐましい顔をしてゐる英ちやんの顔を見まもつた。

五月十四日（土）天気・雨。起床・七時、就床・十一時。

いやに気のめいる雨だ。照子は危篤でありながらねばり強く今日も持ちこたへた。照子は死なない。私は自分の心に言つてきかせた。そうだ死んでたまるものか。彼女をめぐる親身たちの必死の努力のその精神力だけでも死なせられないのだ。

煙草店のかねちやんの話は私を泣かせた。兄さんは日夜つききりでこよない親としての愛情をそそいだ。甲府から急いでかへつた姉さんが自分の親の顔さへわからぬ照子に取りすがつて　もう少し早く知らせて呉ればとかきくどいたさうだ。

私はこゝまで書いて人間がせつぱつまつた場合に出す偉大なる愛の悲痛なる高揚を思はざるを得ないのだ。

特別記事欄「死に行くもの、それは運命だ。そうあきらめられれば万事おはりだ。それがあきらめられないのが真の人生だ。そうだそこに人間本然のよい点があるのだ。愛の力それはなにものをも時には生命をも引きとめずにはおかない。」

頁の余白に、「日記を書きおへたらあの元気な小鳥のような照子の姿がほのぼのと眼前にほうふつした。彼女は笑つた。これも何かの力だ。涙がながれる。」

誰もが照子の回復を必死で願った。しかし、願いはとどかなかった。

五月十五日(日) 天気・晴、雷雨。起床・七時、就床・十時。

照子は死んだ。今朝四時とうとう死んでしまつた。親身達の手あつい看護のひとみに見まもられて天へのぼつてゐつた。父や母の悲しみそれは如何ばかりだつたか——子供の示し合ふ深い愛情は不思議と親と子の愛より強いことがあるものだ。照子の死によつて深く教へられたるもの必ずしも私のみではあるまい」

特別記事欄「金沢のお祖父さん悲しみのあまり大声をあげて泣いたそうだ。老体にさわらなければいゝと思つた——」

五月十六日(月) 天気・晴。起床・七時半、就床・十二時。

今日照子のみたまほうむりの日だ。多くの子供たちにおくられて彼女はついにさびしい墓の土に埋もれた。こうして照子の上に日が輝き、日が照り、夜が明け、雨が降つて、日夜悲しみは新たに人々の胸底を打つであろう——

五月十九日(木) 天気・晴。起床・八時、就床・十二時。

——金沢の兄さん来る。思ひなしか少しやつれたやうに思はれる。照子の病気から死までの並々ならぬ心労が見えて私は悲しかつた。無口な私はなぐさめる術を知らなかつたので、二人が妙にチグハグな気持でだまりこんでしまつたのだつた。

なぐさめる術を知らず、チグハグな気持のままだまりこんでしまった行雄は、翌日、金沢の兄に手紙を書いている。

昨夜は失礼しました。

兄さんの深い御悲しみをよそに心なき無駄話をしたことを御許し下さい。

私には御慰め致したいにも　言葉が出なかつたのです。私の優柔な性格の致すところです。どうぞ悪く思はないで下さい。

照ちやんの死をかなしむの童謡を私の心持の全部を知るよすがとして下さい。

もう私にはこれ以上申上ることは出来ません。

郭公啼くころ

あの子は死んだ
なぜなぜ　死んだ
なぜなぜ　死んだと
郭公が啼いた

あの子のみたまは
お父さんもゐない
お母さんもゐない
お空へ行つた

泣き泣きひとりで
上つて行つた
みんなのお眼が
泣き泣き見てた。

――空しくなつた幼い照ちやんのみたまに――

尚私の今までの作品を整理しましたところ、この外に照ちやんに関する童謡二篇がありました。

私はよみかへして見て悲しい　なつかしさが胸いっぱいに溢れてたえられませんでした。これもなにかの力　因縁だとは云へませんでせうか。

　左におみせしますから照ちゃんの小さなみたまに読んで聞かせてやつて下さい。

　◎小さなおじさんのうたへる

照子ちゃん
僕のかはいゝ照子ちゃん
僕のねんねのお国では
いつも照子ちゃんは
女王さま
ちさいやさしい女王さま

王座は野菊の花のかげ
兵士はオモチャの兵隊さん
あかいシャッポにカーキ色
おどけた姿で捧げ銃
オモチャの兵士はたゞひとり

黄金の王冠　野の小風
あかい洋服　花のうた
いつでもねんねの女王さま
うつとり　ながめて番してた
トンボの飛行機くるくると
いつでもお空で輪をかいた

照子ちゃん
僕のかはいゝ照子ちゃん
僕はオモチャの兵隊さん
いつでも照子ちゃんの
夢の国
おどけた姿の兵隊さん

　◎小さいおじさんのうたへる

照子ちゃん
澄んだ、おめゝ
照子ちゃんの
くるくるおめゝに

僕がはいつてる、笑つてる。

照子ちゃん
十五夜お月さま　お肥《フト》りちゃんよ
照子ちゃんも　よう似て
お肥りちゃんだ
僕もだつこしてやりたいが
お肥りちゃんでは　重たかろ。

照子ちゃんの
おひたひに　くるりくるりの
よい髪が　可愛い、可愛い
照子ちゃんを
どんなよい子にしてゐるか
僕はちやあんと知つてるよ。

二十日

行雄

兄様御机下に

この手紙には、「二十二日追記」が書きそえてある。

「この手紙二十日の晩に書きかゝりました。十二時過までこれだけ書くのにかゝりました。兄様のところへお届けしていゝかどうかまよつてついお届けもしませんでした。お許し下さい」

手紙はその後、金沢家に届けられ、いまも金沢家に残っている。

五月二十二日(日)　天気・晴驟雨あり。起床・七時、就床・十一時。

母、姉をつれて甲府へ行く。病気の姉の顔色案外色あるのをうれしく思つた。

今日は豊がゐないので、少し静かすぎる。

金の星　童謡賞金来る。大枚一円也。つまりはじめての原稿料だ。美男が得だなあと言うたのにはほゝえまれた。

今日驟雨あり。遠雷とゞろく。夜やゝ涼気あり。

久し振りで童謡一篇生る。とてもうれしい気がした。

金沢の兄から、「子供の墓に親が毎日——そう云つてつれない人達は私を笑うかも知れません。私はこの気持を持つ度に浮世の義理というものが淋しくなります」という手紙がくる。親の気持、浮世の義理、行雄は忿懣やるかたない気持で、日記にびっしりと書いている。

五月二十四日(火) 天気・雨。起床・七時、就床・十二時。

(子供の墓に親が毎日——そう云つてつれない人達は私を笑ふかも知れません。私はこの気持を持つ度に浮世の義理といふものが淋しくなります)

私はこの兄さんの手紙を読んで強いいきどほりを感じた。いやしくも我子に対して深い親の愛を持つほどのものは、世の親達が我が子の死に対してどんなに取り乱した悲しみを現はそうともそこに切実な同感をよせ得ないはづはないだろう。毎日はおろか一生涯でも子供の墓へ位は行つてやりたい、否ついてゐてやりたい、これが至情だ。我子の死、それは世の親達の生涯に於る一つの生活の転機だ。いつまでも忘れられるはづはない。浮世の義理が何であろう。そんなものは愛の力の前には三文の価だつてありはしない。愛……それは超世間的・超知識的であらねばならない。勇敢に悲しめ、泣け、悲しみのきわみからこそ真実人間性に徹したあきらめは生れる。これが自己の場合となつたら人は人前をつくろつて平気をよそほふている人ほど、それだけ心の奥には血のにじむやうな悲痛なる感動が流れてゐたことを知るだろう。否知らざるを得ないはづだ。その時こそ浮世の義理なるものが如何に愚なるものかを感じてその浮世の義理なるものにしばられてゐる自分のなんとみすぼらしいみぢめさを今更見直さねばなるまい。

自己欺瞞こそは恐るべきである。そこからあらゆる本意ない罪悪が生れるのだ。浮世の義理がなんだ。そんな訳のわからない下らないものは敢然蹴つとばせ。そして大空のやうに朗らかな清々とした感激をもつて喜びを喜び悲しみを悲しみ。いきどほりをいきどほれ。そこには人類の到達すべきユトピヤの一つの階段がある。人々よ手をのばせ。兄よ大日輪の祭壇はすぐ眼前にあるではないか。

（二・五・二四夜）

五月二十五日(水) 天気・晴時に曇る。起床・七時半、就床・十一時半。

童謡一篇、童心随筆　子供は子供らしく。書く。姉さんの病気肺炎カタルとのこと。県病院に入院したそうだ。心配である。

日記には書かれていなかったが、行雄はこの年第一童謡集を出版する準備を始めていた。小学校の恩師長田草堂（俊興）に序を頼んでいる。

五月二十六日(木) 天気・曇。起床・七時半、就床・十二時。

長田草堂先生から童謡集の序文をいたゞく。天才的作家云々には恐縮した。昔の恩師長田先生からほめられることは他の何人からほめられるより私はうれしいのである。

この世の中で私を一番理解して下さるのは長田先生だと私は思つてゐる。だからこそうれしいのである。早速御礼の手紙を出しておいた。

またとなりのめぐみちやんと自転車店のます子ちやん来る。ます子ちやんの方は例の通り私に顔を見られるとすぐかくれてしまふ。めぐみちやんのいわゆる「兄ちやんの顔はおつかないねえ」である。私は苦笑した。悲観、悲観である。

五月二十七日(金) 天気・晴驟雨あり。起床・八時、就床・十二時。

童謡一篇、とんびの玩具屋。感想一篇、真実味と愛――英ちやん中学校の修学旅行にて御嶽行き。朝五時の列車にて出発、夜八時列車にて帰る。

五月二十八日(土) 天気・晴。起床・九時、就床・十二時。

螢の光第三号へ童謡ハグレスヾメ掲載との通知来る。螢の光一号川村章氏に進呈す。螢の光第二号長田俊興先生に送る。

螢の光四号へ随筆郭公啼くころを投稿す。童謡カゼノフクヒと共に。西條氏の童謡の味ひ方を読んで啓発される所多し――童謡三篇作る。

五月二十九日(日) 天気・晴。起床・七時半、就床・十二時。

村童社 小田俊夫氏に童謡集序文を依頼す。童謡集自序を書かんと夜更けまでかゝる 書けないから自序はぬくことにした――

五月三十日(月) 天気・晴。温度・暑。起床・九時半、就床・十一時。

――校長先生から早く童謡集をこしらへろとの話をうけた。まだまだ自信がないのでぐづぐづしてゐるわけだ。長田草堂先生の序文の天才的云々が気になる。小田俊夫氏の方も聞き入れて呉れればいゝ。

五月三十一日(火) 天気・晴、曇あり。起床・八時、就床・十二時。

小田氏から返事来る。感想こと聞き入れて呉れた。私はうれしかつた。まづしい童謡集に一つの色彩だ。文章のうまいのには感心した。螢の光四号にカゼノフクヒ掲載のことになる。螢の光五号に随筆、郭公啼くころ掲載のことになる。

長田先生に序文の訂正を乞う――

特別記事欄「童謡集の題は郭公啼くころと決定」

郭公啼くころ――とは五月二十日の夜に書き、幼き姪照子に贈った作品の題だ。照子の死が童心を愛し、童謡の道を歩き始めた行雄の心に深く影響を与えたことがわかる。

五月三十日の小田俊夫の手紙。

> 御手紙拝見原稿確受 童謡集御出版の由御よろこび申上げます 感想をとの御事とても私如

きものにはだめで御座いますが御童謡集のうしろになにかか丶していたゞきますことは私には実にうれしい事であります　よろしければ一度その御原稿を御見せ下されば幸ひです　その上でなにかか丶していただきたう御座います　原稿の童謡の方は第四号に童謡随筆の方は第五号に掲載させていただきます　第六号は特大号にしたいと思つて居ります　原稿はつづけて御送り置き下さい。第三号は昨日で再校を校了六月初めにはおめにかけられることと思つて居ります。
しつとりとつめたい朝です。
楓の青葉がかすかに動いてゐます
五月三十日
小田俊夫
吉川様

吉川行雄が残した最初の手紙である。

小田俊夫は、『螢の光』昭和三年十二月発行誌上において、「今年が私の二十五の厄年」と記しているので、明治三十七年（一九〇四）生まれ。京城で幼少時代を過ごす。村童社を起こし、『螢の光』『茶の花』発行。行雄の童謡界における最初の友人で、この人の手紙が行雄が残した最初の一通。『よしきり』『鷭』にも作品を寄せた。『地上楽園』同人。

昭和二年（六月～十二月）

六月

大正七年『赤い鳥』発刊から昭和二年五月までの九年間に、行雄は百九十篇もの作品を書いたようだ。生まれるようにただひたすらつくっていったのだろう。

六月一日(水)　起床・十時、就床・十一時半。

今日香魚解禁さる。父は朝早く出かけて行つたがごまめの如き奴たつた一尾　あゝあ、今年は駄目だ。居ない、居ない、居ないだ——小田俊夫氏に田舎は毎夜郭公啼くころとなりました、とたよります。童謡集原稿整理やつとかたつく。全部百九十篇、童謡集へ収録の分は内百四十六篇——

六月三日(金)　天気・曇。起床・七時、就床・十時半。

長田俊興先生から訂正序文来る。天才云々が新進となつてゐる。長田先生が力こぶを入れて呉れるのが私には他の何人が努力して呉れるのよりうれしい——

六月八日(水)　天気・晴。起床・七時、就床・十二時。

童謡四篇

一、お午ごろ　二、カレマツバ　三、ヨヒノクチ　四、午寝とんび

コドモノクニ、七月号へ投——

鉢植えの石竹の青い葉つぱに室の中が青くなつた様な気がする。家にばかりゐると青いものがうれしい。窓からの風も真青だ。隣家に白髪の婆さんの頭がチラチラだ。

六月十日(金)　天気・晴。起床・七時、就床・十二時。

小田俊夫氏から童謡集の感想来る。

私はうれしかつた。なんとなく腹の底から明る

さのこみ上げて来るやうな気がした。なんと云ふ名文だろう。しつとりと落ついた珠玉のような言葉。詩の香気とリズムの動きはさながら美しいねり絹の如きなめらかさだ。

私は御礼の手紙で只感謝した。感謝した。

私ごときにはもつたいないとさえ書いた——


行雄がこんなにも喜んだ小田俊夫の文とは——

「童謡集　郭公啼くころ　を読んで

郭公啼くころ——

吉川行雄君の童謡集——

その原稿のまゝを見せていたゞくことの出来た僕はうれしかつた。

昭和二年六月八日
昨日降つた雨に、庭の土がまだしつとりとしめつてゐて、楓の葉蔭に小さい円をゑがきながら、宙に飛んでゐる蝿の羽が、純銀色に光つて見える。この庭の空気は水のやうだ。


椽に籐椅子を持出して、ゆつくり莨をくゆらしながらこしかけてゐると、薄曇りの空からスーツと日の光が漏れて来て僕の心のなかまで明るくなつた。と、飛んでゐた蝿の羽が、ポツと消えて見えなくなつた。

雀　古巣で
夢を見た
ホロホロ　よい夢
宵に見た
雀　見た　見た
夢に見た
月のよい里
茅の屋根
かぐや姫さを

夢に見た
かぐや姫さの
あのよい夢は

笹の葉鳴りに
そとさめた。

吉川君の童謡には、言ふことの出来ないやさしさと、あたゝかさと、匂ひとがこもつてゐる。さうだ、吉川君の童謡は、ふつくらと咲いた桃の花だ。読んでゐてうつとりする。

この笹の葉鳴りといふ童謡など、静かに、くりかへし読んでゐると、いつか僕は赤ん坊の僕で、おかあさんの胸にかるく抱かれてゐて、よい〳〵とねかされてゐるようで、うと〳〵〳〵としてくる。眠つてしまふ。

カゼノ

フクヒ
スヾメ
チリリ
チリリ

アヲク
ソラニ。
ウネル

ボクハ
ヒトリ

スヾメ
チリリ
チリリ

カケル
ソラヲ

ミテタ。

なんといふ気持のいゝ童謡だらう。吉川君が童謡といふことをのみこんでゐて、くだらない心配なんかしないで、ぐん／＼と書いてゐることが、この童謡を読めばよくわかる。

実に気持のいゝ童謡だ。僕はこの童謡が好きだ。

吉川君――

ありがたう。

僕はまる三日間、君の童謡集『郭公啼くころ』の読後感を書くために、机の前に坐りとほさなければならなくて、とう／＼坐りとほしたのだが、

実に実に愉快だつた。

僕は心から、君のこの童謡集が、世に出る日を待ちます。」

六月十日の特別記事欄には「七月号金の星へお山の仲良し達掲載さる。だんだん野口氏に近よって行くような気が私はする。つくべきへつけと暗示されてゐるやうだ。何者かに……」とある。

お山の仲よしたち

山に仔馬は
ヒヒンとないた
草に小鳥は
チツチと啼いた。

山にお日さま
ニコリと笑つた
草に山いちご
チラリ　のぞいた。

山に仔馬は
小鳥とあそんだ
草に小鳥は
よい唄　うたつた

山にお日さま
トロリと寝てた
草に山いちご
頭かくして寝てた。

六月十二日(日) 天気・薄陽。起床・七時、就床・一時半。

螢の光三号来る。実に愛らしい明るい出来栄えだ。小田氏、横山氏元気のよいこと　よいこと。
螢の光ばんざい——

　特別記事欄「小田氏へ童謡集の絵をたのむ。戸沢辰夫氏に画いてもらうよう」

六月十三日(月) 天気・にぶ色の晴天。起床・七時、就床・十一時半。

——郭公啼くころのあとがきを書く。会心の出来と思ふ。フンうぬぼれるな。童謡三篇あり。

六月十四日(火) 天気・晴。起床・七時半、就床・十二時半。

　小田さんからほんとうにありがたい手紙をいただく。ゆくりなくも得たよき私の友人、小田さんよ。私はすつかり自分の病気してることを返事してやつた。なんとなく兄さんのような気持で……。

　高橋君と山崎君。螢の光へ入社することになるらし。だからいゝな学校友達は——

「螢の光へ入社」とは社友になったということだ。この二人の前に知見好文や赤井一吉など、行雄の呼びかけで入っている。

六月十五日(水) 天気・薄陽夜雨。起床・八時、就床・十二時。

戸沢氏にたのんでくれるとのこと。毎度乍ら小田氏の御厚情には泣かされる。英ちやんにはなしたら、ほうそれはすばらしいと。

童謡一篇。

　おまどのこどもなるうた　おとなりのめぐみちやんにおくる。かしこい子に純真さをうしなわぬ

ようにと　ほのかな感情をこめて。私のうたに対してとなりのマダムの御かえしが　純白のあやめ一茎。私はなんとなくうれしかつた。
　梅雨期に入つてはじめてのしみじみした雨の音。
夜十二時——

六月十六日(木)　天気・曇夜雨。起床・八時、就床・十一時。
　朝中訳に冷い風が吹いたばかりで、昼間のあつさはなんと云ふことだろう。とてもやりきれたものでない。
　童謡五篇あり。野口雨情氏の童謡と童心芸術をよむ。率直な純朴な態度でものを言つておられるのが愉快である。童謡についての定義を端的に断定してゐる。所説がみな雨情の作品に反映してゐることはまことに学ぶべきであると思ふ。私は自己の童謡創作上の態度について深く反省せずにはゐられなかつた。なんだか一つの転機が来たようだ。童謡だ、童謡だ。まじめにならねばならぬ。
　特別記事欄「暮方から夜にかけての雨でかなり涼しくなる。自然のありがたさだ。となりのめぐみちゃんが悪いとのこと　かしこい子よ。早くよくなつてくれ」

六月十七日(金)　天気・晴。起床・七時、就床・十一時半。

　小田氏から村童社支部をとのたより。ありがたいが少々困る。あまり信用されることも考へものだ。

　煙草店のよしみさん螢の光社友となつて呉れた。これで私共五人だ。突然村童社支部だ。

　童謡五篇。

　西條氏と野口氏と両氏の童謡観が正反対な地に立つてゐられるのには一寸戸まどひする。どうしたものだ。


この五日後、「郭公啼くころ」の扉絵が戸沢辰雄からとどく。絵に描かれた少女の姿に幼くして亡くなった照子を思った。

六月二十二日(水) 天気・晴。起床・九時、就床・十二時。

いよいよ戸沢辰雄氏の絵来る。なんと云ふいゝ絵だろう。静かに天国へ旅立つあの照子ちゃんの姿がそのまゝ紙の上にほうふつと画かれたのだ。思ひなしかこゝに描かれた子供は照子ちゃんにどこか似てゐるところがあるやうな気がする。そうだ たしかにあの子に似てる。そつくりだ。涙が出る。僕が真心こめてデヂケートするこの集をいつの日に照ちゃんはよめるだろう――小田さんと戸沢さんへ早速礼状出す――稿料とつて呉れないのが気になるが――

童謡二篇。

特別記事欄「西條八十氏の味い方やつと読了す。

大変に参考になつた」

六月二十四日(金) 天気・曇。起床・八時、就床・十二時。

ひとりゐる。まことに寂しいことだ。ことに僕のように生れ乍らにしてみぢめな運命をみつめる性格を持つたものにとつてはなほのことだ。はなはだおかしいはなしではあるが まだ初夏と云ふにもう秋の気持をこの夜ごろしみじみ感ずる私だつた。今しみじみ人を恋ふているのもまことに悲しい心をまぎらはそうとする空しい夢幻境へのあくがれに外ならないのだ。童謡一篇。風あり。なんとなく冷え〳〵する日である。

特別記事欄「金沢の兄さん来る。早速郭公啼くころの絵を見せる。なにか云ひたげであつたがさびしくだまつてゐた。私にはその言はふとした気持が分かるような気がした」

六月二十五日(土) 天気・雨のち晴。起床・七時、就床・十一時半。

童謡集愈々印刷に着手す――夕方になつてまた冷え冷えして来た。笹の葉がかすかに音もなく風に動いた。ふと童謡が口についいて出て来た。私の場合　さびしいと云ふ心持が多く童謡を生む動機となることを私は悲しんだ。私はいつの季節にも秋を感じている。寂、寂、寂……時計の閑をきざむ音だ――どこかのこえ――

特別記事欄「愛誦一ケ年分代八月号ヨリトシテ交蘭社宛四円五十銭送ル書留・小為替券　雨のだんだん上つて行くのを見てゐると僕は子供のようにうれしい」

六月二十六日(日) 天気・曇。起床・八時、就床・十二時。

――集のことますます進行してくる。この上は絵のことである。

曇つてむしあつい日である。蛙がのどのかわいたこゑで啼くのがしきりだ。かごのほたるの匂いが深い哀感をこぼす空だ。知見文月の詩に頭をひねる。どうも詩人の心持ちは僕にはわからぬ。それでゐて詩をよんでいるときだけ僕は幸福をたのしめる男だ。夜更の蛙のこゑは静かでなんとも言へずい丶な」

特別記事欄「童謡二篇。三語楼に腹をか丶へる。日曜日のラヂオだ」

六月二十九日(水) 天気・快晴。温度・夏らし。起床・七時半、就床・十二時。

――童謡集本文全部今日印刷出来上る。少し僕にはよすぎて困るきがした。

夜。廊下におそくまで坐りこんでゐた。満天の星がキラキラまた丶いてゐた。ウインネットすい星を見ようともおもはない。だまつて空を見てゐた。静々閑々い丶心持だ。

七月

七月三日(日) 天気・晴夕立後くもる。起床・六時、就床・二時。

休息日（工場動力休）の明るい寂々さ。

庭石洗の豊。尻からげて気持よさゝうだ。その無邪気。おがみたいような童心だ。

サッと来る驟雨。涼風一過価千金である。近代理智的率直さだ。が窓の下をとほるずぶ濡れの太公望なんざあ感心しない。

童謡八篇あり。感興湧然として起る。気持のよさだ。風鈴の音だつて唄をうたふ。うたゝねもする。生きてゐる――

七月四日(月) 天気・晴夕立。起床・七時、就床・十二時。

明るさに住まふ――僕は思ふ。部屋いつぱいに匂いをこぼす花のなかにゐてこの幸を思ふ。蜂も来る。蛾が光をこぼす。窓に風の色が紫色だ。明るさに住まふ――明るさに……

童謡五篇。僕は自分の童謡にかなりたくさんな夢と云う文字を使つた。夢！そが僕の恋人の如きあくがれの佳人だ。

驟雨、驟雨！ほこりの匂ひがする。いゝおしめりだ。自然が生きかへる。人間達がほつとする。

父と子のまどひ。永遠にふれ合ふ人間の親と子の生命の美しい生ける静物画！

七月八日(金) 天気・曇。起床・七時、就床・十二時。

恐ろしいほど寂かな日だ。騒音はする。（ぼろでも自動車がある。荷車。馬力。それに子供等の歌もする）が底に流れるものは、すごいほど碧い水だ――郭公が啼く。郭公が啼く。毎日きく声乍ら、僕は彼がなくと考へる。なにを考へるともなく考へる。

騒いでいると夜はどこまでも明るく陽気である。静かになるとまたどこまでも内気ではにかみやである。それは夏になつたからだ。

特別記事欄「童謡ひとつ。僕はだまつてゐたい。たゞだまつてゐたい。おしやべりでありたくない。僕は旧式な人間かも知れない。若いくせに国粋劇が好きなんだから――」

七月十日(金) 天気・晴時に曇また雨。起床・八時、就床・十二時。

童謡二篇。赤い鳥及金の星へ童謡入選す。うとうとしているとまた眠つてしまふ。床の中で僕は秋のこゝろを読んでゐる。雨も降るがいゝよ。

うれしがつてはゐけない。苦い顔をしてもゐけない。哲学者は僕のきらひなものゝうちだ。

はじめて蚊帳を吊る。どうも箱の中にいるやうで具合が悪いものだ。それに蚊にとつては死活問題だよ。蚊帳を吊ることは。

入選したのは『赤い鳥』に「雨に」、『金の星』に「梅に鶯」だ。

雨に

石楠花
今朝は、今朝は、咲いたな
まつかに、雨に。

ねむたいお眼に、
いゝな、いゝな、花は。
まつかに、雨に。

石楠花、
濡るゝ、濡るゝ、かはいゝな、
まつかに、雨に。

梅に鶯

梅に鶯
啼いて見な
ホーホ　ホケキヨとナ

ホーホ　ホケキヨとナ
あつちの小枝で
啼いて来ちや
こつちの小枝で
啼いて見な
梅に鶯
夢を見な
ホーホ　ホケキヨとナ
ホーホ　ホケキヨとナ
あつちの小枝で
啼いて来ちや
こつちの小枝で
夢を見な

七月十五日(金)　天気・晴。起床・七時、就床・十二時。

曇つてゐない空は云ふまでもない晴れた空だ。

通常人は曇つた日からよりも晴れた日からより多くの美を見出だす。だから人間は元来悲しむべく生れて来たのではないのだ――

隣のめぐみちやんが叱られて窓で泣いてゐた。僕も悲しくなつてだまつて彼女と顔を見合せてゐた。

月夜だ。毎夜の月でもやはり月は美しい。古風な感傷の中にゐるのもいゝものだ。

七月十七日(日)　天気・晴。起床・七時半、就床・十二時。

柳家小さんを聴く。枯淡の話し振り。彼の話しには無理がない。彼独自の芸術境がある。こうした人の芸は快よく聴かれるだけでも僕は愉快だ
――

七月十八日(月)　天気・晴曇。起床・六時半、就床・十一時。

――童謡集製本愈々出来る。田舎としてはよい出来だ――

童謡集の見本本ができた。しかし、「田舎としてはよい出来だ」とは、製本が少し不満だったようだ。行雄が目指したのは一地方の童謡詩人ではなく、童

謡詩人、そのものだったからだ。

七月十九日、この見本本を内務省と警察へ届けている。特別記事欄に、「郭公啼くころ出版届を内務省へ出す。警察へ二部と都合四部めちゃになる」とある。その警察から単行本と雑誌の区別のつかない何かをいってきた。

七月二十二日(金) 天気・晴。起床・七時、就床・十二時。

警察官の無知。単行本と雑誌の区別すら辯へない彼等の世間知らず。それで警察にゐてつとまると思ふか。僕はそう思つてゐながらふと自分の身を振りかへつて見た。ある場合に於て私共はそれ以上の無知を発揮してゐる。毎日毎日くりかへしてはゐないだろうか。そうだ僕はまだまだ沈黙してゐる外はないのだ――

見本本から十五日目の八月三日、ついに童謡集が完成した。

八月

八月三日(水) 天気・晴にあらず。温度・曇り。起床・七時半、就床・二時。

――童謡集今度こそ完全に出来上る。贈呈先をかぞへて見る――

吉川行雄童謡集『郭公啼くころ』は、縦十九センチ、横十七・五センチ、表裏表紙共、三分の二が赤、背を包むように三分の一が青の印象的なものだ。茶

色の箱に入ったこの童謡集は、表紙を開くと、見返しは水色。扉と照子に似ていると行雄が喜んだ戸沢辰雄の絵扉には、それぞれうす紙が入っていて、その後に長田俊興の序がある。

「序

教員をして成金を夢みたり、権勢を望んだりする愚人はあるまい。教へ子の成長と教へ子の出世とは私にとつて無上の喜悦であり、最大の歓喜である。

個性尊重は現代の常套的流行語である。而して児童の個性を尊重する教育者は多いが、児童みづから が学校を移つてから、打算的生活を脱して、自己の個性を生かし、自己の趣味に生き、自己の眞生命のために精進すると云つたものは甚だ稀である。

吉川行雄君は小学校時代から、よく読書し、よく思索し、よく文を草し、よく詩歌をものしてゐた。受持つてる頃、君があの猿橋の、今でも東向きになつてある旧校舎の板壁にもたれて瞑想に耽り、読書に耽つてゐた姿が私の眼前に髣髴として来る。その後の君の文学的生活がいかな真剣真摯であつたかは君の童謡創作が、東都の雑誌にしばしば当選掲載した事によつて證明する。作家としての君の眞価を裏書するもので無くて何であらう。相別れてのち、春風秋雨、八星霜、私如き者をあく迄旧師として折々便りを忘れぬ君の純情こそ君によい作品を生ませる所以である。一年間同じ教室に生活した私は、教へ子の中に君の如き新進作家を出したことが、いかに華高々であらう。君この度その童謡作品を輯めて一巻に収めると聞く。君のその仕事は、私の教壇生活白墨生活を飾つて呉れる大きな仕事であると大言壮語したい。私は序文として書いたわけでない。年齢こそ先輩でも、君の作品に対して序を書く事の出来る程、私に創作的実力が無いから。私は嬉しさのあまり祝辞と言つた心地でペンを執つたのである。

昭和二年五月廿六日

山梨県四方津校訓導　長田俊興」

序の次は前出の小田俊夫の文が続き、目次となっている。目次には、ハグレスズメ以下四十四篇が入っていて、その中には『赤い鳥』や『金の星』に選ばれたものの外、『螢の光』に送ったもの、照子に書いた作品も載っている。この四十五篇の中には大正十二年『明日の教育』で西條八十の選によって選ばれた喜びの三篇も入っていると思う(「お留守居番」が「お留守居」と題して載っているかもしれない。後日の行雄の文にこの題がある)が、確かめようはない。

巻末には吉川行雄の次の文が載っている。

「　郭公啼くころ巻末に

童謡集郭公啼くころ――

私は書き上げた原稿を手にして永い間、想ひ畫いて来た一つの夢が実現する喜びをしみじみ感ずる。

夢！　私は想ひ出す。

大正十二年八月号明日の教育　童謡欄に　西條八十先生の撰で私の童謡三篇が一等に当撰した、あのうれしかつた日を想ひ出す。

長いこと、歿書の悲哀を満喫しながらも尚、自分の心をこめた作品が活字になる、その時の喜びを夢想しつゝ、長田俊興先生の所謂、大なる投書狂は屈しなかつた。

夢想！　そうだ、超当選者?・定連の一人であつたあのころの私には　一等当選なぞと云ふことは　まことに途方もない夢想でなければならなかつた。

が　つひに私のその途方もない夢想は、夢想でなくなつたのだ。

あの時の有頂天な私の喜び――

今、私は　私の第二の夢、活字になる　はじめての童謡集　郭公啼くころ　の生みの母たる歓喜に陶酔しつゝ　ほがらかな微笑もてあのころの私を想ひ出さずにはゐられないと同時にまた、今後第三に展開する夢想は　なんだろう、と考へる。

あゝ、天空のあくがれの虹に聳然たる幻の尖塔を眼がけて舞ひ　揚る　ひとつの蝶！

舞ひ　揚る　蝶をなやませつゝ　太陽は、かの

幻の尖塔のてつぺんから　若々しく、力強き白晝夢
を　閃々として放射する。

この集には長田俊興先生及村童社小田俊夫氏から
まことに私には勿體ないほどの立派な序文をいただ
くことが出来た。

私にとつてのこよなき、よろこび　謹んで両先生
に感謝する次第である。

一九二七、六、一〇　　吉川行雄　しるす。」

奥付には、郭公啼くころ（非売品）昭和二年七月二十日印刷　昭和二年七月三十日発行。著作者吉川行雄　発行者吉川行雄　山梨県北都留郡大原村猿橋。印刷者吉川實治　山梨県北都留郡大原村猿橋。印刷所猿橋活版所　電話三三番。

『日本童謡集』の参考文献、単行童謡集の頁を見ると、島田忠夫『柴木集』昭和三年六月、水谷まさる『歌時計』昭和四年六月、後藤楢根『月明集』昭和四年十一月、槇本楠郎『赤い旗』昭和五年五月、鹿山映二郎『淵』昭和五年六月、横山青娥『栴檀の実』昭和六年八月、巽聖歌『雪と驢馬』昭和六年十二月、佐藤義美『雀の木』昭和七年六月、有賀連『風と林檎』昭和七年八月、多胡羊歯『くらら咲く頃』昭和七年十月、与田準一『旗・蜂・雲』昭和八年六月、武内俊子『風』昭和八年十一月と、北原白秋、西條八十、野口雨情以後の童謡界で活躍する若き詩人たちの中で、吉川行雄は一番早い時期に童謡集を出版したことになる。実家が活版所ということはあったにしろ、行雄が童謡を深く愛し、創作していたことがわかる。

童謡集『郭公啼くころ』を手にして、行雄はきっと晴れ晴れとした気持ちであったにちがいない。

八月四日(木)　天気・曇。起床・七時、就床・十二時。

――童謡集第一回の発送をする。こう云ふ気持は知見君によると心の栓がスポリと抜けたである――

特別記事欄「童謡一篇。書けない気持。たしかにある気持だ。やるせなく　いらだゝしさはなに、よつて来るか。僕には分らない。あるぼんやりした不安などとは云はぬ。芥川氏のように鼻のさきに死がぶらさがると困るからね」

八月八日（月）天気・晴。起床・七時、就床・一時。

小田氏から手紙あり。あの人の闊達自在の筆の力にはたゞおそれ入つた――小田氏へ返事出す。先輩諸先生へ郭公啼くころの贈呈方依頼する。床屋の健一君に一冊やる（童謡集）

八月七日の小田俊夫の手紙。

童謡集　ありがたう御座いました。立派なものが出来ましたね。はいけんしてかんたんしました。立派なものです。おせぢでもなんでもありません。このよき装幀と美しい活字の組みと、きもちのい、紙と、丁寧な製本と。私はこの郭公啼くころに幸ひあれと祈ります。ほんとうにありがたう御座いました。いづれ螢の光で、だれかに書いてもらひませう。それから先輩達へお送りになりましたか。もしまだで御希望でしたら御てつだいしませう。やつぱりお送りになつておかれるほうがおためでせう。先輩達の一言の批評はどんなにあなたの御勉強のためになるかわかりませんよ。右御礼かたがた御たずねまで。

七日　小田俊夫

吉川様

八月十一日（木）天気・曇。起床・七時、就床・十二時半。

――曇り日にしてむしあつし。午前ザーッと驟雨来る。少時にして止む。空晴れず終日気重し。

金の船及赤い鳥へ童謡掲載さる。金の船へ三篇、赤い鳥へ五篇童謡投稿。

アサ

アサ　ノ　オマド、
ダレカ　ヨンデ　ヰルナ。
アサ　ノ　オマド、
ダレガ　ヨブカ　ミタラ、
アサ　ノ　オマド、
ギン　ノ　コサメ　アカル。

八月十四日(日)　天気・晴と曇と。起床・七時半、就床・十二時。

小田氏から集贈呈の氏名来る——金の星へ童謡推薦となる。童謡三篇。

ねんねねかそと

チッチと啼いて

いしたゝき　いしたゝき
お山ぢや
小石はたゝけまい

いしたゝき　いしたゝき
お山にゐるときや
なにたゝく
よい子のねんねの
せなたゝく

チッチと啼いて
いしたゝき　いしたゝき
ねんねねかそと
子をたゝく。

行雄は日記をじつにていねいに書いている。そのことで創作欲を半減されることがあったようだ。そこで、次の日記になる。

八月二十日(土) 天気・晴。起床・六時半、就床・十二時。

今日より日記は事務的なことのみ重にしるさむと思ふ。日々起り来る創作欲と共に、このからつぽの頭に二重の負担なるを思ふが故なり。またこれより書物もみつちり読まむとも思ふからの故もあり。然りといへどもその日の気分によりてはまた風向きかわるかも知れず。白秋曰く「明日には明日の日和がある」と――

短歌十二篇。童謡二篇あり。

なんとなく要事のたまつてゐるごとき責任感？ありて――

八月二十三日(火) 天気・晴。起床・七時、就床・十二時。

篠原氏より氏の童謡集及児童作集を川村氏を介していたゞく。教育者である氏の貴い業を私はただおがみたいのだ。氏の病気の一日もはやく快復せられんことを望むものだ。

童謡三篇。短歌一篇。

篠原氏と川村氏へ礼を出す。

――原稿用紙来る。（交蘭社）――

八月十七日の篠原銀星のハガキ。宛先は大原村殿上　川村章。

何時も乍らの兄の御厚情を先以て感謝いたします。長い病床でした。仰臥一年余そうして私の合得たものはあまりにも虐げられたる肉と心とだけです。

五月下旬一時危篤の状態にさへ置かれましたが、ようやく死地を脱し得たもの、以来徹底的の仰臥読書も詩作も思ふに任せない有様。

吉川氏の詩集〝郭公啼くころ〟なんとも御礼の申し様もありません。気分のいい朝にでも逢つてゆつくり拝読ゐたしたいと思つてゐます。

吉川氏へ兄から宣敷申して下さい。

いずれ健なる日を待つて御交友願ひとうございます。

（貧しい私の営み、吉川氏に捧げて下さい）

八月十七日

篠原　哲

八月二十四日(水) 天気・晴。起床・六時半、就床・十一時半。

今日帳場多忙なりき。夢のごとき一日なりき。暑きことはなほ真夏ではある。

今朝は冷めたいほど涼しかつた。ほんとうに秋だなと思つた。川村先生より篠原君まで通信せよとたのまるにより早速氏の病床へ便りする――

八月二十七日(土) 天気・晴。起床・六時半、就床・十二時。

長田先生嬉しいと言つて来た。私もうれしい。うれしい。童謡集発送（二回）す――

八月二十八日(日) 天気・晴。起床・六時、就床・十二時。

口語短歌折にふれてふつと唄ひたくなる。今日は十八篇。生活そのものが唄になる。どうやら分つて来た気持だ。何となく「生活を歌ふ」の影響をこふむつたらしく思ふ。今日も一日読みほける「生活を歌ふ」を。

篠原銀星氏また患部に異変あるとのこと。悲しい。その手紙仰臥したま丶かくとある。この返事かくためにまた病重くなることなどあつたら――悲しい――

愛誦の童謡よむ。この雑誌のものは童心としてどうかと思ふ。あまりに感傷的におぼれてゐ過ぎる。父に来客あり。十二時に僕は眠つた。

篠原銀星は、山梨県生まれ。（ハガキの消印に山梨多麻とある）本名哲。女学校で教鞭をとりながら短歌を発表。川村章を介して知人となり、『よしきり』に短歌を載せた。土の香社主宰。『金の星』に童謡一篇。童謡集も出版する。亡くなる三年ほど前から患い、病の床につき昭和四年（一九二九）没。

八月二十七日の篠原銀星のハガキ。

お手紙を嬉しく拝見ゐたしました。

二三日来患部異変のため、まとまつた御返事も差上げれません。悪しからづお許し下さい。
いずれ又おりを得て申上ます。
螢の光　ぜひともお願ひします。
二十七日　仰むけにねたま、かく　篠原銀星

八月二十九日(月)　天気・曇時に雨。起床・六時、就床・十二時。

曇つた空だ。鳥が静かに三羽舞つて行つた。朝……。

三木露風先生から郭公啼くころほめられる。〝詩がふくまれてゐる。単純の中に複雑な気持がこめられてゐる。純情のある作品がかなり多くある。近来まれに見るよい集だ。私の日本童謡論にこの著を書かうと思ふ〟実際私は嬉しい。しかしもつと勉強しようと思ふ。

小田俊夫氏と戸澤辰雄氏へ葡萄送る。童謡一篇。

八月二十八日の三木露風の手紙。

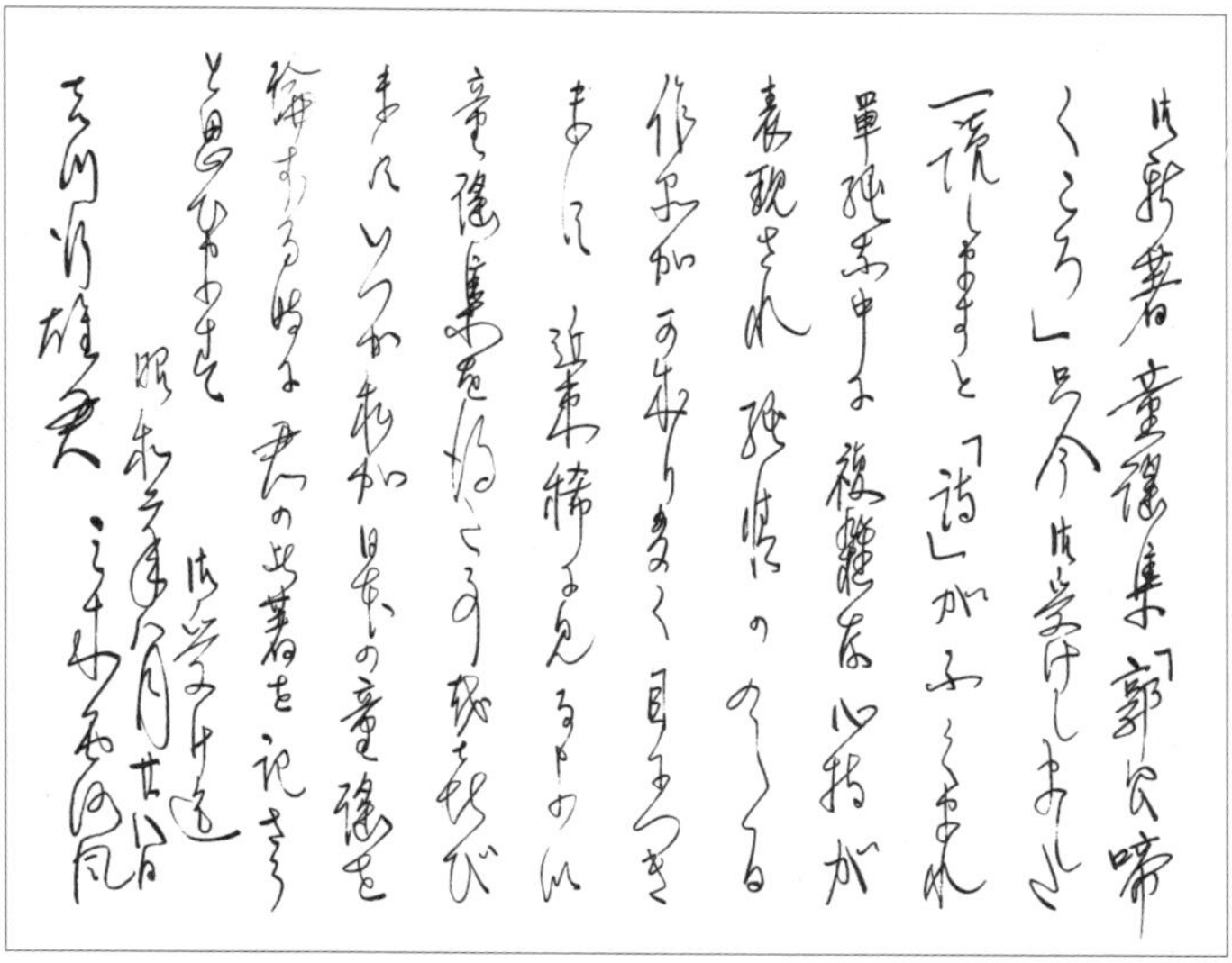

御新著童謡集「郭公啼くころ」只今御受けしました　一読しますと「詩」がふくまれ単純な中に複雑な心持が表現され純情ののこる作品が

可なり多く目につきます　近来稀に見るよひ童謡集を後之事越喜びます　いつか私が日本の童謡を論ずる時に君の此著を記さうと思ひます
御受け迄
昭和二年八月廿八日
三木露風
吉川行雄君

八月三十一日(水)　天気・曇。起床・七時、就床・十一時半。

曇り日だ。涼しくなつた。妙に心寂しいころだ。

小田氏から手紙。露風氏の言葉を僕にも喜ばして呉れと。葡萄も知人達にくばるとのこと——

八月三十日の小田俊夫の手紙。

これはまたなんという喜しいたよりを私はうけとることが出来たんでせう。あなたのよろこびを私もいつしよによろこばしていたゞきます　あなたにいよ、幸ひあれ　葡萄ありがたうございました　早速今朝荷をとくといたゞいてをります　この小粒のなんとまあおいしいことよ　知人達にもわけさしていたゞきます　うれしいうれしい　私はなんだかゐても立つてもゐられない気持ちです　幸ひあなたにあれ
八月三十日
小田

九月

九月一日(木)　天気・晴。起床・七時、就床・十二時半。

今日震災記念日。一日静かにいのろう。

藤井樹郎君突然訪ね来る。まとまつた話はなかつたが、一寸芸術論など戦はす　談なかばに郭公啼くころ贈呈者よりハガキ数通来る。藤井君十一時半頃かへる——

今宵来客あり。すつかり遊び呆ける。

九月三日(土)　天気・晴。起床・七時半、就床・十一時。

——与田準一氏より手紙あり。郭公啼くころにつ

いて――一寸胸をうたれた批談あり。人の見る眼の個々に異るを今更感ず。藤井君の批評甘受論を想ふ――

特別記事欄「星の美しさ。秋はいゝなと思ふ。知見君のことを想つてゐる――」

八月一日の与田準一の手紙。

啓上
『郭公啼くころ』面白く拝読仕り候　〃お午ごろ〃〃夕焼〃〃すみれと雀〃〃日暮れ〃〃日かげり空地〃〃小牛の夢〃〃お留守居〃〃ねんねねかそと〃〃ばんげ〃等佳篇と存じ候　童謡は真に感ずる所より生れたるもの尊しと信じ候　技と才は考へものにて候　又甘さこそ禁物にて候　〃はつなつのはな〃等一例ならずや
童謡は与へるよりも生むべきものにて候　カタカナも例へばクロと黒とは何れが黒く感じられ候や　考ふべきにて候
先づは御礼かた〲愚言相述べ候　今後のご修業専一にと祈申候匆々
与田
吉川行雄様

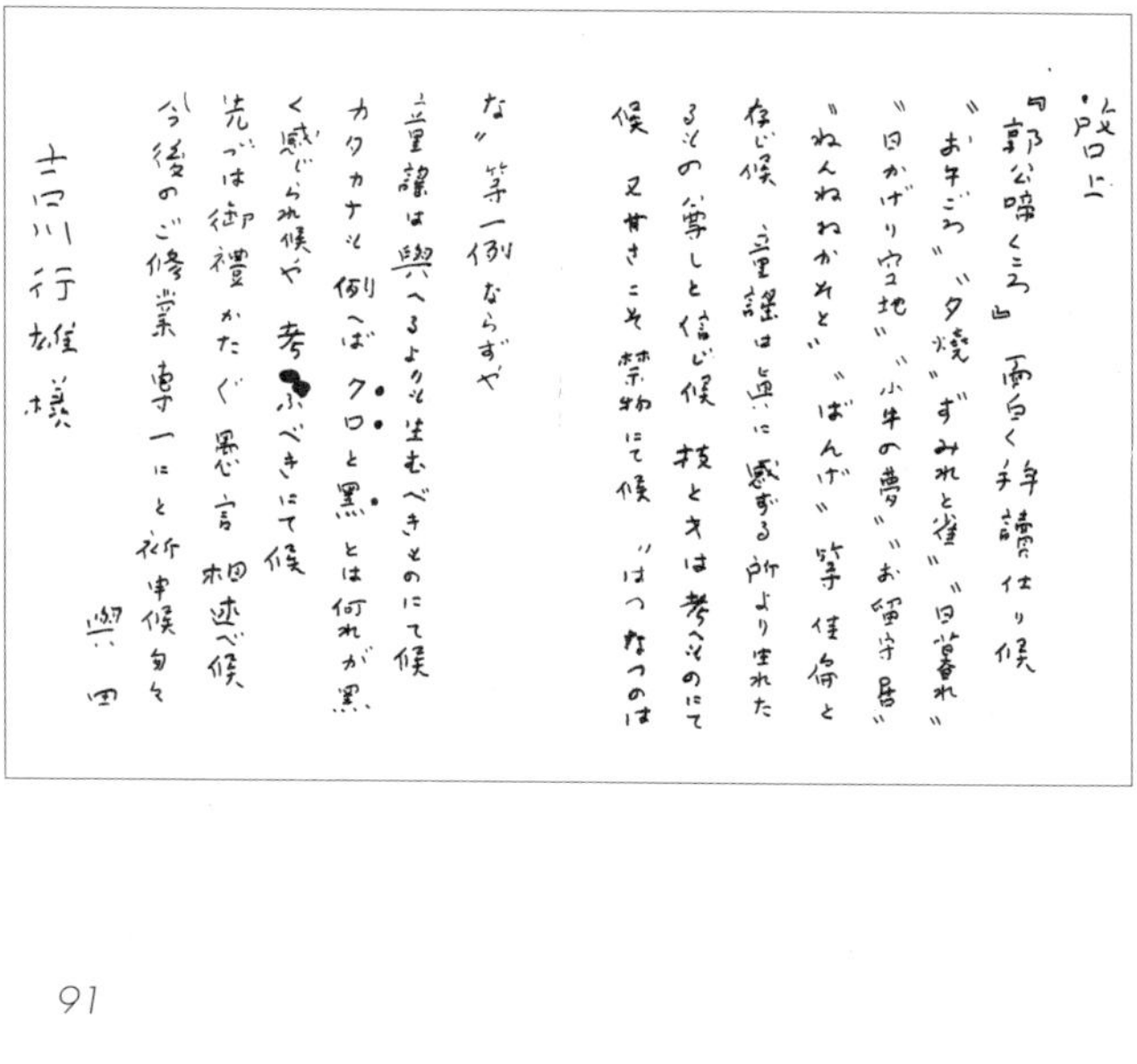
啓上
『郭公啼くころ』面白く拝讀仕り候
〃お午ごろ〃〃夕焼〃〃すみれと雀〃〃日暮れ〃
〃日かげり空地〃〃小牛の夢〃〃お留守居〃
〃ねんねねかそと〃〃ばんげ〃等佳篇と
存じ候　童謡は眞に感ずる所より生れた
るもの尊しと信じ候　技と才は考へものにて
候　又甘さこそ禁物にて候　〃はつなつのは
な〃等一例ならずや
童謡は與へるよりも生むべきものにて候
カタカナも例へばクロと黒とは何れが黒
く感じられ候や　考ふべきにて候
先づは御禮かた〲愚言相述べ候
今後のご修業専一にと祈申候匆々
與田
吉川行雄様

与田準一、この時二十二歳。与へるよりも生むべきものとはさすがだ。

与田準一は、明治三十八年（一九〇五）、福岡県生まれ。小学校代用教員時代から『赤い鳥』に投稿。隣町の柳川出身の北原白秋を頼って上京。童謡における白秋門下の第一人者。赤い鳥童謡会会員、『チチノキ』同人。童謡集『旗・蜂・雲』『山羊とお皿』、『与田準一全集』など多数。行雄との交友も深く、『バンの作品号2・真空管』がある。『日本童謡集』の編者でもある。「小鳥のうた」「たかいたかいしてよ」のうたでも知られている。平成十年（一九九八）没。『日本童謡集』に十六篇。

カタカナについてはこの後、一時期、流行の様子を呈したことがあるが、その事について昭和五年の『鶺』六号の編章おぼえ書きで、この日の手紙を引用して行雄は次のように書いている。

「カタカナで書く童謡がスバラシイ流行を生みそうである。あのメカニックな感じや、それでゐて、しかしナンセンスな味は、百パーセント効果的である。二三年前、私は『郭公啼くころ』なる――ナントソノナヲイフコトノユウウツナルコトヨ――童謡集をだしたことがあるがその中のカタカナ書き童謡について与田さんからお叱りをこふむつたことがある。つまり『クロと黒とではいずれが黒く候や』など。『考ふべきことに候』など。作品は勿論問題になるほどのしろものではなかつたが、私としては、いやな言葉だが、今昔の感しきりだ。ともあれ時代の流つて、しかしオカシナもんだと思ふ」

九月四日(日) 天気・曇。起床・七時半、就床・十一時半。

蕪村の句にひたる。野路の梅白くも紅くもあらぬかな　に三嘆する――

篠原銀星氏の病床見舞の議あり。早速一円也を贈るにきめる。この善き歌人に幸あれと今宵しみじみといのる――

特別記事欄「短歌も童謡も行きつまる。困つた。読みたいものも今、念を入れて読んでおきたい」

九月五日(月) 天気・曇、晴。起床・七時、就床・十二時。

――火事。（午後九時ごろ）百瀬吾朗方裏 蚕室に充てある大田屋の家屋。子供等教科書入りのかばんか、へて逃げまどふと。僕はこれをきいたときひどく胸をうたれた。なんと云ふ無邪気なユーモアにとんだ小学生の心持ち。い、かげんな美談よりもなによりももつとも教訓を含んだ善き意味の情操教育はこうしたことから――こんなことは云はれないだろうか。

弟の僕を思つてくれる心持ちも大変に嬉しまれた。特別記事欄「松虫啼く。今宵弟とり来りしなり。

静かさ。大風のあとの静けさだ」

秋だ。しみじみした雨だ。寂しい、寂しい、せめて〃公達に狐化けたり宵の春〃蕪村でも味つてゐよう。蕪村、蕪村、呼ばつては見ても彼は昔の人だ。彼は偉大だ。僕は芭蕉より好もしい詩人だと蕪村を思う。童謡二篇。

この日の特別記事欄には、九月三日の与田準一の言葉を想う文が綴ってある。「すくなくも童心を童謡で表現してゐると吾々にすれば童謡はあたへるものだ。生むべきものなるも真理だ。生むべきものをあたへられぬとすることはないだろう。与えるものよりもより生むべきだ。あまりにばくとした言い方だ」

九月六日(火) 天気・雨。起床・七時、就床・十一時。

藤井樹郎君から山梨教育と手紙もらふ。〃このみちや行く人なしに秋の暮〃ではなかつたことを喜ぶとのこと。早速返事出す。

近代風景を読む。

九月八日(木) 天気・雨。起床・七時半、就床・十二時。

起き抜けに知見君からの手紙受ける。十一日には来て呉れるそうだ――

下田惟直氏から新人とおだてらる。郭公啼くころについて。うれしくないこともない。一寸した非難もあつたがうれしい。あたらずさはらずの事を云ふ大家はきらひだ。気取つてやがると云ひたくなる――

九月十日(土) 天気・晴。起床・七時、就床・十一時半。

素晴しい秋日和だ。清々しい気持で起き出る。なにかいゝ匂ひ……いゝことがありさうだ。

知見君とかたる。卒業後はじめてだ。非常に官能的な詩人である彼のやさしさはどうだ。女性的なつゝましやかなものごし、近づきやすい男だ。いゝ友を得て僕はうれしい。旧知だが僕はこんな気持で知見君の友としての出現を喜こぶ。

童謡二篇。

特別記事欄「明月。十五夜である。素晴しい月が屋根にあがつてゐる。僕は僕らしいセンチメンタルな思ひ出にふけろう」余白に、「内親王　降誕あらせらる。(午前四時四十二分)」とある。

九月十三日(火) 天気・雨。起床・七時半、就床・十一時半。

雨！　静かな今朝である。たまの雨はいゝものだ。しつとりと心持が和んで来る――

父に遊んでると云はれてむかつ腹をたてゝぐんぐんと仕事をする。後の寂しさ――これはどうしようものか。

西條八十先生から丁寧な便りあり。筆跡の美しさ。詩人らしい言葉づかひ。なつかしい　どちらかと云へば女性的な感じのする人を想像する。詩二篇――

九月十日の西條八十の手紙。

> 吉川行雄様
>
> 御高著「郭公啼くころ」を御送り下さいまして有難う存じました。あつく御礼申上げます。「明日の教育」で曾て拝見した作品があなたであつたことは幸福なおどろきでした。あれ以来

巨きな進歩をなさつたことを新集を通じて知りました。お礼申し上げるとともに、以後のよき御精進をいのります。御礼のみを。早々。
九月十日
西條八十

九月十五日（木） 天気・晴。起床・七時、就床・十二時半。

大分から童謡詩人誌贈らる。〝稿料は出せぬが原稿を〟とのはなし。生れてはじめて稿料を云々される。驚いた。実際——しかし僕の〝ねんね、ねかそと〟を白秋、雨情、ハチロー等と並べてあつたのはうれしかつた。しかし恐縮だな。

知見君より便り。あひかわらず丁寧な男だ——童謡一篇。

後藤楢根はこの当時、雑誌『童謡詩人』を大分で発行していた。昭和二年九月一日発行の『童謡詩人』九月号（第三号）を見ると、編集同人、猪股秋、原つねを、中川武、後藤楢根。発行兼編集者、後藤楢根、発行所青島舎。印刷者、植木佐太郎。印刷所、碩田社印刷所。

同人のほかに島田忠夫、平林武雄、鹿山映二郎、古村徹三、仙波重利、海達貴文、海達公子等が書いている。又、九月童謡壇抄の頁には、「海の向う」北原白秋、「木苺」岡田泰三—赤い鳥—、「お月見」野口雨情—児の友—、「垣根」与田準一—コドモノクニ—、「まつりの頃」金子みすゞ—愛誦—、「あアかい あアかい」サトウハチロー—婦人倶楽部—、「ねんね、ねかそと」吉川行雄—金の星—、「一つ星」杜仙之介—童心—と、各雑誌から選んで載せている。

九月十六日（金） 天気・晴。起床・七時、就床・十二時半。

秋晴れ——だが余りよい天気ではなかつた。童謡一篇。幼児等遊びに来る。とても愉快となる。彼らの純真さよ。姉葉山より帰郷後はじめて来る。元気ははなはだよい様子。ほつとした——

特別記事欄「父、大月行　県議候補の選考らしい」

九月二十一日、二十四日、二十五日、そして十月四日と童謡に対する行雄のおもいが綴られている。

九月二十一日(水) 天気・晴。起床・八時、就床・十二時。

童謡は童心の芸術だ。誰もかく云ふ。然し事実童心の作品が今日の童謡壇にあるだろうか。ひつきようするに大人の作るものだ。なにかの不純さがあるはづだ。大人には余りに騒々しい社会のもの音に耳をおほふべくにはぬきさしならぬ情実のこんめいがある。女を知つてゐる。金銭の貴さを知つてゐる。名誉欲がある。どろ沼のあへぎだ。どす黒い思想の大波に息も出来ぬ大人達だ。こう思つた時僕は何度童謡創作をやめようと思つたことか。おれはまだ純だ。すくなくも孤独だ。立派な子供だ。すくなくも情実のこんめいがないだけでもたすかる気持である――

九月二十四日(土) 天気・雨。起床・七時半、就床・十二時。

童謡――語としてすでに童の謡である。だからうたひ得るものでなくてはならない。形式として、つまり外見として歌謡の形式を持たねばならぬことも一つの要件だ。しかしそれ以上、ある感動によつて発想された童謡、つまり詩が、形式はどうあろうとも作者がうたふ気持になつてゐるかと云ふこと、つまりそれが、詩が内面的リズムを持つかどうかと云ふことも忘れられない点であると思はれる。内面的歌謡体?は　いわば非常に美しい、嬉しい感激がその作の内にこめられてゐるか、その感激の多少に依へて決定せられる一つの芸術的成功だ。

内面的歌謡体とある感激とは同義語であるか否かは僕にわからぬ。がすくなくも感激が芸術を生み、芸術はまたある時その作者その人に起つたある感激が源泉となつてゐるとは云へると思ふ。感激することは作者の高揚せる芸術的飛躍だ。うたふと云ふ本能の端的な現れだ。

九月二十五日(日) 天気・雨。起床・七時、就床・十二時半。

童心とは童の心だ。純一無雑な清らかな聖境だ。この境においては絶対に権謀術数は不要だ。浄化せられた童心の堆積が芸術であるのだ。その意味で単純素朴な感激の発露である童謡道に遊ぶことのありがたさを合掌する。ルソーの森にかへれは一本気な原始（童心）への憧憬だ。

××

朝鮮京城図書館から郭公啼くころ　寄贈の依頼受く――

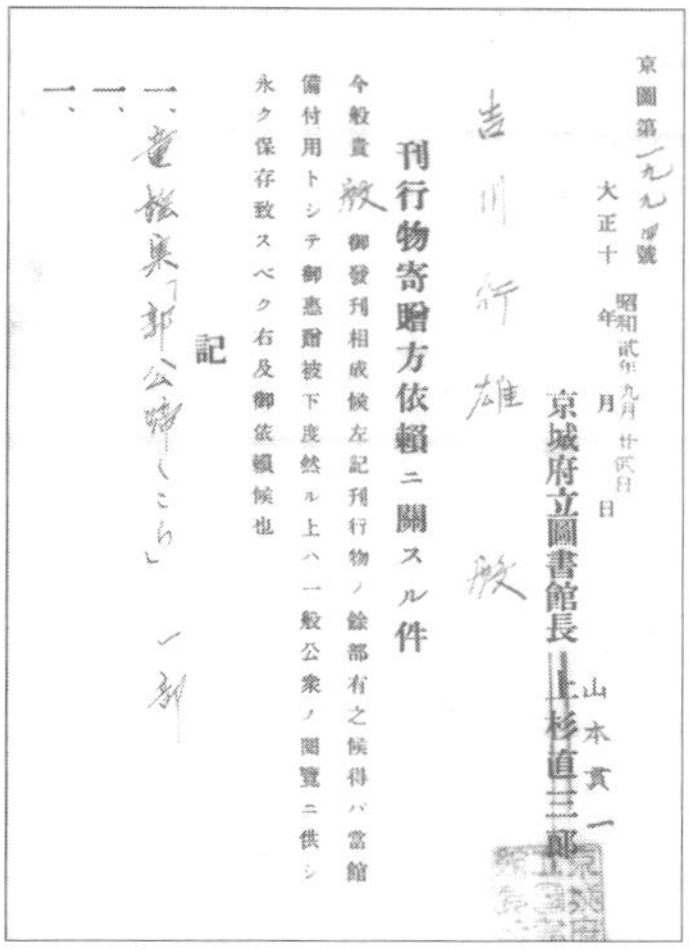
京圖第一九九號
大正十年月日　昭和貳年九月廿弐日
京城府立圖書館長　上杉直三郎　山本貫一
吉川行雄殿
刊行物寄贈方依頼ニ關スル件
今般貴殿御發刊相成候左記刊行物ノ餘部有之候得バ當館備付用トシテ御恵贈被下度然ル上ハ一般公衆ノ閲覧ニ供シ永ク保存致スベク右及御依頼候也
記
一、童謡集「郭公啼くころ」　一部
一、
一、

九月は『赤い鳥』と『金の星』に二篇が選ばれている。

かげ

つきのひかり
ひる　の　やうだ。
たれ　か　とおる、
さむい　せきだ。
はた　の　むかう、
ながい　かげだ。

田圃の月

ほうい　ほいほい
田甫の月は
案山子のおせなに
ねんねした

十月

十月二日(日) 天気・雨。起床・九時、就床・十一時。

アナクロニズム調（試作）

神ながら菊花匂ひを聯ねけり（神の体現）

天地に寂聯ねけり菊の秋（寂）

草庵や雨に隠れて虫の秋（雨に聴く）

草庵に虫飼ふ君がおだやかさ（眠り）

寂しさや隠れ栖む身に虫を飼ふ（孤独凡愚）

佗しさや虫技なきに馴れにけり（真実）

虫鳴くやこゝろ技なく居澄みけり（澄心）

君子虫放ちて草に灯かざしぬ（解放）

技なきにおろがみまをす虫の秋（凝視）

渓の水落葉紅葉を集めけり（社会）

稲衣聯歩山門紅葉夕日かな（稲衣）

重陽の節句節会や虫稚し（古調）

十月三日(月) 天気・晴。起床・八時、就床・十一時半。

口語はいく　しをん　その他。

しをん　ほのか　つき　に　ういてる　ふるきいへ。

かげ　ゆれて　かべに　しみてる　はな　しをん。

×

おそあき　を　むし　かすれつ、　ないて　ゐる。

あさの　ひに　かほり　ちどめ　が　ころげてる。

すゞめ　ゆめ　を　あさ　まだ　みてる　くさの　なか。

なにかしら　うれしい　あさだ　だれか　きそう　よ。

くりやべ　に　あさひ　はんぶん　さして　ゐる。

あくび　して　シヤツ　ほして　ゐる　は、の　かほ。

×

かしぐ　けむ　こつそり　やみ　に　ながれてる。

ラヂオ　ひとり　きゝほけて　ゐる　ゆふげどき。
（試作）

十月四日（火）天気・晴。起床・八時、就床・十一時。
俊興先生より便りあり。非常にうれしい言葉に充ちてゐる。
いゝ日である――
童心に生き、童謡の世界に遊び、単純にして素朴な純一無雑な境地にいつの日か僕は達したいと思つてゐる。理詰めの人間にはなりたくないのだ。静心の世界から自然と人生の寂を深く味得したいと思ふ。沈黙と深さに徹し匂ひの雨に濡れて更正の理智（純心）に生きよ。
童謡一篇　短歌五篇。
特別記事欄「選挙・政争の暗さに泣く。あゝ遂に普選法も青年のためには存在しなかつたのだ。明るい日本は果していつの日にか――」

十月五日（水）天気・曇。起床・七時、就床・十一時。
――大分の後藤楢根君より便あり。おだやかな曇り日である。書をひもとくにいゝ日だ――

十月六日（木）天気・晴とも曇とも。起床・八時、就床・十一時。
今日県会の投票日だ――地上楽園に郭公啼くころの批評出る――明るい気持ちのよい作風であると　一寸考えて見る。童謡二篇あり。
特別記事欄「父投票所立会人であつて一日役所に入りきりだ」
雑誌『地上楽園』は、編集兼発行者白鳥省吾、発行所は東京市外高田町雑司ヶ谷・大地舎。

十月七日（金）天気・晴。起床・八時、就床・十一時。
童謡三篇。静かな夢でも――どこかで冬が眼を開けるだろ。
白秋派全盛時代か。

童謡作家たるもの白秋派たらざるべからず。敢えてこの潮流に抗するもまた面白いことだ。僕にその意志なし。止みがたい発表欲をどうすればよいのだ。

白秋派か雨情派かは見る人の自由だ。しかし僕自身は白鳥省吾に近い気がしてゐるのだが。

十月八日(土) 天気・雨。起床・七時、就床・十一時。

奈良氏選挙に勝つと決定す。父の喜び、僕も無条件で嬉しい。父の顔に生色あり。この真情。勝利は当然だ。久し振りで気持のいゝ十三夜。雨降りの十三夜だが——

弘田龍太郎氏より郭公啼くころの礼状来る。

金の船へ童謡推薦さる。絵入にて。（ひとつぶたねを）赤い鳥は佳作である。（お留守居）

今宵嬉しさでいつぱい。早く寝る。

ひとつぶたねを

ひとつぶたねを
まいたらば
とつとが出た芽を
たべちやつた。

ふたつぶたねを
まいたらば
ふたつがふたつ
芽を出した

いたずらとつとが
かんがへる
兄弟だつたら
かはいさう。

お留守居

アンテナに

青い月。
遠空に
ほそい雲。
お留守居で
僕は窓。
宵祭り
遠い笛。

十月七日の弘田龍太郎のハガキ。

先般は美しい童謡集を有難う存じました。まことに感じのよい本でうれしく思つて居ます。早速御返事すべきを民謡の旅をし、遅くなりました。申しわけありません。今後の御努力を切に祈ります。
十月七日

弘田龍太郎は、明治二十五年（一八九二）、高知県生まれ。作曲家。東京音楽学校卒業。「靴が鳴る」「浜千鳥」「春よ来い」など多数。昭和二十七年（一九五二年）没。

十月十二日(水) 天気・朝晴午後くもる。起床・七時、就床・十一時。

小田俊夫氏近日畑の春を大地舎から出版すると。僕は小田氏の手紙を嬉しくよんだ。
童謡一篇。
秋の冷めたい西風が吹く。小田氏は秋を好きだと云つたが僕には寂し過ぎてゐる。枯枝に烏の止りけり秋の暮、この句は寂しいが好きだ――

十月十三日(木) 天気・曇。起床・七時半、就床・十時半。

童心は聖い。子供の世界を合掌する。生活に追はれる大人達は童心にかへることによつて、たとへ一瞬でもその魂は救はれるのだ。干からびた人生の落葉をふんで僕達は年を経る。かさこそと寂しい林間に佇めば悲しいばんかが聞えるであろう。僕はだが、童心の世界に遊んで、今その寂しさを永遠に忘れようとしてゐる。（僕は自分の肉体の不幸まで忘却しようとしてゐる）そして童謡道の歩みに真剣な瞳をこらすのである——

嬉しい日である。なんとなしに嬉しい日である。夜の深さに、こつそりとねむる——あ、そうだいつか泣いたつけな、こんな晩に、夢を見て——特別記事欄「父奈良さんの当選礼状送の手伝ひに一日帰らず。童謡の世界にひたる。ほつとして息をつくと、秋がふところに入つて来る。

夕焼け……」


十月十四日(金) 天気・曇。起床・七時半、就床・十一時。

童謡一篇。

今日小学校の運動会だのにこの寒さ。子供達にせめて今日一日の秋晴れは恵まれないものか。

愛誦へ童謡推薦さる。

父と英ちやん。八王子　十夜へ遊びに行く。夜九時列車にて帰る。

夜の深さ。早く寝る。


十月十八日(火) 天気・晴。起床・八時、就床・十二時。

僕は僕の肉体の不幸に就いて考へて見た。諦めと云ふことも考へて見た。運命も考へて見た。泣いても見た。いかつても見た。笑つても見た。死をも思つたのであつた。しかし結局はどうなるものかであつた。僕と云ふ人間が実在の人間であるとすると、この不幸も遂に事実ぢやないか。

僕は事実に抗し得られないのだ。

こうさとり得たとき僕は僕をあわれんだ。無論現在の幸福さうな僕をである。さとると云ふことつまりあきらめを得た人間ほどつまらないものはないからだ。平々凡々に我運命を打開も出来ずに一生をおはる人間の精神上に不幸なることは言をまたないのである。芸術がなんだ。人生がなんだ。社会がなんだ。偉人がなんだ。人間として不幸な人間は僕なのだ。

十月十九日(水) 天気・晴雨。起床・七時半、就床・十一時。

朝の日本晴は暖かだつた。一片の雲さへ見えない空に深いなにかの命が見える。また来年の石楠花の花がつぼみとなつてもう見えてゐた。昨日植えた桃の木がこの庭へ来てのよい天気に嬉しそうだ。この庭にときたまの変化が私の心にい丶空気を注入する。

また雨だ。寒い寒い雨だ。夜に入つて大きな降りとなつた。いつか止んだと思つてゐたらもう晴れて星が見えてるらしい。母が明日は天気だと言つてゐた。

十月二十日（木）天気・晴。起床・七時半、就床・十二時。

島田忠夫童謡号（童謡詩人十月号）を得て、童謡の分野がこうかあつと明るくなつた気がする。表現のかつちりしてゐる点、言葉を妙にひねらない点、率直にして、朴素な点、清らかに純美な点、僕等は学ぶべきである。静かな慈父のこえである。彼がこの真実に詩壇はもつと頭を下げてよいと思ふ。童謡三つ——

この頃から行雄は独学で仏語を学び始めた。

十月二十三日（日）天気・朝の晴曇、雨。起床・八時、就床・十時半。

冷めたい雨だ——童謡一篇。

仏語など学ばむと思ふ。なんとはなしに たゞやつて見たいのだ。嫌になればぽうんとほうるのだ。きま丶 きま丶だ。

十月二十五日（火）天気・晴。起床・八時半、就床・十時。

明るい日和だ。母が気分が良くない相で心配だ。篠原銀星氏よりたより。我が病癒えゆくしるし未だなく今年も菊は咲くべくなりぬ このうたにしみじみ涙する。さみしい人よ。私は悲しい。

忙しい日だ。それでも慶明野球戦の中継放送など聴く。吾家の人々もこれだけ忙しさになれてゆとりが心に出来たのを想ふ。

童心誌に童謡二篇載る——

十月三十日(日) 天気・雨。起床・八時、就床・十一時。

雨静かだ。多忙なるまゝ……ラジオに聴きほける。雨の日は静かでいゝ――

地上楽園と云ふ雑誌がある。小田俊夫氏を知るために僕はこの雑誌に代価を払ふ。僕のこの真実味を僕はちいとばかよろこぶのである。

十一月

この月『赤い鳥』に「朝の散歩」が、『金の星』に「寒夜」が選ばれた。

朝の散歩

風は笹の葉そよがせる。

雀、二羽来てもつれてる。

葉つぱの朝つゆ、こぼれてる。

蜘蛛《くも》がこつそり、さめてゐる。

日かげ蜘蛛の巣ひかつてる。

僕は静かに歩いてる。

丘がまる〳〵肥えて来る。

赤屋根ちら〳〵見えかくる。

空、あを〳〵と冴えてゐる。

とんび飄々かけて来る。

寒夜

霜夜狐
その声こほる
寒いから
啼くな

狐こん
霜夜ア寒むいから
狐啼くさ

子供藁家で
その声ョきいた
囲炉裏火ァとぼる

十一月一日(火) 天気・晴。起床・七時半、就床・十時半。

濱田廣介氏から郭公啼くころの感想来る。一、感傷味のないこと　一、素朴な点で現在の童謡から頭をもたげたものなり　と賞される。率直に正直に非難もあつて愉快だつた。所謂大家の空疎な讃辞のみには嫌悪してゐるだけにとても嬉しかつた。

金沢の兄さんの句。とてもかんしんしたのを。
いが栗に手を出して泣く子猿かな。

濱田氏と長田先生へ便りかく。

十月三十日の濱田廣介の手紙。

お作童謡集を頂いてからひどく日数がたちました。御礼の手紙を思ひ立ちながらつい性来の不精と身辺の雑多とから果さずに来ました——

感想としましても人銘々の観方があり、主張があるので、それに首肯しうるか否かは、その人自身に任せて、他からそれを強ふるべきでは有ません。そこでわたくしの言ひうるところを言はせて頂けば、お作集には、いたづらな感傷気分が有ません。構想がまづ概念化に堕してゐません。この二点だけでも、お作は、現在の多くの童謡から頭をもたげてゐるのです——

表現における技巧も、ととのひも貴兄の作には明白です。その確実さは、また先達の美点を生かしてゆかれる技倆でなくてはなりません。「日暮れ」「すみれと雀」「雨に」「お留守居」「濱辺の花」「そだつもの」など、わたくしの好きなものです。わたくし達の作風が、影響し合ふといふことは、それが各自の個性を育て、生かし、大きくしてゆく限りにおいて、よいことです、即ち自分の個を作るためには、他人の部分も必要です。貴兄に向って、それを今更申す要はないでせう。

何卒御精進ください、わたくしは自分の雑誌を持ちませんから、お作集を御紹介することは出来ませんが、御好意は永くいただひてまゐります。或は他日、みづから雑誌をもつやうな日もありましたら、御紹介も出来るだらうと思ひます。

日毎に秋はふかみます、御自愛を祈りあげます

敬具

十月三十日

濱田廣介

吉川行雄様

台下

十一月三日(木) 天気・晴。起床・八時、就床・十一時。

――近代風景の白秋先生の童謡論に胸をうたれる。三省すべき　童謡道に生きる僕等ぢやなかつたか。

十一月五日(土) 天気・雨。起床・八時、就床・十時半。

よく降るなあ！長田先生から山梨教育十一月号を送つていたゞく。郭公啼くころの感想がある。私は静かに読んで涙の溢れて来るのをどうせうもなかつた。私に創造の貴さを教へて呉れたのは長田先生だ――

ゆりかご誌贈らる。贈るのは其人の勝手だ。私はたのんだことはない。しばらく片々たる雑誌から遠ざかりたい。静かに、静かに、寂然として孤独に生きるおまえぢやないか。

十一月六日(日) 天気・晴。起床・八時、就床・十二時。

快晴である。父東京行。僕の起きたころすでに居なかつた。暖かで明るい気持のいゝ日だ。昨日の日記にあんなことを書いたが、それでもと思つて大竹一三君（ゆりかご会）まで礼のハガキを出す。僕は欠点としてこの人のよさを感じてはゐるが矢張り駄目だ――

前日、贈るのは勝手と書いた行雄だったが、結局

は礼状を出すことになる。この吉川行雄と大竹一三との出合いが、七十九年後、愛知県岡崎市の大竹家に大切に保管されていた行雄の雑誌『よしきり』三冊を含む、大正十三年から昭和三年にかけての五十一種類、百十四冊の童謡雑誌が日の目をみることになる。人と人との繋がりの不思議を、ここでも想う。

十一月十日(木) 天気・晴。起床・八時、就床・十二時半。

——大竹一三君からゆりかごへ寄稿依頼さる。しかし気が進まぬ故止める——赤い鳥、金の星稿をおそくまで書く。

十一月十三日(日) 天気・晴。起床・八時半、就床・十一時。

空の青さ深さに見入る。秋はしみじみと心の浄化されるときである。なにかだまつて居ても心に得られる様な気がする。

童謡二篇。

大竹君にすまない。なにか送つてやらう——

十一月十五日(火) 天気・雨。起床・十時、就床・十一時。

雨だ。久し振りの雨でおだやかな気分になれた。俳句一句あり。忙しい日である。

愛誦へ稿を書く。

大竹君に明日は必ず出そうと思ふ——

十一月十六日(水) 天気・雨。起床・八時、就床・十一時。

今朝も雨だ。とてもおだやかないゝ日だ。こうして、こんな日に会うと私はいろいろの人を思つて見るのである。小田俊夫氏、後藤楢根君、大竹一三君、西岡水朗君、みんなを思つてみる。みんなみんないゝ人達だ。童謡詩人はいゝ——

特別記事欄「大竹君へ一篇送る」

大竹家からでたゆりかご原稿集と記した袋の中に、吉川行雄の童謡二篇が残っていた。

芒の穂

月夜の里の里はづれ
芒がおいでとまねいてる。

誰が来るかときいたけど
芒に芒にきいたけど、

芒にお返事ありませぬ
芒はねむつておりました。

月夜の里の穂芒は
夜風になよなよ揺るばかり。

　夢をのぞく

蜻蛉のお瞳はすきとほる
蜻蛉のお翅もすきとほる
日暮れてお翅が見へずなりや
夢がほのぼののぞかれる

夢夜がお瞳《め》でふるへてる。

小蟻がこつそりのぞきます
夢夜はさみしい月の浜

そうそう松かぜ波のおと
のぞけば千鳥がちりぢりに
啼き啼き砂やまこえてゆく
蜻蛉のお瞳《め》はなつかしい
いつも夢夜でふるへてる。

十一月十七日(木) 天気・晴。起床・十時、就床・十一時半。風だ。痛快だ。が寒い。童謡詩人誌来る。藤井君相かわらずきえんを吐いてゐる。余りに我が立場に執しすぎてゐる。一寸困る人だ。中川君へ便りする（童謡詩人誌一部送付方・後藤君への見舞と）

童謡二篇。童心とはもの丶奥に輝く光りだ。小さな小さな青光だ。芸術の極致が童心だ。形式なんかかまわないのだ。夜番まわる――

十一月二十日(日) 天気・晴。起床・八時、就床・十二時。

篠原銀星氏から僕のさゝやかな心持に対して勿体ないほどの礼来る。この人のもつ涙ぐましいほどの清らかな人柄に僕はしみじみこゝろ打たれた。善い人よ、僕は彼のために祈らう。小田俊夫氏と戸澤画伯へ近況伺いを出しておく。いゝ日である。とても静か……工場も休みなので父と弟と温室へペンキ塗りをやつてゐる。弟がとてもひどく頭を打つて泣き出しさうな顔――童謡一篇――大竹一三君から便り。

十一月十三日の篠原銀星のハガキ。

> 深秋の折柄御達者のことと存じます
> さて萩原頼平氏の御配慮により病床なる小生のため特別の御同情を賜りましたことを深く御礼申上ます。
> 思ひも懸けない多くの人達の御同情に何と感謝していいかその言葉を知りません　合掌
> 十一月十三日
> 篠原銀星

十一月二十一日(月) 天気・曇。起床・八時、就床・十一時。

曇つてゐた。昨日のラジオの天気予報は珍らしく当つてた。僕は床の中で苦笑した――特別記事欄「夜十時ごろより雨の音しげくなる。静かな晩だ。隣の人達の話しとどこやらで口笛がきこへる。寂しい」

十一月二十二日(火) 天気・晴。起床・八時半、就床・十二時。

なんと云ふ暖い今日だろう――小田俊夫氏と戸澤画伯へ百目柿送る。大いに自讃してやつた。郷土趣味を吹いてやつた――柿を送るのに今日は忙しい位だ。しかし楽しい忙しさだ。

夜珍らしく父ものを書いてゐた。真剣になつて何事もやる父なのを嬉しく思つた。僕は及ばない父のまじめさである。学びたいと思ふ――

十一月二十四日(木) 天気・晴。起床・九時、就床・十二時。

美男が昨日からの風邪で今朝起きられぬらしい。すつかり弱つてゐる。この雅気満の男が可愛い。とても暖かで好い日だ。西岡君から悲しい便りあり。失職して福岡へ出て行くとのこと。僕は旅費として二円送つてやつた。彼の人柄の善さを思へて――俳句らしきもの二十句作る――季等についてまるでなつてゐないのをはづる。季なんかどうでもい、と思つてゐる――今夜新月だ。この句を作つて見たいと考へる。

十一月二十五日(金) 天気・晴。起床・九時、就床・十二時。

美男もう起き出る。元気のい、ことだ。俳句また二十句作る――金沢兄と俳味についてかたる。一茶の句を二人でい、としてしまふ。芭蕉は寂に余りに執してゐる。子供等活動に行く。寒夜。おそくまで句を推敲をやる。とても冷たい晩だ。

十一月二十七日(日) 天気・晴。起床・九時、就床・十二時。

今日もい、日和。暖い暖いこの冬よ。僕らしい境涯の声だ。

こんな句を作るこのごろの(夜なればもの思ふ)僕。

死ぬるまでのろはれてしまひたかりけり。

十一月となつてもの思ふ日の多き。

月にさへ蔭あるものをわが身かな。

小春日の息つく間さへ蝿を追ふ。

道遠きはるかな夏野椎木立。

希望と失意と――迷路に立つ僕――

句作が僕の運命と生活の逃避所となつてしまひそうだ。

十一月二十九日(火) 天気・雨。起床・八時、就床・十二時。

役場の明細書に半日か丶る。湊君が病気のため童心休刊とのこと。惜しい気がする。好漢の自重を心から祈つた。才人の彼だ真実に惜しい――童謡二篇――母らしい気持に僕は時々ふれて母の美しさに泣くことがある。僕は僕の境涯から特にうれしいのだ。

十一月三十日（水）天気・曇。起床・九時、就床・一時。

懸巣が啼くので僕はふとめをさました。もう九時だ。父が朝食を食べてる。曇つてゐる。西岡君から悲しい便りある。彼のある善さがしみじみ想はれる。福岡への旅よ幸あれ。彼の写真ももらつた。兄行雄君へとある。詩ももらつた。旅鴉……僕はこの生涯の忘れられない詩ははなすまい。

彼のために吟。

旅鴉のみ知つている秋あわれ。

善き人になど善きことのなからざる。

民謡詩人誌に二篇のる。濱田廣介先生が僕の郭公啼くころについて一寸書いて下さる――

十一月二十七日の西岡水朗の手紙。

吉川行雄様

何から書出していゝか　今僕の胸は激しく波うち眼がくもつて仕方がありません――書けません、今の僕の心は書けません。嬉しくて手がふるへます。

僅かの間の御交情に対しかゝるお手厚き御友情に接しどんなにしてお礼申上げたらいゝか書けません。

僅か三歳の時実父に逝かれ（吾父の顔はすこしも覚えていません）実の兄は遠くはなれ、実母一つの手で育てられた私ですが　母も昔は幼児二抱へて殆んど物乞いの様な生活をした然し人一倍慈愛にみちた不幸な母です。僕が十の歳に西岡家に連子として入つたのです。養父は――僕等母子をかへりみず母も一方ならぬ苦労をなされました。僕等肉親親子三人は現在では皆ちり〴〵になつて不幸な不恵な生活をしてゐます――僕は母が男以上の労働で中学二年（こんな事申すと失礼ですが、毎学期二番で過しました）までやつて貰ひましたが、母の苦痛を忍びず教員の引止めるのも無理に退学して、それから弁護士の書生、歯医者の助手、会社の給仕等をして他の年輩者より以上にみぢめな苦労をなめたのです。

養父の心を改めさせるため無理に家を出ました——今度の福岡行も一大決定のもとに行くのです。昨夜母の家へ行き涙で今後の処理、方針を語り合ひました。母はい丶人です。子おもひの不幸な人です。

何んだかとんでもない事を申上げてしまゐました——僕の家庭境遇は自分でも考へますが芝居以上です。

行雄君　僕は今頂いた君の手紙はいつまでも離しません。お金は折角頂いたのですから嬉しく頂きます。失職してろく／＼食事もしない現在の僕です。誰も頼る者が長崎に居なゐのです。協会の諸君が皆同情して（在住委員は〃唐船〃〃港〃のすべてゞ十三人居ます。皆い丶人ばかりです）いろ／＼援助して呉れます。お恥かしい次第です。

福岡は母の生地で二三の親族もありますので、あちらで必ず一旗上げます。誓つておきます——兄の、否、行雄君の御厚情は必ず報います。

写真一葉同封します。〃詩と音楽の夕〃の記念です。僕の悲しき不遇の姿を化して作つた民謡一篇御覧に入れます——お見捨てなく／＼御交り下さい。

十一月二十七日

西岡　栄拝

行雄君

写真の裏には、「兄行雄君へ捧ぐ。南海詩人協会於長崎。西岡水朗。明治四十二年四月二十一日生。昭和二年十一月二十七日」と記されている。

西岡水朗は、明治四十二年（一九〇九）長崎県生まれ、民謡詩人。『西岡水朗パンフレット　1931年1月　第1集』には、民謡三篇、小唄二篇、童謡三篇が入っていて、発行人　西岡水朗　東京市小石川区大塚町七〇。編集人　松尾辰雄　長崎市西坂町一二。印刷所　重誠舎　長崎市本博多町一番地。「男なら」の作詞家。昭和三十年（一九五五）没。

十二月

十二月一日(木)　天気・晴。起床・九時、就床・十二時半。

善人に苦しんでゐる人がある。悪人でも栄へてゐる人がある――英ちゃん等（中学五年生）甲府へ見学に――俳句四句。童謡一篇。民謡詩人への稿書く。

十二月二日(金)　天気・曇。起床・十時、就床・一時。

冷たい曇りだ。朝の内は晴であつたのにまた何と云ふ寒さだ――ぽつぽつわが人生のためにいろいろの読書をしたいと思ふ。静かに道として読書生活もまた楽しみだ。私共が本をよむ、そこには人間的深みを求める本能がこゝろのすみにひそむのであるとは云へまいか。

平凡に人生を終つてもいゝ。本をよんだりものを書いたりしたい希望がもつと満される社会となつたらどんなによいことかと思ふ。

十二月四日(日)　天気・晴。起床・九時、就床・十一時。

明るい日。しかしこの冬はじめての寒さ。僕は今朝はじめて薄氷のはつたのを見た。寒い、寒い、ほんとだ。

工場の休みで閑。父一日出歩るく。

童謡の書けなくなつたやるせなさ。僕は僕のひからびた童心のためにまた出直さねばならない。今のこの世相の騒々しさに眼をつむつて童心芸術のために孤独であることのむしろ幸福さを想ふ僕――夜だまつてじつと居る。しんと静かな晩だ。長田先生のことを考へる。

特別記事欄「冬寂びたこの田舎街に俳句が流行する。一時の現象なんだろうがいゝ傾向だ。青年達に於てことに流行すと」

十二月五日(月) 天気・晴。起床・八時半、就床・十二時半。

静かなること林の如しと言ふ境地に至りたい―

暖かい日だ。童謡詩人誌に一篇のる――金沢兄と俳句を語る。俳諧哲理とおらが春を貸す。ものうい日だ。霜どけのする音が聞える、寂しい晩だ。

十二月八日(木) 天気・晴時に曇。起床・八時、就床・十二時。

童謡的俳句　想　六句

暖き日の　身に　ありがたき　朝かな。

幼き日想ひ出で丶（二句）

ほつかりと　炬燵蒲団に　日射す窓。

泣き止んで　鶏小屋つ丶く　童かな。

×

冬の蠅　鈍き羽うたを　た丶かれぬ。

冬枯れの　梢に残る　蜂巣見し。

短日の　もくねんとして　灰掻きぬ。

×

水朗君福岡にて便りす。彼の真情に涙せらる。三日が丶りの童謡やつとまとまる。苦、苦、苦であつた――

十二月九日(金) 天気・雨。起床・十時、就床・十二時半。

冷めたい雨だ。すつかり朝寝してしまつた。閑だ。母が廊下掃除をやつてゐる。ガラス障子がすつかり曇つて庭の木々がぼけて見へてる――寒いな。西岡君へ便りする。

しんみりとした気分でおそくまでもの書く。雨も止んだらしい

十二月十日(土) 天気・曇。雨。起床・八時、就床・十二時半。

明るい陽がさしてゐた。僕はふつと眼を開けてなんとはなしに嬉しかつた。

午前忙を極む。藤井樹郎君来る。彼の不敵さはにくまれてい丶。殊に我白秋派にあらざればと云つた態度は嫌だ。しかし僕は向つては云へない。

また言ひたくもない。自己の道をしつかりと行きたい。何と言はれてももくもくと……。

ゆりかご誌贈らる。一篇のる。真実味の溢れたい、誌。

珍らしくも冬の雷。あられも降る。夜になつてどうやら止んで静か。


十二月十一日(日) 天気・晴。起床・十時、就床・一時半。

日和。赤い鳥・金の船・金の星全部はたかれる。寂しい。昨日の藤井君の言葉を想つた。

まことに忙しい日であつた。寒い時分は可成つらい。しかしみな働いてるんだ。余りこんなことも言へない僕だ。

後藤君から昭和二年童謡壇・童謡詩人・童謡集に就いてハガキで回答を求められた。忙しいので書きたいがまだどうなるか自分でわからない。螢の光で今度は横山さんが顔を出されたので大分賑やかだ。僕のもひとつ。童謡一篇――


十二月十二日(月) 天気・晴。起床・十時、就床・一時。

愛誦へ一篇のる。今日も忙しい。童謡詩人への回答を書いて送る。小田俊夫に手紙す。

愛誦への稿・ゆりかごへの稿書く――寒い日だ。


十二月十四日(水) 天気・晴。起床・八時半、就床・十二時半。

寒い日。小田俊夫氏から便りあり。

篠原銀星氏へ螢の光贈ろうと思ふ。彼は今どうだろうか。明日あたり何か言つてやろうと思ふ。

月並乍ら賀状印刷して見ようかと思ふ。童謡修正十二時までかゝつた。

苦行道をたどる者また人の知らぬ幸あり。

十二月十七日(土) 天気・晴。起床・九時、就床・十二時半。
今日や、閑
×
勝手で誰やら声高に話してゐる。
とても寒い日

×
民謡詩人誌来る。
とても美しい誌である――

十二月二十一日(水) 天気・晴。起床・八時、就床・十二時。
朗らかな明るさに満ちた今朝――母珍らしくも洗濯などしてゐる。知見君より正月にはぜひ行くとの便り。

×

金のない年の暮れである。とても心ぼそいのである。とてもい丶正月にはなるまい。

×

日記は今年はよくつけた。

×

僕の創作生活も今冬眠に入つたのだ。春になつたら――


十二月二十三日(金) 天気・晴夜時雨。起床・九時、就床・十二時半。

朝食。仏語講座三回分来る。気が進まず読まずして久し。

父問屋のために半日閑つぶし。例の文芸資料会より軟物の広告来る。破りすてる。

愈、年末気分となる。金も忙しい、身も忙しい父。余興に茶碗をこわす始末。父一寸おこり出す。最後の（今年）いかりか。ぽつぽつ乍ら金も集る

――


童心の涸れたのは寂しい。春を待つの心切だ。

小俣重保さんと久保田と来る。不良老年?達三人集つての無駄話。ほ丶えましい気持ち。

うどん一つお夜食とす――

明日の予定1島津、2大志満や、3封筒、4銀行、5預金。


十二月二十四日(土) 天気・晴。起床・八時、就床・十一時。

夜来の風まだ収まらず。すさまじき風して寒き朝。

賀状おしつまつて多忙を極む。

昼頃か前か。突然曇りとなり吹雪ひとしきり。また晴る。凮前にまして激し。

大竹一三君より便りあり。岡崎市は西ですと。

机の下の雑誌等整理す。工場今夜夜業休――夜に入るも凮やまず。

特別記事欄「青年等前の地蔵堂にて数夜かるたとりの練習ありてかしまし」

十二月二十六日(月) 天気・晴。起床・七時半、就床・十二時半。

静かな朝。明るい障子。庭にゐる寂しい男の影である――

茶木七郎君の童謡集を見る。片々たるもの。

アテネフランセへ四回の送金。

店頭の俊興先生の声。

×

僕の童謡に僕の生活境遇が表はれているのに異はない。冷静に寂寥を楽しみとする僕の心境は澄んで来た様な気がする。今宵久し振りに一篇をつくる。

十二月二十七日(火) 天気・晴。起床・八時半、就床・十二時半。

英ちゃん上野原行。午前とても閑か。午後とても忙しかつた。夜まで仕事あり――

童謡を生むこゝろ。つまり聖なる魂への道だ。

童心とは、僕の生活のにこやかな横顔だ。

十二月二十八日(水) 天気・曇ときに雨。起床・八時、就床・十二時。

曇つてゐた。懸巣の鳥が啼いてゐた。静かに曇つた朝。

年賀状で忙しい。神官が来てしめを切つて呉れた。もう正月の仕度も出来ようとしてゐる。

父、英ちゃん、工場に入りきりだ。夜業なし。餅もつきおへたり。

×

夜入浴す。

とても眠たい晩だ。日記もやつと終へた。
静かに
眠ろうよ。

十二月二十九日(木) 天気・晴。起床・八時半、就床・十二時半。

今日形ばかりの煤はらひをする。

愈々あとあますところ二日で今年もゆくのだ。その忙しさに家中総動員の態だ。来年は来年はでもう何年暮れたか。思へば事件の多い昭和二年だつた。

×

三日ばかりの内に千円の金を各方面に送つた。

夜業十時までやる。

みんながみんな働いて昭和三年は明るい新年になるやう寝乍ら静かに祈る。しつかりと来年も働く生活を楽しみたいものである。

特別記事欄「童謡もいく日か作らない。しかし毎日よい日の送れたことを喜ぶ。忙しい忙しい。

しかし閑居して不善をなすよりい、」

十二月三十日(金) 天気・晴。起床・八時、就床・一時半。

寒い寒い日。とても忙しかつた日。

贈答品などで忙しい時はしみじみ虚礼の非を思はずにゐられない。お互に金をかけて面倒していづれにしても悪いことだと思ふ。

金にも忙しい暮れだ。不景気、不景気はくそおもしろくもない。

しかし奮闘の一年だつた。あと今日と二日だ。昭和三年の春が来るのだ。新たな希望も湧こうと云ふものだ。美しい夢想を抱いて僕は今明るい春を迎へんとする――明日の最後の活動に幸あれ。

特別記事欄「福寿草ももらつたし。おかざりもすんだし。ラジオも明晩はよせの夕だし。夜更しはするし。希望と失望とごつちやになつた一年のてつぺんに立つて落着かない気持ちだ。

風強く吹く」

十二月三十一日（土）天気・晴。起床・九時、就床・三時。

寒い日。

大つごもりの忙しさ。しかし金もまあどうにか集るし、あきらめるがよい。掃除もおへた。すつかり新年を迎へる用意も出来た。夜賀状書きをやる。自分の分と店の分ととても沢山書いた。長谷川の老人と卯之さんと来し閑にまかせての無駄ばなし。

ラジオの寄席の夕をきく。大田屋の伯母さん帰る。ラジオにて除夜の鐘をきく。

母は二時ごろまでぬいものをやつてゐる。入浴してい丶気持ちになる。

静かに昭和二年もまくとなるか。

特別記事欄「福寿草すつかり明るい花を思わせてゐる。水仙も葉を伸ばしてる。寒菊が清楚なおもむき」

思えば事件の多い昭和二年だった、と行雄が記している、昭和二年はこうして終った。

昭和三年

ここで昭和三年を中心に、日本の童謡界の流れを見ておこう。

『童話』は大正十五年七月にすでに休刊となり、西條八十は歌謡と少女詩へと向かい、八十をして「若き投稿詩人中の二つの巨星」と称された金子みすゞは西條八十の『愛誦』にわずかに作品を発表するのみとなり、もう一人の島田忠夫は童謡詩『柴木集』（岩波書店）を出版して自立した。『金の船』『金の星』の野口雨情の下からは傑出した童謡詩人は生まれなかった。

ただ一つ、北原白秋率いる『赤い鳥』系の若い詩人たちだけが健在であった。しかし白秋は『赤い鳥』誌上においては、彼らから投稿詩人という立場をはずすことはなかった。白秋を師と仰ぎ、白秋派を自認している彼らは、それでも一人立した詩人として認められることを願い、『赤い鳥』に投稿しながらも、白秋選による雑誌『コドモノクニ』（東京社）に作品を寄せるようになっていった。

そんな若い詩人たちの気持ちに押されるように、昭和三年四月、北原白秋は「赤い鳥童謡会」を創立した。この時の白秋の一文によると――

「赤い鳥童謡会が成った。時が来たのである。この赤い鳥の創作童謡は私の立つ童謡の道に於て正しい同行の信実と精神を示すものであり、高い意味に於ての世の童謡の基準を成すものと信ずる――会員たる資格者はこの赤い鳥の誌上での多年の成績から銓衡される。

私が認めて入れていいと思う人を入れる。つぎつぎに新人を加えて行く――」とある。

そして最初の会員として選ばれたのは、岡田泰三、与田準一、巽聖歌、多胡羊歯、柳曠、松本篤造、福井研介、藤井樹郎、寺田栄一、有賀連、佐藤義美の十一人。まずこの十一人を白秋派の代表と白秋が認めたということだ。

この流れの中で、行雄も自らの童謡の立脚点を『赤い鳥』『金の船』『金の星』の三誌から『赤い鳥』へと移していった。

大正十二、三年ごろから昭和三、四年にかけてじつに多くの同人誌が生まれている。

『金の船』『金の星』の読者欄を見るだけでも七十種類以上、岡崎の大竹家に残っていた同人誌だけでも五十一種類、これに『赤い鳥』系の同人誌を合わせると、北海道から台湾までガリ版ずりのものから活版まで、じつに二百種類もの同人誌が生まれていた。中には三十号以上も続いているものもあれば、一号雑誌、三号雑誌で終ったものもあるし、部数も少ないものは二、三十部位いであった。百花繚乱の華ばなしさよりは、しかし、一人一派的気概を感じるものがある。もちろんその上に『赤い鳥』『童話』『金の船』『金の星』があったとはいえ、すごい時代だった。

昭和三年（一九二八）行雄二十一歳。

一月に入って行雄も同人雑誌の発行を思い立った。そこで『螢の光』を発行している小田俊夫に当局に対する届出について尋ねている。

一月二十六日の小田俊夫の手紙。

さて雑誌発行の件　実は私その詳細の事は一向に知らないのです。螢の光なんか、村童社といふ門標を出しました時に例によつてそのすぢからおしらべをうけましたのですが　その時のおまはりさんに聞いたゞけで心配もせずにやつてゐるのですが　雑誌の内容によつては届出も必要ですし、東京警保局宛に二冊づゝ送る必要もあります。が、単行本なら届出なんかも必要がないらしく、非売品ものならば別に手続なんか不必要です。もつとも地方の場合は、いかなるものでせうか。市内はまことにその辺は会員頒布組織のものは簡単なのですが。右不確実な

返事ですみませんが、その文芸雑誌の内容を少しくわしく御しらせ下さればちゃんときいて来て御しらせいたします

この問合せの雑誌は『よしきり』第一号として、昭和三年四月二十日に発行された。編集人・山梨県猿橋　吉川行雄。発行所・同・ほたるの塔。印刷人・同・吉川實治。印刷所・同・猿橋活版所。

螢の塔（よしきり）同人は、渡瀬俊三、川村章、吉川行雄、知見文月、長谷川斉、井上容子の六名。

「私共の集りを　ほたるの塔　と称します。ほたるの塔は雑誌よしきりを発行します。純文芸趣味の雑誌としておだやかな品位と美しき芸術味とを持しつつ何ものをか吾が郷土の上にもたらしたいと思ひます」と後記にある。

『よしきり』第一号は、行雄の巻頭のことばから始まっている。

巻頭言

芸術の香気豊かに、また、秋の山の陰影の濃さ、しかも、また、螢火の仄けさ―。未知数なる、よしきりへの編輯子が過大なる望みである。

静かな、落着いた趣味と風格とを本誌の上に示現したいのである。

×

童心とは、自然と人生の深みに輝く微光一点である。真個純一無雑な童心に根ざしたわが生活の、真、善、美化―。余りに凡化された常識的な言葉である

かも知れない。しかも吾々は、吾々が目ざすべきの目標は一途こゝにあらねばならぬと信ずるのである。

敢へて本誌の使命は、などと開き直る要はあるまい。吾が　よしきりは生れ出でたのである。とにも、かくにも吾々は起つたのである。

生れ出づべくして生れ出でたるものゝ為に吾々は吾々の萬全と信ずるの熱愛と、真実とを、かたむけつくさねばなるまい。

×　×

童のごとく微笑やかに、
木の芽のごとく夢見がちに、
牡鹿のごとくすこやかに、
小鮎のごとくはつらつに、
陽ざしのごとくなごやかに、
空のごとくにうるはしく。

吾等は若い。しかも、まだすべては海のものとも、山のものとも未知数なるに立つ吾等の若さなのである。完成への途上にある今の吾々の稚なさなのである。この意味に於いて吾々のこの小さき運動も未知数なるが故の貴い意義があると信ずるのである。

×　×

とまれ、道は、はるかである。

吾々は目的の彼岸にむかつて一本気な意気と、ひたむきな熱意とをもつて進まねばならない。

（よしきり　巻頭言云爾）

目次には行雄の『春』のほか、同人の作品、都築益世、武田幸一の童謡と、大村主計、藤井樹郎の評論、小田俊夫の散文、短歌や俳句などが載っている。全三十六頁の雑誌だ。

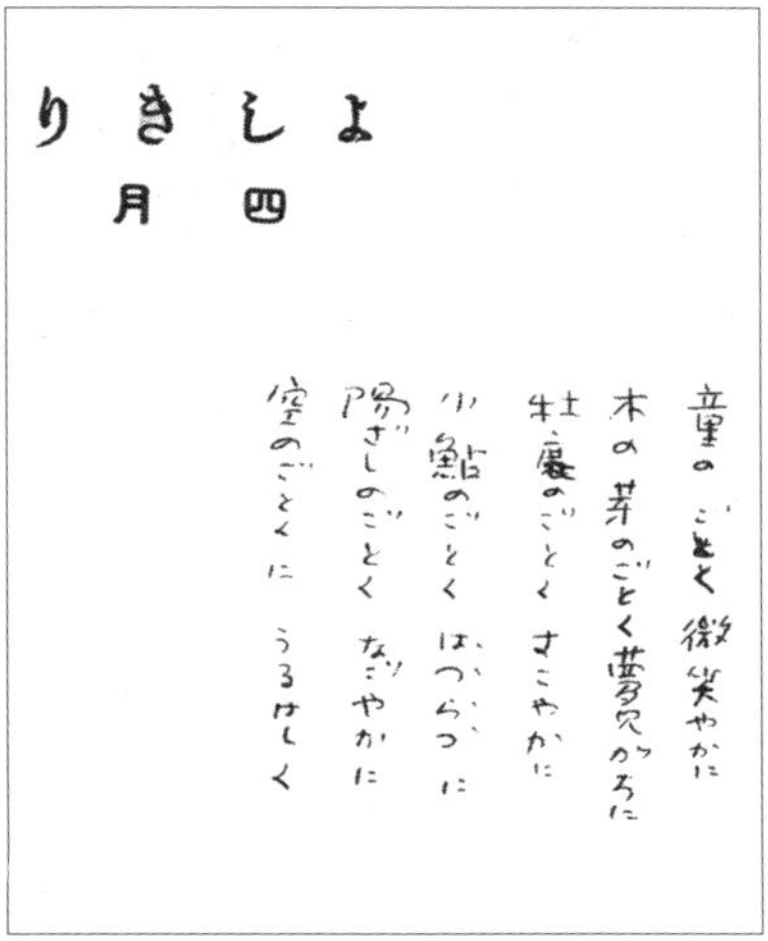
よしきり
四月
童のごとく微笑やかに
木の芽のごとく夢見がちに
牡鹿のごとくすこやかに
小鮎のごとくはつらつに
陽ざしのごとくなごやかに
空のごとくに　うるはしく
行雄の字

春

ぬくといお日も
さゝないが、
やぶにしたくさ
萠へました。

雉が光つて
立つあとに、
小石ほうつて
見てゐたら、

ふつと寂しく
なりました、
木の芽の匂ひ
鼻をうつ。

ほつかりとほい
春霞み、

里はおひるに
なりました。

話を二カ月前にもどそう。昭和三年二月号の『赤い鳥』に「白い花」が載った。

白い花

白い花、揺るゝよ、
白い、白い、花だよ。
匂ひ、匂ひ、こぼるよ。
日向の、垣根よ。
こゝの家、お留守よ、
お縁で待たうよ。
かげる、かげる、花よ、
蝶、飛ぶ、かげよ。
この花、なにでしよ。
ま日向に、のどかよ。

この月の『銀の泉』にも三篇載っている。

夕暮れ

もう日は暮れる
日は暮れる
向岸《むこう》のまちに灯《ひ》がついた
―かへろうよ　かへろうよ
―あかりになるから　かアへろ

ついぢの寺も
さむざむと
ご門にこゆきが舞つてきた
―かへろうよ　かへろうよ
―こゆきがふるからかアへろ

岸のやなぎも
さみしいな
水かれ水車もさみしいな
―かへろうよ　かへろうよ
―さよならさよなとかアへろ。

眼のない雉子
―こわれたおもちやのうた―

おもちやの鳥は
眼のない鳥ヨ
かための雉子ヨ
眼のない鳥は
かための雉子は
飛ばない鳥ヨ

おもちゃの鳥は
はねのない鳥ヨ
はねのない鳥は
はねなし雉子ヨ
はねなし雉子は
飛べない鳥ヨ。

鴫啼く田

鴫は田の鴫
田で啼く鴫ヨ
背戸の田甫は
寒いか鴫ヨ

か丶さん寒いネ
寒いネ鴫は。

鴫は田の鴫
田で啼く鴫ヨ
背戸の田甫は
月夜か鴫ヨ

か丶さん月夜ネ
月夜ネ鴫は。

そして『赤い鳥』四月号には、『郭公啼くころ』で発表した「お午ごろ」が推薦となった。

お午ごろ

風は
とより

とより
光る。
日向《ひなた》、
野茨《のばら》、
明り
かげる。

蜂の巣、
小蜂、
群れる、
群れる。

白秋の選後評に、「吉川君のお午ごろは高級童謡として取る。悠容とした古調の中に清新な香気がある。たゞ第一連は風よとよりとより光る　第三連は蜂巣小蜂群る、閑かであつた。これを全連の結句をるの韻でまとめ二三修正した」とある。

白秋に、「高級童謡として取る」と言われて、吉川行雄は歓喜したにちがいない。行雄だけでなく、母とらも自分のことのようにうれしかったろう。

母とらは吉川家の愛情の中心だった。行雄が童謡を書き始めると、自らも進んで『赤い鳥』などの雑誌を読み、行雄の投稿仲間である友人たちの名前も覚えてくれたという。

その母とらがきっとその名前を覚えてくれただろう仲間の一人、武田幸一から推薦を祝うハガキが来た。

三月十七日の武田幸一のハガキ。

赤い鳥推奨お芽出度う、
金の星社に五度推奨された価値がありますよ、貴兄も随分努力されましたね、批評なんて白秋氏の選したのなら僕なんでも共鳴してるんです、金の星もいよ〳〵商売本意のものになつて芸術味のあるものは赤い鳥のみです、白秋氏の言はれるやうにやつぱりいろ〳〵の雑誌に出さぬ事ですね、

「愛誦」に出して岡田泰三君やつ、けられましたね、西岡水朗君は、近所に居る僕に一言のあいさつもせずどこかへ行つてしまつてたよりなしです、作品の交換もおもしろいですね、批評なんかしあつたらゆかいですね、詩人一茶のやうに手紙で作品の批評交換をやるんです、貴兄からおやりなさい批評と作品を僕送りますよ、「よしきり」待つてますよ、
童謡詩人の向ふをはつてはなぐ〵しく発行して下さい、
　ではさようなら。

武田幸一は、明治四十一年（一九〇八）、福岡県生まれ。『赤い鳥』に投稿。行雄と共に赤い鳥童謡会会員に推挙される。西日本新聞社記者。北九州地区の児童文学運動の指導者。行雄の最初の雑誌『よしきり』に作品を寄せている。『小さい旗』同人。『火の国』創刊。童謡集『貝殻』童話集『赤い湖』など。平成六年（一九九四）没。『日本童謡集』に一篇。

『赤い鳥』五月号には「三日月」が推薦された。

　三日月

枇杷《びわ》の花、
お背戸。

三日月
冷《ひや》い。

いたちツ子、
ほう、ほ。

うまやに
消えた。

二カ月続いての推薦に誰よりも一番喜んでくれるはずの母とらは、しかし、病の床にいた。父實治が、「行雄の作品「三日月」が、『赤い鳥』に又、推薦さ

れたよ」と伝えた時、母とらは微笑の中で一言、「そうかね」と言ったという。

昭和三年四月十三日、母とら死去。行年四十九歳だった。

「母とら死ス」の連絡を受けた四月二十五日の小田俊夫の手紙。

夏来たれどもきみが心は淋しかるらん　天《あめ》の下遠く離れてゐて住む母をさへ二年の間をも見ねばかなしかるわれなり　ましてきみにはその母上を天の上に送りたまえり　御心のうち御察《おしはか》りわれもまた淋しく、かなしかる事の多き世なれどもきみにこそこの世はうきものならん　のこりし者ども相なぐさめられて逝きたまへるひとのために御冥福を祈らまし

同封のもの御香料までに

四月二十五日　　小田

吉川様

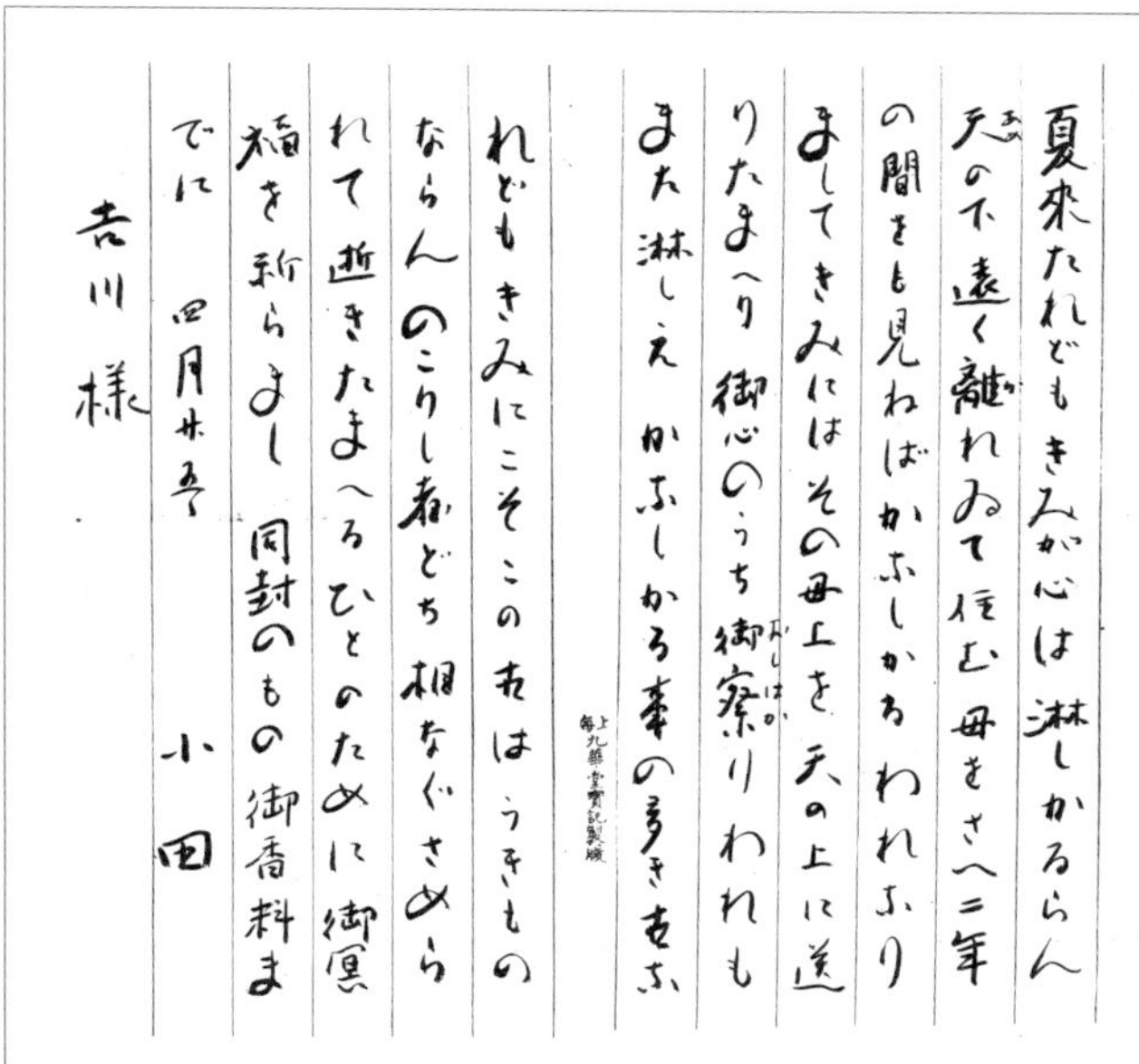
夏来たれどもきみが心は淋しかるらん
天の下遠く離れゐて住む母をさへ二年
の間をも見ねばかなしかるわれなり
ましてきみにはその母上を天の上に送
りたまへり　御心のうち御察りわれも
また淋しく　かなしかる事の多き世な
れどもきみにこそこの世はうきもの
ならんのこりし者ども相なぐさめら
れて逝きたまへるひとのために御冥
福を祈らまし　同封のもの御香料ま
でに　四月廿五日　小田
吉川様

昭和三年五月五日発行の『きへいたい（騎兵隊）』第三集に、「寂しい夢」が載っている。『きへいたい』は、編集兼発行人、兼松竹夫、印刷人、高橋リラ、発行所は大阪市天王寺区東平の町三―三六、詩園社。

寂しい夢

夢　夢　月夜の青い夢
夢夜は泣かれる　なつかしい
いつも夜見て朝消へる

寂しいこころの影のよに
眠れば瞳つむりや夢に見る
月夜のはァまのはまちどり

追へば啼き啼きはまちどり
砂山かげ来て消へてゆく
あとにはなァみの音ばかり

寂しい秋の鳥ゆへに
いつもちりぢりなみのうへ
霧のさかまを旅してか

青い夢夜は悲しいな
ちらちらキネマのスクリーン
微かにぼやけて消へてゆく

五月二十七日付の未発表と思われる作品が吉川家に残っている。

笛をつくる童

月夜です。
そのなかで底つめたいほどの空気が青澄んでふるへます。
こどもが竹林に竹をきつてゐます。かうかうと空まで音がとゞいてゐます。
——この夜更けにおまへは何をしてゐるのか。
——竹をきるのです。
こどもは誰かと話してゐるらしい。
——そうして、竹をきつてどうするのか。
——笛をつくるのです。

——笛？

静かな月夜です。こどもは無心に竹をきるのです。

——かうかうと、かうかうかうと——。

暗いくもり日です。

桐の花がほとほとほとと散つて来ます。

こどもは窓に竹を削つてゐます。きさ、きさ、きさ——とかすかな音です。

——おまへのつくろうと云ふ笛はいつかう鳴ろうとしない。

——…………。

こどもはすうん、すうんと息をひそめてゐます。

——そうして、笛をつくつてどこで吹かうと云ふのか。

——丘のうへで——。

——丘のうへで？

雲ぎれがしてちらりと青い空がみへます。こどもは無心にその鳴らない笛に唇《くち》をあてるのです。

ふる、、、ふる、ると息がふるへます。

月夜でした。

バルコンの寝椅子にこどもはねむつてゐました。

くうくうくうと、そうして口をあけてほれぼれと寝ほけてゐたのです、

（どこかの湖のうへで蒼白い微風が目を澄ましてゐます。

そうして今夜のやうな月夜には、つめたい湖の寝息は、きこゑないものです——。）

こどもはゆめをみてゐるのでした。

（夢はにんげんのこゝろの半面をまつさほいかげにしてしまふものです。——）

——一九二八・五・二七——

深夜にラジオでひっそりと聴いていたいと思わせる作品だ。

五月は『コドモノクニ』にも佳作として名前が載っている。

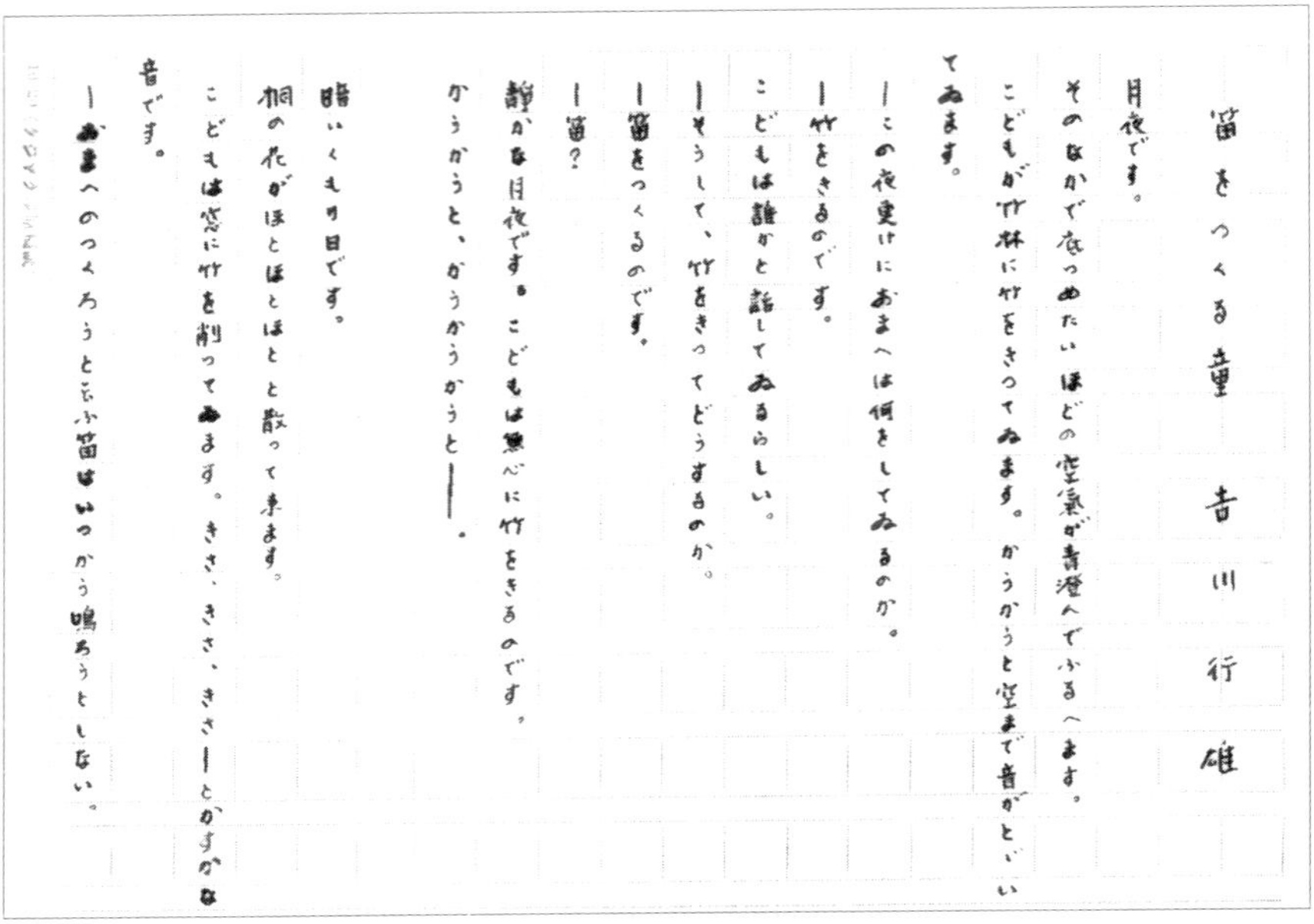
笛をつくる童　吉川行雄

月夜です。
そのなかで底つめたいほどの空気が青澄んでふるへます。
こどもが竹林に竹をきつてゐます。かうかうと空まで音がとゞい
てゐます。
―この夜更けにおまへは何をしてゐるのか。
―竹をきるのです。
こどもは誰かと話してゐるらしい。
―そうして、竹をきつてどうするのか。
―笛をつくるのです。
―笛？
静かな月夜です。こどもは無心に竹をきるのです。
かうかうと、かうかうかうと――。
暗いくもり日です。
桐の花がほとほとほとと散つて来ます。
こどもは窓に竹を削つてゐます。きさ、きさ、きさ、きさ―とかすかな
音です。
―おまへのつくろうと云ふ笛はいつから鳴ろうともしない。

六月十日、『よしきり』第二号が発行された。この号から同人に渡辺朝次、上野森行が加わった。「何ものかを吾が郷土の上にもたらしたい」との思いで集まった八名、住所はそれぞれ山梨県猿橋一、大月一、大原村二、島田村一、鳥澤一、西島村一、錦生校一となっている。

作品は同人のほか、篠原銀星、藤井樹郎、小田俊夫等が書いている。行雄は童謡と散文を載せている。

校舎のある風景

梨の花
咲いてる
あの柵。

窓ふたつ
まづしい
校舎。

柵のそば
石うつ
村童。

石をうつ
かすみの
畑に、

ハンチング
よぢてく
鉄柱。

寂春譜

春は日に寂びて行く。やがては夏である。

季節の窓は、やがて見せるであらう、日光と、草いきれと、また驟雨と、虹と、ポプラと、パラソルとの真夏の風景の姿を匂はせもせず、ふはふはとした白雲の動きを、ものかなしく眺めさせるばかりだ。

小庭の石楠花もまだかたちのよい花相であり乍ら、どこやら盛りを過ぎたつかれを見せて可憐である。

燃え立つやうに真紅に咲きおごつた霧島が妙に私の心をおしつぶしてしまふ。私にはやはり寂しくても、清楚な山吹の一枝が好のもしい。

うつら、うつらしてゐるうちに、西窓のかげりかかるころだ。しみじみとしたい丶匂ひが日暮れにはあるものだ。

ほれぼれと私のこ丶ろは揺れか丶る。

泣きたいやうな寂しい春。

かうして一日も暮れると、どこかで月が、白銀色に上りかけて、ぼうつと、おぼろになつてしまふらしい。

もういく日も、いく日も宵のくちから雨戸を閉めてしまつて、春宵一刻にそむいて久しい私たちだ。

母をなくしてからはもう、むしように寂しさにのみこもつてゐる私たちだ。

しんみりとしたこ丶ろと、こ丶ろのふれあひのみが私たち一家のなぐさめでもあり、暗い憂悶よりの逃避境でもある。

あゝ春は寂しい。

限りなく寂しい顔をしている。

×

子供が幼くして親を失ふことは生得のものであり、それは避くべからざる運命の十字架として身につけて来たものではあるまいか。そして、それは子供自らが、本来無思邪なるべき子供自らが生涯のものとしてどうにか背負ひとほさねばならない運命なのだ。意識の底になにかさゝやくものがあつて、たしかにその気持は意識の上には来てゐない。来ているはずがない。そのさゝやくものにつき動かされて、その我から背負つてゐる運命と遊びたはむれて、もう、ほれぼれと遊びほけて子供と云ふものはすくすくと育つて行くのである。

その生活相はしみじみと侘しい。

その成長はほつほつとして木の芽のやうに愛しい。

×

私は母を失くして二週日のこのごろしみじみ考へさせられることがある。

それは、母の生前あれほどに駄々児であつた幼い弟が、このごろまで、もうかなりに寂しさの身におぼゆべきにあり乍ら、ぽつゝりとも母のことを口にしないことだ。

あゝ、そしてわづかに小学六年生の姉をそれこそもう慈母ともして、そこにあたゝかな魂の故里を求めて、さゝやかな落着きをさへ得てゐるのは、不思議となにかおほきな神意に似た意味をおぼへさせる。

今、私のこころはかなりにかなしい。

けれども、憂ひと寂しみを知らず、すこやかな成長の一途を辿つて行く幼童のこゝろにふれるとおのづと微笑まれる。

あそびをせむとや生れけむ
たはぶれせむとや生れけむ
あそぶ子供のこゑきけば
わが身さえこそゆるがるれ。

幼童は本来無思邪、純真不憐の生得である。

清らかなこゝろに一点の塵を止めず、ほれぼれとあるがまゝにあれ。

今のうちはそれでいゝ。それでなくてはならない。

今に今に、成長しては寂しい。云ひようなく寂しくなる。

ほろゝうつ山の雉子のこゑきけば父かとぞおもふ母かとぞおもふ。

この気持ちがわかつて来るともうしんそこに泣かれて来る。母のない寂しさは世のどんなさびしさにも増してかなしいものだと云ふことが身にしみじみとおもはれて来るのだ。

親はなくとも子は育つ。この真理をおもふものはまた、
親を失つて真の悲しみを知る。の気持もわかるはづだ。

×

この夕暮のラヂオの騒々音よ。他の寂然相にそむいて。

夕とゞろぎは微風のなかに、佗しいツワイライトと共にほうほうと消へて行くのである。

後記に、「同人吉川君はよしきり第一号を生むと同時に悲しくも母堂をうしないました。

病身吉川君にとつていかばかり大切なお母さんであつたか。室に漲る香煙とともに白つゝじに降る雨が泣きくづれて居る様です。

非想な編集を続けられた吉川君の身のほとりうたた感慨哀悼にたえざる次第であります。

昭和三年四月十三日　よしきり同人」とある。


六月号『赤い鳥』に一篇。

冬の日

納屋の横手に、
竹きる父さ。

枇杷は匂ひの、

たかい花。

煤の竹きる、
わびしい、すがた。

牝鶏《めん》はのど啼き、
うつうつしてる。

『銀の泉』七月号には、十九歳の秋に書いた、「秋の思ひ出」が載っている。そして、『螢の光』第十一集にも一篇載った。

土曜日の午後

古い校舎の
鉄の窓、
日中を誰か
閉めてる。

露台にがらゝん
鐘ふるかげよ。

日向の匂ひ、
校庭の
楡に風ある、
——古風な。

廂《ひさし》もげた学帽、
おちてるひとつ。

『螢の光』第十集にも行雄の童謡と散文、そして知見文月の「吉川行雄小観」が掲載されているので続けて紹介する。

かすみ

やまのかすみの
あのおくに、

あのなかゝら
ほら、ぽんかん、ぽんかん、おとがする。

あのなかゝら
あのおくに、
やまのかすみの
ほら、いゝかほり、いゝかほり　ほおつてる。

あのなかゝら
あのおくに、
やまのかすみの
ほら、ちィぱッぱ、ちィぱッぱ、とりがなく。

あのなかゝら
あのおくに、
やまのかすみの
ほら、けむがたつ、けむがたつ、ひるまから。

やまのかすみの
あのおくに、
あのなかゝら
ほら、わァらび、わァらび、うまれてる。

友人知見文月の「吉川行雄小観」

思ひ出は孤を描く

今度の螢の光が、吉川行雄号を出すについて、何か書くやうにと依頼されてから、二日ばかり私は、考へて見ましたが、一向まとまりません

昨夜から雨になりました。

雨の日はきまつて心の静まる私です。

残りの細雨が若葉にさやぐ、物淋しい音楽に埋もれて、私の思ひ出ははろかな孤を描きます。

――吉川行雄氏
吉川行雄君
吉川行雄様
吉川行雄さん――

ありふれた四つの敬語を前に、そのどれを選ぶか

によつて、私と吉川行雄？　との間柄をお悟りになるであらう読者の皆さま。

私はいさゝかのためらひなしに、最後の行雄さんを把るものです。

行雄さんは今の私にとつて、思ひ出の孤頂に、円光を放つ純情の権化であります。

五十有余名の小学校八ケ年の同窓生中に、行雄さんは唯一人、つゝましい童心の開拓者となつて生きてきたのです。

×　　×

日本三奇橋の一である猿橋、その町の哀感的な寂寞（甲州街道沿線の盛衰を如実に物語る）な中に、平屋の細長い校舎がありました。

あの西壁に、ぢつともたれて黙想してゐた若き詩人。ほの暗い教室の最前列から二三番目あたりに、黙々として読書する若き若き求道者の如くだつた行雄さん。——

それでゐて行雄さんのどこにも陰険さは見られないのでした。

行雄さんはあの色白の、クリ〳〵した眼の、そして丸々と肥へた中から、誰にでもにこやかに笑みかけました。

行雄さんには敵が一人もなかつたのです。

×　　×

実にその頃の純情さ、美しい童心の萠芽をそのまゝに、何の汚すことなく生きられた行雄さんは、正しくも向ふ所へ辿りつかれたのであります。

×　　×

美本、郭公啼く頃、はさておき、

愛誦、赤い鳥、金の船等々の童謡欄にはたまらなく好きな行雄さんの作品を見るやうになりましてから、私の行雄さんに対する崇拝は現実化されてきました。

私には童謡の事はあまりわかりませんが、

行雄さんの童謡から流れ出る二つの感流に、溶解け込む私の心の幸福さが、たしかに行雄さんの童謡の力を表現する事を信じます。

二つの感流とは何か？

その一は処女の初毛のやうな純潔さ和らかさであり、その一は切々たる哀感であります。（これは私の思ひ出のしからしめる所かも知れないが——）

それにこの頃の作品には、明らかに澄み切つた鋭さをも感じられるやうになりました。

私は一家を成さむとする行雄さんをふたゝび私の思ひ出の孤頂に描いて、静かな雨の音と共にはるかな地平に向つてその幸福感を、消し行くのです。

× ×

さてこゝまで書いて、私は私の役目に気づきました。けれどもこの原稿が、少しもその役目を果さないであらう事をも悔みません。

誰にも知られぬ、誰にも描くことの出来ない行雄さんの思ひ出による私一人の、なだらかな孤影に、非常な幸福を感じて机の前をはなれることが出来るからです。

行雄さん及び読者の皆さまに深謝しつゝ筆を擱きます。

一九二八・五・二・朝

『赤い鳥』八月号にこの年三度目の推薦を受ける。
佐藤義美と一緒の頁だ。

月の夜の木の芽だち

あをい月夜の
木の芽だち、

ちさいかはいゝ
貝に似て、

かうと光つて
ねてゐます。

（猫がおひげをこほらして、
とゝやのかげに消える夜、）

なにか匂ひを

けぶらして、
白うふるへる
木の芽だち。

晩

佐藤義美

岬に
風がお寝《よ》る。
ひとりで
波が帰る。
海が
顔をしかめる。
砂に
しやがんだ影法師、
空で
鷗が恐くなる。

『よしきり』は順調に八月十日、第三号を出す。同人のほかに、島田忠夫、都築益世、小田俊夫、北冬彦、加藤岳南等が書いている。行雄の童謡「午睡」

午睡《ひるね》

鬚の、
占易師《うらない》、
午睡。
椎の木梢に
ひる月、かしぐ。
古び、

筮竹《ぜいちく》、
算木。
茜《あか》い筆軸、
小耳をすべる。
鬚の、
占易師、
日中。
鳶、白堊《はくあ》に、
ろうろう閑ぐる。

この月、八月二十五日に岡崎の大竹一三の『ゆりかご』に散文を寄せた。これは吉川家に『ゆりかご』に載った自分の頁、十八、十九、二十頁が、そして大竹家には原稿が残っていた。

・あのころ・漫言

＊まづしい埋草でござゐます＊

私が童謡らしいものとして、最初に作つて発表した雑誌（勿論投書である）が〃明日の教育〃であつた。当時、西條八十氏が選者として相当力ある作家が集つてゐたやうであつたが、私の記憶に残つてゐる作家としては、〃赤い鳥〃にも相当発表された山口喜一氏だけである。氏の作品としては、はつきりおぼへてはゐないが何でも雀と霰を主題にしたこまかい幻想風（？）のもの（生きものに対する子供の虔ましい愛情の現はれを静かにナイーヴな表現を以てしたもの）が一等に当選してゐて可成ひきつけられたのをおぼへてゐる。

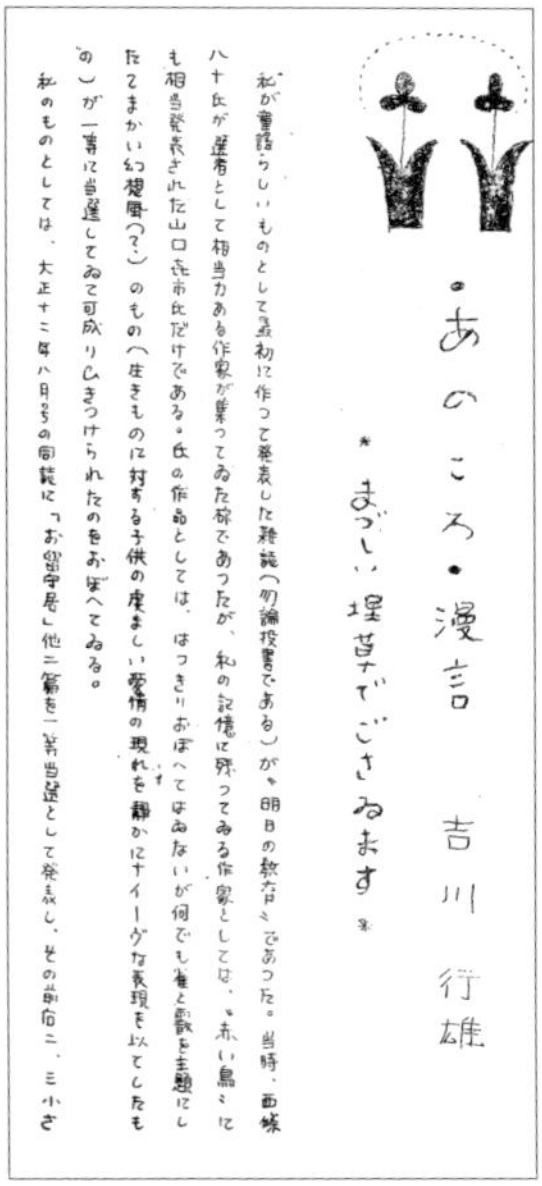
・あのころ・漫言　吉川行雄

＊まづしい埋草でござゐます＊

私が童謡らしいものとして最初に作つて発表した雑誌（勿論投書である）が〃明日の教育〃であつた。当時、西條八十氏が選者として相当力ある作家が集つてゐた様であつたが、私の記憶に残つてゐる作家としては、〃赤い鳥〃にも相当発表された山口喜市氏だけである。氏の作品としては、はつきりおぼへてはゐないが何でも雀と霰を主題にしたこまかい幻想風（？）のもの（生きものに対する子供の虔ましい愛情の現れを静かにナイーヴな表現を以てしたもの）が一等に当選してゐて可成りひきつけられたのをおぼへてゐる。

私のものとしては、大正十二年八月号の同誌に「お留守居」他二篇を一等当選として発表し、その前后二、三小さ

ゆりかご十八頁

私のものとしては、大正十二年八月号の同誌に「お留守居」外二篇を一等当選として発表し、その前後二、三小さな活字の組方にかたづけられたと云つたまことにまづしいものであつた。しかし当時、あるもの悲しい追憶からはいつて行つた私の童謡道への歩みの揺籃時代であつたあの頃。その頃から病身であつた私が投書稿の投函が出来ないで近所の哲ちやんと呼ばれてゐた子供に（その子供も今は亡い）出しにやつたりしたものであつた。

原稿用紙などもなかつたもので、薄い和紙の半切へ毛筆できたない文字をまるで馬鈴薯をころがしたやうにぶつけて、ぎくしやく書いたことなどもなつかしく今に忘れない。

この〝明日の教育〟も大正十二年のあの震火の洗礼を喰つて、遂に童謡欄廃止の形となり（この間、私の一等当選の賞金大枚五円也がふいになつたりして、おかしかつたり、口惜しかつたりしたものだつた）従つて私の童謡熱も一時興ざめになり、わづかに〝金の船〟あたりで余燼を保ちつゞけてゐたが、また何かの機縁で再燃し、大正十五年中頃あたりから〝赤い鳥〟に熱心に投書をはじめたものである。昭和二年夏、童謡集〝郭公啼くころ〟出版の前後から、私の詩風が俄然変化しはじめ、〝赤い鳥〟推奨三回によつて、漸く所謂〝赤い鳥派（?）〟の関門を通過したものと見られ今日に至つたものである。

ふりかへつて見て、事新たに感慨無量でもあるまいが、とにかくいつぱいのなつかしさはある。まづしい、歩みではあつたが。

（〝童話〟時代については私に知る所がすくない。いや〝童話〟と云ふ雑誌の存在をすら知らなかつたといつてい丶位である）

私の童謡集〝郭公啼くころ〟に寄せられた西條八十先生の言葉の中にあのころを想ひ出させてなつかしい一節があつた。それは、「明日の教育でかつて拝見した作者があなたであつたことは幸福なおどろきでした」と云つた意味の言葉である。糖分に富んだお世辞たつぷりな推讃の言葉に満ちたお便りであるのにとても恐縮したものであるが、その中のこの一節は、私をして実に悲しくさせたのであつた。

―一九二八・八・二五―

『赤い鳥』九月号、十月号、十一月号と続いて佳作となる。行雄の童謡は順調だ。

月夜

月夜、
梨の花白い。
馬屋《まや》は、
ひつそりしてる。
あの道、
光つてさぶい。
こはれ
木柵《もくさく》、崖よ。

風

どこもかしこも、
さかりの緋桃。
丘に光るよ、
こどもと犬と。
まうへに行くよ、
真昼のとんび。
かすかにどよめく、
祭りのぞめき。
風は町から、
霞とあがる。

竹藪《たけやぶ》

月夜の竹藪、
あを〳〵と、
玉虫、玉虫とんで来る。

丘の向うの椎の木で、
今夜は玉虫生れるか。

月夜の竹藪、
さえ〳〵と、
夜風が、夜風がとほつてく。
河瀬のかはやな、水螢、
今夜もかすかに生れてる。

『コドモノクニ』十月号にも「涼しい晩」が推薦、十二月号には「三日月」が佳作となっている。

四月二十日に第一号が発行された『よしきり』は、六月、八月と出版され、結局三号雑誌で終った。理由は、改めて行雄の個人雑誌『鷭』を出版することにしたからだ。郷土雑誌では収まらない行雄の強い想いがそうさせたのだろう。

『鷭』第一号は十一月に発行された。ここで行雄は童謡二篇と童話一篇と「あきさび雑記」と題する一文を発表した。他に島田忠夫の童謡二篇と「くさぐさの記」、そして織田秀雄の「山国随筆」が載っている。全十四頁。編集発行人　山梨県猿橋　吉川行雄。印刷所　同　猿橋活版所とある。

奥付の後に、島田忠夫著　童謡詩『柴木集』　定価一、七〇　送料　、一八　東京神田神保町　岩波書店　織田秀雄著童謡集『山の家』　定価　、四〇　送料　、〇四　岩手県小山村　天邪鬼所と、二冊の新刊案内が載っている。

木の芽と鷺

芽だち
紅《あか》い帽子《しやつぽ》の
光つて　光つて
いくつも
三日月に
しがみついてる

帽子ほしがる
青鷺

おぼろに一羽
しめつて

影のよに
樹間《このま》飛んでる。

恐いお晩

恐い
お晩だ
孟宗林に
白い三日月
爪のよにかゝる。

恐い
お晩だ
荒《すさ》んだ夜空に
ほそい雁《かりがね》
塔のよにあがる。

そして、雑誌に『鶺』と名づけたその元になった童話、『白芥子と鶺』。

白芥子と鶺

吉川行雄

●この話は僕が昨夜見た夢なのです。

静かな、しいんとした月夜でした。白芥子の花がこつそり夜のお窓を閉めかけてゐます。「お月様。私の上に今夜も安らかな眠りを与へて下さいますやう。(なんて冷や、かな晩だろう。椎の木のおぢさんもどうやらおやすみらしい。——)」と、水のやうな月光の中を誰か影のやうに来たやうです。ばんの鳥でありました。

「今晩は。もうおやすみになるのですか」

「え丶。もうたいへんに夜もおそいやうですから――」

　虔ましい白芥子の花は、そつと顔をしがめたのであります。お話ずきのばんはゆつくりと、お話しをしはじめました。

「ある晩のことでした。静かなお月夜でした。僕は祭りの果てた街におりてゐました。こわいほど静まりかへつてゐる夜の街。――僕はある古風なお邸の冠木門の傍の楡の木にとまつてゐたのです。するとどこかで誰かの話し声がして、だんだん近づいて来るのです。街には紫の靄がおりかけてゐました。僕はやがて二つの人影を見ました。ひとりはおまわりさんでした。お髭のない、そしてしわだらけの柔和な顔をした年老ひたおまわりさんでした。もひとりは、それは元気のよささうな可愛い――そしてあかい毛糸の房のある帽子《しやつぽ》をかぶつた七ツ位の小さな子供でした。僕はなんてい丶子なのだと思ひました。あのあかい帽子《しやつぽ》のなんて美しい――ふかふかして気持のよささうな帽子《しやつぽ》。僕は欲しいと思ひました。でも僕にはそれは術のない事でした。おまわりさんも、子供も行つてしまひました。そう、そう、こんなお話しをし乍ら……

――おぢさん。本当に僕のお父さんになつて呉れる？

――ああ。なつて上げるよ。なつてあげるとも。うれしいかい。

――うん。僕、うれしいんだ。――なんて」

この時、白芥子の花はそつとつぶやいたのであります。ばんに知れないやうに。

「あ丶、きつとその子供は迷子になつたのに違ひない。かあいそうに……」

ばんはまだ話しつゞけやうと云ふのです。

「僕はその晩からあの帽子《しやつぽ》が、もう欲しくて、欲しくてたまらないのです。ねえ、白芥子のおばさま僕、これからあの大河ひとつ向うの×街まで行つてあれと同じの帽子《しやつぽ》を探そうと思ふのですが。あの街へ行つたら、見つけることが出来るでせうか。昨夜も、いつかの街へ行つてみたんだけど……」

「えゝ、えゝ、それはもう―街のお店をたづねたら見つけることも出来ますでせうけれど……けれどももうたいへんに夜も更けてはゐますし、それにこんなさみしい晩には、街のどんなお店でも、店をしまつて早くからやすんでしまふものですから、明日になさつたはうがいゝと思ひますわ。――きつと今夜もあの古典的な×街は深い、深い夜の靄の中でしづかにねむつてゐることでせう。遠く犬が吠えて、子供達も泣きごゑひとつたてずに……どこかのこわれかけた街燈が憂鬱に顔をゆがめて幽かに古ぼけた昔の夢を見てゐることでせうもの――」

ばんは冷や冷やと羽づくろひをしてゐます。白芥子はひつそりと夜の窓をしめてゐます。

「白芥子のおばさま、さようなら」

「おやすみなさい」

ばんは青い月光の中をひつそりと影のやうにどこかへ飛んで行きました。

（一九二八、八・作）

十月十四日の藤井樹郎のハガキ。

鷭おもしろく拝見致しました。御大成のほどを念じて居ります。昨日は川村君が来たので一日ゆくわいに話しました。千葉（省三）さんの来遊についてのプランについても話を受けました。

詩の道もはるかです。白秋先生の云ふ未来の風雲に向つてしのぎぬく意気を感じてゐます。又かきませう。――樹郎

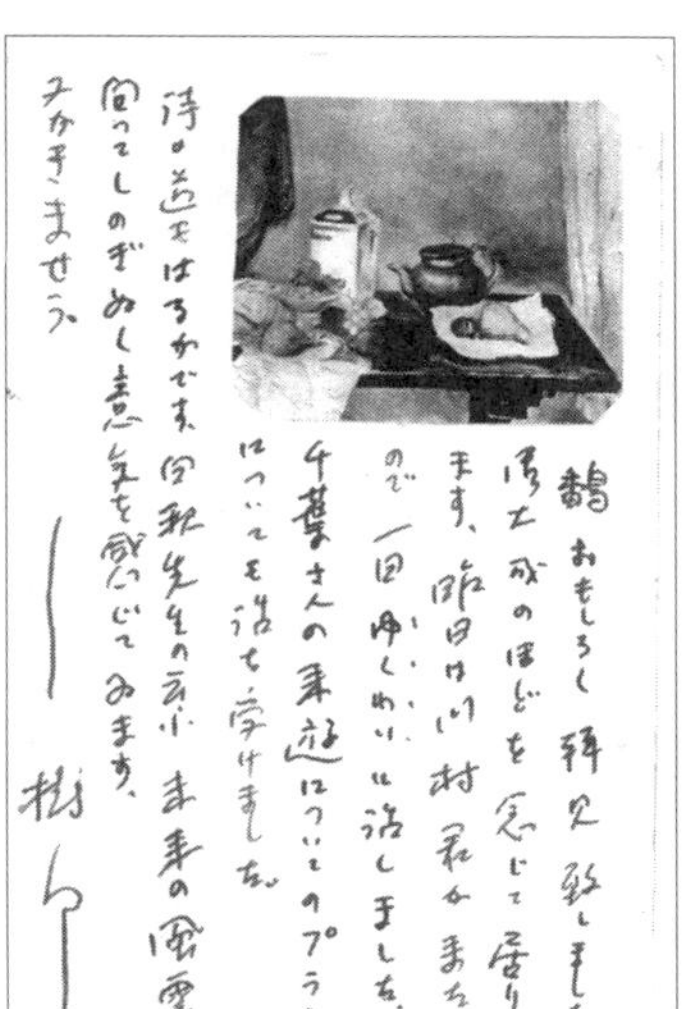

ハガキには雑誌からの切り抜きが貼ってある。

消印が昭和四年十月十四日となっていることから、十月上旬にはすでに出来上がり、同郷の藤井樹郎にさっそくに送ったのだろう。発行日自体は十一月になっていたかもしれない。雑誌発行日の一と月前に本はすでに出来て送られているのが普通だからだ。

藤井樹郎は、明治三十九年（一九〇六）、山梨県生まれ。行雄とは一歳年上で、隣りの鳥沢出身。本名井上明雄。山梨県都留教員養成所卒業後、小学校教員。飯田蛇笏門下で俳句を学ぶ。行雄の雑誌『よしきり』には本名と藤井樹郎名で俳句を寄せている。教員として児童詩の指導に力を注ぎ、自らも『赤い鳥』に投稿。赤い鳥童謡会会員、『チチノキ』同人。昭和六年頃、周郷博をたよって上京。以後、練馬、墨田、江東区で教職に従事した。童謡集『喇叭と枇杷』『はるの光を待ちわびて』、童話集『光をあびて』『ふうせんの旅』昭和四十年（一九六五）没。『日本童謡集』に二篇。


じつは昭和二年の日記と共に、昭和三年十一月二十六日から昭和四年四月九日までの日記がある。そこで又、しばらく日記を追ってみる。

十一月二十六日

――寒くなつた晩である。ガラス戸をとほして廊下いつぱいに氷のやうな月光がさしてゐる。のぞけば空には冷やゝかな月がある――織田秀雄に便りしないといけないなと思ふ。十二時寝。

十一月二十七日

今朝はさむさむしい風がある。床の中で鷭で篠原銀星歌集でも出してやろうなどと考へてゐる。意義あることに違ひない。あの人位自己に即した歌を書く人も今日少いであろう。近来 感覚的も借りもの、奇矯さばかりに終始してゐるある一派（私はそれがいやさに歌から遠のいてゐる）のものなどいやみである――私は銀星氏への友情からでも本当に出してやらうと思ふ。貧しくても素朴で純なものを作つてやらう。父朝からゐない。閑雅な世界に日の匂ひがしてゐる。島田氏転居の報。及千葉省三氏の鸛評来る。い、評で嬉しいと思ふ。午前中英雄君も商用にてゐず、なにか寂しいうちにゐる。午后少々雑用すうち四時英雄君帰宅——英君入営兵士送別会に夜八時行く。隣家の若いマダム大声を発して本をよんでる。入浴なさず。妙に熱つぽいものが身内に感じてゐる。風邪を引いたやうだ。

月蝕を見る。あかちやけた光りがくすんでどこかすごい。島田蛙山人の童謡「日蝕」の　空にはかけた日の暗さ　山で新芽の匂いする　をふつと思い出した——

十一月二十八日

朝来父商用出張にて居ず。りん烈たる寒気。冬のすがた枯淡味深くなりたり。つくづく炬燵欲しと思ふ——夜炬燵にて豊に本読みきかす——

十一月二十九日

寝床にて海達氏母堂死去の報知受取り、読む——海達君への弔詞及香料書き封ず。明日出すこ、ろ。島田蛙人氏へ銀の泉童話督促す——長田俊興氏強瀬文壇創刊のため来訪。童謡を一篇引きうけさせられる——

十一月三十日

暖日。英君上野原行。

小田俊夫君の童謡パンフレット春風ほうほう届く。感じの佳い本作り素朴単純於いて颯あり。鸛一号仁科義男氏に贈呈——炬燵にてぬくもりあるに眠気しきり。一時半ごろ寝。

螢の光パンフレット・第三篇『虹と草の露』小田俊夫作童謡集・発行村童社というとてもしゃれた冊子が手元にある。この童謡集のあとがきに「同著者の童謡集（既刊）春風ほうほう」とある。同じ造りの冊子だったにちがいない。

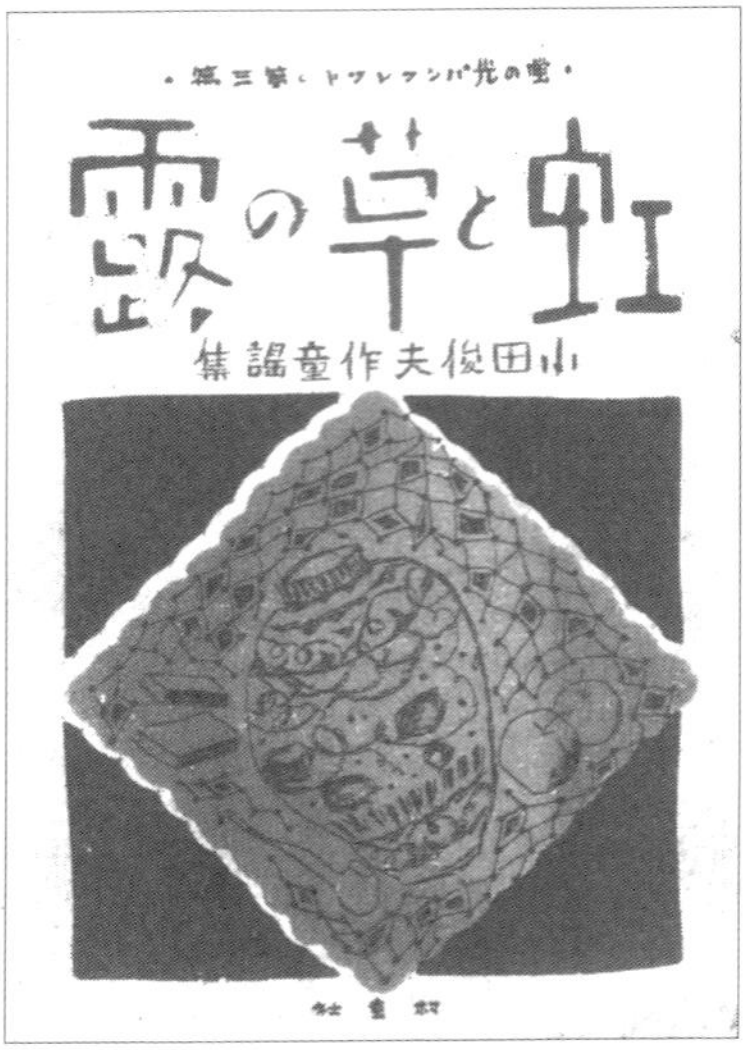

十二月

十二月一日

――午前中暖として小春日なり。閑々たる冬の寂。店に硝石障子出来たり。母生前にしみじみ欲しがりし硝石障子が。父述懐して暗然たり――

十二月三日

――周郷博より鶺への便りあり――

十二月四日

寒き朝なり――蛙人氏（注・蛙山人とは島田忠夫の雅号）便りよこしたり。「戯歌三体」を鶺に届く――文三枚やつとまとまる。苦心さんたんたり――鶺二号編集おわる――

「鶺二号編集おわる」とあるが、この発行は一度中止される。それは十二月八日に来た「赤い鳥童謡会の件につき来談ありたし」と藤井樹郎からの手紙がその理由だった。「来談ありたし」と言うのは、行雄に対して不思議な感じがするが、翌年、藤井樹郎は肺を患って一時重態になるほどだったので、すでにこの頃、体調をくずしていたのかもしれない。そこで、兄行雄にかわり、弟の英雄が急ぎ鳥沢の藤井宅に飛んだ。

十二月八日

樹郎君より手紙あり。

赤い鳥童謡会の件につき来談ありたしと。英雄君代理にまいる。涙ぐましき白秋師及同朋の人々の知遇にてありたり。冷静考慮し、随時 小田、島田、織田、大竹の諸君に絶交を願ひ奉るの書送る。

純真潔ぺきなる赤い鳥たらんことを期す。白秋先生及門下にむくゆるの道他なしと信じたればなり。樹郎君とも昔日交情かへり来らんとす。喜ばしき限なれ。

伊藤真蒼君よりハガキあり。海達氏よりもありたり。

忙しき日なり。

鶺も止めたり。寂しさなくもがな。

行雄の代理で弟英雄が聞いたのは、二つ。

一つは、白秋が行雄を赤い鳥童謡会の会員に認めた、ということ。この一年で推薦三回を含む八回も選ばれる力を見せたからだ。

そしてもう一つは、会員たちからの伝言。

当時、全国の若い投稿詩人たちはじつによく交流し、親交を深めていた。それが彼らの童謡創作への力となったのだろう。だが、行雄は自分からの直接な交流は不可能だった。ただひたすら自分の全世界であった山梨県猿橋の六畳の部屋で、アンテナをはり、同人誌や手紙のやり取りの中で情報を得、自らの創作の糧にしていたのだ。だから、この中には八十派の島田忠夫など、白秋派ではないたくさんの人がいた。又、鶺一号にはこの人たちの作品も載せ、二号の原稿ももらっていたろう。

しかし、白秋派の詩人たちにとって、他派の人たちとの交流は潔しとしなかった。そこで、「自分の立場を自覚し、きちんと処し、一緒に創作に励もう」というのが伝言の内容だったと思う。

樹郎の伝言は英雄から行雄にきちんと伝えられた。赤い鳥童謡会の会員ということは、一人の童謡詩人として認められたということだ。それは大きな喜びだった。弟と兄、伝える側も聞く方も、心はいっぱいだったにちがいない。炬燵に入りながらの二人の会話だったろう。
その後の行雄の行動は速かった。翌日には絶交状と共に、鷭二号への原稿を送り返した。

十二月九日

九時半起床。曇り日。寒き。
――島田及織田両氏へ原稿返送す。さつぱりしたり――寒さ加はる。晴れたり。夜入浴す――

十二月十日

昨夜　夜もすがら軒をめぐる雨音しげきに炬燵をなつかしみついに暁の鶏鳴をきくにいたる。今朝晴れて暖かし、風なし――
樹郎君より便あり。
白秋先生に君が将来を約束するなれば
会員として真に節して下さい
とあり。樹郎よ　また行雄との交情昔日のごとくならんかな――

十二月十二日

父子の寂しき争ひ。英雄君　昨夜家出のま丶帰らず。父のいかるは悲し。悲しみとおもひ多くして涙とゞまらず。因はわがあやまてるにあり。寂しきのみ。島田君より絶交状来る――

十二月十三日

――赤い鳥推薦なり。
英雄君のこと清水氏の口添えにて許さる。喜びその外なし。英雄君と入浴す。

父實治と弟英雄の口論の原因はわからないが、因はわがあやまてるにありとあるので、父が行雄を叱り、弟が行雄について弁護し、そのあげくの家出だったようだ。二日後、猿橋小校長であった清水氏による口添えで解決した。
「英雄君と入浴す」　あの日、兄の代理で白秋の言葉を聞いた弟英雄と兄行雄。この日、ほっとした気持ちで入浴したことだろう。兄弟で体を洗ったのかもしれない。英雄の家族が行雄の作品と日記、手紙を守り続けたおかげで、八十年後に一冊の本となって甦えることになるとは、兄も弟もこの時は知るよしもなかった。

風から

風から、
椎の木、
あかるくなる。
街からは、
靄と、
祭が、
匂ふて来る。
風から、
瀬のおと、
あかるくなる。
月からは、
鷺と、
牡丹が、
匂ふて来る。

同じ頁に巽聖歌の「風」も推薦されている。

十二月十六日
珍らしくも晴れなり。
暖い日。武田幸一よりハガキあり。
風から　与田君の　風から来る鶴　を思ひ出すこと。吉川と武田と二人揃つて会員も意外なること、等々。右に返事のハガキ書きたり――

十二月二十六日、余白に「日記を書かずに久しい。今日はふと書きたい気分あり」
――渡瀬健君来訪。
話しは樹郎君のこと。詩人協会及赤い鳥童謡会入会のいきさつ、私との融和問題等々、樹郎君の神経質なるを嘆ずるや久しの健君であつた――

清水氏の尽力にて父の後妻話進みおるらし。ただ何とはなしの悲しさよ。この冬は寂しい、泣きたいように――

そして次の日付は三十一日となって昭和三年は終った。

十二月三十一日

多重多難なりし昭和三年総決算の日。

帰みることの寂しさよ。

昭和四年は願わくば平々凡々にして、空々たる明るさにのみ生きられむことを祈るこゝろなり。

多忙なる一日　暮れきりたる。静かなる夜半の風声。

昭和四年

昭和四年（一九二九）行雄二十二歳。
元旦、二日とおだやかに明けた。

一月三日

童児のさゞめき明るし。
父東京に行きたり。夜九時に来る。豊に大凧も
とめ来る。

一月四日

――少々仕事す。寒し。
樹郎君よりハガキにて　白秋氏宅にて童謡会あ
り。与田氏より二人して来れとあるもことわると。
初出にて英君出たり。西岡水朗君長崎に帰りた
るらし。うれし――

一月五日

春日のおだやかさと暖気。雀の光りを飛ぶ明る
さ。
濱田廣介先生より賀状あり。すまないことに思
ふ――父年賀に行く――夜賀客として清水氏来る。
静かなる夜なり。十時半寝。

一月七日

巽氏より手紙あり。
新雑誌に同人として貴方推挙したければ今后
真に節するや否や　返待つ。
返事送る。委細承知――

一月十日

巽君よりハガキあり。
行雄の品行問題につき樹郎君をとほして伝へた
るこゝろもちに対し　与田君何も知らぬ由とあり。
樹郎君のらいだにわずらはさるゝこと寂しき。
原稿及費送れとあり――

川村君よりまたまたうるさき便り。困りものなり。西岡及柴野にハガキしとく──

巽聖歌からハガキが来た。それには又、今後真に節するやとあった。それに対し、十二月八日の藤井樹郎よりの話で全て理解し、白秋派に生きることを伝えてある、と返事をした。これに対し、与田準一は藤井樹郎から行雄の返事を聞いていないというのだ。

藤井樹郎の懶惰が寂しいとある。

藤井樹郎の行為もさることながら、師白秋が会員と認めたにもかかわらず、その下にいる白秋派の他派排除の執拗さを感じる。それが結局、後に行雄の『チチノキ』不参加につながる。

川村君よりうるさき便り、とは新しく始めた雑誌『強瀬文壇』への原稿依頼のことだろう。行雄は昭和二年十一月号の『金の船』に載った「ひとつぶたねを」を送った。行雄としてはめずらしい幼児童謡で、秀作である。

白秋派へのみちを進み始めた行雄に後藤楢根から手紙が来る。この時期、後藤楢根は八十派、雨情派を集めた新しい会をつくろうとしていた。

一月十四日

後藤楢根君より新興日本童謡詩人会入会勧誘状来る。発起人気に入らず。黙殺に決定。

童謡創作の意動くとも作れず。風邪気味あり頭重たし──

一月十五日

朝。柴野民三・大山義夫君より便りあり。柴野君僕のことを「兄さん！」と呼ぶ。愉し。

聖歌君より新誌に論文書けとある。行雄論文などの書ける男にあらず。また生涯書かぬつもりなり。与田君書けばよからむと思ふ。新誌の同人多過ぎずやと思ふ。苦言を巽氏まで送る。

暖かき日なり。春来るがごとし──童謡ひとつあり。苦心す。白秋童謡集・印度旅日記・赤い鳥

——等々読む。暖かき夜なり。こゝろたのし。

巽聖歌がいう新雑誌がどのようなものかわからないが、新しい動きがあったことは確かだ。しかし、この動きは白秋が新雑誌を始めることとなり、一時中止し、翌年の『乳樹』となったのではないだろうか。

そして翌日、思いもかけないうれしい来客が四人、東京から来た。

一月十六日

来たる、来たる、来たる、来たる、来たる！

与田準一だ。巽聖歌だ。福井研介、田中善徳だ。何と云うよろこびだ。月が出たんだよう。ほうほうまるい。ふとつちよ・まんまるい与田。健康な与田白秋——そうだそうだ。憤慨悲歌の氏聖歌のとんがり。まつくろい、まつくろい。また美男におはす研介。謙譲なぼんちである。田中の愉しきまるこさ。親愛なる文具問屋さまに似てるぞ。

しかも皆が持つてない。なんだ持つてないのか。

時計、時計、時計　時計がないのだ。

「あの時計　どつちが　いゝのですか」「ちつちやな方が」時計　時計　ほくほくうれしい行雄なのだ。

議論。巽のばかやろう。炬燵なのだよ。止すんだ　止すんだ。準一の　ほう　明るい苦笑だ。

「みかんうまいな。東京のはすつぱい」愛すべき彼奴。千疋屋を知らないのだ。待てよ——

「橋には　だまされたよう」

「僕はもつとたかい山の中の橋かと思ふた。があすこ来ると　ふん　橋や眼の下やないか。がつかりさ」

「近来　あそこにも　投身者があります。何しろ高いでね。岩にぶつけられりや　たちまち　まいつちまふ」

「水の上に　落ちたら　腹が痛かろうね」

「いや　止したまえ。こつちの方へ　えんきやう(影響)　するでね」

「わつは、は、は、……」

「吉川君　もつと　言葉に注意するとい、ね。どうも　むずかしい」

「え」

「吉川君　多作だね。日　どの位ひ――」

「ふむ」

「ね、どの位いよ」

「十二月に　一つと―を。それから――」

「巽君も　ずいぶん作るね」

「いや　作らんね」

「でも、ずいぶん　出すぜ」

「旧作ぜよ」

「巧作ぢやあるまいね」

「止せよ。新作はどうも　新らしいが故に　惜しいのだよ。それに　おどおどして出すのが　どうも――」

「つまり　自信がないんだな。困るな」

「与田君　慢心しちやいかん。いかに白秋氏の衣鉢をつぐ人だつて」

「あわわ。止すこと　ここは炬燵だからね」


「多作つてば　田中君も」

「だめだよ　凡作ばかりよ」

「ふ　ふ　ふ――」
※「岡田君の　時計など　い、ね」
「でも　過去の世界だよ」

「どう」

「あの先生の「雉うちぢいさん」と言つた作品だね」

「巽ふ」

「異つても　同じだ」

「ふん。おかしいね」

「いや」

「止したまえ　止したまえ　困る　困る」
※「わつは、は、は」
（※～※印までは上の余白にも書かれていたもので、本著者がこの場所に入れた）

「樹郎君　ねてる？　君に言伝したよ。学校も止めたつて」

「そうですか」

「武田君なんか　会員に　早やすぎや　しません
か」
「いや？　そうでもないだろう。日下部梅子さん
など　つまり　いかに歴史はふるいと言つても
結局　白秋先生のあたまに　のこる作を　のこさ
なかつた　ことが――」
「それも　そうですね」
「推薦以上の作つて――そんなものが　書けます
かね」
「つまり目標をそこにおくんだよ。出来上り　如
何はさておいて」

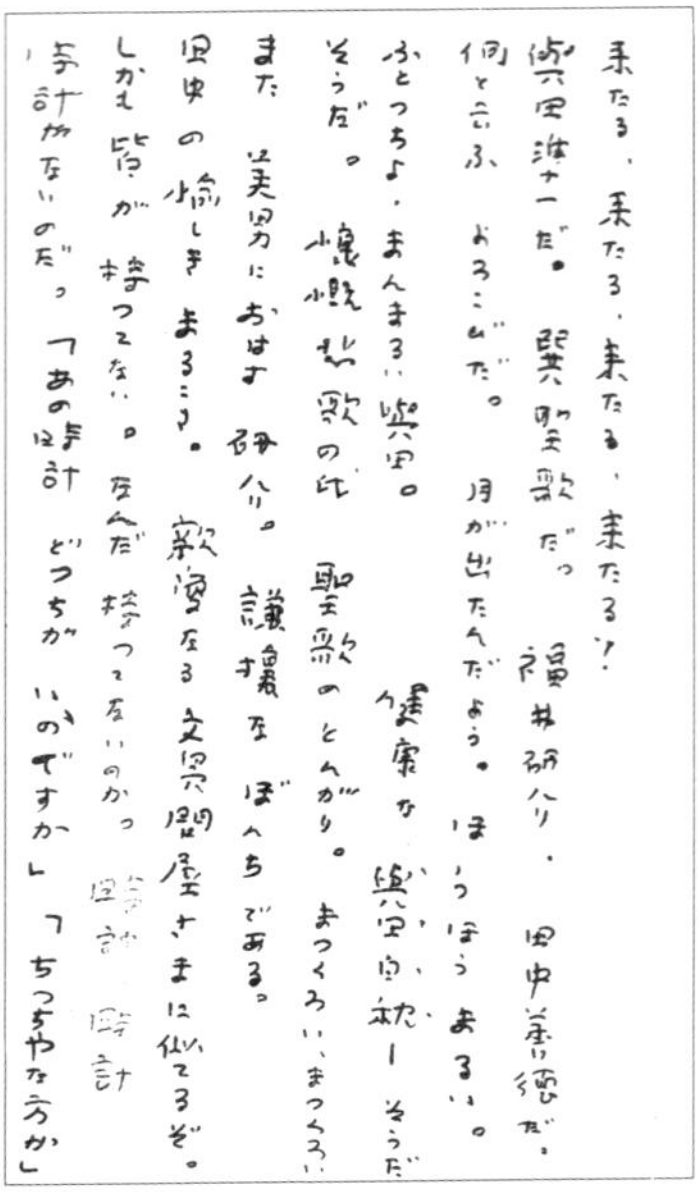
来たる、来たる、来たる、来たる！
與田準一だ。聖歌だ。福井研介、田中善徳だ。
何と云ふ　よろこびだ。月が出たんだよう。ほうほう　まるい。
ふとつちよ、まんまるい與田。健康な與田、白秋一　そうだ
そうだ。慷慨悲歌の氏　聖歌のとんがり。まつくろい、まつくろい
また　美男におはす研介。謙譲な　ぼんちである。
田中の愉しきまるさ。敬虔なる文學閣屋さまに似てるぞ。
しかも皆が持つてない。なんだ持つてないのか。時計　時計
時計がないのだ。「あの時計　どつちがいいのですか」「ちつちやな方か」

「なら　五分五分だよ　はつは」

「困るな。泣きたくなる。そんなこと言つて――」

「与田さんの空に――先生の梢は似てるなあ」

「ほうら　はじまつた。弱るなあ」

「作つたとき　先生も言つたつけ　よ」

「いや　はや　困る　困る」

「わつはつは　はつは　は　は――」

「ぢや　さようなら。しつかりして呉れ給えよ」

「原稿も　送つて下さいよ」

「さよなら。また来ますぜ」

い、友情の香りをしらしめて行つた彼等。山峡
は寂しい。

蜜柑と、ようかんと、薄暮と、雀と。風は寒い。


夜。

童謡一篇作る。

血尿あり。悲しい。

風声。父　十一時頃帰宅す。

上の余白に「寄せ書きを　岡田泰三　日下部梅子海達貴之　多胡羊歯におくる」とある。

行雄のうれしさが込み上げてくる日記だ。「ここは炬燵だから」とあるのは、五人で炬燵を囲んでいるうちに、議論白熱してつい手がでて、止めているところだ。二十代前半の与田、巽、福井、田中、そして行雄。五人の若々しい姿がここにある。

この日記の次の日は、一月二十四日、八日後になり、この間に又、巽聖歌から「新雑誌同人になるためには、真に節してほしい」と便りが来たようだ。「巽聖歌をきらいになるの日、以后彼のこともく殺の決心なり」とある。

さらに二月一日には、「赤い鳥派の新雑誌よりの脱会を決意するの日」とある。巽聖歌をきらいになった理由は二日後の小田俊夫への手紙に書いている。

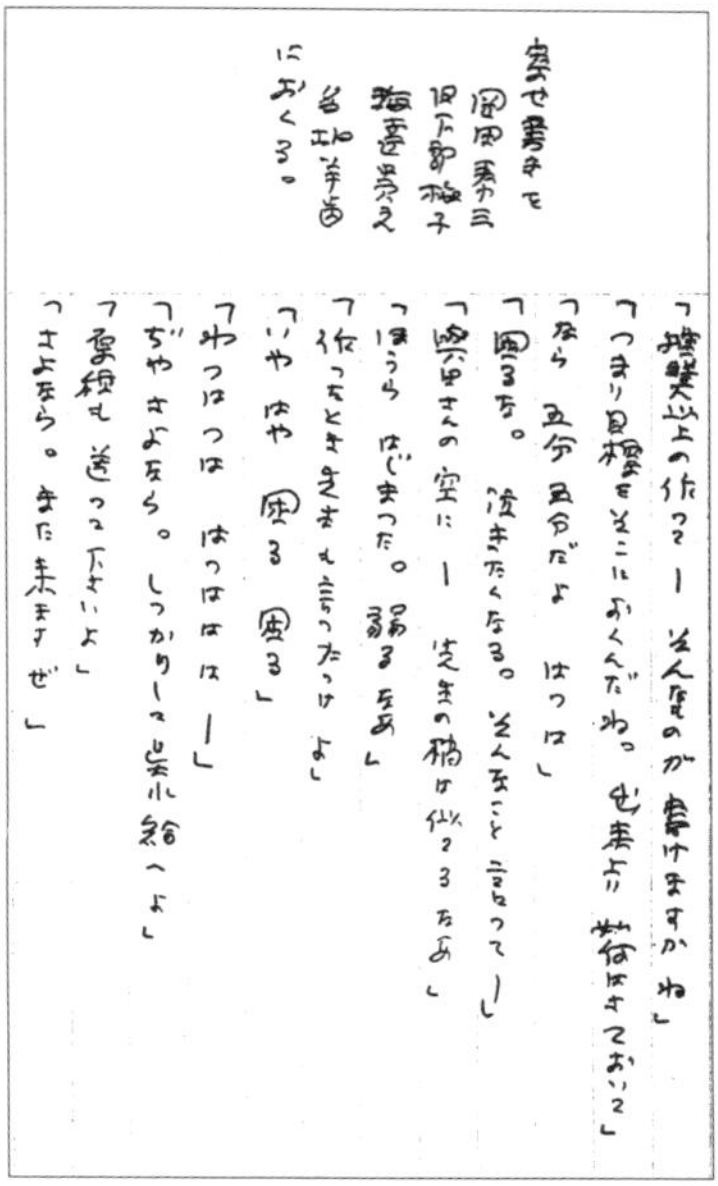
「推薦以上の作って――そんなのが書けますかね」

「つまり目標をそこにおくんだね。已来より努はさておいて」

「なら　五分　五分だよ　はっは」

「困るな。泣きたくなる。そんなこと言って―」

「巽田さんの空に―　先生の椅子似てるなあ」

「ほうら　はじまった。弱るなあ」

「作ったときまたも言ったっけよ」

「いや　はや　困る　困る」

「わっはっは　はっははは―」

「ぢや　さよなら。しっかりして呉れ給へよ」

「原稿も送って下さいよ」

「さよなら。また来ますぜ」

寄せ書きを
岡田泰三
日下部梅子
海達貴之
多胡羊歯
におくる。

二月三日

小田俊夫君より手紙あり。返事書く。

赤い鳥の新雑誌脱会の気持ち、及　島田氏の激怒についての態度等通じおく。

（『横行する低級俗悪なる童謡への反送』『最良最高の童謡を世に問はん』『推薦作以上の作を盛る』その新雑誌に同人として推せんし乍ら、直に経済的理由による多数の同人云々を云ふ。大なる不快なり）

由書かず――

柴野氏に近況伺い。巽氏に新雑誌脱会通知。理

二月五日

――海達氏より有田焼の花瓶贈らる。近況知らせよとあり――

二月六日

暖日。薄ら陽の中に沁みじみした冬の哀愁。巽君より新雑誌二・三ケ月延期の報。驚く。

海達君に近況報ず。

赤い鳥の人々の印象。与田氏の与田白秋。巽氏の印度の坊さん。田中氏の万年筆屋。福井氏のぼんち。

新雑誌脱会の旨。発刊延期のこと。田中対武田の赤い鳥会不遇。尚早。

藤井君のこと。

民俗学に熱中のこと。等々書く――

二月七日

父甲府行。再婚のことらし――柴野君より姉君の作られし由なる　しをり贈り来る。恐縮の他なし。礼出す――

二月九日

和やかな暖日。

与田君より手紙と同人費返却あり。武田君のこと。巽君のこと。赤い鳥廃刊のこと。限りなく寂しきことなり。返辞す。こゝろもちすべて投げ出す――

二月十一日

紀元節なり。和やかなお日和である。

『赤い鳥』にうすい月夜推奨さる。

仄かなるもの、閑かなるもの、憂鬱なるもの、やはらかなるもの。この詩われ乍らこのましきかな。

与田君に新雑誌社友にして下されたき旨、ハガキす。都築氏に柴木集返却を乞うの便――

うすい月夜

うすいおぼろに、
いぶされて、
月は魚になりまする。

ほそい木にゐる、
丹頂も、
とろり、とぼけて飛びまする。

風とふくれて、
ふはり来て、
とろり、お羽が消えまする。

うすい月夜の
れんげうは、
白い羽虫になりまする。

二月十七日

程よき暖気。春信しくりなり、窓うつ音。

畳がへの清々しさよ。書斎の位置かはる——畳がえ、新しい母を迎える準備が始まったのだろう。

二月十九日

風あり。陽気や、にぬるみたるやなり。冷気の底に動ぐ仄かなる季節の息吹き——川村君より便あり。濱田氏、葛原氏への依頼状に紹介を書けとある。赤い鳥廃刊の感想いかん——返辞す。赤い鳥廃刊についての感想なし。

夜炬燵にての手仕事。弟妹等と歓談つくるなし

二月二十三日

水いろうたる空気のいろに心稚くされる感じ。春、春！——川村君より銀の泉への島田氏の手紙届く。どうやら僕に対するだ協の底意あるらし。笑止なれ。今日も忙——

三月一日

夜ごろの雨微か。しつとりとした小庭。日ざし暖く――柴野君にバレー剃刀あがなふてもらひし礼出す。外に便り――蝶も田螺も出でよ。春だ。春だ。

鶺また刊行のことにする。

『鶺』は赤い鳥童謡会に入会する時に一度中止した。そして行雄は与田、巽たちと新雑誌をつくることに決めた。だがそれも辞退し、雑誌『赤い鳥』が廃刊になった今、行雄は再び個人誌『鶺』を続けることに決めた。

三月二日

雨と霰と雪といぶかしき空あひなり。寒き日なり。

雑誌童詩祭にのりし平林君の木のお靴評愉快に思へり。右書我れもよみたくて即ち平林君に葉信を呈し貸与を乞ふなり。童謡一篇あり――夜仕事あり。静かなり。

『童詩祭』は『騎兵隊』を改題したもので、発行人兼松信夫、編集兼印刷人 小川隆太郎、発行所 大阪市天王寺区東平野町三丁目三六。竹尾方、童詩祭舎。第一号は昭和四年三月一日納本となっている。同人は石川英一、兼松信夫、小川隆太郎の三人。三人のほかに、小田俊夫、茶木七郎、鹿山映二郎、平林武雄等が書いている。

『木のお靴』は小川隆太郎の童謡集だ。すぐに平林武雄から送ってきた。

三月四日

寒日。風、冷。

平林氏より木のお靴拝借――

三月六日

武田君よりめづらしくも便り届きありたり。ほつとしたり。僕らの友情のあた丶かさ。やはり彼幸一君は吾友なり。与田準一君に武田のこと、島田氏焦慮のこと、個人雑誌出すこと等々ハガキ出す。

朝より晴れたり。暖し。午后曇る。冷。

僕等の新らしき母来ることときまる。うれしさと、寂しさと、暖かさと、寒々しさと、あ丶このこと父のために喜ばむかな——コドモノクニへ二篇を投ず。

夜仕事あり。家中だんらんの中。たのしき冬夜

三月九日

晴れたり　風あり　や丶暖。

与田氏より『個人雑誌の件賛成』のハガキ——

三月十日

——新らしき母を迎うるの日近く、清楚なる心くばり出来たり。

三月十一日

篠原銀星氏の死去を知る。さむざむし　おのれの予感果然当る。

底冷えのし、重き雲たれたる日。

——香華料送る——

日記に何度か出てきた歌人篠原銀星死去。昭和三年六月十日発行の『よしきり』第二号に載った篠原銀星の歌を左にあげておく。

春嵐　　　篠原銀星

春嵐吹きて暖かしひるを食す　生煮え葱の味のよろしも

ひそやかに命いたはる寂しさよ　春の野に出で麦ふむ人等

子が畠に着物よごして　つみにけむ　蕗の苔食む一

人のひるげ
朝ざめに親しく聞くは雀《とり》の声　戸外《そと》にゐねなむ心動くも
かめにさす梅の匂ひのほのかなり　教へ子にかへす文をかきつゝ
女子等唱歌うたひてかへるなり　三年越なる吾病かな
——そはわれ教師なる時教へ児に教へしうたなり——
この病人にうつさじ三年越　一人の部屋に　あけくれにける
いまだ惜しき吾命ぞも　幼子は父の病も知らぬいとけさ
縄飛の相手をせよと　わがこやる　枕辺に来てせがむ幼子
あきらめて一人し生くる朝ざめに　なごみて親し遠き山脈

そして、いよいよ新しい母が来た。

三月十四日

迷える小羊に夜明る　新しき愛の出発。
暖かき気持の中に厳しゆくなるもの。泉み来る春閑。

同じ頁に、次の日記が書かれている。
新しき母来るの日。
「昭和四年四月十四日　宵。
若き眉。清新なる態度。毅然たるもどこやら。この母とわれらの上に幸あれ。
さるにてもふいとのし上り来るこの寂しさよ。
だが　月が出たのぢやないか。
りやうりやうたる竹林の　春雨になる　うすい月夜。」
新しい母の名前はヒサ。神奈川県津久井郡の出身で、この時三十歳。
周郷博は前出の「時間」の中でヒサのことを、
「——四十歳をすこし越した人で、このおばさんは、私にとって忘れがたいほど、親身を感じさせる人がらだった。どういうわけか、じつの母以上に、私にとって母性のかぎろいのようなものを惜しみなく発散して私を大事にしてくれた――病身の二人の兄弟のいる家へ後妻にきたこのおばさんは、なんという心のやさしい人だろうか……。その愛というよりも母性のやさしさは、詩を書いている病身の行雄さんという義理の長男の友人である私をけっして他人とは思えない心づくしでしっかりといわば抱きかかえてくれた」と書いている。

弟英雄の長男吉川実さんが吉川家のことを書いた『愛』（昭和五十六年七月・編者吉川実）という一冊がある。ここにもヒサについての一文がある。

「ヒサおばあさんはおもいやりのある、がまん強い、働き者であった。私が最も尊敬した人である。今で思うとこのおばあさんこそ、真の日本女性である――えらい人であった。戦後の吉川家をまもり、商売に精を出し、真心をかたむけて一生を生きた人である。私はこのヒサおばあさんが亡くなった時今まででで一番かなしい思いがし、涙がとめどなく流れた」

今年、平成十九年（二〇〇七）は、吉川行雄生誕百年にあたる、そして亡くなって七十年になる。だから実際に行雄に会い、記憶に残している人は少ない。その一人が、ご親戚の鈴木田鶴子さんだ。

鈴木田鶴子さんは大正十二年の生まれで、大月の女学校の帰りに吉川家によく立寄ったという。田鶴子さんに思い出を語ってもらった。

「私の母がヒサおばさんの姪になります。おばさんは吉川家に来る時、『有名な詩を書く人がいる』とか、

ヒサ

『有名な人ともお友達なんだよ』と、行雄さんのことを聞かされていたそうです。

ご主人の實治さんは北都留郡では顔役で、吉川さんの親類というだけで、私たちも鼻が高かったですね。實治おじいさんはきれいな面差しの人で、紳士でした。弟の英雄さんがもう結婚されていた時のことですが、おでかけになる時はおばと、ふじ子さんと英雄さんの奥さんの三人がかりでした。おばは後ろから着物を着せる。ふじ子さんがタオルを熱くして頭をきれいにし、英雄さんの奥さんが足袋をはかせるんです。そんな大名のような、殿様のようなご主人でした。昔は大きな家はそんなだったんでしょうね。

食事もおじいさんだけは、特別のお膳で、御刺身の赤身ですね。ごはんは少し盛って、象牙の箸でした。夜中に急に食べたいといわれて、おばは懐中電灯を持って、ふきのとうを採ってきて酢味噌にしたりしたそうです。

お酒は飲まないんですが、お料理のためにみりんとお酒はよく使っていましたね。行雄さんもお酒は飲まなかったと思います。

とても平和な円満な家族で、母はおばちゃんはここでよくしてもらって幸せだったって、羨ましがっていました。私もみんなによくしてもらいましたよ。おばちゃんは、ここの家は仏壇やら神棚がいっぱいあるので、夜になると三十分位していましたね。この子たちの親になったのも何かの縁だと、この子たちをおいていかなくてはいけなかった人のことを思えばと、御馳走ができると、一番さきにお仏壇にあげてました。だからみんなとても仲が良かったですよ。

私は行雄さんが詩を書いたり、そういう方とお付合いがあるということは聞いて知っていました。行雄さんは怒ったことのない、いつもにこにこしている方でした。優しくて、人を怒ったことなんかなかったんじゃないでしょうか。ながおもての優しい方でした。

大月の女学校一年の時、帰りによくここへ寄りました。行雄さんはいつもにこにこしていて、私に月刊誌の『一年の英語』『一年の数学』っていう研究社かなにかの本をくださって、少し私にはレベルが高くて読み切れない時がありました。十二歳頃のことですね。

おばはいつも、『ゆきおさん』とか『ゆきにいさん』とか呼んでいました。ご自分の部屋が帳場にもなっていて、お店の帳面を一手に引き受けていました。部屋の前がお風呂で、私がよく知っているのは、亡くなる二年間ほどでしたが、裏の印刷所で働いている人たちが行雄さんを抱いてお風呂に入れて、おばが着物を着せたりしていました。

こちらでもいい所の人は親子でも言葉がお他人行儀のようなところがありましたね。おじいさんとふじ子さんがお店をして、おばは裏方専門でした。お裁縫がとても上手だったので、不自由な身体にも都合の良いように、着物をつくってあげていました。

行雄さんが亡くなった時は、私の家にはまだ小さい子供がたくさんいたので母の代わりに、私がお葬式にきました。十四歳の時です。

とても立派なお葬式で、おじいさんが『行雄はおれのお葬式をしたようなもんだ。いいものを見せてくれた』って。道の両側が大きなお花で、もういっぱいでした。葬列もずうっと長くてね、いつまでも終らないような気がしました。

お葬式の帰りに電車の中で、周郷博さんとご一緒になって、猿橋と上野原の短い間でしたけどお話もできました。

初めて猿橋に着いた時、駅には誰も迎えにきていなくて、そして歩いて玄関まできたら、ヒサおばさんがでて、『お待ちしておりましたよ』といわれるんだけど行雄さんがでてこなくて、不思議に思ったって。それでお座敷にあがったら、帳場に行雄さんが座っていたんだよと。

そういえば、私が作文を書くのに、行雄さんに書いてちょうだいと頼んだんですけど、なかなか書いてくれないでね。なにかちょっと書いてもらったんですが、大月女学校では文集を出していたので、それを参考にしてだしたことがあります。その頃は詩を書くことは知っていたけど、読んだことはありませんでした。

　弟の英雄さんはとても素敵な人で、おばがおじいちゃんに怒られて家をたまに出てしまうことがあっても、英雄さんが連れに来てくれて一緒に帰ってくれたり、人の間に立ったり、時にはおどけて人を笑わしたり、一家の大黒柱でした。

　徴兵で軍服姿になった時、うちの母があんなに軍服の似合う人はいなかったっていっていました。少尉で、近衛三連隊で、ベトナムで戦死したそうです。奥さんと実さん誠さんの家族を残して。

　三男の美男さんはふとっていましてね、やっぱりやさしかったですよ。弟の豊ちゃんと兄弟げんかのようなことはありましたけど――。

　豊ちゃんとは、私の方が一まわりも上でしたので、いっぱいおしゃべりをしましたね。もうその頃は歩けなくなって、小学校も三年までしか行けなかったけど、ここ本屋さんですから読み書きもよくできてね、行雄さんが亡くなってから後に、行雄さんの行をとって、吉川行といって童謡を書いたり、短歌も書きました。竹内てるよさんがこの家によくいらして、豊ちゃんと短歌の話なんかしていたそうですよ。

　豊ちゃんはおとなしくて、いい人で、おばのことを、『おっかさん、おっかさん』って。美男さんも豊ちゃんも、その後に生まれた綾ちゃんを可愛がっていました」

（平成十八年十一月二十日　吉川家にて採録）

四月七日

　春雷とゞろく――亡き母の一年忌当日。涙ぐましさのみして一日終らん。小田君より茶の花第二号届く。

四月八日

　氷雨降る。寒日――静夜。ひなまつりのおかざりすむ。

四月九日

暖かな曇り日。ちらちらとときとして仄かな日射し。和やかなる春日感。庭前の木の芽ふくらむ。冷たい針をふくんだ妖女のまなざしからふくらみかゝる昼の風声。

訪ふ人なし。

小田俊夫、井上三代、川村章、文月、初日君等に手紙す。夜なり。雨もよひあり。暖気――職人子またかきならすバイオリン。あゝ猫のこいやむとき宵のバイオリンなりか。呵々。

春日いまだそだたず。

新興日本童謡詩人会はこの年昭和四年四月に、『童謡詩人』四月号を発行した。

編集兼発行者・大分市大道町五丁目童仙房・後藤楢根。印刷所・大分市大工町五八四・碩田社印刷所。印刷者・植木佐太郎。発行所・大分市大道町五丁目童仙房・新興日本童謡詩人会。

四月号（創刊号）に、小林愛雄、大関五郎、平木二六、酒井良夫、織田秀雄、古村徹三、茶木七郎、鹿山映二郎、小田俊夫、平林武雄、一ノ瀬幸三、武田幸一、後藤楢根等、三十六人と共に、吉川行雄の『村の春』が載っている。

村の春

ぽをろり　ぽをろり
ぽをろぽろ
あめうりぢいさん
ふえならし
ひとついしばしわたります。

春日いまだそだたず、で日記はすべて終っている。

一月十四日に、「後藤楢根君より新興日本童謡詩人会入会勧誘状来る。発起人気に入らず。黙殺に決定」とあったが、その後、『赤い鳥』は廃刊、白秋派の友人たちの『乳樹』には同人とならずに社友にとどまった行雄は、新興日本童謡詩人会にも作品を送ることにした。

ぽうかり　ぽうかり
ぽうかぽか
たんぽゝわたげ
ましろくて
しづかにおそらへきへてゆく。

ゆうらり　ゆうらり
ゆうらゆら
わアらびやまに
たつけむり
きのふもけふもたつけむり。

おうぼろ　おうぼろ
おうぼおぼ
かねつきみどうは
はなのなか
日に日にみたびのかねがなる。

六月、『鷭』二号が発行された。行雄の童謡『月夜・月夜・月夜』と童話『草太と謙作』が載っていたようだ。第二号拝受のハガキと手紙が残っている。

そのうちのハガキ六枚と手紙二通。

六月二十九日の多胡羊歯のハガキ。

> 啓。
> 〝鷭〟第二号御送呈にあづかり、愉快に拝見致しました。〝月夜・月夜・月夜〟の童謡は、みんな兄らしい気品があつてゝと思いました。一番によいと思つたのは、〝しぐれる月夜〟で、〝月〟〝三日月〟等はこれに次ぐものでせう。やはり、形の上でも相当よく整ふのが自然かと存じます。妄評、幸にお許しあれ。
> 梅雨あがり、お身お大切に。　不一。

多胡羊歯は、明治三十三年（一九〇〇）、富山県生まれ。本名義喜。富山師範学校卒業。小学校教育に長年携わり、児童詩創作による情操教育を行なった。

『赤い鳥』に投稿。与田凖一、巽聖歌と共に、『赤い鳥』から育った童謡詩人の一人。赤い鳥童謡会会員。『チチノキ』同人。童謡集『くらら咲く頃』昭和五十四年（一九七九）没。『日本童謡集』に二篇。

六月二十八日の藤井樹郎のハガキ。

鶺ありがたく拝見。
その後ふるさとに帰つて朗らかな詩を考えています。昨日は又みきを先生からのしみじみしたたよりに美しかつたむかしの生活を思ひおこしました。
山の戸を卯月の風のよもすがら。

六月三十日の平林武雄のハガキ。

拝啓　過日は『鶺』御恵送にあずかり、まことにありがたくぞんじます。「木ふようの花・みきを先生」のようなアトモスフィアをなつかしくかんじます。これから「草太と謙作」をよませていたゞかうとぞんじます。
「月夜・月夜・月夜」の童謡はまことに気品このうへなくうつくしいしんとしたみづみづしい川にながれる木蓮の花のように――僕は毎日よんでゐます。ふといおめがねちょいとかけの「月」殊にすきです。御礼まで。

平林武雄

平林武雄は、明治四十三年（一九一〇）、東京生まれ。明治学院卒業。『赤い鳥』『童話』に投稿。仙波しげる、茶木七郎と『巴旦杏』創刊。その清廉な人格で、若き日、多くの童謡詩人と交友を結んだ。行雄もその一人。明治学院大学教授。『日本童謡集』に一篇。

七月一日の柴野民三のハガキ。

吉川さん鶺有がとう

家から本がとゞいたと僕んとこへ今日送られて来た。
さつそくお返事です。
飛び上つて
『鶴ちゃん!!』つて　せなかうんと一つた、い
てやりたいよ
月夜・月夜・月夜・月夜
　月夜・月夜・月夜・月夜　あ、月夜・月夜・月夜・月夜
僕は喜びに満ち〳〵てゐる。
すばらしい吉川さんよ。

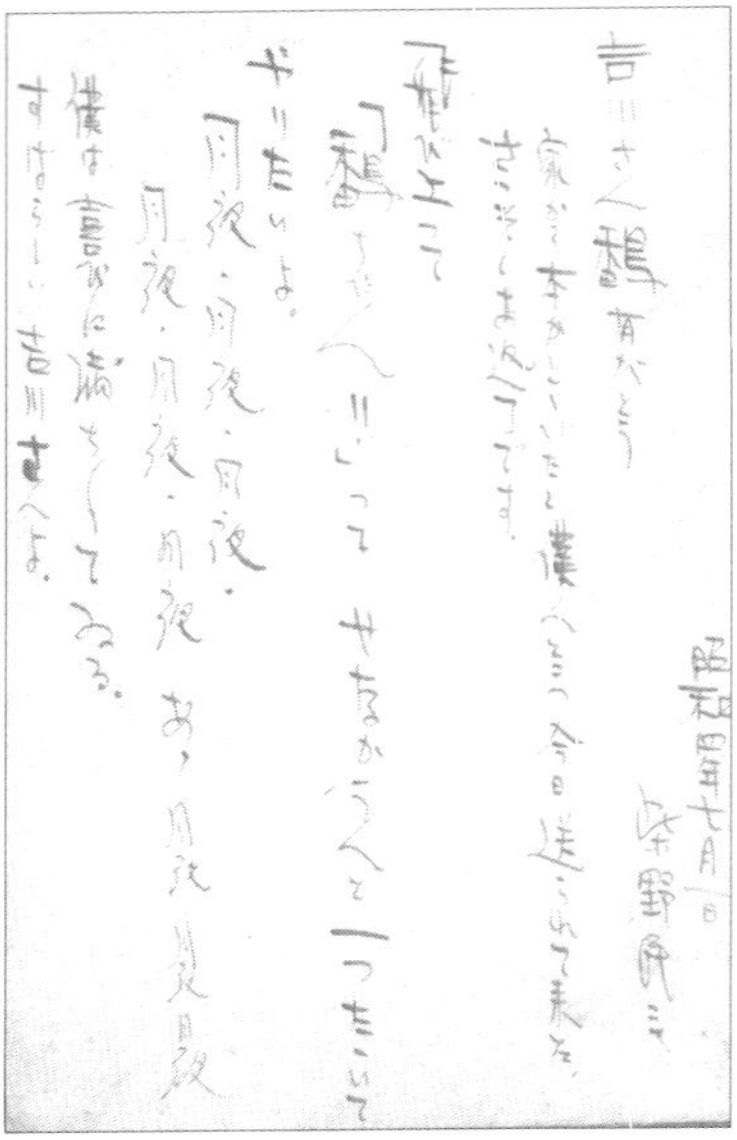

柴野民三は、明治四十二年（一九〇九）、東京生まれ。『赤い鳥』に投稿。『チチノキ』『チクタク』『童魚』同人。東京市麹町にあった財団法人大橋図書館、子供研究社をへて、佐藤義美、奈街三郎と共に『子どもペン』編集同人。童謡集『かまきりおばさん』童話『ひまわり川の大くじら』行雄を兄さんと親しく呼んだ。『日本童謡集』に三篇。

七月四日の小田俊夫のハガキ。

『鶴』第二号のおもひがけない対面にかつ驚きかつ喜びました。月夜・月夜・月夜にはまつたくうれしくなつちまひました。〝夜中に木の芽〟〝月〟い、ですね。御自分のものにかつちりと掘りあてられた御よろこびを御察しします。

七月七日の島田忠夫のハガキ。

「鶴」第二号有がたく拝見給えり。今日まで約

三四カ月横浜に居り。今日始めて鎌倉へ参りし次第。山積せる書便数中、「鷭」ひとり、翠鳥《いてにどり》の清《すが》しさを放つ。「銀の泉」の原稿間に合ふかどうか。とに角今出すところです。別封・古い「うぶすな」を送ります。

島田忠夫は、明治三十七年（一九〇四）、茨城県生まれ。青蛙房・青蛙山人、双魚ともいった。島木赤彦に短歌を学び、『アララギ』同人。『童話』童謡欄選者に赤彦がなったことを機に、童謡を投稿、後に西條八十に金子みすゞと共に「若き投稿童謡詩人中の二つの巨星」と称された。又、萬鉄五郎に学び、小川芋銭に就き、水墨俳画を修めた。行雄とは『鷭』によって交友を深めた。童謡集『柴木集』『田園手帖』。昭和十九年（一九四四）没。『日本童謡集』に四篇。

七月八日の与田準一の手紙。

啓——貴兄の熱意を強く感じます。御健筆いのります。

急に童謡誌発行のはこびになつて多忙になりました　お約束を無にしなければなりませんおちつけなくて又誠意を見ないものを拝見ねがつても失礼にあたりますから今度はお許し下さい

たゞ月夜月夜月夜の作は童謡としての詩境の外を行くものです　だからといつて大人自身の詩としては飽き足らぬものです。

表現に単純化がありません

尚いつかの赤い鳥推薦作がある以上は　これ等はそのくりかえしに過ぎずして存在価値のうすいものだと思はれます

今度の童謡誌への貴兄の御援助を乞ふてやみません

失礼しました

時節柄御大切に

与田準一

吉川孝一様

新しい童謡誌とは白秋主宰の雑誌のことで、『鷭』第三号の覚え書きにでてくる。「表現に単純化がない。前作の繰り返しに過ぎず」という与田準一の言葉は、行雄の心に深く届いたにちがいない。

七月八日の与田準一の手紙は宛名と名前を吉川孝一と書きまちがえた。次の手紙七月十三日印でそのことをあやまっている。

> 早速御援助を下さつて有難う
> 実は同人になつていたゞければ結構ですけれど　いつかのお話を承知していて御遠慮したわけです――先日は吉川孝一で手紙を出し恐縮しています
> ではよろしく
> 与田準一
> 吉川行雄様

『鷭』第二号は行雄の童謡と『草太と謙作』という童話が載っていた。

『草太と謙作』がどのような内容であったか想像できる、小学校同級生奈良初日の手紙があるので、御覧いただこう。

> 鷭第二号を有難うござゐました　とてもなつかしい気が致しました　最初の童話　あの遠足、つまり草太様が足をお痛めなさつた遠足　あれは眞木への私達の遠足ぢやなかつたですか、どうしてもさういふ気が致してなりません　謙作さんは誰でせう、考へられません
> 少年詩人草太様の長い病療生活に限りない同情の思をよせ、チヤメめいた謙作さんは誰だらう〳〵とあさつて見たり　みきを先生は、正しく仁科操先生だなど思つたり　女官おえふの詩を家に帰つてすぐ口ずさんで見たり　童謡からは教へられることばかりだし　とにかく私にとつて随分楽しく面白く読ませていたゞきました、草太様と謙作さん　二人の個性がはつきり描か

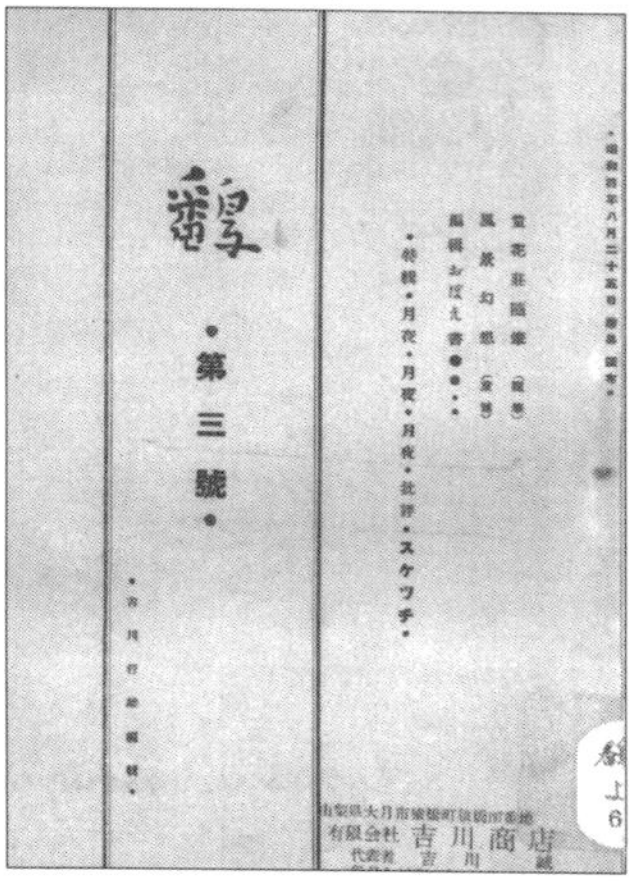

れて　きれいな対象だなどと思ひました
みきを先生が壇上で泣かれた　操先生であることがあたつてゐますなら　私達がお行儀が悪くて勉強しなくて操先生を泣かせたことがござゐますね、私も覚えて居ります
あの時操先生は「今日の日を忘れないでおいでなさい」つて強く言はれて　幾日でしたか（十五日位ぢやなかつたでせうか……）帳面へ書つけたことなど思ひ出されます
どうも有難うございました　昔なつかしい気持につまらないおしやべり致しました
初日

八月二十五日、『鶉』第二号に続いて、第三号が発行された。

行雄は「風景幻想」と題して童謡十篇と散文「童花荘随筆」を発表、第二号の「月夜・月夜・月夜」に対しての島田忠夫、織田秀雄、龍登秋三の文も載っている。

日向の中

なんだかふかくて
こわあい日向
　とろんぽん　とろんぽと
　どこやらではづむ水おと
ふとをい葉蘭の
かげに
ねてゐる猫の
ひげがふるへる。

なんだか匂ひの
あををい日向
　とろんぽん　とろんぽと
　どこやらではづむ水おと
そこいらでふくれる
ことり
こどものやうな
お頭《つむ》がうごく。

月といたち

月にうすうす、
けぶる、けぶる柵に、
白い李か、
しぐれふるひかり。
納屋の横手さ、
かすかな、みちに、
はしるいたちか、
かげかげさぶい。

月夜のこゑ

月は木の花
煙らせる
風と、匂ひとかすませる。
鶴も、かげかげ
飛ばされて
渓《たに》から月の夜ふるはせる。
ほそい梢に
白う来て
ほうら、月夜のこゑとなる。

風はどこかで
虫となる
月と、瀬おとに群れて来る。

風の吹く日

風の吹く日は
晴れた日は
山から野から雀たち
ぴゆうぴゆう
たかやぶ　うちました。

風の吹く日は
晴れた日は
恐や　山鳴り　きいてござれ
ひやうひやう
雲飛び　はやくなる。

風の吹く日は
晴れた日は
父さも　兄さも　早よかへれ
びようびよう
牛啼き　さみしゆいぞ。

『童花荘随筆㈠』

・追憶から・

○

お祭のもつ感傷はいつも涼しくて、どこか夕沼の空の茜風景のやうな柔らかな哀愁感を私たちの胸にそゝる。お祭が近くなると街の往還のどこに気配するどんな微かなもの、うごきにでも、街の誰彼はなにかわく〳〵と一種の情感めいたこゝろをかたむけつゝ、とても詠嘆的になつて来るものである。

お祭は人間の本然性に根ざした母なる大地の愛である。憧憬はまことに万人の胸にあつて神性でさへある故郷思慕心の崇さにまで私たちを誘つて、祭りの笛の中で朗らかな天上界の虹をふらす。お祭こそはありがたい。それをまつこゝろはやがて万人の愛を培ふゆたかな童心の天性をなすものではあるまいか。

○

お祭坊主はきまつて気早である。地蔵堂と組合の集会堂を兼ねたまづしい屯所の二階で、まるでなつてゐないばちさばきのどんどろどろの太鼓をお祭の三日も前からひゞかすのもそうした気早なお祭坊主のひとりふたりである。そのどんどろどろはまた、靄立つやうな夕雲の下でなんとも云へない哀切感にひゞくものをもつのが常である。そのころになると宵々の涼しいお月さまも三日、四日、五日——そうして十日と爽やかにそだつて南の山よりに傾いてゆく。

古風な土蔵作りのいらかにおどけたかふもりがはたはたと飛ぶ宵のくち。見上げたこどもらの瞳が冴えて、それでもひなびた自分らのうたをもたない彼等の唇をもれて、あんな哀愁に満ちた『夕焼小焼……』が平凡な、でも柔らかい韻律にふるへ出すのもそのころである。

町の女房らのうちにも誰かさんへの——ある種の口吻で云へば——いわゆる美徳意識がふいに芽ぐんで、お互にいそ〳〵とやがて来るお祭のいとなみについて——はつきり云へば、彼女らのあのひとが恐らく眼を見はるであらうところの涼しいお髪《くし》、口紅と、そんな美粧の魅惑。そうした彼女らのお祭りのいとなみへの陶酔感が一緒の仄かな期待めいた幸福感を誘ふて、おねだりする子の法外さをも叱りかねてたとへばふんぱつするこゝろもまぢつてのこととは云へ五十銭玉のひとつ位はにぎらせる——田舎は田舎なり、きびきびいなせなお祭の風貌が早くもちらと横顔にのぞかせる表情がこんな爽やかな情緒であつたりするのもそのころである。

○

旧暦六月十四日の七月十九日——ちとこまかすぎる云ひ方をして、この日を宵宮として二十日なか日の二十一日と、猿橋《はし》にゆかりの山王さまの祭となる。純然たる郷土に即した祭としては野趣に乏しく、決して特色のいちゞるしいものもない。
往時、猿群の谷渡りを模したりと伝へられる猿橋架橋の縁起談はしばらくおいて、現今の猿橋は蕉翁が羈旅の感懐を述べた有名な句

憂きわれをさびしがらせそ閑古鳥　は　せ　を

と云つた――たとへばこの句が猿橋にての作か否か、真偽の程は別として――幽邃閑寂のおもむきはすくない。従つて私たちのもつ祭はお社が神体として白猿をもつ特異さを他にしては、猿橋の魅力が昔日のそれのごとくでない今日、徒らに都会にまねた猥雑さばかりが眼に立つほどに純真さがなくなつて来てゐる。

これはすくなくも生活に理智をのみ放つ今日のひとびとのこゝろがもたらしたふるさとの詩心の涸渇でなくてはならない。が、伝統に培はれた愛郷心の根づよさこそは、素朴なひとびとの胸にあつてかなでる本来の涼しいひゞきを永遠に失ふものでない。決して失はれてあつてはならない。

お祭は永遠に明日の青空感。ふるさとのありがたさと、お祭の豊穣なよろこびと。お祭はまことにいのちと生活の苦渋になやむいまの世の万人の胸に生きて、常住のお天気と、後生楽とを放つ。

○

街はうららに明るく、ひとはいよいよに涼しく、夕景になると二、三日のさみしい雨ぐせがさアツと、驟雨だつて来たり、それがあがつてまだはれやらぬ空の雲の上では夕焼がしてか、なにかなし空気は黄に、むせつぽく、街はひなびた御神燈にあかりたつ夜景となる。どんどろどどろ　どんどろどどろ　どろどろどろと――そんな太鼓のどんどろどろにまぢつて、にぎやかな、わつしよい、わつしよい、わつしよいがとほく潮だつて、またわつしよい　わつしよい　わつしよい　と微かな水脈に潮ひいて、あいまあいまに、ぽをん、ぱちぱちぱち――ぽをんと煙火がはるかに鳴つて、ぞろりぞろりとぞめきのひとたちの瞳を清しい火玉にひきよせたりしてゐると、祭

りは揃のゆかたがとてもの人波にぞめき出す。祭りはいよいよにかすんで、ふるへて木瓜のはないろに染め明る、そんな哀愁感。

蛾のやうに粉つぽい夜店の瓦斯燈。

月と、金魚と、びつくり箱のおどけた猫、源水のこまと、のぞきからくりと、華やかな胸帯と、それから岸の柳と――

また、たちまちに大波かへるどよめきが、群集のまつたゞ中にふくらがるとみるうち、例のお祭坊主の性急さ、わつしよい　わつしよい　わつしよいで

樽神輿がひつかしいだなりにすつとぶやうなすさまじい光と、熱と、力との燥狂的なリズムをたゝきこぼす。

つゞいてさらに線の太さ、活気いつぱいのいさみの若衆がかきまゐらせる御神体の神輿がひとしきりはねかへる喧噪にくるめいてさアつと人波をさらふあとを――例へば、夕焼の旗雲のやうに口重でそして憂欝なおん婆さまがなにかのはづみにとてものおしやべりに浮き〳〵はしやぎ出すあんなやうに――笛は清しい七色の虹をかなで、太鼓は漂々として風来のひゞきにかすみ、歌ごゑは昔話のあんな卑俗に澄む、そんな花車があんまりかなしい踊娘の香芬を、はこんで、よをい、そらよ、よをい、よをいとおとほりなさる。

かうしたむしようにうれしいお祭の雰囲気のうちに私たちはしんからのこどもであつた。はらからの風来坊であつた。むやみにわつしよい、わつしよい、わつしよいのせつかち坊であつた。

お祭は、たとへば母親のぬくとい膝このやうな、巴旦杏の仄かな香りのやうな――幻想風ではあれ、そんな卑俗さにかすむ。技巧のない、あくまでもあけつぴろげなぶちまけた感情の露出がほうほうとした夢ましさにつゝまれて、決して野卑におちることのない爽涼なひゞき。ふるさとのなつかしさ、そうしてお祭りにかなでられるふるさとのあんな卑俗な幻想風景。こゝから発足した幼き日の憧憬が、今日

おとなであるひとびとのうちに一脈の清新味をのこして輝やかしい童児の夢を培ふたものでないと誰が云ひ得るであらう。

○

お祭にやどる憧憬は満月のゆたかさである。うちにこもる哀感はもつとも人間的な原始感情における青空のやうな楽土的永遠感のかなでるふるさとの虹いろの楽の音――お上品な貴族趣味に糊塗されることのない、むしろいつぱいの卑俗さをもつことが、あつたかな母乳のごとき滋味を保つ。たとへば、山羊の柔毛《にこ》のやうな、なつかしいしなやかさを保つの因由ではあるまいか。

ふるさとに住んで、ふるさとになじみのうすかつた私は、お祭について思ひ出の多くをもたない寂しさをつくづくおもふ。ふるさとはありがたいもの乍ら、ふるさとはうれしいもの乍ら、お祭のあんな卑俗さにかすむ幻想風景は、私にとつてなにか幼き日への悔いをひくかなしみをささふものでないこともない。

（四、七、三〇、記）

編集おぼえ書に、「ばんの刊行期は、別にきまつてゐない。月々出すこともある。また半年も中絶してのほゝんと涼しい顔をしてゐることもある。ばんはもともと童謡詩壇がどうの、詩派がどうのではじめた雑誌ではない、全く気まぐれのリベラルな気持からである――」と記している。

与田準一が七月十三日の手紙で書いてきた、新しい童謡雑誌の姿がわかる文がこの後に載っている。

「赤い鳥童謡会から左の規定による雑誌が出る。すべての原稿の選を白秋先生におまかせし、会員を百名と限定したことなど同人諸氏の熱意のつよさが思はれてうれしい。赤い鳥の休刊後、いはゆる「雑草の花」によつて禍されつゝある芸苑浄化のために起つた新誌の上に皆さまの御援助、御入会を希つてやみません。

北原白秋編輯主宰

雑誌創刊　八月一日

募集種目　童謡童詩

創刊内容　論文研究
海外童謡　地方童謡
通信批評　五十頁余
会費申込　月四十銭
会員百名　以上謝絶
　　　　赤い鳥童謡会
　　　　　東京市外世田ケ谷
　　　　　　若林二三七与田気付」

しかし、この新雑誌は出版されることはなかった。

九月二十五日、行雄の第二童謡集となる『吉川行雄童謡集・月の夜の木の芽だち――ばん・のぱむふれつと(1)』が出版された。

「あることば」で始まり、目次と十篇の作品が載っている。総頁二十六頁。

「　あることば

私がはじめた作つた童謡が『夕焼』―夕やけ小やけお家へかへろほしものいれてる母さんが見へる―、と云ふのである。そのころまだちつちやいかつた私。夕焼小焼と母さんをむやみになつかしがつた私。思ひ出すと涙ぐましくなるあのころ。もう一昔の前になる。

この春、母を失くして『夕焼』を思ひ出すおりが私にふえて来てゐる。その頃からいつのまにか童謡なぞ作つてゐた少年の私をふしぎな眼にしげしげうちまもり乍ら、母は新たに『自分のむすこ』を理解の上に見直してやる必要を感じてゐたらしかつた。

冬夜、ぬくぬくと炬燵にぬくもり乍ら、母のひろげてゐる本と云へば『赤い鳥』『金の船』の類でよくあつたもの。その克明さが果ては最近に至るまで

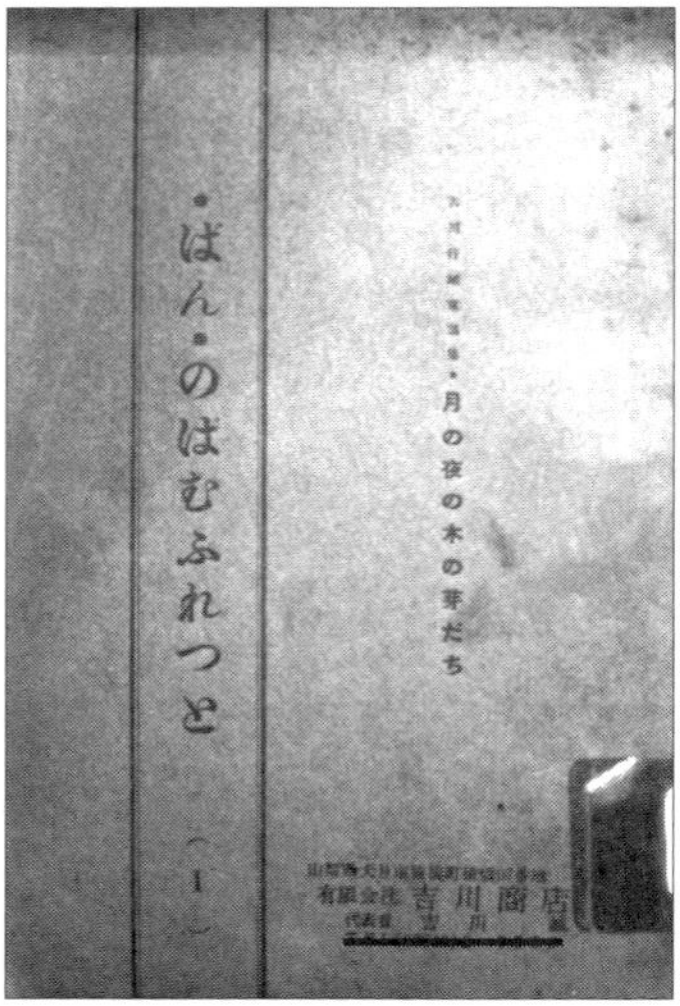

に、白秋、八十、雨情から新進の誰彼の名までおぼえこむの所謂、通になる努力を惜しまなかつた。雑誌に出たほどの私の作品に殆んど、母の眼の来ないことはなかつたと云つてよい。まじまじと柔和な、それは共感ふかかつた瞳――。

『赤い鳥』での私の二回目の推奨、『三日月』の出た時、母は病床にゐた。おしへて喜ばしたかつた父に、微笑のうちに一言『さうかね』と吐いたきり、ついとうあのしげしげした眼つきに私をまぶしがらせることもなく、旬日ののち、私の作品にあれほどのよき理解者であつた母は忽然と死んだ。

母をうたつた、私には唯一の童謡『夕焼』は忘れがたい。そうして、私なりに、私もずいぶん色々な意味で育つて来た。今日にしてこの感が深い。

あゝ、ある母とその子とのゆめましい思ひ出の限りない愛朴寂美のすがた――。静かに、そこから風のやうに空にひろがつて来たあかねあかねの夕焼け小焼け。

○

詩の論議に疎懶極めての私。故郷思慕の憧憬和やかに、詩の道にほとほと遊びつかれ、作すれば、作すれば、そこいらが夢となる。『詩もまた境涯の道かな』とする、そうした態度が私の心境のうちに古いいくつかの追憶の相《すがた》をとほして、幽かにふくらがる木の芽のやうな育ちかたをとうからつゞけて来てゐる。

私の作品中、私に於て比較的たかい立場から作した十篇、それも自ら鍾愛おかない静かなうたをのみ輯めて十篇、小さな、貧しい童謡集『月の夜の木の芽だち』ながら謹みて同好のひとびとに贈る。

（昭和三年冬のある日・記）

○目次

海ちかい秋
冬の日
三日月
木の芽と鷺
月の夜の木の芽だち

ひなた（前出・日向《ひなた》の中改題）

雉のこゑ

背戸の松やま
雉なく昼ま、

父さ　焚く火か
うすい煙《けむ》。

障子ぬくとい
さみしい厨《くりや》、
ひるたくごはんの
匂ひする。

雉のこゑ

孟宗林に
陽とほるぬくさ

ふとい掌《て》かざして
納屋出る父さ

こみちくだつて
街道へ出てく

背戸の松やま
風うつひゞき

なにか佗しい

雉のこゑまじる。

お午ごろ（前出）
校舎のある風景（前出）

海ちかい秋

からまつ原の
風のおと
潮の香も
まじるよ。

深いひるまの
鳥のこゑ
すゝきの中の
吾妹香《われもこう》。

まつげの青い
こどもよ
きいてると
誰か呼ばうよ。

冬の日（前出）
三日月（前出）
木の芽と鷺（前出）
月の夜の木の芽だち（前出）

昭和四年九月十五日印刷納本
昭和四年九月廿五日発行

山梨県猿橋一九七番地
発行人　吉川行雄
印刷人　吉川實治
印刷所　猿橋活版所
発行所　吉川書店

行雄は順調に『鷭』を発行し、作品を発表した。

『鶴』第四号は十月二十日に発行された。小田俊夫、加藤輝雄の作品と共に行雄は「とほいかあさま」など十二篇を載せた。

けぶたい月夜

月夜の杏は
むんむんぬくい。
わつそり出た月
まんまるい。

月夜の杏は
なんてまた白い。
貉《むじな》がたまげた
わア　えごい。

月夜の杏は
ぼかぼかけぶい。
いたちア　ままてまて
ありア　火事だい。

月夜に

春山で
ぬくい楤《たら》の芽
ぜんまいの
まるいこぶしも
芽ぶくのよ
こんな月夜を。

春山で
ぬくい雉こよ
ひるごろを
啼いたあのこゑ

まだどこか
おくでするよな。

侏儒幻想《こびとのはなし》

夜中と　梢が
ねてるまに
ふかい月夜の
木の花は
ひつそり冷たい
翅《はね》となる
月はどこかの
お空から

侏儒となつて
翅にのる
ほうやり童話の
街に来る。

雲の上でも

あの雲　あかるい
しづかだな
かあさんのよに　ぬくいな
うれしくて　うれしくて
ならない日よ
あの雲のうへでも
雉がなくと　いゝなあ。

とほいかあさま

おかあさまはねぶいの
花園のようにねぶいの
お月夜のあんずのようにねぶいの
羽毛《はね》のようにあつたかで　さぶしくて
ぼんやりで
牡丹のようにおつきいの
おかあさまはかなしい
おかあさまは雛ぐるまのように
かなしいの
かげろふのようにかなしいの
おかあさまはとほいの
丘のようにとほいの
しぐれのようにとほいの
おかあさまは呼ぶのよ
かくれんぼのように呼ぶのよ
おかあさまのこゑで呼ぶの　いつも
いつも呼ぶの
どつか雲のような向《むこ》うに
お空のような向うに
きつと　きつとゐらつしやるのよ
おかあさまはゐらつしやるのよ
野原のようにひろいとこなの
虹のようにうつくしいとこなの
きつと　きつとゐらつしやるのよ
こだまでもないの　ゆめでもないの
でも　とほい　とほいとこなの
よその国のようにとほい　とほいとこなのよ
おかあさまはやさしいの
クローバのようにやさしいの
春風のようにやさしいの
おかあさまは来なさるの
そのおかあさまがかへつてゐらつしやるのよ
お花のように　オルガンのように
雲雀《ひばり》のように
光りのように　さゞなみのように

い、え　い、えすゞしい子守唄のように
わたしたちの子供部屋にいまに　いまに
おかへりなさるのよ
そしたらおかあさまは私たちだけの
かあさまよ
わたしたちのマリヤさまなのよ
春の海のように　牧場のように　白樺のように
それは　おしあはせな
わたしたちのマリヤさまにおなりなさるのよ。

冬の朝

日あたりの
枇杷《びわ》の花
障子あければ
静《しずか》に匂ふ

馬屋《まや》の馬
ことことと
板敷をふむ
さぶい音

霜がふかいと
云《い》ひ乍《なが》ら

竹やぶを出る
お母さん。

編集おぼえ書に、

「　〇
ばんのぱむふれつと第二集として周郷博君のもの
を今年中に刊《だ》すつもりでゐたが同君からの消息が絶
えたので、急に予定をかへて来春刊《だ》す都合の『ばん』
四号をこゝで刊《だ》すことにした。なほ、ばんのぱむふれつとは機を見て刊《だ》したいと思つてゐる。手近な友人たちから交渉をはじめたい。但、自分のものだけでもつゞけられる自信はあるわけなので、この方はゆつくりとかまえて、とはかくまぢめにいゝものを精選したい。

○

今号では童謡作品を主に、こゝ二、三ケ月間の私の仕事全部をたゝきこんで十二篇を「とほいかあさま、其他」とした。この集で私は私としては全く稀有な試みとも云へる多趣の詩形に手をつけてゐる。内容としては単に労作、試みとしか云へないような、ものばかりであるのだが、とにかく私の気持は一に心境の開拓にあるのであつて、この集をあとに私はたゞ一意の真率と、彫琢のみちを専念に歩まんとするにある。私のものの他、小田俊夫氏が旅での収穫、「南満州童謡風景」として四篇を寄せられた。明るい、くつたくのない詩風はともあれ氏の本領でもあり、まつたく氏のものと云へると思ふ。加藤輝雄君の短歌は『ばん』としてはかはつた領分である。今後も寄稿あれば短歌は更なり、俳句などものせたく思つてゐる。」

と書いている。

新興童謡詩人会の『童謡詩人』十一月号は十一月二十日に発行された。ここで後藤楢根は「童謡詩人随考(三)」の中で、吉川行雄について、次のように書いている。

「吉川行雄氏

鋭利な感覚の先端に、怪しくふるふ詩霊の耳に氏は又神秘的な、詩人である。

氏の月の詩はもうかなりの数に上るであらう。氏は月夜の植物に非常な興味と詩魂を躍らしてゐるらしい。氏の月は又、早春の、なやましくもうちふるう月であり、そこには、正に出んとする木の芽の感覚が、いとも神秘的な光を放ちつゝ、のぞいてゐるのである。氏の月は、彼の、萬葉の歌や、俳諧に見る月とは異なり、どこかフランスあたりの、近代詩的な、又は、マチス、ブラマンテに見る感覚である。古村氏にも似通つて、これも又得難き現代童謡詩人の一偉才であらう。然し、自分は、頃日の氏の行きづまりを知る。氏は今悩んでいるであらう。脱けよう脱けようとあせつてゐるに間違ひない。然し、明日の氏にこそ、誰にも影響されてゐない独特の姿を生み出ること、思ふ。想ふに形式と、詩魂のより清澄な燃焼の如何の問題であらう。」

同じ『童謡詩人』四月号に同人誌の受贈紹介がある。一冊一冊に小さな解説がついていて、興味深いものだ。一緒に写して昭和四年を終わりたい。

「受贈紹介

●日本童謡（三、四号）葛原しげる氏を中心とする誌。発行所東京本郷区西片町一〇其社。

●燭台（二月号）吉田常夏氏を中心とする詩歌綜合誌。加藤介春、佐藤惣之助氏等も執筆してゐる。発行所下関市上田中町燭台詞寮。

●詩原始（二月号）岡山の詩人諸氏によつて出されてゐる詩誌。赤松月船、柴山晴美、間野捷魯氏等。発行所岡山県川上郡平川村

●銀紙の手燭（2号）山村隣三氏の個人詩誌。古風な街の菊の如き感じのする詩風が見へる。発行所大分県臼杵町市濱一二六。

●巴旦杏（一輯）仙波、平林、茶木三氏の童謡誌、肩のこらない編輯振。童謡の誌と言ふよりは寧ろ童謡詩人の娯楽場と言つた感がある。発行所東京市外世田ケ谷区代田大原一、二五〇。

●らりるれろ（百人一篇号）御大典記念として、作家百人を網羅してゐる。雑然たる感がないでもないが、とにかくまとまつてゐる。発行所東京市深川区伊勢崎町三四仲津清流。

●近代民謡（十七輯）佐々木緑亭氏等の民謡誌。発行所東京市外巣鴨町一、一七四近代民謡社。

●ゆりかご（三十三輯）謄写刷だが、古い雑誌ではあるし、まとまつた感を出してゐる。小田俊夫、林宵雨、平林武雄、大塚一仁、島田忠夫、中川武、大竹一三の諸氏執筆。発行所岡崎市六供町千日

●耕人（二輯）石楠派の大分県在住の俳人の句誌、藤本佛太、大竹雨川、三重野素月、二宮白雨等。発行所大分市萬屋町郷土俳人社

●花甕　塚田祐次氏らの詩誌、発行所長野市壽町三ノ五

●放浪（十輯）宗平敬二氏等の詩誌。発行所神戸市東尻池八丁目。

●青窓（三輯）岡村民氏、小田俊夫氏等の詩誌。発行所東京市外上落合六四七。

●螢の光（十二輯）小田俊夫、島田忠夫、吉川行雄、岡村民氏等の童謡誌、小田氏編輯発行所東京小石川竹早町三五。

●童（五輯）とんぼの家社発行の童謡誌、野口雨情、武井武雄氏等も執筆してゐる。発行所大阪市北区東野田町六大阪童心社。

●民謡作家（二十四輯）錆の後継である。錆のグループの諸氏委員となり、伊藤登良夫氏の風雅な装にて、美しい気分を出してゐる。若い民謡作家のこの集りが、民謡詩壇へ、或一つの勢力を作つてゐることはうなづける事である。益々精進されんことを望んでやまない。鹿山、前川、古田の三氏の恩骨折が偲ばれる。発行所東京市京橋区木挽町二ノ十三。

●緑地　岡崎詩人会の東本春太郎、近藤基、山本光一、鈴木基夫諸氏の詩誌、版画入で、きれいな感じを出してゐる。発行所岡崎市梅園町丸山三二ノ二。

●魔貌　竹森一男、小林籟氏等の詩誌。発行所東京市外高円寺七六三。

●童詩感覚　中本彌三郎氏の編輯する児童作品を主とした真面目な雑誌である。赤い鳥休刊後、児童綴方雑誌として、真に推すに足るものは謄写版刷ではあるが、これをおいて他にないであらう。中本氏の努力に対して、童詩感覚の進出を、望むで止まない。

●民謡詩壇　全日本民謡詩人連盟の機関誌、島田芳文氏を中心とし、新進民謡詩人の新勢力を示してゐる。白鳥省吾氏、霜田史光氏、渡邊波光氏、大関五郎氏も執筆してゐる。発行所東京巣鴨町宮下一、八五四

●詩潮　久保田宵二を中心とする詩誌。三木露風、

野口雨情、中田信子、渡邊波光、佐々木秀光の諸氏執筆。感じのいゝ詩誌である。今後の進出を期待する。

●雑草　高橋徳久氏等若い人々の詩歌雑誌　島田忠夫、後藤楢根、中野勇雄氏等執筆発行所静岡県小山町藤曲

●ごろすけほつほん　岡村民氏。童謡誌。きれいな謄写刷で、温い感じのする作品が十七ほど盛つてある。東京市竹早町村童社発行二十銭

昭和五年

昭和五年（一九三〇）行雄二十三歳。
この年は、『コドモノクニ』二月号の入選から始まった。もちろん北原白秋選だ。

海港街風景

日のくれ港の小さな空に、
貝殻みたいな月が出る。

ごらん　灯《ひ》のつくプラターヌ。
×
小鳥みたいな微風《かぜ》ですね。
×
みんなわくわくたのしいころね。

銅羅が鳴つて、、突堤の、
セーラーズボンに消える月。

杏の花の咲いたころね。
×
うん　よかつたねあの教師《ティーチャ》。
×
ノツクコツコツ『みなさん、オ、ハ、ヨ』

白いナイフの月がで、、
お窓で風琴　支那のまち。

『コドモノクニ』三月号でも『食卓と時計と』が推薦された。
二月二十六日、前年から計画されていた『乳樹』の宣伝冊子『ヴイ』（乳樹社々報I）が、発行された。
ここでは「『乳樹』の創刊のことば」が高らかに宣言されている。

「乳樹」の蒼生！

ながい間、待望され焦慮された新童謡雑誌の生誕！

十二分の意図と熱情は醸された。

童謡興隆以来、児童芸術運動の先頭に在つて、常に高所へ高所へと進展した「赤い鳥」の休刊は慥かに指針をうばはれ、焦点を滅却された憾みだつた。その間、我々の信条とするところのものは表明されず、模倣と衒気の徒輩の測面なき跳梁に任せられた。だが、我々は内に充たずして外へ粉飾するの浮薄を愧ぢた。今こそ起つて低俗惰落其の正道を逸しつつある童謡の正道を示さねばならない。

秋は来た。

「乳樹」は明らかに起つ。

永遠の童心は此処に輝く。

真純なる愛よ、熱情よ、来りて爽々と合奏せよ！


同人は、有賀連、田中善徳、海達貴文、藤井樹郎、日下部梅子、柳曠、多胡羊歯、与田準一、巽聖歌、岡田泰三の十人。すべて『赤い鳥』出身の行雄の友人たちだ。「赤い鳥童謡会」会員の佐藤義美、松本篤造、福井研介は加わらず行雄も同人ではなく、社友になった。社友とはどんな存在か乳樹社清規に次のようにある。


「乳樹社の主旨に賛成するものを社友とす。社友は乳樹の進展維持の為社費五十銭を三カ月分以上前納するものとす。

社友は「乳樹」及び「ヴイ」の配付を受け、寄稿する事を得。又希望に依り同人の批評を受くることを得。

原稿の採否は編集者其の責に任ず。

社友中より同人を推薦する事あるべし。

同人の規定は別に之を設く」


本体の『乳樹』は三月一日に発行された。

この動きをよそに、行雄は個人誌『鷭』の充実に力を入れていった。そんな行雄のもとを四月六日東京から周郷博が訪ねて来た。前出の周郷博の文中に、『鷭』という詩雑誌の仲間にならないかといってきた。二、三の文通のあと、その翌年の春、さそわれるままに、飄然と、中央線に乗って、手紙の指定のように猿橋の駅に私は降りた」という箇所だ。文中では昭和四年と書いてあるが、昭和五年の記憶ちがいだ。

訪ねる前の手紙と、訪ねた後の手紙が残っている。

四月三日の周郷博の手紙。


御たよりありがとう御座いました。

ではお言葉に甘へて六日にお訪ねすることにいたします。猿橋へ着くのは十時ごろになりますか。

別にこれといつてお話もないのですが、いろ／＼な御経験談やお訓へをうかゞふことを楽しみにしております。また芽ぐんだ甲州の自然をなつかしい故郷のやうに想つてみてゐるのです。

ありがとう御座いました。六日がお天気になりますやうに。

三日　　博

吉川行雄様

四月十日の周郷博の手紙。


いろ／＼ありがとう御座いました。

猿橋はもう私に忘られないい、ところとなつてしまひました。今もハツキリと懐ひ起します。

またまいります。五月末に、教へてる中学生の関西旅行だそうですから、キツトまいります。

それまでに御約束のことも果したいと思ひます。

うんと勉強して、い、原稿を書いて置きたいと思ひます。後記（五号の）はそのうち御送りいたします。

私達、「鷂」を以て一ツの旗を立てたいと思ひます。

私は奮起しなければならないと思ひます。

停車場で藤井さんにあひました。も一晩泊つてくるとよかつたとも思ひます。

お父さんにもお母さんにも弟さんにもよろしく。

兄も御体を大切に。

吉川行雄様

博

四月十五日、新興日本童謡詩人会は『年刊新興童謡集　一九三〇年版』を出版した。四七二頁、布装丸背。長尾豊、平木二六、玉置光三、後藤楢根を編纂委員とし、西條八十、野口雨情、河井酔茗、川路柳虹、鹿島鳴秋、葛原しげる、清水かつら、相馬御風、竹久夢二、濱田廣介、横瀬夜雨など、童謡隆盛期といわれる大正時代に活躍した大先輩と、島田忠夫、横山青娥、後藤楢根、都築益世、サトウハチロー、古村徹三、壇上春之助、小田俊夫、平林武雄、茶木七郎、織田秀雄、原田小太郎、加藤輝雄、大竹一三など、総勢百人にもなる立派な本だ。

しかし、ここには新しい童謡の中心になりつつある、『赤い鳥』系の詩人たち、与田準一、巽聖歌、佐藤義美を始め、吉川行雄も入っていなかった。もちろん、北原白秋もない。

行雄の日記にこの本について何もふれられていないのは、感情の問題も含め、手にとる価値を見い出さなかったということだろう。

この新興日本童謡詩人会の雑誌『童謡詩人』は五月号で休刊となった。

これに対し、赤い鳥童謡会では十一月二十日、『赤い鳥童謡集』を出版した。北原白秋序で始まる三五七頁。『赤い鳥』誌上の推薦作を年代を逆にして並べたやはり立派な本だ。

行雄は『乳樹』発刊に合わせるように、自分の個人誌『鸖』を、『BAN』とローマ字に変えて、四月二十日、第五号を発行した。

扉に巌谷小波の文と句を配したこの号は、藤井樹郎の連載㈠「緑陰の花—赤い鳥によつて育てられた作家の紹介—」（与田準一、巽聖歌）を始め、加藤輝雄、周郷博、井上明雄、織田秀雄等の作品と共に、行雄は『コドモノクニ』に選ばれた「海港街風景」他三篇と「童花荘随筆」を発表している。

月

月はぽうたん、
ぬれた青。

月はおつきな、
五位鷺《ごい》の白。

月はさぶしい、
沼の銀。

月はぬくいな、
靄のかげ。

月は匂ふな、
崖の貝殻《かい》。

食卓

林檎《りんご》の海港ふうけいです、
白いナイフは街路樹の昼の月。
銀《ぎん》色のフオークは　そうですね、
支那街《しなまち》のアンテナみたいです。

「童花荘随筆」では、母とらから聞いた話を載せている。

「死んだ母の生家の裏庭に直径三、四尺もあろうかと思はれる欅の切株がのこつてゐて、こどものころ私はよく遊びに行つては、なんだかありがたいような気持でそれを見た。伝説は古昔、この樹が伐られたときに火を吐いたことを伝へてゐるが、当時のひとびとは、所謂、樹中の精のたゝりをおそれて、切株となつた元木から派生した新樹のかたわらに小祠をおいた——火を吐いた伝説は母からきいたのであるが——次の話も、母から最近まで、くりかへし、よく私はきいたものである。

昔、(と云つても、そうとほい昔ではなかつたらしい。その話をはじめてきいたころの私はまだ幼かつたし、最近でも不用意にきゝ流してしまつてゐたので、とにかくまだ私が生れないさきのこと位にしかおぼへてゐない）猿橋の宿に火事があつて、目貫の場所をなめた。丁度、正月のことで、また生家にゐて娘であつた母はずいぶんせつないおもひをしたものなそうであつた。その晩、皆と熟睡中であつた母が夜中にふとめをさますと、頭のうへでぱちぱちと異様なものおとがする。はツとして起きあがろうとしたときにはもう壁からすさまじい火炎をふく。惑乱した身を、ふしぎなもので無意識のうちにかたわらの妹の手をとつておもてに出る。

そとは雪がつんで、空には冷たい月がかゝつて、切られるやうにさむい晩であつたさうである。母たちは着たきりの寝衣いちまいのまゝ、おなじく長姉につれられて、素足で街中を走つた。

眞紅に彩られた空をふりあふぎふりあふぎ、緊張したこゝろではゐても、それはしんじつ深いかなしみをそゝられたものであつたさうである。母たちは橋際のみちをくだつて、川原へのがれた――この火事のあとがたいへんで、母の生家では二棟のうち一棟の土蔵は焼けなくて残つたが一棟はすつかり駄目であつた。焼けたあとには香のものがまわりの樽だけを焼きはらはれて、中味だけすぽつ、すぽつといくつも、樽なりにあちこちたつてゐたものだそうである――」

編集おぼえ書で行雄は、「ながい冬眠のなかで、私は『ばん』の変貌をかんがへつゞけてゐた。さて、春になつて、がまみたいに手足をのばし乍らオフィス兼書斎の窓からすつかり明るくなつた三月の空をながめる。みんなのことを考へながら、『ばん』も断然五号なんだと思ふ――『赤い鳥』のひとたちによる『乳樹』も創刊された今日、私たちも安閑とかまへてもおられまい。闘いぬくんだ。闘いぬくんだ。みんなにまけないやうに」と記している。

この『鶴』の発行に、巽聖歌から弾むようなハガキがやってきた。差し出し部分に「アルス」と印刷されたハガキだ。

四月二十五日の巽聖歌のハガキ。

山にゐる〝鶲〟寂しい〝鶲〟
かつちりと鉱脈を掘りあてて欲しい〝鶲〟
山にゐる〝鶲〟病弱な〝鶲〟
遠い思慕の中に明るむ〝鶲〟
山にゐる〝鶲〟静かな〝鶲〟
明日の日をこそ〳〵待たるる〝鶲〟

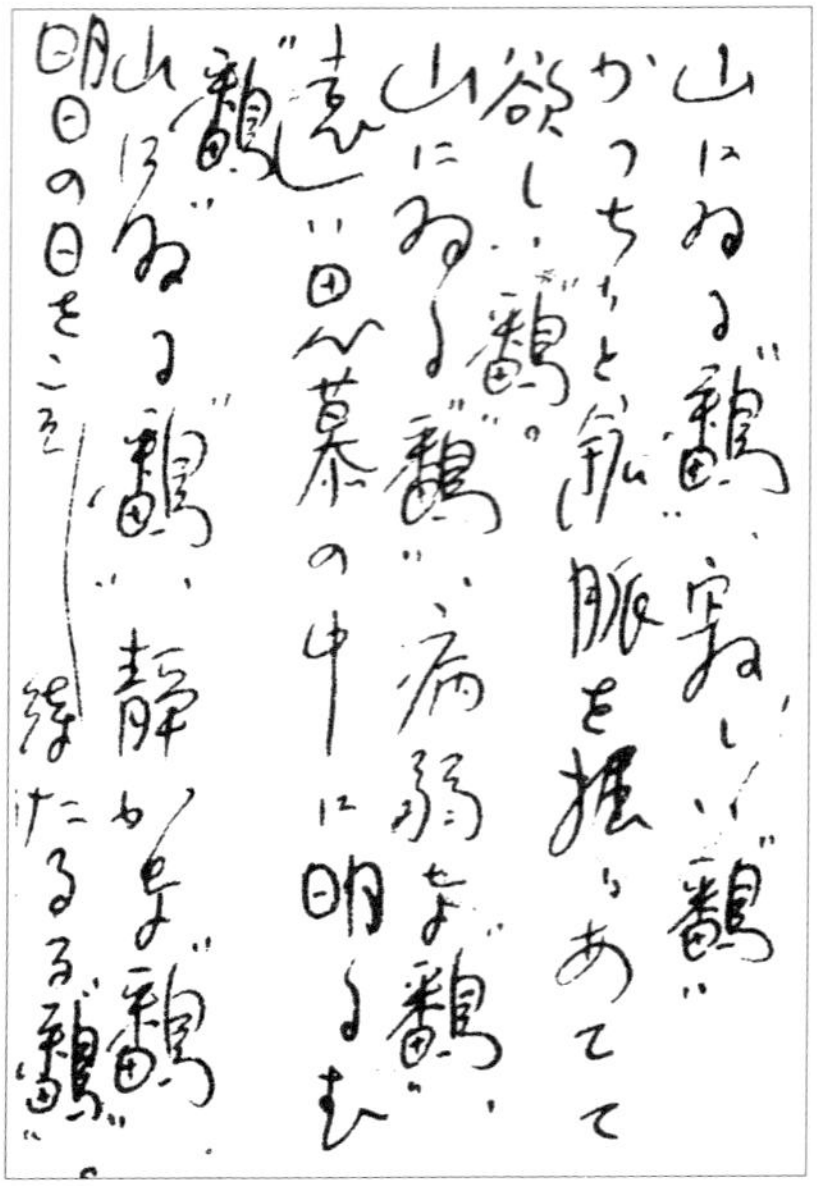

巽聖歌は、明治三十八年（一九〇五）、岩手県生まれ。本名野村七蔵。田村とほるともいった。岩手県第一外国語学校英文科中退。大正十三年上京。『少年』の編集者となり、『赤い鳥』に投稿。与田準一と共に『赤い鳥』出身の代表的童謡詩人となる。後に児童詩の指導に力を注いだ。『チチノキ』同人。童謡集『雪と驢馬』『春の神さま』、『少年詩集』など多数。新美南吉を世に知らしめたことでも知られている。行雄の家に新美南吉を同行したのも、巽聖歌だった。昭和四十八年（一九七三）没。『日本童謡集』に十篇。

みんなにまけないように、とおぼえ書に記した行雄は、言葉に対して大いに好奇心を発揮した。書物の中で新しい言葉に出合うと、辞書で調べたり、時には一高生周郷博に尋ねた。それがわかる手紙がある。

六月十五日の周郷博の手紙。

――「新しい言葉」の答をいたします。

○ヘゲモニー　権力、支配権など。
○モンタージュ　montage　monter の名詞で、映画に於て一ツのシーンから他のシーンにうつる時間や、その内容の変化は、映画を効果的にするために最も重要なもので、これに関する技術がモンタージュであるそうです。だから映画のリズムといふものはこのモンタージュににぎられてゐるのだそうです。
『赤い鳥』が復興するそうですね。申込五千口になるように、せいぜい努力するつもりでゐます——


ここにある『赤い鳥』の復刊は、翌年昭和六年一月号より行なわれ、昭和十一年十月号まで続いた。

六月二十五日、吉川家に三女綾子が生まれた。家中が赤ん坊の泣き声と共に、ぱっと明るくなった。そんな明るい気持ちの行雄の所に、やっぱり明るい手紙が来た。


七月二十七日の周郷博の手紙。


御無沙汰しておりました。

もう十日程まへから休暇になつております。「鷭」六号の準備が出来ましたらまたお邪魔に上りたいと思ひます。「鷭」は、この間の乳樹のピクニツクの時にも皆から色々聞かれたし、かなり一般に期待されてゐるらしいので慎重にやりたいと思ひます。

この間の日曜に「乳樹」のピクニツクがありました。井頭公園にはアインパールが多くて。藤井さんが来られなくて残念でした。与田、巽、北島、一の瀬、柴野、小口、僕。一の瀬君はちいさい人で、いつかの「童謡詩人」に出てゐた写真とは似てもつかない人です。農大の実科にゐるそうです。「鷭」五号をもらへてうれしい〳〵と言つてゐました。故郷は大月の先だそうです。

プロレタリヤ童謡について与田さんに質問した

ところ、そこから、与田さんと北島さんとの間に激論が交されて、与田さんは、童心を大人の心のちいさい物と解し、北島さんは天真説をとり、かなりにいゝ教訓になりました。この問題に関連して、童謡の時代性、環境との関係の問題にうつり、巽さんと北島さんとの間にかなりに議論が熱しました。親子丼を食べながら乳樹四号の作品評。巽さんと北島さんとはあぶない。で皆笑つた。巽さんだけ先に帰り、雑談。

あなたの作品評を与田さんに求められて、よく答へられず、与田さんはあなたの環境からして純粋詩の方へ進まれることを希望しておりました。僕が猿橋に行つたことを話したら、巽さん「二人とも黙つてゐたらうなあ!」といつて嘆息してゐました。柴野さんと一緒に猿橋へ行く相談もしました。与田さんも夏、富士五湖めぐりでもしたいと云つてゐました。

帰途、一瀬君は途中で下車したので、柴野小口僕、巽さんの家へ行くことにしました。「近代風景」「新興日本童謡選集」など見せていたゞいて、その中に島田浅一君が来て、小口君はひとりで大はしやぎでした。散歩に出る。神楽坂で巽さんに夕飯を御馳走になる。小口君「コドモノクニ」を買つて、僕らはそこで別れて帰つて来ました。

「鶺」六号。「童謡詩人」は休刊になつたさうな。「鶺」への一般の期待は予想以上に大きいやうです。童話も出来かけてゐます。

身体を大切に、この暑さにお変りない様に祈つてやみません。英雄さんその他の方によろしく。

七月十二日　博
吉川行雄様

明るい気持ちの中で、行雄は六月三十日『鶺』第六号を発行した。前号に続き藤井樹郎の「緑陰の花」㈡(有賀連、岡田泰三、平野直)、平木二六、中川武、小田俊夫、周郷博の作品と共に、行雄は「オ時計サンノウタ」など七篇を発表した。

時計

港の銅羅が鳴つてゐます。
みんな、胸をわくわくさせてますね。
コックさんはパンをこがしちまいました。
甲板では異人さんがゴルフやつてます。
船室ではママが子供を、
あやしてゐます。
コツツ　コツ　コツツ　コツ　コツ　……
おや、無電室、なかは暗号通信です。
(無電技師はとてもおなかを空かしてゐます)

こんなお晩

月はこつこつ
杖ついて
牧場の羊を見にまはる。
風はみんなで
つれだつて
どこかへ遊びに行つてしまふ。
霧ははたけの
いちごをば
お砂糖みたいにとかしちやふ。
星はよなかに
こつそりと
そこらの広場へおりてくる。

時計ノ散歩

オ部屋ニバカリ　モ　チツト　カウタイギ、

春先ヤ　ネツカラ　日ガ　タタズ、
　ソコデ　ドアヲバ　トント　アケテ
　チクタク　チクタク　オサンポニ。

オツムノ　アタリガ　サミシイ　ナラバ、
ココノ　コノシヤツポ　コウカリテ、
　メガネヲカケテ　クツハイテ、
　チクタク　チクタク　マチノホウヘ。

チヨイト　ソリミノ　ステツキデ、
マチヘデルニハ　デハデタガ、
　オフルノ　シヤツポハ　キガヒケテ、
　チクタク　チクタク　オハヅカシイ。

コノクツア　ドタドタ　ヤニマタ重シ、
紅《あか》ノネキタイ　チヨツピリ　キザシ、
　モシモ　オヒトガ　タカルナラ、
　チクタク　チクタク　ドウシヨウ。

ソコデ時計ハ　モト来タミチヲ、
スタコラサツサト　モト来タホウヘ、
　モトノドアヲバ　トントアケテ、
　チクタク　チクタク　モトノ部屋ヘ。

この号の編集おぼえ書で、行雄は昭和二年八月四日の与田準一の手紙を引用して次のように書いている。
「カタカナで書く童謡がスバラシイ流行を生みそうである。あのメカニツクな感じや、それでゐて、しかしナンセンスな味は、百パーセント効果的である。二三年前、私は『郭公なくころ』なる——ナントソノナヲイフコトノユウウツナルコトヨ——童謡集をだしたことがあるがその中のカタカナ書き童謡について与田さんからお叱りをこふむつたことがある。つまり『クロと黒とではいづれが黒く候や』など。『考ふべきことに候』など。作品は勿論問題になるほどのしろものではなかつたが、私としては、いやな言葉だが、今昔の感しきりだ。ともあれ時代の流つて、しかしオカシナもんだと思ふ。」

この少し前、与田準一と藤井樹郎が猿橋の吉川行雄を訪ねている。編章おぼえ書は、次のように続いている。

「その与田さんとせんだつてウチでお会ひした。同行藤井樹郎氏。

与田氏「君、オ茶ヲノンダラ？」

藤井氏「（オツムヘ手ヲヤツテ）午後ツカラハココヘサハルンデネ」

与田氏「フウン。ソレハ。ソレハ……」

こんな会話――――。」

更に同郷の考古学者仁科義男の出版にも触れ、「同郷の考古学者仁科義男氏が『桂川沿岸先史民族の遺跡』と云ふ著を東京の郡別旅行案内社からだしてゐる。小冊子、内容は報告的なものだが興味ある美しい筆触で書かれてある。

郷里をひとしくするだけ私たちにはそこに展開されてある未知なことがらに対しては全く興味つきざるものがあつた。まことに悠久なる大自然のいとなみの前に限りない謙抑拝きの生活を生活した太古民の相《スガタ》をまのあたりするおもひしてそゞろに哀愁をもよほすものさえあつたのである。

この本の多くよまれることを希つてやまない。同じ著者によつて『史蹟名勝誌山梨県』も近刊されるときく。これまた興味ふかいものであるだらうことは疑ひない」

そして、「同人周郷博君が明日あたりひよつこりやつてくるかも知れない。プロ童話を書きたがつてゐる彼がどんなものをもつてくるか、たのしみである」（五・七・二十九）と記している。

楽しみにしていた周郷博の訪問は、しかし、夏休みあけの九月になってからであった。

九月十日の周郷博の手紙。

ながいことほんとうにお世話になつてしまひました。
故郷を出る様なさびしさを感じたことでした。い、月が出てゐてしづかに鱗雲が動いておりました。あの晩の汽車の旅は。

ほの白き夜汽車の旅の窓にゐて　ながめゐぬ
空の　流氷の月
いゝおみやげをいたゞいて　あの晩の汽車の旅は子供のやうなよろこびをいだいておりました。

お母さんのお病気いかゞですか？　心配しております。千葉の方では、それでもづつとあたたかです。どうぞお大事になさるやう。

お父さんももう帰られたでせう。留守中に突然に帰つてしまつてすまないと思つております。

昨日は吉川さんからの古いお手紙をひらいてみて、過去のいろ〳〵な御親切を再び新たに思ひ出しました。真剣になつてあたらしい世界を拓いていきたいと思ひます――

夏休中に行けなかつたこと、くれ〳〵すまないことだと思つております。滞在中は誰にも誰にもお世話になつてしまひましたけれど、殊に英雄さんにはいつもながらいろ〳〵お世話になつて、ありがとう御座いました。豊ちやん、今度いくときのおみやげ忘れないやうに、とき〳〵思ひ出してゐます――豊ちやんはとき〳〵威張つてみると思ひます。

みなさまによろしく。お体をお大切に。サヨナラ。

十日　　周郷博

吉川行雄様

同じ頃、昭和二年の日記にでてきた岡崎の大竹一三からもハガキが来た。大竹一三はこの時、家業の庭師の修業の為、京都にいた。

九月二十九日の大竹一三のハガキ。


啓、すつかり御無沙汰しちやつて申し訳ありません。まあ、どうやら、こうやら生きております。〝鶴〟ありがたう。ほんとに嬉しく読みました。僕、こちらへ来てから、一つも創作しません。悲しい事実です。読むだけです。皆んなから送つて下さるのを何とも言はずに読んでゐるだけです。〃赤い鳥〃の再刊を喜んでゐます。京都の詩人連中も皆加入する模様です。中川武氏は下手になつたと思ふ。君の童謡は、恰度、初期時代の童謡にかへつた様だ。そこに幾パーセントかの閃めきを入れて、白秋氏の「春は早うから川辺の岸に、かにが店出す床屋でござる」を、君の謡よむと連想する。僕、今んとこ、のんきに働いてゐる。岡崎へ帰つたら、童謡もうんときはる心算です。これから時々便りをしませう。　今夜の月は冷たい光だ。

大竹一三は、明治四十一年（一九〇八）、愛知県岡崎生まれ。『赤い鳥』に投稿。童謡誌『ゆりかご』創刊、三十二号まで続く。昭和五年、家業の庭師になる為、京都で修業。このハガキはこの時のものだ。その後、岡崎に戻って庭師を継ぎ、随筆などをものした。『蛭坂放談』平成二年（一九九〇）没。

吉川家を訪れたのは、与田準一、藤井樹郎、周郷博、巽聖歌、福井研介、田中善徳だけでない。当時の若き第一線の童謡詩人、童話作家が幾度となく訪ねている。遠出のできなかった行雄にとって、友人たちの訪問は涙のでるほどの喜びだったにちがいない。又、七月十二日の周郷博の手紙にもあるように、訪ねる友人たちにとっても心うれしい訪問であった。そこには訪ねられる吉川家の人々の心あたたまるおもてなしもあったろう。が、なによりも同じ方向に向かって歩く友人と共に時を過ごせる大いなる倖せが、そこにあったにちがいない。

こんな気持ちが見える手紙がある。

七月十五日の柴野民三の手紙。

オ祭リ、
ホントニ　行キタイデス
皆ンナシテ。
アンマリ急ダツタシ、
皆ンナ都合ガツカナインデス。
金欠病デモアルンデスガ。
周郷君　当分　行カレ　ナイ　トカ

言ツテマシタ。　ソレニ近頃二週間バカシ
僕達ノ　トコニ　見ヘマセン。
僕　何ントカシテ　オ祭リニ　行ツテ
見ヤウト　思ツテ　マスケド
アテニ　シナイデ　ヰテ下サイ。
トニカク　皆ンナシテ　ソロツテ　オ邪魔
スル日　待ツテテ　下サイ。
皆ンナ元気デ、
吉川さん　ノ　周リヲ
トリマイテ
ウント騒イジヤウ　ツモリ　ナンデス。
六月　ノ　鮎ツリ　トウ〱
駄目ニ　ナツチマイマシタネ。
残念デスケド　マタノ日ヲ
楽シミニ　シテヰマス。
僕達ノ　雑誌　発刊モ
段々　近ヅイテ　ワク〱　シテキマシタ。
九月一日迄ニハ　ドウシテモ
出シタイト　思ツテヰマス。

7月15日　　　　　柴野民三
吉川行雄さま
オ父サマ
オ母サマ
英雄サン
　　皆々サマニ　ヨロシク
　　申シ上ゲ下サイマセ

この年の三月に発刊された『乳樹』は七月十日の第四号で休刊となった。そして組織を新らたに再出発するために、与田準一から行雄に同人への誘いの手紙が来た。
十月二十七日の与田準一の手紙。

　啓上
いつも〝バン〟をいたゞいてゐます　お礼申上げます
　近ごろ如何ですか　相変らず御元気のことと存じます

扨て今度同封のやうなスリモノで同人組織を更へて新しく〝チチノキ〟を出発さすことにしました　就《つ》きましては今度は広く総合的に――しかし相当の節度は破らないで――組織したい希望でゐますが　御貴兄は〝赤い鳥〟会員でもありましたし是非この際御参加下さつて御援助と御奮闘をおねがひします

御貴兄には特に折入つておねがひ申上げる次第です　如何でございませうか　猶〝バン〟は〝バン〟として御発行下さつても差支えありません。

貴意御承知下されば仕合せに存じます

乱筆にておねがひまで

匆々

不盡云

十月二十七日白

与田準一

吉川行雄様

柴野民三の「僕達ノ　雑誌　発刊モ　段々　近ヅイテ」とは、柴野民三、小口吉太郎、島田浅一、小島寿夫、周郷博、五人で『一列』という雑誌を計画したものだが、発行にはいたらなかった。

行雄は再出発した『乳樹』に、同人として参加、北原白秋を含めて同人は三十人になった。半年の休刊の後、表題の字も『乳樹』から『チチノキ』に変わり、十二月十日に第五冊は出版された。行雄は多くの同人と一緒に『トム・ヂム・サムの唄』を発表した。

かつて『赤い鳥』誌上で競ってきた、与田準一、巽聖歌、多胡羊歯、岡田泰三、藤井樹郎たち、若き詩人たちと肩を並べて作品を発表できたことは、故郷へ戻ったように、行雄にとって大きな喜びだったことだろう。

トム・ヂム・サムの唄

紅《あか》イ　紅イ　林檎《りんご》　ガ

アソビ　ニ　来タ　ヨ
オ部屋　ノ　扉《ドア》　ヲ　コツコツコツ
「アソビ　ニ　キタヨ　トム　ヂム　サム」
「アケテモ　イイカ　トム　ヂム　サム」
スルト　コタヘル　部屋ノ中
トム　ヂム　サム　ハ　部屋　ノ　中
トム　ハ　ナゼ　ダカ　元気　ナイ
「トム　ハ　ゴ　病気　キノフ　カラ――
アアア　ドクター　ハ　マダ　コナイ」
ヂム　ハ　オヤオヤ　ソツケナイ
「ヂム　ハ　オネム　サ　サツキ　カラ――
オナカ　ガ　カラツポ　ツマラナイ」
サム　ハ　トツテモ　セハシソウ
「サム　ハ　アゲテル　オ時計　ニ　ネジ
ヲ――
オヤツ　ガ　クルマデ　ヒマ　ガ　ナイ」
（コツク部屋　ノ　コツクサン　ハ　オルス）
（卓子《テエブル》　ノ　上　ニハ　フライ・パン）
（胡桃《くるみ》　ガ　十バカ　ヨゴレタ　スプン）

紅イ　紅イ　林檎　ガ
カヘツテ　ユク　ヨ
アパートノ階段　コロコロコロ
「サヨナラ　シマシヨ　トム　ヂム　サム」
「ゴキゲン　ヨロシユ　トム　ヂム　サム」

行雄の「トム・ヂム・サムの唄」は同人仲間の評判はよかった。巽聖歌も「仲々い、もの作る」といっていたと周郷博が伝えてきた。

十二月二十三日の周郷博の手紙。

御無沙汰いたしました。おとつい「乳樹」の忘年会にいつてきました。白秋先生ロゴスの主人公なども出られてかなり盛会でした。田中善徳、木村不二男なども出られました。日本酒をのみました。洋食も食べました。昭和六年からは、毎月先生の宅で例会をすることになりました。会つてみると白秋先生つてい丶んですね。「赤い鳥」の大人の童謡、い丶のがなくて困るから、古い人たちが匿名で初の中だけ出してもらひたいつて、「コドモノクニ」にもい丶のが集らなくつて困るから、古い人たちが出してくれるやうにつて作曲もつけるからつて、先生がいってました。

吉川さんの「トム・ヂム・サムの唄」評判がいいですね。吉川さん仲々い丶ものを作るねつて巽さんもいつてました――

甲州はもう雪が降つたでせう。みなさまによろしく。

二十三日　博

吉川行雄様

『乳樹』の忘年会で、自分の作品も友人たちの会話にあがった、そんなうれしい気持ちを持ちつつ、行雄の昭和五年は終っていった。

昭和六年

昭和六年（一九三一）行雄二十四歳。
この年の行雄の年賀状がある。

新春の御挨拶を申し上げます
すつかりお寝坊をいたしまして、いまさらおめでたうござゐます　など、など全く恐縮の外ありません。
昨冬来、今春と随分ごぶさたいたしております。どうぞあしからず思召し下さいませ。
なほ今年もよろしく御意かけて下さいます様、おねがひいたします。

昭和六年正月

山梨県猿橋

吉川行雄

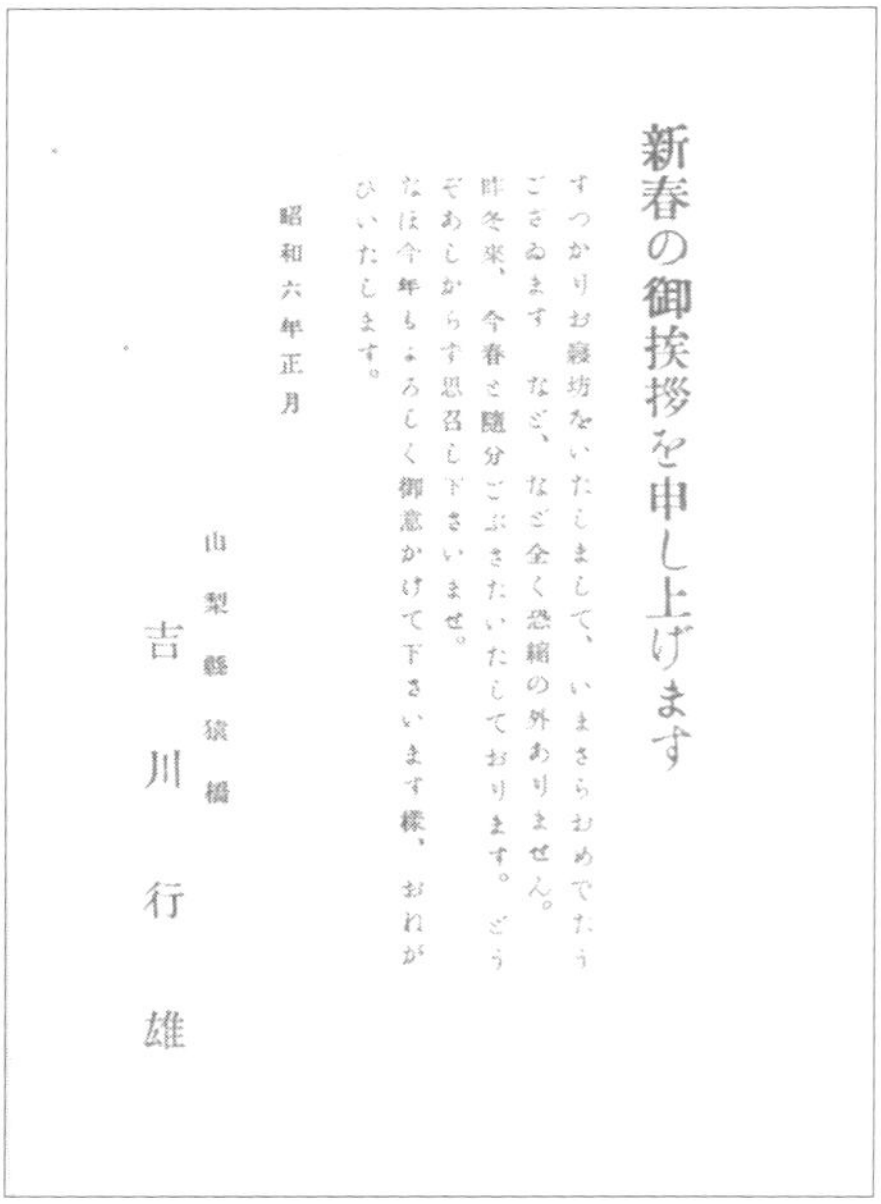
新春の御挨拶を申し上げます
すつかりお寝坊をいたしまして、いまさらおめでたうござゐます　など、など全く恐縮の外ありません。
昨冬来、今春と随分ごぶさたいたしております。どうぞあしからず思召し下さいませ。
なほ今年もよろしく御意かけて下さいます様、おねがひいたします。
昭和六年正月
山梨縣猿橋
吉川行雄

前年、『チチノキ』の同人になった行雄は、『鷭』を休刊にし、この年は『チチノキ』に作品を発表することに決めた。
一月一日発行の『チチノキ』第六冊には前号と同じくカタカナで書いた作品が載っている。

オリコウナ子ニハ
オリコ　ナ　子供　ガ
アルノ　ナラ、
オ部屋　ヲ　一部屋
アゲタイ　ナ、
オメザ　ヤ　ナンゾ　ガ
ホシイ　トキ、
オ手々　ヲ　ウテバ
ソウ　スレバ、
チーク　ノ　卓子《テエブル》、
ホワイト　ノ　クロス、
ソレニ　オ皿　ガ
一枚　アレバ、

林檎《りんご》　ガ　コロコロ
ハイ　林檎、
珈琲《コオヒイ》　ガ　一パイ、
ソレ　二ハイ、
コツクサン　ニ　カクレテ
フオーク　ダノ、
ナイフ　ガ　オハヨ　ト
ヤツテ　クル
オメザ　ハ　イカガ　ト
ミンナ　クル。
ソンナ　オ部屋　ガ
アゲタイ　ナ、

オリコ　ナ　子供　ニ
アゲタイ　ナ。

『乳樹』から『チチノキ』と表題は変わっても、編集体制は変わらなかった。編集兼発行者は与田準一、実質的編集業務は巽聖歌、発行所は東京市麹町区富士見町五―二二、乳樹社だ。

三月一日『チチノキ』第七冊が発行された。ここにはいつもの頁のほかに、「現代童謡作家抄一九三一」という特別頁があり、与田準一、巽聖歌、佐藤義美、柳曠、有賀連、島田忠夫、横山青娥、小田俊夫など二十三人が作品を発表している。

これは前年に出版された「新興童謡集　一九三〇年版」を意識しての特別頁ということだろうが、白秋派だけでなく、新興童謡集にも入っていた島田忠夫や横山青娥、玉置光三、渡邊波光たち八十派から松村又一等まで参加させている。大局に立って選んだというかもしれないが、かつて行雄に「真に節して下さい」と語った張本人の巽聖歌としては、二十三人の人選にゆれがみえる。

編集後記で巽聖歌自身が、「早急の中にまとめた為、現代童謡作家抄も僕達自身意を得なくて残念に思います」と述べている。

行雄自身、やはりこの作家抄には不満だったようで、次の五月五日発行の『チチノキ』第十八冊に、「逆説ふうに二、三」という散文で、「――率直にいって、私はこの『現代童謡作家抄』の企ては余り賛しない――」と書いている。

この特別頁に行雄は、「アワテ者バカリ」を発表している。

アワテ者バカリ

食卓《テーブル》　ガ　十二
ソレカラ　オ椅子、
ソコ　ヘ　オ客　ガ
ポイト　キテ　カケル。

ミンナ　オホン　ト
オヤヂ　ヲ　呼ンダ、
オヤヂ　セハシイ
セカセカ　ヒトリ。

スプン　ガ　カチヤカチヤ
カケダス　ト
アト　カラ　フオーク　モ
カケヌケル。

ヤケド　シテ　パンパン　ハ
ナキ　ダス　シ、
馬鈴薯　ハ　オ皿　ニ
シガミ　ツク。

林檎《りんご》　ハ　コロゲテ
コブ　ダス　シ、
オヤヂ　ハ　ガンガン
ドナリ　ダス。

ソコデ　タマゲル、
十二人　ノ　オ客、
誰　カ　タチ上ツテ、
フライ・パン　ヲ　タタク。
カンカラ　カラン　ト、
フライ・パン　ハ　鳴ツタ。
特別頁に一緒に作品を載せた小田俊夫がおもしろい絵入りの手紙を寄せている。
三月十日の小田俊夫の手紙。

乳樹三月号昨朝いたゞき拝見しましたとてもいい装幀ですこと　そして　スッキリとした編輯の気持のいゝこと手にしてゐてすつかりうれしくなつちまいましたつけ　御作うれしく拝見させていたゞきました　皆々様のをよませていただいてなんと私なんかとは別世界だなと思ひま

した　それにしてもこんどはミなさまお菓子をおもちよりといつたふうでしたね　わるくちごめんなさい　与田さんから御ていちような御葉書いたゞきました　いづれ御拝眉の折を得て御高話を承れること、思つてよろこんでゐます　弟様には御演習においでの由　ほんとにいつか猿橋わたりたうございます　弥生来にけり如月は風もろともに今日去りぬ——で、この辺ハ二三日来すつかり陽気に成りました　ではまた

三月六日夜　　小田

吉川様

小田俊夫の手紙にもあるが、兄弟の中で一番行雄の支えになっていた弟英雄が徴兵で東京にいた。日付不明の弟吉川英雄の手紙。

兄上様

先日は種々と御世話になりました。

早速に手紙をだすんでしたが急そがしいかつたものですから……

本日は（二十九日）久保田の政男さんと宗坊と高田の池田様と東京を遊びまわりました　一日愉快に遊び足るきました――

教科書で急そがしいでせうね　だがもうすきになつたでせうね　出張販売はもう終りましたか後が長びいて骨のおれることでせう。

お祭りが近づきましたね　英雄も帰り度い様です。なんとか芝居でもしてな……

今日ついでに賢次さんの所（須田時計店）へ一寸おより致しました　喜こんで迎へてくれましたよ　来月猿橋に行くと云つていました　行雄兄さんによろしくつたへてくれなんていつていました。

父からたのまれたトマトまだ苗がでていませんので出しだい送りますと伝へて下さい。

母上様にも父上様にもよろしく伝へて下さい。

では又。

行雄様

英雄より

差出人住所は、近歩四、九中隊幹候班　吉川英雄となっている。

ここに書かれている「吉川英雄」という文字を見た時、平成十七年十一月二十三日初めて吉川家を訪ねた時、吉川誠さんに尋ねたことを思い出した。「吉川さんの吉は、正式には上が長い吉ですか、下が長い吉ですか」と。

誠さんは、「うちのは下が長い吉です」と答えられた。その通りで、英雄からの手紙も吉川ときちんと書かれてあった。そういえば行雄が残した「笛をつくる童」にも「吉川行雄」と記してある。

最初に入選した『赤い鳥』や『金の星』で「吉川」を「吉川」と印刷されて載せられてしまったので以後、「吉川」と雑誌上では記すことになった、ということだろう。

前年の五月号を以って休刊していた『童謡詩人』が復刊されることになった。後藤楢根から行雄の所にも「童謡詩人　復刊について」という案内と手紙が来た。

二月十五日の復刊案内と後藤楢根の手紙。

童謡詩人　復刊について

後藤楢根

さきに新興日本童謡詩人会は雑誌童謡詩人を刊行して童謡の為、些か力を注いだ。が昨年五月号を以つて編輯者の都合上一先づ休刊して、将来を約した。

然るに童謡詩人休刊後の童謡壇は全く見る影もない淋しさになつてしまつた。今後猶この状態のまゝ持続されんか、実に慮ふべき将来を予測せざるを得ないと思ふ。

こゝに於いて私は断然倍旧の熱意と抱負とをもつて新興童謡運動の一線に立つことに決意した。

幸　健康も恢復したし充分なる用意と確固たる信念のもとに、今度こそは初期の目的を達成したいと思つてゐる——

その後御健在なりや如何

小生この四月にいよ〳〵上京再挙に決意しました。

この種の雑誌も必要と存じましたので、今度こそは充分仕事をしたいと存じてゐます。無理な願ひかも存じませんが、あなたの御加盟の程お願ひします。

御知人へ御吹聴の程お願ひします。

よろしく

後藤生

吉川様

後藤楢根は、明治四十一年（一九〇八）、大分県生まれ。大分師範学校卒業。新興日本童謡詩人会をつくり、『童謡詩人』発行。童謡集『月明集』童話集

『月夜の棉畑』平成四年（一九九二）没。『日本童謡集』に二篇。

復刊された『童謡詩人』が何号まで続いたかはわからない。ただ後藤楢根から平林武雄への手紙（昭和六十一年三月三十日）に、四、五、六年合本がある、と書いてある。復刊一号は五月号として発行された。『童謡詩人』の復刊は『チチノキ』にも大いに刺激になった。『チチノキ』の財政の困難さと共に、このことに触れた巽聖歌の手紙がある。

三月十九日の巽聖歌の手紙。

吉川さん
同人費、度々頂戴、いつも忙しく失礼のみして居ります
〃チチノキ〃遅くなり済みません。五月号として近日中に出ることになつてゐます
実は小生、十日ほど帰省してゐましたので、印刷所の方もはかぐ\しくゆかず、帰つてみて出来てゐないのでびつくりした次第です
次年はなるべく早く出したい意気込みでゐますが、また財政困難に陥り閉口してゐます
兎に角、またなにか散文の用意してをいて頂きたいと思ひます
〃童謡詩人〃も出る趣き、私達の使命も一層判然たるものがなければならないと思はれます
——その中にそちらへも出かけたいと思ひます
聖歌生
鉛筆で失礼

前の日記中にもあったが、行雄はヒゲそりにバレー製の刃を使っていて、購入を東京にいる柴野民三に依頼していた。そのバレーの刃が安くなったと伝える柴野民三の手紙がある。当時、柴野民三は麹町にある財団法人大橋図書館に務めていて、児童室でお話し会をやっていたようだ。民三この時二十二歳。

四月一日の柴野民三の手紙。

久しぶりで吉川さんの便りを戴けて嬉しかつた。現代作家抄評早く拝見したいと思つてます――暖つたかくなると郊外へ出たくなります。寒い内はストーブをかこんで熱いコヒイばかり飲んでゐたのに。

バレーの刃は十五銭安くなりました。残金は切手で同封しました。

この頃毎土曜児童室でお話しをやつてますお話しつてむずかしいですね。

やる度に失敗しますけれど段々なれてまいります。その内うまくなりましたら猿橋の方へ出かけますよ？

長いお手紙を書きたいんですが遊びが急しいんで腰がおちつきません。おゆるし下さい。

こんどは上手に字をかきます。

柴野民三

１９３１・４・１

吉川ゆきを様

バレーの刃については、昭和七年七月三十日のハガキにも、「バレー着キマシタカ　トイシノコトワスレテシマツテ、急イダンデ。キイテスグゴヘンジス」とある。

吉川行雄にとって一番初めからの童謡の友人は、小田俊夫だった。その妻みさをは、長い間闘病生活をしていた。その為、長男順吉は祖父母のいる大連にあずけていたようだ。このみさをが亡くなったという悲しい知らせが来た。

四月十二日の小田俊夫の手紙。

妻みさを永々病気のところ　九日夜九時過に死去しました　追て告別式ハ近日大連から帰京します長男順吉（四歳）を迎えてからいたしますとりあへずお知らせまで

四月十二日

小田

吉川様

告別式は五月三日午後二時より小石川区指ケ谷町八四、小石川福音教会で行なわれた。

『チチノキ』第九冊は七月十日に発行された。行雄はここに「ロボツトがをつて」と散文「ある抗議」を載せている。

ロボツトがをつて

ロボツトがをつた、
お時計の中に――

ノツポのロボツトと。
チンピラのロボツトと

ノツポのロボツトは
階段のぼつた、

コツンコツンコツン
コツンとのぼつた。

チンピラのロボツトは
お部屋をまはつた。

一のお部屋のベルがなる　チリン
隣のお部屋でベルがなる　チリン
チリン。

あちらのお部屋でベルがなる、
チリン　チリン　チリン。
こちらのお部屋でベルがなる、
チリン　チリン　チリン　チリン。

ベルが鳴つた　鳴つた、
十二も鳴つた　チリン　チリン。
ベルが鳴つた　一日《いちんち》　チリン　チン。

十二も鳴つた　　チリン、
チリン　チリン　チン。

ノツポのロボツトと
チンピラのロボツトと。

ロボツトがをつた
お時計の中に——。

散文「ある抗議」は、ある雑誌が載せた赤い鳥童謡集に対して「文献としての価値観念の貧困」という記事に対する抗議という意味で、内容は自分のすきな作家・すきな作品について記したものだ。

行雄の童謡に対する考えがわかるものなので、少し長いが紹介しておこう。

「ある抗議

赤い鳥童謡集に就て、好きな作家・

よかつた作品

吉川行雄

あのころの「赤い鳥」は、郷愁のやうにたのしいものでいつぱいだつた。大白秋の精神でいつぱいだつた。若いみんなの匂ひでいつぱいだつた。そこに漲る嵐のような熱情の呼応が、ついに巽聖歌といふめぐし子を生んでからは「赤い鳥」の童謡は、果然、祝祭日のように絡繹たる視界を現出した。

あのころはよかつたといふ共通の思ひが、「赤い鳥童謡集」をして私たちの宝石たらしめた。いつぱいの精力と、覇気とをうちこんで、断然、「赤い鳥童謡集」は私たちのものだつた。

与田準一氏がゐた。岡田さんがゐる。巽さんがをつた。藤井樹郎君も、多胡氏も、それから日下部さん、田中さん。みんなみんな元気で、をつた、をつた。

白秋先生の大写し《クローズアップ》。

「赤い鳥」の仕事がはじまる。

「赤い鳥童謡集」は、そのころの新童謡創成に向つて結成された新人達によつて志向されたものが、今日、一のただしい意志に整斉されて完成されたものであつた。

「赤い鳥童謡集」でよかつた作品をあげてみよう。

＊

与田準一氏の作風は、素晴しくエネルギッシユでがつちりしてゐて、南国的な香耀と、飛躍とをふんだんにぶちまける。代表作として「空がある」がある。このもしい作品としては「母」だつた。

柿渋引かれた
飯びつ、
てらてら乾く
縁に、
母はさみしい
つんぼよ、
うつうつ耳を
掻かせる。

この作は与田さんのもつ唯一の寂びた境地だつた。「雨の日」もよかつた。

作家として、風貌の重厚さに於て、その作品の正統的手法と共に、岡田泰三氏は私たちにいつもたんのうしたものを楽まして呉れた。この詩人は、自己の才気をたのんで、おちいりやすいアクロバテイクな飛躍を決してやらぬ。「時計」をごらんなさい。「木苺」をごらんなさい。「のろい鶴」だつてそうだ。「子鹿」には、感覚のすぐれたもの、背後に、純粋な、ユーモアがのぞいてをつた。「赤い鳥」推奨作品中での佳作であることは、いふまでもなく、「赤い鳥童謡集」中での佳篇であつて差つかへない。

多胡羊歯氏の「尾長鳥」は、そのリズムの豊ぜうさにもかゝはらず、タクトがよかつた。一連、一連均整がとれて、堅実は佳品をなしてゐる。

「くらら咲くころ」は、寵児だつた。私の主観にのみ属してゐる感じ方かも知らぬが、

すこし風ある埃みち——
くららの花が咲いてゐた。
曇つてるけど、雨のない——

こんな、なつかしい詩句の中にひそむ、憂鬱——雲のようにむらがり起る感覚の憂鬱に、私は寂しい愛を感じたのだつた。

「水口」巽聖歌氏「風に聴く」藤井樹郎氏この二作はその芸術的価値といつしよに、歴史的な価値をも強取し終せた。余りに喧伝された作であるが故に、雷同はいまさら必要なかろう。
巽氏「凧」は、技巧的には多少緊密を欠くうらみがないでもないが、この作のもつある世界は充分に尊敬もでき、愛しもできる。

くい、くい、
子きぎす
忍んで
啼くのは、
可愛いよ
見ないか
夕焼、
林だ。

形式の上に非常にすぐれたものを持つこの作家は、その繊麗巧緻な表現上の技法と相俟つて、たしかに「赤い鳥」での先駆的フアソンをなした。「子きゞす」の一篇は、その歴史的あるものをのぞいての上なら「水口」にまさる秀作といひ得るだろう。この建前から云つて、より多角的な作家として藤井樹郎氏がある。峻厳なまでの透徹さも、ときには、さみしい円光を負ふて、この詩人はまつたく気稟的特異性をもつ。「汽車の中」「椎の木のかげ」等々、別の意味で、福井研介氏の「つゝましい秋」と、その尖鋭たる感覚の点で好個の対照をなす。
「蘭の花」はどうだらう。甚だしく、それらしからぬ藤井樹郎を食ひ足りなく感ずるのは私だけかしら。ただし、このように感ずることが逆にこの詩人の多角的資質への裏付けであるかも知れない。
「月の中」「風の吹く日」「雉子」等々。佐藤義美氏では、「風の吹く日」のあの枯れた手法がよかつた。

風の吹く日は
こんな日は、
雀は誰かに
ほふられる。

すきな作品の一つ。
「月の中」では、あの月明的神秘感につゝまれた稚い幻想。「雉子」の春愁離々たるさま。含蓄のふかい高品をなす点で、「赤い鳥」きつての愛誦の作家。

その他それぞれに颯爽たる面貌をそなへた個々の作篇では、「学習に」海達氏「朝霧の村の話」藤山氏「火がみえまする」嵐亞火作氏「枇杷の花」法本氏「遊びつかれて」吉田氏「魔法」池田氏「水のこゑ」鐸木孝氏「高はらの秋」佐藤實氏「煙突」永野和夫氏などがある。ことに「高はらの秋」は、「水のこゑ」「煙突」とともにすぐれた風格を示し、正しき芸術的香気の上に、まことに光彩えきえきたるものがあつた。

　ほし草
　ほしてる原で、
　かんねの葛が
　かはく。

　お八つの黍ぼち
　食べて、
　遠くの出る雲
　見てた。

悠容たる童心の流露と、みなぎるやうな気品とは、素晴しく高所的だつた。

これに反して「水のこゑ」は、繊細な詩境と、しつくりと落着いた表現手法とで、仄かな芸術趣味をかもし出してゐた。

　月の出ごろの牧場には、
　何やら白い香がにほて。

　ほうら、あのこゑ、水のこゑ、
　草にうもれた馬柵の下。

佳作だつた。

「煙突」は、私の、い丶作品としてのみでなく、まづなによりもすきだつた作品だ。

　いたちめが、
　でつかい煙突ながめてる。

　空は青いよ、
　でつかい煙突、白い煙だよ。

いたちめが、
でつかい煙突見ながら行つた。

空は青いよ、
でつかい煙突、コンクリートよ。

表現の清新さに伴つて、これはまつたくタツチのあらい近代風景だつた。

武田幸一氏の「門」といつしよに「赤い鳥」に推奨された周郷博氏の「北へ行く汽車」は、上乗たる近代感触によるいゝ印象をうけとつた作であつたが、この集にのらないのはどうしたものか。田淵十風氏「せうに」は、郷土的雰囲気がよかつた。「赤い鳥」初期の作として輯録されたものでは、桑名青葉氏の「小鳥の酒場」は異国風も白秋先生の影響とみるべきもの多くあるしするが、そのとん厚なクラシズムで、がつしりした構成をなしてゐたし、「兄弟」高鍬重朝氏は、小篇のうちにやさしく簡素なるひびかひがあつた。青い鳩氏「羊の毛」は、ウヰツテイな才気の点で、いつかの「チチノキ」での与田氏の「宴会」と彷彿する。浅川春村氏「雨」は、かはゆいユーモアがいゝ。

蒲公英の毛帽子
小川を渡つた。
羊が追つかける。
逃げた、逃げた、逃げた、
フイフイと逃げた。
お髭の白いをぢさんの、
お肩にとまつて、
ついてつた。

堀井増太郎氏の「毛帽子」だ。軽妙で、新味ある作品、今日近代主義童謡を称呼する「チチノキ」にとつて、この作品は、いくたの示唆をふくんで、敢て他山の石のみでなからう。

私のいひたいことゝしては、ただこれら個々の諸作家が、比較的に「赤い鳥」に発表するものすくなく、従つて作家としての一貫せる発展過度の示すものがうかがへざるうらみとともに、連続的刺激による印象のモンタアジユを可能せしめなかつた。このことが私をしてこの精神の豊富な植物園を彷杖せしめながら、つひやすべき多くの言葉を枯渇せしめたことだ。但しこの意味は「赤い鳥」初期の読者でなく、いきなりこの「赤い鳥童謡集」にとび込んで来た私としては、あるひは妥当を欠くものがありはしないかをおそれる。

日下部梅子氏の諸作も、此の童謡詩人としての特殊な地歩といつしよに、相当珍重さるべきである。以上、蕪雑ながら傍題のすきな作家・すきな作品について、べつ見をつくした。」

編集後記に巽聖歌は「今月は原稿山積で、とても愉快でした。まづ先生の四篇、柴野君の三十五篇、高麗君の二十篇、小生の二十五篇、社友の渡邊君と田原君が各五十篇位、その他、十篇位づつ送つてくれた同人が沢山ありました。従つて散文も多く、この狭い紙面ではどうしても盛りきれないといふ有様です——」と記している。

経済的には苦しくとも、創作意欲が盛んな若い詩人たちの姿が見えるようだ。十篇位ずつ送ってくれる同人が沢山の中に、きっと行雄も入っていたことだろう。

行雄が散文「ある抗議」の中で取り上げた一人、佐藤義美から七月十五日付のハガキと、そして「新早稲田文学」四月号と六月号が送られてきた。

佐藤義美は、明治三十八年（一九〇五）、大分県竹田生まれ。早稲田大学大学院修了。東京府立第三商業学校で教鞭をとる。教え子に、後に『荒地』同人の田村隆一、北村太郎がいる。『赤い鳥』『童話』『金の星』に投稿。童謡だけでなく、現代詩を『新早稲田文学』『詩と詩論』『二十世紀』などに発表。うたとしての童謡を発表、まど・みちおと共に、戦後の日本の童謡の第一人者。童謡集『雀の木』『ともだちシンフォニー』童話集『くじらつり』など多数。「グッバイ」は大学一年の時の作品。「いぬのおまわりさん」「おふろ　ジャブ　ジャブ」「あるきなさいよ　雪だるま」など、今も日本中のどこかで、毎日うたわれている。昭和四十三年（一九六八）没。『日本童謡集』に十二篇。

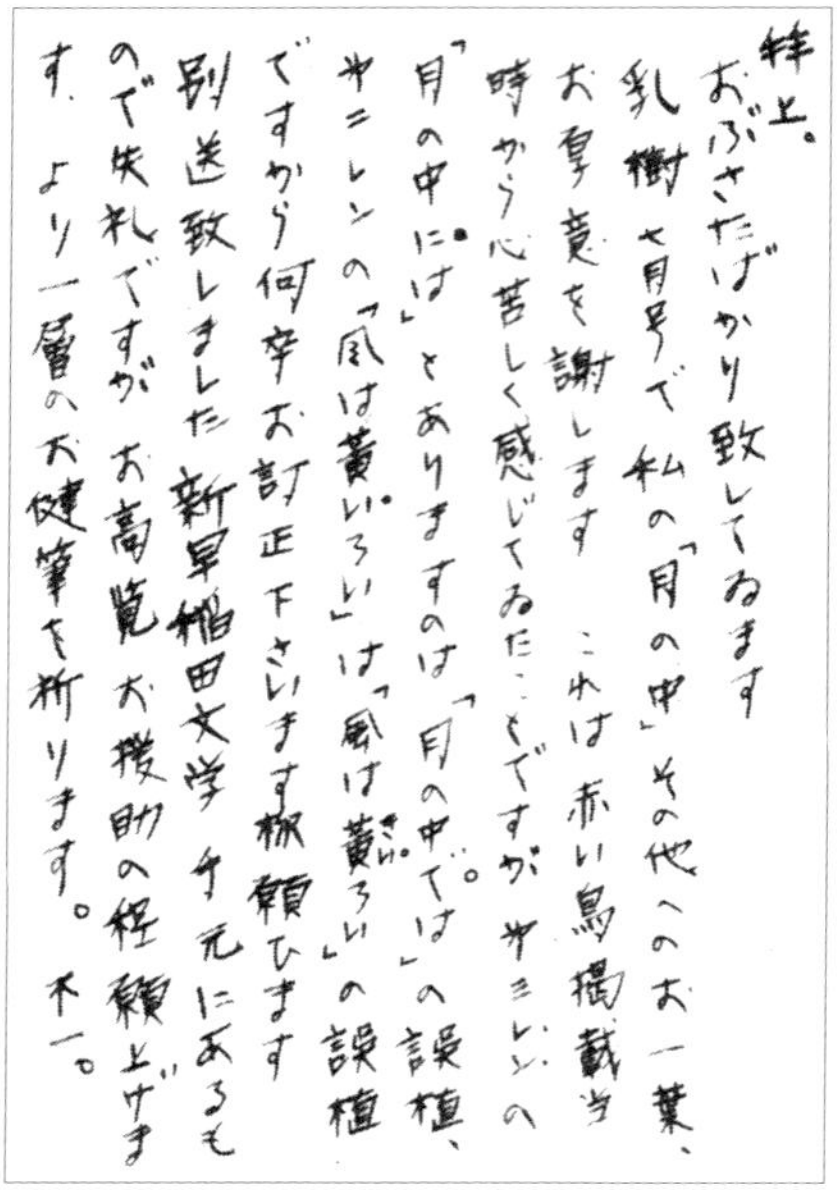

拝上。
おぶさたばかり致してゐます
乳樹七月号で私の「月の中」その他へのお一葉、
お厚意を謝します　これは赤い鳥掲載当時から
心苦しく感じてゐたことですが第三レンの「月
の中には」とありますのは「月の中では」の誤
植、第二レンの「風は黄いろい」は「風は黄《きい》ろ
い」の誤植ですから何卒お訂正下さいます様願
ひます
別送致しました新早稲田文学手元にあるもので
失礼ですがお高覧お援助の程願上げます　より
一層のお健筆を祈ります。不一。

『チチノキ』同人の様子が分かる「巣」という欄がある。ここに「与田準一——山梨県教育会銀の泉自由詩の選に当る。猶同誌には巽聖歌、有賀連、高麗彌助、柴野民三、小口吉太郎、堀内のぶ子、真田亀久代、田村秀一の諸作を集録す」とある。

この詩人たちはすべて、行雄と交友をむすんでいる人たちだ。与田準一に自由詩の選を頼んだのも行雄だ。この件についての与田準一らしいハガキが残っている。

昭和四年七月四日の与田準一のハガキ。

拝復
出来るかどうか兎に角やつて見ませう　たゞ率
直に申し上げますと提燈もちやお世辞が出来な

いことです　それでよかつたら先づは取り敢え
ずお答えまで　雨の日
与田準一

十月三十一日、『チチノキ』第十冊が作曲号として発行された。井上武士、大中寅二、草川信、中山晋平、山田耕筰等、十二人の作曲家が、北原白秋など十五人の作品を作曲している。吉川行雄の「月夜の木の芽だち」は堀内敬三が作曲をした。

堀内敬三は、明治三十年（一八九七）東京生まれ。音楽評論家、作曲や訳詞も手がけた。慶應大学応援歌「若き血に燃ゆる者」の作詞、作曲家で、「ブラームスの子守歌」や「家路」「サンタルチヤ」など訳詞多数。ＮＨＫラジオ「話の泉」のレギュラーとしても知られた。昭和五十八年（一九八三）八十五歳で死去。行雄この時、二十四歳。堀内敬三三十四歳だった。

十二月二十日、『チチノキ』第十一冊が発行。行雄は「木靴」を載せた。

木靴

木靴はまづしい
靴だから、
リボンなんぞは
ありやしない。

木靴は小さい
靴だから、
子供のお足に
はかれてる。

木靴はかはゆい
靴だから、
よちよち、それでも
かけたがる。

木靴は子供の

靴だから、
　いつでも露路から
　　でてかない。

行雄は『チチノキ』同人として、童謡創作に励んだ。それを巽聖歌は後記で次のように記し、評価している。

「本年棹尾のチチノキを贈る――本年中、特に目覚しい働きをしてくれたのは、やはり与田・多胡・吉川(行)の諸君で、新人としては、柴野・島田・辻の諸君が目立つた。それ〴〵の部所に於て、来年は更に活躍するであらうことを期待させて欣快である」と。


島田とは島田淺一、辻は辻修だ。

巽の後記を読んで、行雄は心さわやかだったにちがいない。同じ世代、同じ時代に出発した与田準一と吉川行雄。同人として対等に並べられてあたり前のことではあるけれども、福岡から東京に出て、白秋のそばで創作し、活躍を始めている与田準一と同じ評価をされることは、どんなにか行雄の気持ちを明るくしたことだろう。

『チチノキ』第六冊に、維持費寄付者一覧が載っているので、それを紹介してこの年を終わる。

吉川行雄一、堀内伊太郎一、塚越猛一、田村秀一一、北原白秋二十五、与田準一十五、巽聖歌十五、小島寿夫五、小口吉太郎一、後藤敏子二・五、小林金次郎一、ロゴス書院二十五、藤代了一、柴野民三一、平野直十五、堀内のぶ子五（一口二円）

昭和七年

昭和七年（一九三二）行雄二十五歳。
この年は『チチノキ』第十二冊に書いた『雪と驢馬』の原稿拝受の礼と共に、与田準一のうれしい励ましのハガキから始まった。
一月二十二日の与田準一のハガキ。

「雪と驢馬」への原稿拝受ありがたう
タツミに他意なし　タツミはボク相棒として今まで一しよにやつてきたけれど芸術とそれについての態度には相入れない点あり　彼氏ニンシキ不足の点ありと思惟す意にかけて給ふな
「バン」についいては何か（カツトその他の原稿でも）力ぞへできることあればいつでも申込んで下さい　ボクたちはもうすでに大人になつたんだから自分自身の技量でもつて自分自身を生かしのばすべきです　よき人とよき心境にあつて健進さるべし　吉川行雄のうへに栄光あれそのうち詩集でも（第二の）だすをりはアツセンすべし

『チチノキ』第十二冊、二月二十九日発行のこの時の行雄の散文。

「巽聖歌よ雪と驢馬よ

吉川行雄

童謡集「雪と驢馬」をして、あやまりなく、巽聖歌のものたらしめねばなるまい。
巽聖歌よ、雪と驢馬よ、いつそ、この繊みと、幽けさと、しかもまたこのさみしさとはどうだ。

雪と驢馬

ほろん
ほろんと雪がふる、

ほろんほろんの雪の道、
ほろんは遠い山だから、
ほろんほろんとふつてくる。

ほろんは遠い夢の国、
ほろんと驢馬も降りてくる、
ほろんほろんの山の道。

ほろん
ほろんと雪がふる、
ほろんはほろんの驢馬の背に、
ほろんは遠い驢馬の国、
ほろんと道も昏れてくる。

巽聖歌よ、雪と驢馬よ。このほろんたる一線につらなる世にもいみじい謙譲の質と、皓たる純情のただしさよ。私はつつましくなるのだ。やさしくなるのだ。

童謡集『雪と驢馬』の著者はみづから称して螢の族であるといふ。しかし乍ら、巽聖歌よ、雪と驢馬よ。私はむしろこの『仄かに歩いて来た』といふまことに尋常でない拝跪の質にむかつて、芸術の一途にかかるさみしくもまたきびしい緊縛の感にうちふるへつつ、与ふるに雪夜の子螢をもつてしようとおもふのだ。

野芹

野ぜり、
咲きな、
畦に。

田螺は
さびしい
旅人。

花を
探し
ゆくよ。

しろ〴〵
野ぜりよ
咲きなよ。

水田
せまく
なるほどに。

この真に芸術の仄かなるもの、幽かなるもの、さうしてまた、繊みと、涙ぐましく純情あるものよ。巽聖歌よ、雪と驢馬よ、しかもまた雪夜の子螢よ。異彩はつひに稀有なるひとすじにつながる。『雪と驢馬』はまたく、めでたい。巽聖歌よ、雪と驢馬よ、私は率直に隔意ない祝意を表さう。」

『チチノキ』一月二日消息欄に、「吉川行雄『バン』再刊、編集中」とある。昭和七年は『鷭』の復刊、与田準一等三人の「ばん・のぱむふれつと」発行など、行雄にとって忙がしい、充実した年になる。手紙類が一番多く残っている、いや、行雄が一番多く残したのもこの年だ。

『鷭』復刊号は前年から準備が始まっていた。一月十五日の周郷博の手紙には、「――僕は今気がついて、『月子と夕焼空』を清書してしまひました。汚いけど読んでみて下さい。『鷭』その後どうしてゐますか。まだ待つてゐると聞いたのですぐに出そうと思つたのですが――」とある。手紙と一緒に原稿用紙二枚ほどの「月子と夕焼空」が入っていた。

依頼したすべての作品が集まり、行雄は『鷭』の編集を急いだ。そして――

三月七日に『鷭』は『BAN・第七号』復刊第一号として出版された。ここには前号、前々号から続いて、藤井樹郎の「緑陰の花㈢――佐藤義美、多胡羊歯、吉川行雄――」、島田忠夫の「鳥禽雑誌」、与田準一の「汽車について」、吉川行雄の「籠居感想」「冬の雑記」と、周郷博の童話「月と夕焼空」、そして巽聖歌、藤井樹郎、周郷博、小田俊夫、吉川行雄の童謡が載っている。全二十八頁。

藤井樹郎は「緑陰の花㈢」の中で吉川行雄について

「佐藤義美、多胡羊歯二君のいい対立に対して吉川行雄君の作風にはまた異つた味はひがある。北原白秋先生の邪宗門あたりに展開してゐる異国情調風な幻想味がケンランな言葉のあやの中に生きて働いてゐる。佐藤君を西瓜の味に比するならば多胡君は林檎であり吉川君はパインアップルである。而もその各々の個を個としてゐる作品のみがなつかしい作としていつまでも胸奥にのこる、乃ちいつまでも胸奥に淡々と泉みくるなつかしいパインアップルの味はひにあたゝめられる読者のひとりして私は月の夜の木の芽たちを礼拝する。それは吉川君の人間的なよさに対してでもある。

★海港街風景（略　前出）

　詩の道に生くる人間のよさは情事のこまやかな点にもある。この超現実的な海港街風景の中に詩人としての情感のあつい吉川君のリン質をみる。白家、青窓につゝましく詩の道を道としていきる吉川行雄君の風貌に和かなに人間愛を感じヒヨツコリと風の如くにたづねて詩を語りたい気持にかられてゐる。

秋風ふところに寒い朝を——水辺の蘆荻枯葉にひとりをかこつ私は　　　（続く）」と書いている。

　行雄の童謡は三篇。

　　パパサンオ寝坊デ

　スリツパが起きた、
　パタリコと起きた。
　お廊下のとこで
　お駄々をこねた。
　「アンヨガナイヨ」
　「アンヨガナイヨ」

　洗面器はおめざ
　はよからおめざ、
　お風呂の方で
　せかせかやつた
　「オブウハマダカ」
　「オブウハマダカ」

ストーブはぐづ坊
お夢の中で、
寝言かなんか
そんなことゆつた。
　「カツカトモヤセ」
　「カツカトモヤセ」

こんころん

こんころん、
夜の懸樋《かけい》よ、
こんころん、こんころ
孟宗の幹も、
こほるよ。

こんころん
夜はいたちよ、
こんころん、こんころ
みつまたの花も、
こほるよ。

こんころん、
夜は水をと、
こんころん、こんころ
お月夜も青う、
こほるよ。

『BAN』の発行についての想いを、行雄は「冬の雑記」で次のように記している。
「私の今年度にをける第一のしごととして、ばんを復活刊行することにした。自体ばんの一昨冬の休刊の際すら、私はそのことを本意ないことに思つておつたし、むしろかるい意味での暫定的のいはゞそれであつたのだつた。ところが私の例のモノグサに、かてて『チチノキ』の運動への加盟による一種の守恃といふよりも、いつそ私自身の保身の意味から余りにその期間をながびかしてしまつた。

これは意味の余りない休刊ではあつたし、また悔しいことだつた。そうして、私はもぐらみたいな寂しい籠居の生活の中でまつたくのところ無為につかれておつた。感傷と懶惰の塵にまみれて、いつそ精神の上にすら老境に似たあるマガリをすら意識する。

私はこれではいけないとをもつた。で、私は簡素乍らまづ自分の確たる仕事をもつて、一応は自己反省の鞭笞を必要とするあるものを痛切に感じた。

自ら信じて一義的なりとする行動にともなふものがどのゆえに保身の術を必要とするか。詩人として、いやむしろ人間として私たちは何を守恃とし、何をいさぎよしとするかについていま私はいつさい緘黙するが、ただしつかりと私はばんをもつて起つ。

ばんは佗しくてよい。寒々としてをつてよい。

私は寂しくてよい。そうしてまた素朴であつてよい。

しかもばんよ、ばんは正しく悠々たる一線の気魄につながつて、颯爽たる世界を飛び、かけり、羽た、いてこそばんよ、私たちはいさぎよいのだ。（一月二十五日）」

そして、『ＢＡＮ』のこれからについても、編集後記の中で、

「ばん復活第一号を出すについては与田、巽両氏からとてもお世話をいたゞいた。ほとんどカツトなどの心配なしに編輯を終えることの出来たのを嬉しく思つた。

島田忠夫氏の随筆及私のものは一昨年用意されたものであるが割愛するのも面白くなく、且島田氏の一篇は文、境ともに私の愛誦をかないものがあるので掲載することにした。

ばんは例の通り随時原稿あつまり次第出す形を採る。原稿どしどし寄せていたゞき度い。

尚ばんには同人といつたものはないがこの号から藤井樹郎、周郷博の両君に協力をいたゞき一緒にやることにしてある。堅実な仲間が欲しいと思ふ。寒くなつた。甲斐の二月は灰雲が雪をはらんで空をひく、たれていよいよに冬らしい寂しさが加はつて来

た。」と書いている。

『BAN』第七号発行の少し前、小田俊夫から引越した由の二月十四日の手紙が来た。それによると、「――つい近くの下北澤には与田さんが居られることです　いつかいちどお訪ねしてみたいと思つて居ります――」とある。

そして、十七日には与田準一から小田俊夫が訪ねてきて、巽聖歌と三人で、行雄のはなしをしたと三人の寄せ書きハガキが着いた。

昭和の横瀬夜雨よ　今火鉢をかこんで小田俊夫兄とあんたの話をしてゐる　大いにやるべし
与田準一。巽さんと三人で春を呼んでゐます
小田。雪霽れのやうな空　風が吹いている空
笑つてゐる。
巽聖歌

巽描くところの三人の顔がついている。

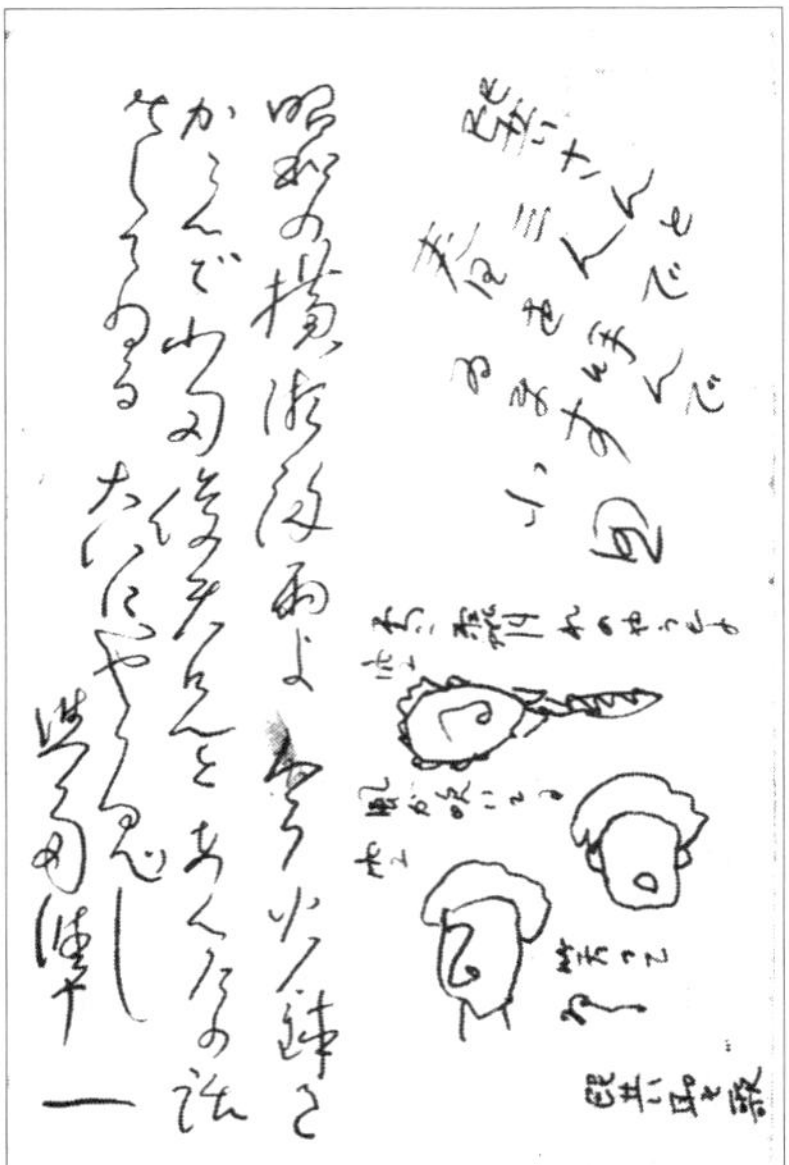

『BAN』第七号がでると、藤井樹郎から「小口さんも僕らの仲間としてよい友情がもてると思ひます。一しよになつて〝バン〟をのばしませう」というハガキもやつてきた。

三月十五日の藤井樹郎・小口吉太郎のハガキ。

小口さんも僕らの仲間としてよい友情がもてると思ひます。一しよになつて〝バン〟をのばしませう。
二十日頃帰れるのでくはしく話しませう。
七号をあまつてたら一部小口さん宛送つて下さい
(藤井樹郎)

初めて御便りします
東京のほこりの中に住んでる僕をお友達の中に
加へて下さい
何にぶんよろしく

（小口吉太郎）

行雄の周りには、友人から友人へとたくさんの輪が再び大きく広がっていった。

『BAN』第七号を三月七日に出版した行雄は、『BAN』を『バン』と変えて、第八号を五月十日に発行した。藤井樹郎の「緑陰の花(四)――日下部梅子、田中善徳、柳曠―」、与田凖一の「部屋の悲劇」、辻修の「白樺とパイプと手風琴」、そして巽聖歌、柴野民三、小口吉太郎、一瀬幸三、小林純一、原田小太郎、周郷博、吉川行雄の童謡が載っている。行雄が柴野民三、小口吉太郎、一瀬幸三、小林純一、原田小太郎など、次の世代の詩人たちに発表の場を開放していることがわかる。若い童謡詩人たちにとって、それはうれしいことだったにちがいない。

行雄の童謡は八篇。

月夜

椎にぱらぱら
雨が来る
お豆熬《い》るように
来てはやむ。

片側ばつかり
路地に照る
月はねこ背で
近視眼。

天気予報は明日も晴れだ
夜あけは雷だと知らされる。

垣根のやれから
猫がでて
ニヤオとゆつくり

啼きました。

月夜

月はラヂオを
きいてゐる
風はパンをば
焦がしてる
月のお膝を
ころげでる
風の小猫が
ころげでる。

遠くへ

象がゆらりと
まちから来てる
ゆうらり、ゆうらり
柵木をこえた。

象がゆらりと
お鼻を揺るよ
ゆうらり、ゆうらり
月夜になつた。

象がゆらりと
ゲンゲ田をふんだ
ゆうらり、ゆうらり
遠くへ来てた。

編集雑記で、行雄は「素晴しい作品のハンランだつた。本号はまさに作品号と称していい。別にばんの『パンフレット』二集として小田俊夫兄の作品集を出す計画も進捗している――ばん復活一号は比較的好評であつた。沢山の激励の手紙をいたゞいてもゐる――甲斐の四月は、もう余寒でもあるまいが、春埃の立つ中に思ひがけない寒さなどあつて驚く」と記している。

沢山の激励の一枚は、柳曠だった。

五月十二日の柳曠のハガキ。

吉川兄「鷭」御恵贈に預かりありがとう御座ひます。相変らず御奮闘の貴兄を羨しく存じます。藤井君の論文に小生が引合いに出されたのは少少面映ゆいところ。今更過去の人間の顧みられる幕でもあるまいと思ひながらも、其の昔の自分の姿をしみ〴〵思ひかへして見ました。

折角御健闘を祈ります。　右御礼まで

柳曠

柳曠は、東京生まれ。『赤い鳥』に投稿。赤い鳥童謡会会員。『チチノキ』同人。『コドモノクニ』にも作品を発表。生没年不明。昭和七年五月八日の新美南吉から行雄へのハガキに、東京市麻布区本村町三七　柳曠とある。

ハガキを見ると、『赤い鳥』で活躍し、「赤い鳥童謡会」会員の一人でもあった柳曠は、この頃すでに童謡から遠ざかっていたのかもしれない。

この一と月ほど前の四月十九日、柴野民三、周郷博、小島寿夫の三人が行雄のもとを訪ねてきた。その夜、三人で書いたハガキがある。

四月二十日の三人連名のハガキ。

赤いりんごが二つころげて来ました。このりんごはえんけうからけふまゐりました。おかしいですね。ぶどうではないですよ。

汽車の窓からくび出して二人して大きな声でサンビカやグンカやシヨウカを謡ひました。

新宿についいて嬉しかつた。この大きなコウフンを老大の部屋でまき散らしてます。

僕は二人が書き終へるまでに、林檎と蜜柑をたべ終へました。

前三行が周郷博、次の四行が柴野民三、後の二行が小島寿夫のものだ。

ハガキを見ても、訪ねた後輩の詩人たちと訪ねられた行雄とがどんなに楽しい時間を過ごしたか想像できる。この日の吉川家の人たちの姿が見える、もう一つの柴野民三からの手紙もある。

四月二十日の柴野民三の手紙。

とうとうお目に掛れて嬉しかつた。

これからは時々お休みを利用してお訪ねしたいと思つてます。

お父さま、お母さま、英雄さん義雄さん、ふじ子さん、豊ちやん、綾ちやん、それからお店の方やお女中さん、皆んな皆んな御親切で、僕何んと云つてお礼申してよいのかこまつちやつてます。

巻柏や山蘭、それからクリスマスツリーに似た何んとか云ふ木、父が大喜びでした。早速鉢にいれるので夢中です

戴いた巻柏、英雄さんが骨折つて取つて下さつた山蘭や、クリスマスツリーに似た木、うまく育つて行けばよいと思つております。

わらび取りやアユ釣りに行かれるやうに願つております、小島さんや小口さんや皆んなと一緒で。

では又お便り致します。

皆さまによろしく。　さようなら。

吉川行雄さま　1932.4.20.　柴野民三

じつは、吉川家自体も、この頃、大忙しだった。行雄の一番下の弟豊が行雄と同じ病状になり、この年の四月、一時東京で治療をする為、上京することとなった。周郷博が住む所や医師を紹介したようだ。四月十九日、久しぶりに周郷博が猿橋を訪ねてきた。そこで豊を東京で診療を受けさせたい——泊

まるならぼくの所においでよ、お医者さんも紹介してもらってあげる。こんな話になった。行雄は周郷博を友人に持っていることを、きっと誇りに感じたろう。

四月二十日からの周郷博のハガキによってこの辺の様子がわかる。豊十一歳。ハガキはすべて周郷博。

四月二十日のハガキ。

久しぶりで、ほんとに久しぶりでお会ひできて、うれしかつたんです。仕事に忙殺されてゐたとい、條、あんなにい、吉川さんに御無沙汰ばつかりしてゐて、わるかつたと、ほんとに後悔して　ゐます。
トヨちやんのこと、こ、のお母さんにも話して了解を得ておきましたから、卅日に　まちがひなく迎ひにいきます。
「鶺」の原稿できさうもありませんから、あの詩みたいなのをのせてくれませんか。
いよ〳〵　いそがしくなりました。　トヨちやん　ヒデヲさんたちへ　よろしく。

四月二十三日のハガキ。

24日に来なかつたんですか。
豊ちやんのことで、軸丸さん(お医者さんです)は一日に大阪から東京へくるので、一日は休みなんだそうです。で、一日に猿橋へいかうと思ふんです。朝、いきます。その上で、いろ〳〵御相談したく思ひます。もひとつの方も、山梨出のお医者さんで今ゐる(僕が)家の親戚に当るので、い、だらうつて、ここのお母さんの話でした。
では、まちがひなく一日の十時頃にはいきますから、よろしく。　お体をだいじに。　博
それからトヨちやん、こんどこそはナンキンネズミ買つていきますよ。

五月十三日のハガキ。

「鷭」落手しました。

巽さんの童謡やはりいゝですね。それから小林君の「電車」いゝんぢやないですかしら。藤井さんの散文や、辻さんの散文どうかと思ふんです。僕に辻さんのものなどよくわからないんですもの。藤井さんのも、作品だけだしたらいゝんでせう。不敬罪に問はれるかもしれませんが。今日も雨の中、トヨちやんをつれて、（今日は円タク）お医者にいつてきました。あそこ、高田の馬場の小母さんとも仲よくなつた。いゝ小母さんね。僕も最近童謡三篇できました。ゲンキです。学位論文書く様なつもりでゐます。お体おだいじに。

土曜にお父さんにお会ひできると思ひます。


一と月ほどの上京で豊は猿橋に帰ってきた。もしかすると、兵営を終った兄英雄と一緒に帰郷したのかもしれない。その豊に出した周郷博の、自分の大事な弟に出すようなかわいいハガキが一枚残っている。行雄に出すときはいつも、甲斐猿橋　吉川書店　吉川行雄様なのに、豊のときは甲斐猿橋　吉川書店　吉川豊君となっている。

六月一日の周郷博のハガキ。


トヨちやん、御無沙汰してました。

足の病気　いくらかよくなつたの。僕もね、胸がわるくつて、一週間ばかり田舎にいつてきたの。病気だと、つまんないね。

行雄ニイヤに、僕が自働車ねぎるとこをおしへたりして、トヨちやんいぢわるだなあ。

又東京へくるでしよう。僕も病気だから、時々だけど又一緒にお医者さんにいきませうね。行雄ニイヤやみんなによろしく。ぢきに原稿も送りますつてね。サヨウナラ。


周郷博のこのハガキは、豊のことで心を痛めていた吉川家の人たちにとって、あたたかい、ほほえみの風になったことだろう。

そんな行雄のもとに、巽聖歌から年刊集を出す計画がある、と伝えてきた。一つは『チチノキ』で、又、もう一つは「チチノキ社版」として、どこかの出版社が出す計画があるというものだ。こちらは「十人くらいで、各十篇、メンバーは、行雄、与田、多胡、有賀、藤井、佐藤というもので、現在活躍してる人、作品の沢山ある人、特殊な風格を持ってる人」とある。これを北原白秋の言葉として伝えてきた。この手紙は、『チチノキ』編集について、何か行雄が手紙で書いたことの返事のかたちをとっている。

十人の中に入っている自分、行雄は自分自身をどんなにか晴れやかな気持ちで見つめたことだろうか。

五月二十八日の巽聖歌の手紙。

いつもお手紙多謝
〝年刊〟のこと御都合できるときでいいぢやありませんか　兎にかく原稿だけ送つてをいて下さいませんか　別にまた、チチノキ社版の年刊を出してくれるところもありさうです　これは十人ぐらゐで各十篇づつにしてみやうと白秋先生が言つてゐます　まだ決定はしてゐませんメムバーは　貴兄、与田、多胡、有賀、藤井、佐藤、といふ風になるのでないでせうか　現在活躍してる人、作品の沢山ある人、特殊な風格をもつてゐる人、といふことになりさうです
〝詩〟のクオタリー、短歌の雑誌なども白秋先生を中心にして出て来さうです　いづれ確定したらお知らせしませう
〝鶺〟十号への作品十篇、承知いたしました　勇敢にやつてみるつもりです　いつごろの原稿〆切になりますか、予めお知らせをき下さい　それから恐縮ですが、〝鶺〟毎号四五部づつ送つていたゞけませんか、無心されたり、送りたい人が出来たりして閉口です。

チチノキ　来月十日までに編輯し了へたいと思つてゐます　原稿、今度こそお送り下さい
チチノキ　編輯上の不平といふのはどんなことでせうか　仕事をしてゐると相当な賞貶は予期しなければならないことで、与田も小生もそれたけの覚悟はしてゐる筈ですが、誰からも、なんとも言つてくれませんので少々あつけなくてゐます　仕事を大きくすればするほど非難やなにかも比例するでせう　止むを得ないと思ひます
たゞ小生たちのチチノキは白秋先生の童謡の一門をあづけられた形になり、編輯の責にある小生達はどうすれば一同、世間的にも認められ得るか、白秋先生の偉大さを示し得るか、個々にはまた実力、素質、個性を伸展せしめ得るかと心をくだく次第です
大童になつてゐる与田、小生など宣伝係のロボツトみたいなもので、なにもかも内輪のことは気づかずにゐるのかもわかりません。お気づきになつた点、注意していたゞけ、その度ごとにお知らせ願へれば幸甚です
青葉になりました　一寸した旅行でもしたく思ひます
過日のチチノキ例会十五名集りました。
巽生

御元気のことと存じます。多忙にまぎれて平素御無音に打過ぎ勝のことをおゆるし下さい。同人諸賢の御熱情と御支持により、チチノキも理想と意図とに十二分には運行し得なかつたにかかはらず、今日の児童文学の中心的な仕事としての地歩をかためてきました。この際この意義をもう一歩前進させる意味で、猶且、従来の仕事の一清算期を画する為チチノキクオタリーとして「童謡年刊」を出版したいと存じます。具体的に申しますと、菊判印刷紙、二五六頁

（約百篇編入）一千部を、暑中休暇前七月上旬に刊行出来る運びにしたい予定です。チチノキ発表作と新作の中から、五篇以上七篇までおよせ下さればそのうちより二三篇宛を選択させていただきます。締切は今月末厳守、猶刊行期日が切迫してゐますので、御承諾の有無を折返し御返事下さい。

追伸　一千部出して売上三百の概算でなほ利益を算出し得ません。刊行御讃同の各位は十部代拾円を原稿と一しよに収めて下さり、出版費の負担に代へていただきます。事情御諒承諾下さい。もし利益があつた場合は、チチノキの基金に御寄附のことをも、あはせて御諒承願つてをきます。

東京市外野方町上高田二八五
昭和七年五月廿日　乳樹社

『バン』第九号は、七月五日発行された。巽聖歌の「一つの椅子に就て」、島田浅一の「流行歌について考へる」、小田俊夫の「私の白い雀」、島田忠夫の「怪奇談」童謡は島田忠夫（十一篇）、山村暮鳥、水谷まさる、与田準一、多胡羊歯、玉置光三、小田俊夫、辻修、武田幸一、周郷博、吉川行雄が載っている。前号と同じく、作品号といっていい。三十一頁。

山村暮鳥の作品は、遺族から島田忠夫が預かって、行雄に送ってきた遺稿だ。

時雨（遺稿）

からす
からす
巣にかへれ

峠の
時雨が
やつてきた

雀も
かへれ
竹籔へ

たうげの
しぐれが
やつてきた

わしらの
子どもは
何處いつた。

行雄の童謡は三篇。

ひぐれの羊

ひぐれの羊、白ひつじ、
ひぐれの空から、をりてくる。
ひぐれの羊、白ひつじ、
ひぐれの牧場を、をりてくる。

ひぐれの羊、白ひつじ、
ひぐれのつのぶえ、鳴つてゐる、
ひぐれの羊、白ひつじ、
ひぐれの丘から、野みちから、
ひぐれの羊、白ひつじ、
ひぐれの辛夷、咲くみちを、
ひぐれの羊、白ひつじ、
ひぐれの並木を、をりてくる。

鷺と野ばら

鷺が、鷺が、

みていつた、
——あれは、野ばら、と
みていつた。

野ばらは、野ばらは、
そよいでた、
——あれは、鷺、と
そよいでた、

鷺がならんで、かけてつた
あつい畑土、柵みちを。

野ばらにりりから吹いてつた、
嵐はあとから、吹いてつた。

行雄は、編集後記の前文で、自分の部屋から見える風景を、次のように書いている。

「春の軽快なスタイリスト燕が訪れてもう何日になるであらうか。さむい冬をながいこと拒みつゞけて来た、私の部屋の西までも春をいちはやく開けはなたれて、終日、風にまじつてうす埃の吹きこむ中に櫻の花びらなどの眼につく哀れさを味つてゐるうちにいつのまにか初夏と呼ばれる五月がやつて来た。

前庭の石楠も今年はよそに移し植えられてしまつて、あのもの柔らかな、ふつくらしたあかい花をみることも出来ない。

私の季節はあまりにもあつけなく、さつぱりしすぎてゐる。やがては六月に手も届かうというのに」

編集後記には、「片々たる小冊子に盛りきれない程の作品だった。水谷まさる氏、玉置光三氏、与田、多胡、巽、島田（浅）、武田、諸兄の作品、散文はバンとしてはめづらしいもの許りである。巻頭、島田忠夫氏の十一篇は力のこもつた作品ばかりであるし、氏によれば氏最近の傾向とある。一作家の眞力量を一貫して知るためにもこの企ては相當の意義をもたらすものではあるまいか。毎号つゞけるつもりである——チチノキの一部の人々の間になにか動揺があつた由であるが私はまだ詳しい報道に接してゐない。

六月十三日　吉川」と記されている。
じつはここに記されている、「チチノキの一部の人々の間になにか動揺があつた由」とは、四月十九日に訪ねてきた柴野民三、周郷博、小島寿夫から聞かされた、『チチノキ』から離れて新しい雑誌を創りたい、ということだ

その準備が進んでいることがわかるハガキが、周郷博からきた。周郷博が体調をくずし、お見舞を送った返事だ。

六月十四日の周郷博のハガキ。

御見舞　ありがとう　ございました。別に病気つていふのではないんですのに　あんなにしていたゞいて、ほんとに恐縮です。
去年の春、もつとよく治しておけばよかつたのに。こぢれてしまつたんです。
豊ちやんとこへもいきたいけど。寝てるのが一番いゝんです。
この間脱退組の会合にでました。佐藤義美、有賀連、平野直、その他脱退組ですが、雑誌の名は「チクタク」と、一時きめました。お父さんへよろしく。
十四日　　周郷博

脱退組とは柴野民三、小島寿夫、島田淺一、小口吉太郎、周郷博、小林純一のことだ。

周郷博のハガキの後、柴野民三からも手紙が来た。

六月二十九日の柴野民三の手紙。

〃バン〃第9号
丁度周郷君ガ来タノデ一緒ニ見マシタ。
ドン／＼ふれつしゅニナツテ行クンデ二人シテ嬉シガリマシタ。
表紙ガマタ良クナリマシタ。上品デス。
一通リ読ンデ見マシタ。
与田サンニハ何時モ何カシラオシヘラレマス。
童謡トシテバカリデハナク。
×　×　×

此頃周郷君ガヨク見ヘラレマス。会ヘバキマッテ吉川サンノ話ガ出マス。

皆ンナシテ行キタイ〳〵ト思ツテヰマス。

×　×　×

僕達ノコトガ〝後記〟ニスコシ書カレテマシタ。

僕達ハホントニしんけんデヤツテ行キマス。

コノ後いろんなでまガ飛ビ散ルコト、思ツテヰマス。

デモ皆ンナハしんけんニ進ンデヰマス。小島・小口・小林・周郷・柴野・島田・有賀

僕達ハ巽サンニ僕達ノコトガホントウニワカッテヰテ下サレバヨイト、願ツテヰマス。

ホトンド僕達若イ者達ハ皆ンナ巽サンヲトリマイテ　チヽノキデ　働イテ来タモノバカリデス。

巽サンヲトリマク全部デアルトイッテヨイ僕達ナンデス。

僕達ハ巽サンニソムイテ（決シテソムイタノデハナイノデスガ　ソウミラレテヰルノガサミシイ）チチノキカラハナレテイクコトガ苦シイノデス。

僕達ハ皆ンナシテ巽サンノ人格ヲ信ジテヰルモノバカリデス。

ソノ巽サンノ今ノ気持ヲ考ヘマスト僕達ハタヘラレマセン。

僕達ハしんけんニツキ進ミマス。タヾソレダケデス。巽サンニ今迄ノゴ恩ヲ僕達ガドンナニカ感ジテヰルカヲオ知ラセスル唯一ノ道ナノデス。

僕達ノ前途ハ苦境デス。

周郷君ハ云ヒマシタ。

イツモ苦境ハ傑作ヲ産ム!!

僕達ハ皆ンナ信ジ合ツテ苦ミ合ツテ行ク。

僕達ハアケッパナシダ。皆ンナ。

オ互ノ気持ヲホントニヨク知リ合ツテヰル。ドンナコトモ云ヒ合ヘル者バカリ。

僕達ハウレシイ。

吉川サンドウゾコノ後モ僕等ノ貧シイケレド熱ノアル雑誌ノ為ニオ力添ヘ下サイ。

6月29日
吉川行雄様

柴野民三

手紙の中に「僕達ノ前途ハ苦境デス」とあるのは、六月の後半、柴野民三、小林純一、島田淺一、小島寿夫の四人で、巽聖歌を訪ね、自分たちの計画を話した時の巽聖歌の反応にあったようだ。そのことが分かる手紙が二通、続けて行雄のところに来た。六月二十九日の島田淺一の手紙。

――先般巽さんのところへまゐりました。小島、柴野、小林、それに僕と。柴野君が、貴方のところで洩した不平を、巽さんは、今度の行動の動因と受け取つてをられる様でした。

僕は、あゝ云ふ感情問題が今度の企てに幾分の附随物としての役目はあつても、根本的のものでない事を申し度いと思ひます。

僕たちの幹。城。巣。母。雲。影。羊。光。師。とも思ふ乳樹。それから思慕して居る巽さん。

今、いろ〳〵のデマが飛んで、(飛ばした人間はほゞわかつてをりますが) なつかしい乳樹との間に冷たい垣が結ばれさうなのを悲しみます。自分達の根城を作ると云ふ事は、僕達に許されたるところであつて、何も疚しい事はない筈です。僕はわだかまりなく事は成就するものと考へてゐましたのに、甚だ残念に思はれてなりません。

一つの集団があれば、必ずある煩しい事、そんな事数へ立てるのは大人げない。デマをとばす人間を最大の軽蔑をします。手続きの上に未熟な僕達の手落はあつたでせうが、それが誤解を生んでをると云ふのなら、自分達の愚昧を羞ぢます。

ともあれ。もう着々と計画は進みました。僕達は巣立つた乳樹を辱しめぬ立派な仕事ぶりを見せ度いと思ひます。吉川さんもどうぞ未熟な僕達を御鞭撻下さいます様にお願ひいたします。時節柄御健康をお祈りいたします。

六月廿九日

吉川行雄様

島田淺一

島田淺一は、明治四十年（一九〇七）、埼玉県生まれ。『赤い鳥』に投稿。『チチノキ』『チクタク』『童魚』同人。『日本童謡集』に一篇。

七月二日の小林純一の手紙。

吉川行雄様

「バン」の第九号お送り下さいまして有難う存じました。びつくりする程すばらしい表紙…あの表紙は本当に好きになりました。そして又内容の充実に喜こばされた僕でした。本当に有難う存じました。嬉しく拝見致しました。僕の愚作に貴い紙面をお割き下すつた事をお礼申上げます。いつも勉強の足りない僕を悲しんで居ります。お叱りの言葉を頂きたく存じて居りますのに…。やつと、今度の生活になれて…一生懸命に勉強しようと思つて居ります。

柴野さんか誰からかお手紙参つた事と存じますけど…チヽノキから同志と共に独立して、新らしく「チクタク」を出す決心に至つて…私達は新らしい血に燃えて居ります。本当に一生懸命に勉強致す決心で御座います。

たゞ巽さんの恩情に育つて来た僕として、今、巽さんとお別れする事を淋しく思つて居ります。先日も四人程で…巽さんの所へお話しに参つたのですけど…何だか怒つて居られる様な気がして、淋しくなつて帰りました。

でも…僕等は一生懸命に勉強してやつて行くつもりで居ります。

猿橋つて、すばらしくすばらしい処だから、一度行つて見ようよ…つて、柴野さんに誘はれた事も度々なのですけど…忙しない生活に追われて、美わしい自然にも接せられず…吉川さんにもお目にかゝれず…本当に自分の忙しい事がしやくにさわります。

でもきつと、一度おうかゞひしようといつも思つて居ります。
夏になつて了ひました…吉川様は御元気ですかしら。元気で「バン」の第十号にすばらしい姿をお見せ下されん事をお祈り致します。
いろ〳〵と御指導下さいます様、くれ〴〵も御願ひ申上げます。
おからだ御大切に…　さよなら
七月二日
小林純一
吉川行雄様

小林純一は、明治四十四年（一九一一）、東京生まれ。『赤い鳥』に投稿。『チクタク』『童魚』『童話精神』同人。『コドモノクニ』『コドモノヒカリ』等に作品を発表。日本児童文学者協会、日本童謡協会創立に関わる。少年詩集『茂作じいさん』昭和五十七年（一九八二）没。『日本童謡集』に三篇。

どの手紙も、独立し、新しい気持ちで『チクタク』に向かう、という精一杯の気持ちがうかがえる。

じつは同じ日の出来事を、もう一方の当事者である巽聖歌が、三十年後に『新美南吉の手紙とその生涯』（英宝社）の中で書いている。それによると、「ある晩、四君が顔をそろえて、私の家へやってきた。そして、チチノキ社をやめたいと思うといった。私はまたこの五月、南吉ほか三君が同人になったので、それに対する不満なのかと思ったが、聞いてみるとそうではない。小林君をのぞいて、他の三君は同人なのだ。問題は某君が専横なので、いやになったという。それを聞いたとき、私は思いあたることがあった。友人ではあるが、A君B君C君などが、蔭で糸をひいているのだ、そう思った」とある。

そして、この巽聖歌の文を受けて、『日本童謡史Ⅱ』（あかね書房）の中で藤田圭雄は、「『某君が専横なので』という某君は誰か。A君B君C君とは誰か。一度ぜひはっきりさせておきたいと思っているが、今のわたしの推測では、A君B君には、佐藤義美、有賀連あたりが当てはまるのではないかと思う」と書いている。

しかし、藤田圭雄の推測はちがっている。というより、その推測の前提である、四人が『チチノキ』をやめる理由が巽聖歌の書いたものとはちがっているのだ。

なぜなら、その日、巽聖歌に会いに行った四人のうち三人、柴野民三、島田淺一、小林純一の手紙の中に、「某君が専横なので」という言葉は一度もでてきていないからだ。これらの手紙は巽聖歌の文とちがって、唯今、その時に書かれたものだ。

あるのは島田淺一の手紙に、「柴野君が貴方のところで洩した不平を、巽さんは今度の行動の動因と受け取つてをられる様でした」という言葉で、これとても、「あゝ云ふ感情問題が今度の企てに幾分の附随物としての役目はあつても、根本的なものではない事を申し度いと思ひます」と書いている。

ではなぜ、巽聖歌はまちがった理由づけを行なったのだろうか。

それは、北原白秋一筋で生きてきた巽聖歌にとって、『赤い鳥』以来の自分たちの後輩が、自分たちから離れて、新たに雑誌をつくるなんていうことは、全く理解することの出来ないことだったからにちがいない。

『赤い鳥』創刊によって生まれた日本の童謡は、北原白秋によって生み出されたといってもいい。もちろん、西條八十や野口雨情も一方にいたけれども、与田準一、巽聖歌、佐藤義美、柳曠、有賀連、そして吉川行雄も、みんな白秋童謡によって童謡に出合い、童謡を書き始めた詩人たちだ。多少の濃淡はあっても、白秋という大地の中で育ってきた。

特に与田準一と巽聖歌はそうだ。北原白秋だけを見て生きてきた。白秋に反することは決してしなかったし、考えることすらなかったろう。

昭和七年五月二十三日の手紙で、巽聖歌は吉川行雄に次のように書き送っている。

――小生たちのチチノキは白秋先生の童謡の一門をあづけられた形となり、編集の責にある小生達はどうすれば一同、世間的にも認められ得るか、白秋先生の偉大さを示し得るか、個々にはまた実力、素質、個性を進展せしめ得るかと心くだく次第です――

白秋先生の偉大さを示し得るか、と日々考えている巽聖歌にとって、そこから離れる後輩がいるなんて考えられないし、許されないことだったろう。しかし、新しい雑誌をつくろうとしている後輩たちは、童謡に出合った時にすでに、白秋童謡だけではなく、与田準一、巽聖歌、佐藤義美たち投稿童謡を見てきた人たちだ。巽聖歌ほどには人間関係に縛られていない。だからこそ、より自らを高めるために、新しい出発を望んだ。

このことを巽聖歌は理解できなかった。そこで独立の原因を人間関係に求めようとした。「なぜだ」という何度かの問いに、四人の誰かが、「某君が専横だから」といった。これは独立の為の一つの方便、巽聖歌の思考の中で唯一理解できる方便だった。しかし、これで初めて、四人が会をやめる理由が、巽聖歌の心にストンと落ちた。

「そうか、A君B君C君が蔭で糸をひいているのだ」と。

推測といわれてしまえば推測だが、やっぱりそんな気がする。

巽聖歌という人は面倒見のいい人だった。その代表が新美南吉だ。柴野民三も、小林純一も大事にされた一人だろう。だからこの日の帰りは小林純一の手紙にあるように、巽聖歌が怒っているような気がして、みんな淋しくなって帰った。

十月、『チクタク』は四人に、周郷博、小口吉太郎、有賀連を加え、七人で発行された。

さて、この辺で大正十三年山梨県教育会北都留郡第二支会発行の雑誌『銀の泉』について、少し詳しく解説しておこう。『銀の泉』は最初、年三回発行で始まったが、昭和六年の段階では年二回になっている。

昭和三年二月二十日発行の第三巻A第二号の目次

を見ると、童謡は小田俊夫、吉川行雄、あとは尋常小学生の作品がほとんどだ。「編集室」からには、「今まで高学年と低学年が合巻していた『銀の泉』は今度二つに分れました――この雑誌に小田氏と吉川氏の童謡をいたゞくことができましたことは、心からうれしうございます。小田俊夫氏は村童社の童謡誌『螢の光』の委員であり、詩誌『地上楽園』の同人としてお働きになつている童謡詩人です。今東京におられます。吉川行雄氏は猿橋の人『螢の光』の同人で『民謡詩人』『赤い鳥』『愛誦』『童謡詩人』等の雑誌につねにお出しになります――『赤い鳥』等のどくしやである方はすでに氏の童謡にせつせられていること、思います――」とある。この時点では、大人の作は二篇だ。

それから三年後の昭和六年八月発行の第七巻A第二号の目次には、童謡に与田準一、巽聖歌、田村秀一、高麗彌助、有賀連、真田亀久代、島田忠夫、そして懸賞韻文選は与田準一と多彩な詩人たちが書いている。大人の部に対しては、行雄が友人たちに依頼し、このような詩人群が参加したということだ。『銀の泉』が友人たちにどのように評価されていたかがわかるハガキがある。

昭和四年八月十二日の岡田泰三のハガキ。

> 銀の泉の寄稿童謡がすばらしい立派な作品のみで驚かされました。こんな粒よりの名篇をよく集められたものと感心しました。日本に正しい童謡雑誌がなくなつた今日、山峡の美しい雰囲気に育くまれる銀の泉に幸多かれと心から祈らずには居られません　昭和四年八月

岡田泰三は、福島県生まれ。『赤い鳥』に投稿。赤い鳥童謡会会員。『チチノキ』同人。福島師範学校卒業。長年、小学校教育に携わる。妻、日下部梅子と共に『岡田泰三・日下部梅子童謡集』がある。昭和二十八年（一九五三）没。『日本童謡集』に二篇。

行雄は自身の創作だけではなく、地域の幼い人たちに対しても、よりよい作品に出合わさせたいと願

っていた。もしかすると、『赤い鳥』の教育版をめざしたいと行雄は思っていたのかもしれない。

昭和七年二月七日発行の第七巻B第二号には、藪田義雄、真田亀久代、高麗彌助、鳥羽茂、島田忠夫、与田準一、巽聖歌、横山青娥、懸賞韻文選与田準一。

昭和七年七月三十日発行の第八巻A第一号には、童話水谷まさる、童謡与田準一、吉川行雄、懸賞児童自由詩選与田準一、八月五日発行の第八巻B第一号には、Aの詩人のほかに島田忠夫、市川健次が加わっている。

昭和八年一月三十日発行の第八巻A第二号には、与田準一、高麗彌助、辻修、田中善徳、多胡羊歯、辻秀明、吉川行雄、懸賞韻文選与田準一。二月十日発行の第八巻B第二号には、与田準一、平木二六、清水たみ子、真田亀久代、渡辺ひろし、吉川行雄、島田忠夫、懸賞韻文選与田準一。第八巻第二号AB共、表紙がそれまでの版画から『デッサン・ジャン、コクトオ』にかわった。このデッサンは後に吉川行雄の『ロビン』第一号のカットとしても使われている。

昭和九年二月十八日発行の第九巻A第二号には、与田準一、田村秀一、最上川浤、渡辺ひろし、懸賞児童自由詩選与田準一。表紙は中国の農村風景の写真。

しかし、行雄が亡くなった後の昭和十四年二月二十二日発行の第十四巻A第二号には、懸賞詩、山梨国語教育研究会選などとなっていて童謡は一篇もない。完全に地域雑誌になっている。吉川行雄の存在の大きさがよくわかる。

この年の七月三十日発行の『銀の泉』第八巻A第一号に、「鳩」「風と野原」「らんらんらんらん」「病気ノトキ」の三篇を、第八巻B第一号には「野原」を発表している。このうち「鳩」を除く四篇は同じ月の『チチノキ』にも載っているものだ。

鳩

鳩のお小舎《こや》は
木のお小舎、

いつもかはいい
鳩が二羽、
くくうと啼きなき
鳩が二羽。
お小舎につづく
柵のみち、
野ばら咲いてる
草のみち、
鳩はお羽を
光らせて、
あをいお空を
飛んでつた。
くぬぎの丘へと
飛んでつた。

ところで、この年はどんな年だったのだろう。昭和七年五月十五日、そう、五・一五事件のあの年だ。『銀の泉』の「編集室から」の記事を一部紹介しておこう。

「一月から六月までの社会におこつた幾多の事件を回顧してみる。それはまつたく平静ならぬ半年史であるからだ。

一月五日、まつたくこんなことはいつになつたつてあるまいと思つた国技角力道にひゞがいつたか、天龍以下三十余名が部屋々々の親分のもとを離れ相撲協会から脱退して、スポーツをしての角力道確立を声明したことだ。

二十一日、帝国議会は解散となり、上下ごつたがへしの折柄、上海の排日排貨は、ついに抗日に進展して、我が陸戦隊と二十八日戦端を開くに至つた。こゝに、満州及上海に目的は違ふし敵兵の連絡関係はないのであるが、同時に交戦しなければならぬことになつたわけだ。

二月、北満の風雲は頻りに急ハルピン付近の治安にあたつてゐた皇軍は激戦の後、六日ハ市入城す。

二十日、総選挙が行はれ、二十二日開票の結果、政友三〇四の議席を獲得し民政一四七、無産政党の当選者甚だ少し。最初の朝鮮人代議士朴春琴氏。

北満及上海の戦闘益々激しく駅頭に送る出征兵士、迎へる戦死者の遺骨に感慨無量。二十二日、上海廟行鎮の激戦に久留米工兵隊の作江、北川、江下の三勇士は爆弾を抱いて鉄条網にとび込み身を砕いて敵陣を撃破す。まこと軍神として皇軍の威力を海外にもとゞろかした。大和魂は實に亡びない。

三月一日、――白色テロの横行。五日三井銀行前で團琢磨氏射殺さる。犯人は血盟五人組である。防弾チヨツキ重宝がられる。

九日、満州国家成立す。執政は溥儀氏。

四月二日、日支停戦協定は撤収区域一部と期日の二問題を残して全部完成した。東京近衛、広島、名古屋、京都の各部隊を乗せた御用船宇品に着く。十四日内務省社会局発表によると二月一日現在全国失業者数は四十八万五千余人である。

トーキーに追はれて映画館従業員は生活権擁護の為罷業をなすものが頻りに出るやうになつた。この機械と戦ふ人の数は益々ふえるであらう――

このような記事のまん中に、枠組みで、「懸賞募集、児童自由詩と散文との原稿を募集します。応募　一学年一篇以上―義務　原稿　二十二字詰二十行用紙―楷書明記―一切原稿不返戻　選者　千葉春雄先生（散文）与田準一先生（児童自由詩）　推薦篇と寡作篇には賞品を差上げます　発表　第八巻第二号誌上　届先　北都留郡第二支会事務所　締切　昭和七年十一月一日」と懸賞募集の知らせが載っている。

正直いって、周りの記事との違和感を感じるのは私だけではないだろう。

だが、この世の中の激しい動きの中でも、吉川行雄は一心に童謡を書き続けていた。そして他の詩人たちも又、同じであった。

頁をめくると、五・一五事件へと続いている。

「五月十五日、十七名の陸海軍人等隊伍を分つて、首相官邸、警視廳牧野内府邸、日銀、三菱銀行、政友会本部を襲撃す。頭部に凶弾をうけた犬養首相はおしや同夜逝去。維新の功臣は遂にむなしくなつた。噫。

二十二日、齋藤實子に大命降下し、挙国一致強力内閣は二十六日成立した――

二十八日、十一年ぶりで帰朝した三浦環女史が東京駅頭で待ちわびた母堂と涙ぐましい喜びの再会。

六月二日、五月十四日に来たチヤツプリン兄弟氷川丸で帰国の途につく。

二十三日、オリンピツク出場選手先発隊が龍田丸で征途についた。

二十四日、満州少女使節入京。

三十日、オリンピツク第二陣の選手一行、大洋丸で出発した。

スポーツの世紀よ。スポーツ日本を、ロスアンゼルスで如何に展開するであらうか。

これが半年の社会の動きである。実に動いてゐる。生きてゐるよ。吾らもこの社会の流る丶ま丶もまられ〳〵ながらも動いてゐるのだ。生きてゐるのだ。動いてゐるとは思はれぬのだが私はぢつくりと社会をみる力をみんなに期待する」という言葉で結んでいる。

激動の時代の中で、しかし吉川行雄は『バン』第八号を発行、更にかつて自分の第二童謡集を「ばん・のぱむふれつと(1)」で出版したように、第二冊（実際には、第三冊だが）に小田俊夫の童謡集を出すことを計画していた。それを伝え聞き、さっそく小田俊夫から喜びの手紙が来た。

四月十二日の小田俊夫の手紙。

> 鷭のパンフレツトに第二輯のこと夢かとばかりうれしく、チヨツトその出来《でか》していたゞいた時の事を想像してみますと、ハヤぽーつとなりさうです。おせわになりたく作品十篇いづれ清書してお送り申し上げます。どうぞよろしく。
>
> 四月十二日夜半

バンの作品号・第三冊『小田俊夫童謡集・ぽつかぽつか』は、五月二十日出版された。全十篇。この本で行雄は次のように書いている。

「もはや概念の上では、十年の知己といふても差支あるまいと思つてゐる。小田さんと私。私と小田さん。たとへば、友情をばもとの白紙にかへすことが出来たとしても、たちまちにしてあるひといろに塗りつぶされるよろこびのいつでも予想し得ることは、いまの私にはをほきい。私にとつて、真に畏友といへる人でもあるが、小田さんはいまだかつて、私のうへに一鞭の鳴るものを加へては呉れぬ。私はそうした寂しさと、もの足りなさを感じると、いつのまにか小田さんを忘れてしまつてもよいと思ひ、孤独を愛したいといつた風の切ない気まぐれにさへをそはれてしまふのであるが、やつぱり小田さんの人間的よさといふようなものが思ひ出されてくると、甘えたいような子供つぽい気持が小鳥のようにかへつて来るのである。

小田さんと私とは、ひとしく正しい友情の一途につながつてはをり乍ら、かつて仕事のうへでいつしよの道を歩んだことの記憶をもたない。しかも論はず、鬩がず芸術の個を守つて倦むことを知らぬ。このことはいさぎよいことではないかと思つてゐる。

このさゝやかな作品集『ぽつかぽつか』については、この意味で批評がましいことの必要をみとめず私としてはただ私たちのながい間の友情への記念にもと、この素朴な童謡集を出すことのよろこびだけでいつぱいである。

昭和七年五月」

『ぽつかぽつか』は五月十五日の朝、小田俊夫のところに着いた。

> ぽつかぽつか　三十冊今朝たしかにいたゞきました。まことに〳〵清新な装丁感謝いたします――今日ハ日曜日であり私又健康を害して横臥して居りますがさつきから何度となくぽつか〳〵を手にとって見てハ独り心からうれしく成

つて居ります――五月十五日　小田俊夫

『ぽつかぽつか』を見て、吉川行雄のところに島田忠夫から手紙が来た。原田小太郎の童謡集も出版してほしいという依頼だ。
五月二十日の島田忠夫の手紙。

―今日は小田俊夫氏著「ぽつかぽつか」御恵送下さり、厚く御礼申上候。
次ぎに御願申したきこと有之、それは原田小太郎君の童謡集を『鷭』の作品集として出版して頂き度く存じ候も如何に候や。実費も小額なれば原田君も支払出来申すべく、何卒謹んで願上候。二十篇許り組んで頂いて、若し尊兄の御同情にて出版さるるやうなれば、相当売れるやう盡力致すべく候。原田君は長年尊兄の作物を尊敬致しをり、常に『鷭』の讃美者に有之候。幸ひにも尊兄の御同情にて、鷭作品集として出版出来うれば、本人の欣びはいか許りかと存じ候。

別送、原田君の原稿お送り申上候。若し御聴許下さらば忝く候。定価三四十銭迄として、五十部位は原田君自身が処分して売捌くことと存じ候。謹願まで

敬具

五月二十日

島田忠夫

吉川行雄様

そして依頼を受ける返事に対する、五月二十九日の島田忠夫の手紙。

謹啓
過日は早速御芳翰忝く拝受仕り候。早速原田小太郎君を呼び、千葉省三氏とも相談仕り候。大体、目下原田君に余裕なき故、九月出版のことになし下されたく、九月までに金十五円用意致すべく候。猶、百部だけ頂戴できるやう願上候。体裁等お任せ申上べく候。表紙扉だけ凸版の絵

を入れて頂きたく存候。その他は御任せ仕り候。猶九月に金用意の上、何れ詳細申上ぐべく、原稿もお預り願上候。
五月二十九日　島田忠夫
鶺之舎主人様

行雄は当初、「バンの作品号」の第二冊目を与田準一の散文集、第三冊目に小田俊夫童謡集の出版をと考えていた。だが与田準一の原稿整理に時間がかかり、第三冊目がさきに出版されるかたちになった。その上、島田忠夫から原田小太郎の童謡集もと依頼が来た。だから、この年の五、六、七月は二冊の作品号の編集と童謡の創作、そして店の帳場と行雄は大忙がしであったろう。
そんな中で、八月二十五日『チチノキ』第十四冊が発行された。『銀の泉』にも載せた「野原」外三篇と散文「バンのお部屋で」が載った。

野原

白い野ばらは
みちのはた、
風にまみれて
咲いてゐた。

櫟《くぬぎ》ばやしの
うへの空、
雲はしづかに
ちぎれます。

牧場の牝牛
まだら牛、
こどもは裸足で
追つてゆく。

野原へをりた
雲のかげ、
丘や、線路を

越えてつた。

ろんろんろん

ころころこんこん　月夜でよ、
かはづが木の鐸《すず》、ろんろん、ろん。
ころころこんこん　月夜でよ、
をいらは耳根がろんろん、ろん。

病気ノトキ

イツデモ　オクスリ
マクラモト、
　ヨクナレ　キイキ　ト、
マツテヰル。
粉ノオクスリ
水グスリ、
　オアガリ　イイ子　ト、
サミシソウ。

ヤサシイオヂサン
体温器、
　オ熱ハ　アルカ　ト、
気ガモメテ、
ネンネノ　腋《わき》ヲ
ノゾイテハ、
　オトナニ　シテネ　ト、
サミシソウ。

風と野原

牧場へぬけたそよ風は、

牝牛の背中でひかります。

けれども風は知りません、
風はどこまでゆくのかを。

そして牝牛も知りません、
風はどこから来たのかを——

線路を越へたそよ風は、
野から雲へとはしります。

けれども雲は知りません、
風はどこから来るのかを。

そして野原も知りません、
風はどこまでゆくのかを——

「バンのお部屋で

吉川行雄

まづしいバンの仕事が、脾弱な私の生活の中に無作法に胡坐をかきはじめて、私の気持もどうやらひきたつて来たようだ。

いつしようけんめいでいい仕事をしたいと念じてゐます。いきほひふだんはごぶさたいたしますがゴメン下さい。

聖歌兄。チチノキ第十三冊ありがとう。白秋先生のおひさしぶりの作品「春の田」やつぱりいいな。言葉を駆使するタクトのたまらないたくみさ、歌謡としての律格の整斉さ、仄かなまろみの中にある香気と気品。こころさみしく私は、いくどもいくども拝誦さしていただいた。あなたのおつしやる「歌謡精神の没却」といふこともよくわかる。同感だ。ボク達頂門の一針としてさはやかにいただきます。童謡も童謡の歌謡としての正しい伝統をよりよく生かし、伸ばす上にをいて、清新な近代化への企図も調節も、発展さすべきだとおもひます。流行し、ハンランする片言《カタコト》童謡のうちにあつて、ひとりあなたや、多胡さんの作品に負ふところをほいのも故ありといひたいのです。いいな、白秋先生は。チチノキは。聖歌は。ボクラみなは。なによりも勉強することだ。

同人の作品では、島田淺一君のなんかどうでせう。プロ的傾向をもつ点、おもしろいと思ひました。ただ、私はいひたい。与田準一兄がおつしやつてゐるような（『真空管』）童心及童語といふ言葉の推移変遷はしばらく措いたとしても、それのいはゆる耽美的な一場面のみをみて全面へのみとほしを欠くことは少くもニンシキ不足のそしりを（子供にサイギ心のないことを誰がいへませうか、また不平心のないことを、性欲を、恋愛を、シツトを、盗心を、誰がないといひ得ませうか。）まぬがれ得ないことはわかりますが、ただ、私はあれほど（島田君『柊』）でなくともいいと思ふのだ。

私はまだ童心を、子供をケイベツし得ないのだ。荒れ果てた、トゲトゲシイ惨苦の精神を吹きこむにはあまりにコドモタチはいたいけすぎるではないか。もぎとるにはまだをしい果物、子供達はみづみづしい。私たちに、やさしくしてやる義務がまだのこってゐるのではないか。コドモツポかつたら、お許し下さい。

甲斐はいま五月、雲がうつくしい。聖歌にもいつも手紙やらんで失礼してゐます。今日はヒマな午後の仕事机《デスク》をかかへこんで、ヒマツブシにこんなことを書きました。多胡さんの童謡集はいいだらうな。いづれはいけんしたいです。（一九三二・五・二七）」

九月五日付で童謡に関するノート・バンの作品号第二冊『真空管』が出版された。

与田準一の『チチノキ』『新愛知新聞』『児童文学』『鷭』に載った童謡論を集めたものだ。

この一冊を出版できたことを、「私はよい仕事をした」と行雄は後記に書いている。

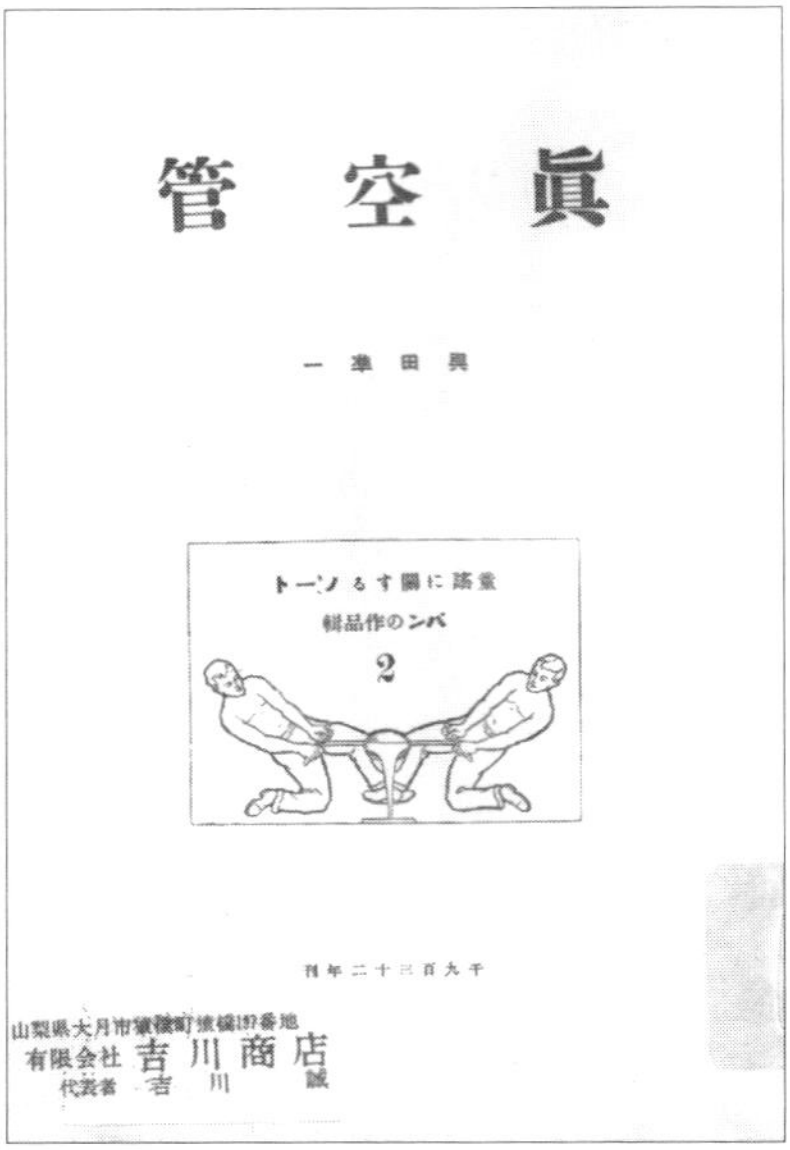

「バンの作品輯二冊として、この『真空管』をつくつた。片々たる小冊子、むしろ著書としていかゞとも考へられるのだが、このうちに盛られた清新な覇図と、豊富な文学的精神とは、どんな貪らんな羊といへども空腹をうつたへることをよくしないであろう。

この書に包含され、開展せしめられた問題は一にして止まらないが、これをひつくるめていへば、成人と童謡との問題いつさいであるといふことが出来よう。童謡が、在来のほう間的立場を離れて、いつそ、われわれの成人として把持する豊富な経験と、はげしい現実の生活意欲とのうへに調整せられ、それの詩としての一義的な立場から制作されねばならぬといふ主張は、正しい。そして、そこにこそ正常に認識された童謡の「文学」はあらねばならない。

与田準一氏は「チチノキ」同人に於ける唯一のセオリストだ。童謡の近代化を志図するチチノキ一団の指導精神は、むしろ与田氏一人によつてせん明せられ、対社会的価値をも重からしめられたといつても大して過当の言でもあるまい。だから前述の意味に於ける新らしき童謡へのよき寄与は、「チチノキ」の功績であるとともに、その一半は、与田氏の荷ふべき光栄として許さるべき当然さをもつてゐるものといはねばならぬ。したがつてこの冊子にふくまれる多くの歴史性と、たくましいリアリテに裏づけられたさまざまの問題は、現在の童謡及その作家たちに触渉して、自他ともにとう安の夢をゆるさぬ鋭いさい断面を示す。

私はよい仕事をした。この『真空管』一冊は、童謡作家として、よき文学的自覚のうへにたつ唯一の新童謡論として、読まれていい多くのものをもつてゐると思ふ。高評を期待して止まない。

（バンの部屋にて　吉川行雄）」

すぐに三十冊を与田準一に送った。

八月三十一日の与田準一の手紙。

啓上
真空管三十冊拝受いたしました　多数の寄贈をも御送り下さつた由はげしい御支情にうたれます　御礼の言葉もありません　かへりみてはづかしいいたづらがき　ことに巻末の貴兄の御文章は過賞汗をおぼえます　この真実な「真空管」刊行についての御交情は私の今後へかへつてむちうつてくれます　あつく〱御礼申上げます
拝具
三十一日
与田準一
吉川行雄様

十月十九日、原田小太郎から作品集の進行伺いのハガキが来た。

御無沙汰して居ります。さていろ〱御配慮いただきましたパンフレット何日頃出来上るでせうか　別段いそいでゐる訳でもありませんが、どうも心にかゝつて、落ちつきません　まことに御心労煩し恐縮ですが一寸御通知賜りたく願ひます。
過日蛙山人来訪ありました。あわたゞしい面会でしたが、久しぶりの事とてとりためた話をしました。一両日中千葉さん宅へ行く予定です。バンの表紙の件も打合わせてあります故、近日中に出来る事と思ひます　では不敬　右まで
匆々

原田小太郎は、明治四十三年（一九一〇）、静岡県生まれ。鷺村和男ともいう。相模鉄道入社後、技師として同社を訪ねた島田忠夫に師事し、童謡を書き

始める。『らてれ』同人。童謡詩集『鷺』昭和四十六年（一九七一）没。

ハガキが行雄に届いた時、すでに出来上がり寸前だった。バンの作品号第四冊原田小太郎童謡詩『鷺』は、十月三十日に発行された。全二十篇。

「年来の友原田小太郎君の第一童謡集を「バンの作品輯」第四冊として、私の手から上梓することの出来たよろこびをまづ云はう――

原田君は、みづから称して鷺童と呼び、いはゆる「童謡詩」をかいてゐる若い詩人である。枯淡を愛し、匂ひなき感覚の境地を、しづかに守つて、生活の苦悩をかたわらに、孜々として倦むことを知らぬげである。そのものするところの詩は、覇気に乏しく、しかもいかなるパッシヨンをもつかみ得ない底のものではあるが、まことに端厳、正確、好箇の自然詩であり、写生詩だ。

この童謡詩『鷺』は、君の近業を厳選して一冊にまとめられたものである。そして、あるひは、その謙虚さと、清純、雪白さの故にいちゞるしい世上の目睹を惹かうとは想像し得られぬ。ただ、私は、芸術を愛するの上に於て、寡欲にしていさぎよい少数の士のこころからなる清鑑にまたうとするものである。

（バンの部屋にて　吉川行雄）」

と後記に記している。

この少し前、久しぶりに巽聖歌が訪ねてきた。新美南吉も一緒だった。

十月五日の新美南吉の手紙。

> 昨日は巽さんにおつれして頂いて、ほんとうにお邪魔いたしました。大変ごちそうになつたりしてありがとうございました。お家の方にもよくお礼申上げて下さい。
>
> 川の音が一日中さうさうときこえるバンのお部屋。馬が曳いていく二つ輪の荷車。材木をつんでく馬。金もくせい。谷のそこになつてる柿。繭をつむいでた婆。木の皮で葺いた屋根。屋根

の上にころがつてゐる石つころ。大ぼさつが近い猿橋。（昔の旅人がおもえてしようがない。）猿橋。猿橋。山の中の美しいぶどうの中の、あゆがとれる猿橋。

遅くなつてから、あのぶどうの幾房かを頂いて寮に帰りました。同じ部屋の者達に分けてやつて、すばらしい猿橋と、そこにゐられるよい童謡詩人の話をしました。さようなら。

新美南吉

吉川行雄様

新美南吉はこの日のことを、五年後、『牧場の柵』の中で「吉川さんと一日」と題して書いている。

「吉川行雄さんには一度お目にかゝつたことがある。四年か五年前の秋だつた。日曜日で巽さんの家に遊びにいつてゐると「おい今から吉川君のとこへ行かう」と云ひ出されたので一寸面喰つたが、その頃名前を知つてる人なら誰にでも会ひたがつてゐた時分だから二つ返事でついていつた。

二時間だか三時間だか初秋の爽かななかを電車で走つて猿橋についた。下りると急に肌寒さを覚えたので土地が高いのだなと思つた。駅から半道程、片側が深い溪谷に面してゐる埃つぽい田舎道を歩いていくと、信州なら何処にでも見られさうなありふれ

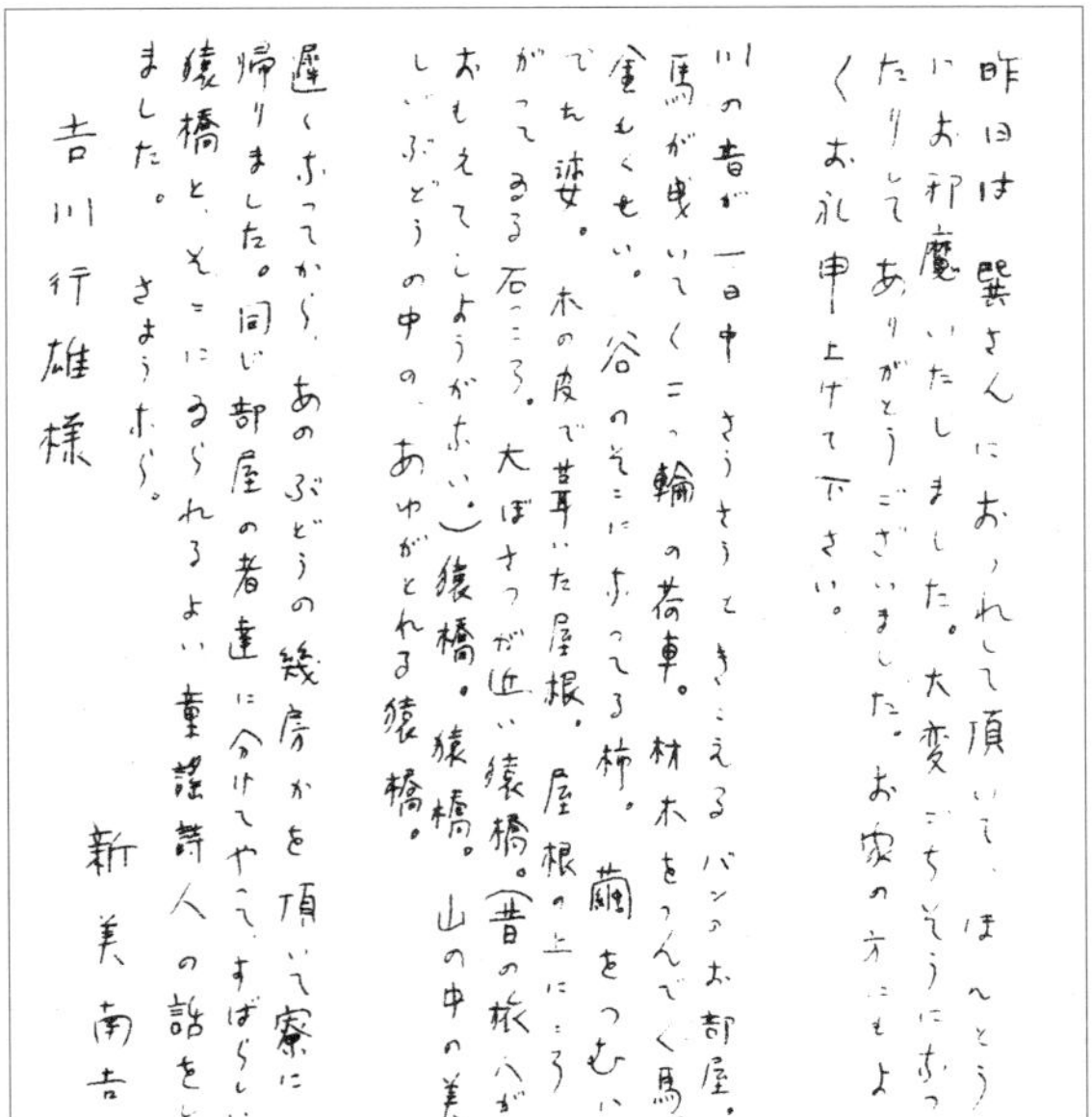
昨日は巽さんにおつれして頂いて、ほんとうにお邪魔いたしました。大変ごちそうになつたりしてありがとうございました。お家の方にもよくお礼申上げて下さい。

川の音が一日中さうさうときこえるバンのお部屋。馬が曳いてく二つ輪の荷車。材木をつんでく馬。金もくせい。谷のそこになつてる柿。蘭をつむいでた婆。木の皮で葺いた屋根。屋根の上にころがつてゐる石つころ。大ぼさつが近い猿橋。（昔の旅人がおもえてしようがない。）猿橋。猿橋。山の中の美しいぶどうの中の。あゆがとれる猿橋。

遅くなつてから、あのぶどうの幾房かを頂いて寮に帰りました。同じ部屋の者達に分けてやつて、すばらしい猿橋と、そこにゐられるよい童謡詩人の話をしました。さようなら。

新美南吉

吉川行雄様

た小さい村になつた。小学校や火の見櫓や役場があつて、それから道端に一寸した文房具店が現れた。文房具商が本職といふより、昔からの土地の素封家が、片手間に商売をしてゐるといつた風の豊かな感じが見うけられた。そこが吉川さんの家であつた。

私達は店の間の畳の上に並べられた筆や草紙を踏まぬやう気を付けて、奥と店の間をへだて丶ゐる陳列棚と陳列棚の狭い間を、肩をすぼめるやうにして奥へ通された。奥の間はこざつぱりした、だが薄暗いところで、格子をはめた窓が一つあつて、その窓に近く帳場が慥えてあつた。そこに一人の男の人——年輩から云へば巽さんくらゐの、一見して尋常の体でないことがわかる人が、瘠せてこつこつした肩をいからして坐つてゐて、人の眼と光とを恐れるやうな眼をちらと走らしたきりで私達に低い声であいさつした。この人が吉川さんであつた——

それから巽さんと吉川さんの間に、長い長い、主に童謡に関する会話が始まつた。私は全くの子供だつたので、お母さんにつれられてよその小母さんの家へいつた子供のやうに、巽さんの傍や背後で膝をあつちこつちへくづしながら、退屈なもんだと思つてきいてゐた。下の深い溪谷の底から上つて来る、さんさんといふ流れの音が、時々風の加減で窓のところへ時雨のやうに迫つて来ては私の耳を驚かしたが、それがしまひには嫌になつて、もの悲しくなつて来たほど大人同士の話は長かつた。お正午にはお寿司の御馳走が出ておいしかつたが、それから後再び話になつたので全くうんざりしてしまつた。私もその頃童謡は好きだつたが、この人達はこんな年になつてもこんなに好きなのかなと奇異な感じさへ抱かされたほどだつた——

吉川さんは決して上つゝいた言葉を発せられなかつた。どこか深いところから出て来る言葉のやうにそれらは皆一様に重苦しく暗く低かつた。そしてその言葉にはおかすべからざる重味が感ぜられた。余り人と妥協することのない巽さんがかなり妥協してゐるやうに窺はれたのは、強ち吉川さんの肉体の欠陥を気にされたばかりではないと思ふ——

私があまり退屈さうにして、大人達の雰囲気を乱したものであらう、吉川さんは、そんな時他処の小母さんがよく子供に何か二言三言いつていい子だねと頭を撫でてくれるやうに、私に話しかけて下さつた。これだけは覚えてゐる。その前年からその年にかけ私は赤い鳥に童話を三四篇投書してゐたが、それについて吉川さんは言つて下さつたのである。「あなたの童話も特徴があると思つて見てゐます。」私はその頃、いくらでも童話が書けた時分で、自分の書くものはデンマークではアンデルセン、日本では小川未明にいうに匹敵しうるものと自惚れてゐたので「特徴がある」といふやうな評は私にとつては不満で、癪にさへ触つたが、今から思へば吉川さんにさう云つて頂けたのは、もしそれが本当なら、私にとつて何といふ名誉であつたことだらう。

話の途中、吉川さんのお父さんと弟さんが一寸顔を出された。お父さんといふのは、快活な活動型の、ざつくばらんな、併し人を楽しませることをよく心得てゐるといふ人であつた。印刷もやつてゐられるさうで（因に吉川さんの個人雑誌「ばん」はお父さんの手で印刷された）その方や村のことやらで、もう忙しくて忙しくて全く悲鳴をあげますよと楽しげな悲鳴をあげられたかと思ふと、この間どこそこのカフエーできいたんですがね、やつぱり中山晋平の曲はいいですね、やつぱり晋平は違ひますねといふやうなことを云はれた。兵隊さん上りの弟さんも、お父さんが若かつた頃はこんなであつたらうと思はれるやうな、暗いところのない元気な青年であつた。巽さんと私を猿橋へ案内して下さつた途中、二階の庇にころ柿を吊してある家の前で一寸綺麗な娘さんと立話されたのを後から、巽さんが「なかなかいい人がゐるんだな」といふ風に揶揄されると「いや、あれはいとこですよ」と頭を掻くやうな人だつた。吉川さんのお母さんにはお会ひしたか、どうか記憶にないが、とも角このお父さんや弟さんのやうな、男らしい、それでゐて情の濃かなところのある肉親に守られてゐたなら、吉川さんの不幸も余程軽減されたであらうと思ふのである。それに何よりよかつたのは吉川さん一家の物質的な豊かさである。もし貧乏であつたなら、吉川さんのやうな、いはゞ一家の不幸の原因でありやすい人は、多くの場合血と血の相剋を惹き起しやすいものなのである。だから私は吉川さん一家の富裕なことを吉川さんのために喜んであげたのである。私がこんなことを書くのは不躾なことではあらうが、いつも私の一番重大な関心事はこのことだつたので、書かないわけにはいかなかつたのである。

　私達が辞したのは夕方近かつた。「天国に結ぶ恋」をジンタで宣伝してゐる民家風の芝居小屋の前を通つて「冠婚葬祭の冗費をできるだけ省きましよう」といふ村役場からのプリントを黒ずんだ壁に貼つた小さい銭湯で一風呂あび、木犀が近所で匂つてゐる猿橋も渡つて見て、さて薄暗くなりかけた頃お土産に貰つた葡萄の重い籠を膝にのせて、牛車のやうにがたごとする乗合自動車でゆられて駅までいつた。これらのことは今はゐない吉川さんのイミツヂと固く結びついてゐるので吉川さんのことといふと筆にせずにはゐられない――」

新美南吉は、大正二年（一九一三）、愛知県生まれ。『赤い鳥』に投稿。『チチノキ』同人。童話『おぢいさんのランプ』『良寛物語　手鞠の鉢の子』「ごん狐」などで知られている。教師をしながら執筆したが、昭和十八年（一九四三）没。『日本童謡集』に一篇。

　十一月二十五日、『チチノキ』第十五冊が発行された。十月に出版された多胡羊歯の童謡集『くらら咲く頃』（アルス）の記念号だ。行雄は「お戸棚のうた」を載せた。

お戸棚のうた

わたしはないないなにもない、
あかいミルクのあき罐や、
小さい木皿に、パンのくづ、
こわれた手籠があるきりよ。

わたしはないないなにもない、
わたしの背中に穴あけて、
鼠が出はいり　おゝ　いやだ、
にくい鼠が　おゝ　いやだ。

わたしはないないなにもない、
小さいこどももあけてみて、
なにもないよといふけれど、
うれしくなるんだ　そんなとき。

わたしはないないなにもない、
あかいミルクのあき鑵や、
小さい木皿に　パンのくづ、
こわれた手籠があるきりよ。

昭和八年

昭和八年（一九三三）行雄二十六歳。

何年のものかわからない年賀状が残っている。昭和八年はこの年賀状から始めよう。

賀春　元旦

お正月さんどこまでござつた。
羊歯を蓑に着て、
つるの葉を笠に着て、
門杭を杖について、
お寺の下の
松ノ木にとまつた。

（伊予地方童謡）
（お話日本の童謡より）

山梨県猿橋
吉川行雄

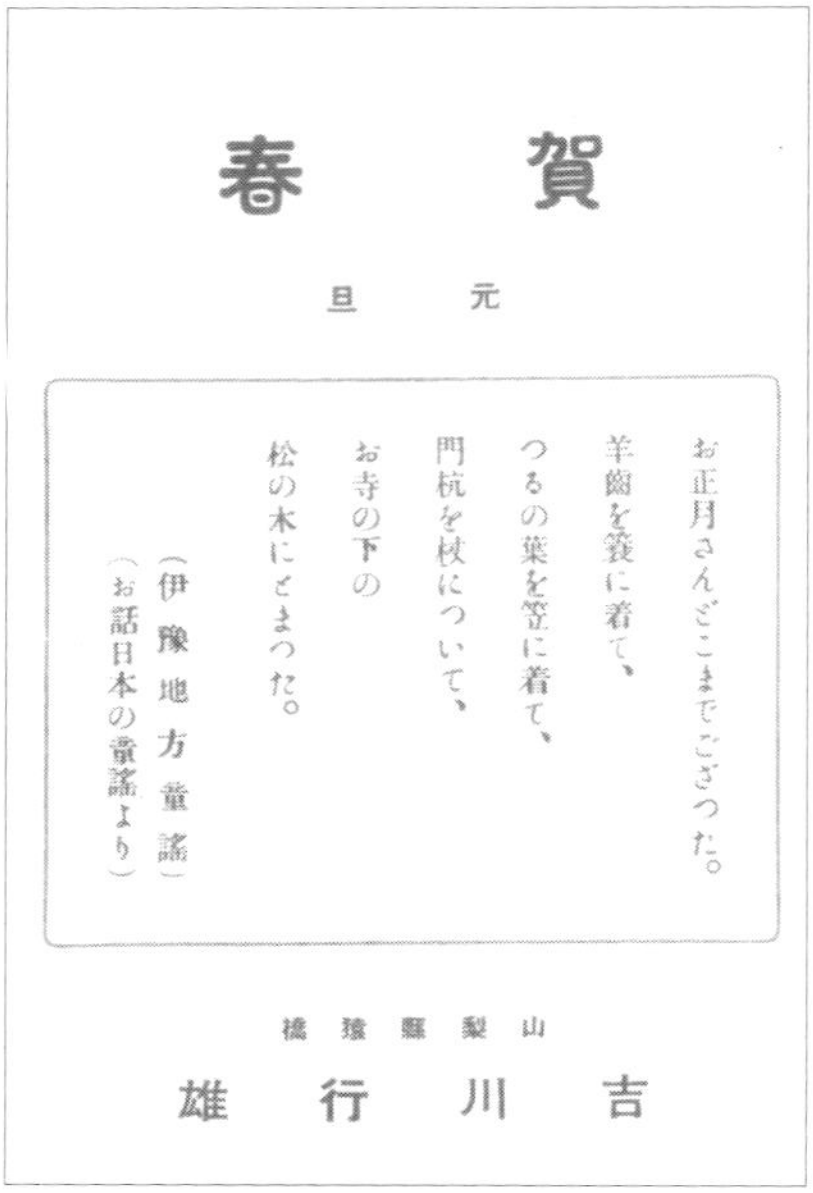
賀春
元旦
お正月さんどこまでござつた。
羊歯を蓑に着て、
つるの葉を笠に着て、
門杭を杖について、
お寺の下の
松の木にとまつた。
（伊豫地方童謡）
（お話日本の童謡より）
山梨縣猿橋
吉川行雄

一月三十一日発行の『銀の泉』第八巻A第二号には、前年『チチノキ』第十五冊に発表した「お戸棚のうた」を「まずしい戸棚のうた」と改題して載せている。

この号の「編集室から」に、「あきら」と署名された次のような文が載っている。

「――わたしは、みんなのこころによびかけるために、こころのゆたかさをはかるために、一〇ぺんもの寄稿童謡をいたゞくことができた。むずかしくいうと『童心《わらべごゝろ》は聖心《しゞりごゝろ》であり、詩の心《こゝろ》である』のだから、これをよむことによつて、みんなのこゝろが、まろやかな、うつくしいものとなることを、いのつているのだ。このいのりの心をくんでもらひたいとおもふよ――」

「あきら」とは、川村章のことだ。吉川行雄の尋常小学校時代からの友人で、行雄の最初の雑誌『よしきり』に、知見文月等と共に同人となり、篠原銀星とも交友があった。昭和五年には『乳樹』の社友の一人にもなっている。郷土で小学校教員として国語教育に尽した人といっていい。

二月十日発行の『銀の泉』第八巻第二号に、行雄は「雪と木靴」を発表した。

雪と木靴

木靴のサボは、ひろはれた、
町の露路裏、雪がふる、
さむいひぐれに、ひろはれた。

木靴のサボは、まづしくて、
空家の扉《と》口、樋の下、
よごれたまゝで、ひろはれた。

木靴のサボは、ひろはれた。
あかりもつかない、露路の雪、
なんだかさみしく、ひろはれた。

「編集室から」に、「――与田先生からの童謡や北海道、台湾、上海からの児童らの散文や、みんなの綴文学習に好資料となるものを山積した。与田先生は今度第一詩集を発刊するということだ。みんなの座右の書として切にお奨めする――」とある。

『銀の泉』が発刊されて八年、北都留郡第二支会発行の教育雑誌は、都留郡から山梨県に、そして全国へと大きな影響を与える雑誌に育っていた。

昭和二年、二十歳の時の日記に「フランス語を学ぼうと思う」と書いた行雄は、何度か休止しながらも、独学を続けていた。吉川家には、たくさんの手紙とハガキは残っていたが、自身が出した雑誌を含めて雑誌類は余り残っていない。このわずかな雑誌の中に、昭和八年三月十八日発行の『最新フランス語講座』（外語学院出版部）がある。行雄が手にした一冊である。

行雄は八月になってから、大原高等小学校の生徒の頃別れた、親戚の下平秀子に手紙と雑誌を送った。宛先は長野県下高井郡中野町中町　日本メゾヂスト中野教会　下平秀子。

すぐに、「まあ行雄さん！」というなつかしい、喜びの言葉と共に、長い返事がきた。行雄と猿橋、そこに住む吉川家の人の姿が目に見えるような手紙なので、少し長いが紹介しよう。

八月十四日の下平秀子の手紙。

まあ行雄さん！
志ばらくで御座いましたこと、ほんとにおなつかしうございますねえ、
お別れ申上げてからもう何年になりませうか
彼の頃あなたは十三か十四位でしたね、保ちやんがうちの孝ちやんと同じどしでせう、雄二郎が今年は二十六でせう、あなたは雄二より一つ上でしたね、

するとあなたは今年二十七位におなんなさるですか、

私はねあなたのお手紙を拝見し又そのお作を拝見してねほんとにびつくりしちやつたんですよ、

まあ行雄さんがもう恁《こ》んなに大きくなつて…そしてこのお手紙　この雑誌　恁《こ》ふいふものをおつくりになつて……つてまあ私のおどろきそしてそのよろこび……どう申上げてよいでせう、

あなたがこんなに大きくなつて居らつしやるとは思はなかつたんですの、おかしな話ですがそれは指を折つてかぞへてゆけば成程そうなりますが　私は全くびつくりして大喜びによろこんで了ひましたの、お作の中にお母さんが良い理解を有つてなすつておられたやうな御様子ですね、それは何んとうれしいことでございましたでせうね、

御送り下さいました三いろの雑誌それ〴〵拝見して居ります、

あなたの御近況を想像することが出来てたいへん心嬉しく思つてゐます、

あなたはお体のお位合がお悪くてゐらつしたでせう、

その後どんなお様子でゐらつしやるでせうか、そうしたことも一寸も伺ふ折がなくて時が過ぎて了ひましたが、そふした烈しい気もちはお作の上には少しも見えなくて明るくほがらかでそして細かい所にやさしく情のうごいてゆくさまなどほんとにうれしいことで御座いました、

お母様の亡きのちはお父様が又良き理解者でゐらつしやいませう、同好の良いお友達が揃つてゐらつしやることもうれしいことでございます、——

あなたは小さい時からおとなしいお子でしたよ、今にして想へば動に対する静的つていつたやうな感じでしたね、おとなしいから静的つていふのとは別ですけど、運動なんかに余り興味がおありにならなくて「うちの行雄は本のすき

な子だよ　とても本がすきだね……」つてお亡なりなつたお母様　私のすきなおばさんはよく仰有つてましたつけ、その頃あなた足の位合がお悪くなり初めるでせう、それやこれやで幸ひお家には本はたくさん有りますし……

あなたの性格　そして興味がお有りになる所から遂と遂としだん〳〵に生成してこられたあなた　非常に内面的な感じのするゆきをさん！私のこんな想像は違ひましたか、

――――

お父様もお丈夫でゐらつしやいますか、御無さたで居ります、よろしくと御伝へ下さいませ、英ちやんも大きくなられたでせう、今どうしてゐらつしやいますか、お家のおてつだひですか、それともどちらか学校へゐらつしてますか、そして尚春さんは　そしてその下に妹さん二人おありでしたね、あの頃まだ五つ六つ位で赤ちやんをよくおんぶしてはうちの静代と遊んでゐましたつけ、今はもうきれいな方になられてませうね、

保ちやんが金沢へお嫁にゆかれたこと　おばさんが急にお亡くなりになられたこと　新らしいおばさんがおゐでになられたこと、その新らしいお母さんがよく行雄さんのお世話をなさること　などを母や妹からは折々風のたよりのやうに伺つて居りました、

なつかしいふる里　そこにすむ人たちのたれかれの顔が浮んでまゐります、彼れから猿橋もずいぶん変つたでせうね、――

一昨年でしたか東京の朝日新聞の飛行機が中央線を中心にしてもみぢ狩りを空から試みた事あつたでせう、その時猿はしの町を空からうつした写真が新聞に出てゐました、余りのなつかしさに切りとつて今も持つて居ります、猿橋の町も変り人もかはりましたでせうけどあのはなへつかへるやうな　こんぴらやま　や　お天神山　ももくら山　扇山　円山、なしの　心月寺やそのわきのおわきばやし　それから大きな音

を上げて流れる桂川　それから私の家の裏の大きな　けやきの木　彼ふいふものは今も昔も変りなくなつかしい姿をたたへて居ることでせうね、いつか東京へゆく折が与へられましたら中央線を通つてみたいと思つて居ります、そしてそのときは、町の方々にお会ひしたいと思つて居ます、

あなた達ずん〳〵大きくなつてゆかれるんですもの、私なんかがおばあさんになるの当然ですわね、途中であつてもわからないでせう、恁《こ》んなきはめて平凡な小さいやうな事が今更のやうに新しく思はれます、うちの長男がもう十二になりますもの、

ゆきを様　私は近頃こんなに長い手紙を書いたことないんですのに思はず長くなつて了ひましたよ、余りのおなつかしさお聞きしたいこといつぱいなの次から次へ順もなくねえ……およんで下さいまし、

これからまだ〳〵お暑い日がつゞきませう、夏は暑い方がいゝでせう、北信は猿橋辺りとよく気候が似てゐるやうな感じがします、山や野に小さい時の思ひ出の花が咲きみだれて居りますから、遠野に居ります頃は野の花が全然違つて居りましたから、ほんとに他国に在る想ひがしましたけれどこちらへ来ましてふる里に似たものを見ることはほんとにうれしい事で御座いました、――

暑い夏をおすこやかにおくつて又良き新秋をむかへて下さいまし、志なの、春はおそけれど秋立つことはいとはやしつて歌がございます、

朝夕はもう秋の風がおとづれてまゐります、

御一家の上神様の聖手の至らんこと祈つて居ります、

秀子

行雄様

下平秀子からの手紙はもう一通残っている。封筒がないので年月日は不明だが、弟英雄が徴兵を受け

東京にいるころだから、昭和六年の秋と思われる。昭和五年の改正で兵隊現役は三年から二年になっていた。

前の手紙より二年ほど前の手紙で、保子、行雄、英雄姉弟の姿がここにある。

昭和六年秋の下平秀子の手紙。

行雄さん！

先日は御細々となつかしいお便りを有り可度う御座いました、

猿橋のあの町とそしてそこに住んでおられる人たちを思ひ浮べて何か不思議な志つとりした静かなものが感じられました、

ほんとにお親切によくお書き下さいましたのね、

有り可度う御座いました

何かかふ島崎藤村さんのお作でも見るやうな感じですね、

彼の町の昔のお友達やおぢいさんのお話……静かに拝見してだん〳〵に移り変つてゆく世のさまを偲び〳〵致しました——

先日は東京から英雄さんがお便りして下さいましたよ、

よくお元気そうに　もう八十何日で家へかへれるつてよろこんで——家へかへつたら一生懸命に働くつもりだなんて仰有つてました、日曜毎に戸塚の家へ居らつしやいますつてね、

この三月下平が上京しまして戸塚の家へまゐつて居ります時丁度その日英雄さんもゐらつしてましたそうです、英雄さんこちらへゐらつしやいつて母が志きりに申したんだそうですけどまがわるがつて出てこられないで遠くにはなれてゐらつしやるんですつて、

英雄さんの軍服をきてまがわるがつて居る様子が見えるやうですね、あなたと英雄さんは小さい時から仲のよい兄弟でしたよ、

あなたと保ちやんでけんかを始めるときつと英雄さんが仲にはいつていえ仲へはいるといふ

より兄さんの味方になつて自分が保ちやんの相手になりましたつけ、

今でもきつとその気持は同じでせうと思はれますね、今ぢやもうあなたも　保ちやんも　昔のやうにとつくんでやつたり　にらめつこしたり　まあ一切けんかなんかしないでせう、

大きくなるとみんな仲よくなれて嬉しうございます、私のとこでもよくけんかしたでせう、覚えてゐらつしやるでせう、多勢ですからね、でもみんな〳〵それはいはゆる兄弟げんかでうれしいことの一つ一つですね、お互ひに気がとけて遠慮のない所からなんですから、

あなたはペンを持ちなれてゐられるから描写がなか〳〵きれいです、

世が変り人がかわつてゆく中に昔ながらのものさびた自然のたゞずまひにふれることは殊に恁《こ》ふした時代に——今の世に——許されたつゝましい喜びでせうと想ひます、

あなたのきれいなペン先きからあの町の南の方の山　北の方の山々や　それから夜更けてから水音のます桂川　など　今更ながら〳〵胸にうかび上つてまゐりました、

彼の町の自然の姿はほんとに私にはなつかしい——、美の方面から見ましたらさして美くしい所とは思へませんが……

美くしいところではありませんけれど　なつかしい所です、

悲しみの日に　喜びの日に　涙と共に山に向ひましたの、夕ぐれよく桂川のほとりでぢつと川音にきゝ入つて　何にかもの足りた気持ちになつたりしたもので御座いました、

あなたは私と十位お年が違ふやうですね、でも何んだかお話が合ふやうな気がします、　静かな意味で……いつか許されて志んみりとした日を有ちたいもので御座いますね、——

尾花もほが出てすつかり秋になりました、

御父様お母様へよろしく、

御体をお大切になさつて下さいまし、今日は

これで失礼致します、
夜となく昼となく岩かげのこほろぎが秋の歌をつゞけて居ります、
着々と秋の作品はおす、みでございませうね、
折角おはげみなすつて下さいまし、
ではまた――秀子

行雄さま

八月二十五日、九カ月ぶりに『チチノキ』第十六冊が発行された。これだけ遅れたのは、『チチノキ』から『チクタク』の独立、原稿だけではなく、同人費の集まりの悪さが原因の一つのようだ。不景気な時代になっていた。そしてもう一つ、編集をする巽聖歌自身の勤め先、アルスの出版不況があったようだ。

しかし、とにかくにも第十六冊は発行された。

前年二月二九日発行の『チチノキ』第十二冊で与田準一が、巽聖歌童謡集『雪と驢馬』の特集号を組んだように、巽聖歌はこの号を与田準一童謡集『旗・蜂・雲』の特集号とした。盟友与田準一に対する巽聖歌の精一杯の友情だった。

編集メモで巽聖歌はこの事に触れ、更に『赤い鳥』と北原白秋が絶縁したことを述べている。

「本号を『旗・蜂・雲』の記念号にいたしました。わがままをゆるして執筆いたゞいた諸家に深謝いたします。

ひさしくチチノキが遅刊になり、このこともたいへん済まなく思つて居ります。身辺多事、まことに申訳ないかぎりです。本号にいたゞいた柳曠君の与田君に関する記念のことば、藤井樹郎、木村不二男両君の評論、随筆なども頁の都合上、割愛しなければなりませんでした。あはせてお詫いたします。

――

なほ、長い間、北原先生が『赤い鳥』に拠つて童謡と児童自由詩の運動をつづけて来られましたが、この四月に『赤い鳥』との一切の関係を打切られることになりました。先生の声明書がみなさんのお手元まで届いてゐることと思ひますが、その間の事情

に就いては六月にアルスより刊行された『全貌』で明らかにされてゐます。御一読願ひます。

本号の編輯は主として新美君に、校正は与田君に助力を得ました。小生として、なにも出来なかつたことをお詫び申上げます。（巽聖歌）」

行雄はこの号に、「とんことり」外二篇を発表した。

とんことり

凮が、とんことり、
鍵穴、鳴らした。

胡桃《くるみ》が、とんことり、
木槌に割れた。

殻でしょ、とんことり、
卓《テーブル》の下に。

蠟燭が、とんことり、
木皿のうへに。

月夜が、とんことり、
誰《だあれ》もゐない。

小さな時計のうた

よごれた壁にかけられた、
わたしは小さなお時計よ。
まづしいこどものお部屋から、
チンチンチンと鳴らします。

あをい樹《こ》かげよ、みちばたの、
わたしはベンチ、木のベンチ。
町のこどもや、仔《こ》ひつじに、
ちひさい日影をつくります。

パン屋の日よけ、店のまへ、
わたしは立つてる、赤ポスト。
　いつもお手紙いれにくる、
　こどもは背伸びしてきます。

よごれた壁にかけられた、
わたしは小さなお時計よ。
　まづしいこどものお部屋から、
　チンチンチンと鳴らします。

雪と野

白いペイパの
野よ、雪よ、
橇《そり》をはしらせ
シベリアの。

白樺《かんば》よ、丘よ、
野よ、雪よ、
ちらほら鶫《つぐみ》も
野を越えて。

ひゆうと鳴らすか
馭者《ぎょしゃ》の鞭、
なぜかさみしく
されてくる。

母さん、母さん
ひもじいな、
雪にリンゴも
匂ひます

白いペイパの
野を、雪を、
はしれ、馴鹿《トナカイ》
かつかつと。

昭和九年

昭和九年（一九三四）行雄二七歳。

昭和九年は不思議な年だ。全くの空白なのである。手紙類も一切といっていいほど残っていない。

ただ外からの情報を足していくと、『コドモノ本』という雑誌に、昭和九年十一月号に「月夜」という作品が載っていることと、そしてもう一つ、十月に友人の周郷博が結婚をし、行雄はそのお祝いの手紙をだしていることはわかっている。

この手紙について、『牧場の柵』の中の「友情に寄せて」で、周郷博は次のように書いている。

「――僕達が結婚した時、病身であり、恐らく将来結婚の喜びをもつことはないであろうあなたは、『新しき門出に立つ貴兄らをこころから祝福いたします。いまは申上る言葉もよう出ないでいます。たゞ嬉しさでいっぱいです（以下略）（九年十月二十五日付）』と、こう云つて僕達を祝福して下さるのであつた。やがて生れる僕達の子の上にまで心をくだいて下さつたのである――」

昭和九年の行雄は、しかし、この他何も残していない。

昭和十年

昭和十年（一九三五）行雄二十八歳。

昭和十年は周郷博と百代夫人の手紙から始まっている。周郷博は、この当時、文部省に務めていた。

周郷博から行雄に正月に夫妻で信州に行く途中、猿橋に寄るとあらかじめ連絡があった。初めて百代夫人に会うことも含めて、行雄は心待ちしていたにちがいない。だが、この訪問は夫人が体調をくずしたことで実現しなかった。

一月十四日の周郷博と百代の手紙。

吉川兄

ほんとうにお正月は失礼致しました。

汽車が猿橋を通る時分には一目でも逢いたかつたと思い〳〵して帰つて参りました。

愚妻といふものにはかなはないもので、――でもきつとその中にお目にかゝれる日の来ることを信じてゐます。

彼女も（何と呼んでい丶かわからないので）病気勝ちなので、とても淋しい日がつゞいてゐます。

何時花をひらき
何時実を結ぶか
青空よ　私は知らない
（暮鳥）

僕達二人の写真をお送りします。

はるばると汽車で行つたりして交つた友は、兄より外になかつたと思ふ。甲斐にもやがて又しづかな初春が匂つてくるだらう。

幸福を祈ります。

十四日　　博

吉川行雄兄

昨日〝チチノキ〟の会合がありました。(僕は出なかつた。) 又雑誌が出るのだそうです。

明けましてお目出度うございます
過ぐる日には沢山の御祝を頂きましたり、又度々御便り御頂戴致し乍ら御無沙汰のみ申上げて居ります
信州に参ります途中、御邪魔申上げるつもり申上げて置き乍ら往きも復りもとう〳〵通り抜けてしまひまして
必つとどんなにかお待ち下さいましたでせうに
汽車の窓からあそこのお部屋が吉川さんのいらつしやる所だと伺ひまして、お寄りせずに申訳ない事をしてしまつたやうに思つて居ります
又信州への途路是非お邪魔させて下さいませ
猿橋の底深く流れる水にも春のしのび音が聞かれると存じます
御健やかでいらつしやいます様
主人の便りのペンを借りまして
百代

便箋は文部省と印刷されているもので、手紙の中で「病気勝ちなので」とあるが、じつはつわりだったことが、あとの手紙にある。
二月十日、『チチノキ』第十七冊が発行された。『チチノキ』も吉川行雄と同じように一年半の間、沈黙したままだった。

編集メモは、与田準一、巽聖歌と共に新美南吉が書いている。前号で巽聖歌が、「本号の編集は主として新美君に、校正は与田君に助力を得た」と書いているが、ここでは新美南吉が三人と並んでメモを書いている。

「乳樹が伐り倒されたあと土の中では小さい芽達が、ひこばえになつて出ようよといふ相談をいたしましたが、時候が寒いので結局春まで待つことになり、その春がきましたので、遂々こゝに新しい芽をふきだしました。やがて光は濺ぎ、小鳥は遊びに来、星などもその枝に宿借りに来ることでありませう。（新美）」

新美南吉は童謡一篇と英吉利の歌詩（翻訳論文）と紙上ハイキングを発表。与田準一は散文を、巽聖歌は童謡を一篇発表するだけだった。「しばらく日向ぼっこをしすぎた私たち」と編集メモに書いている与田準一と巽聖歌はすでに家庭を持ち、日々の生活に追われ、又、童謡詩人としてきちんと認められた二人は、すでに『チチノキ』への情熱を失なっていたのだろう。

そんな中で、前年の記録をほぼ全く追うことの出来なかった吉川行雄は、しかし健在だった。「あれは風」他三篇を発表している。

あれは風

鳴らしてゆくのは
あれは風――
　樋のくち葉を、
　山鳴りを。

ふるへてゐるのも
あれは風――
　障子の穴に、
　猫の眼に。

ひゞけてゐるのは
あれは風――

かまどの中で、
庇間《ひあわい》で。

かくれてゐるのも
あれは風――
　納戸の闇に、
　屋根裏に。

冬

鉄柱にある白い雲、
風はちらくらはしつてく。
さみしい雲だ、あの雲は、
水車は秋から涸れました。
母は春から病んでゐて、
をいらは町へやられやう。

ふところ手しても手は冷える、
築地のわきの山茶花よ。

雲と薊《あざみ》

北の野原の
牧場の柵に、
薊はあかく
咲いてゐた。

ある日、流れて
来た雲よ、
影もちらちら
丘や樹、こえた。

裸の野牛が
けそけそひとり、

薊の花を
みてくあと——。

北の野原の
牧場の柵に、
薊は燃えた、
ひとりで燃えた。

月のランプに

月のランプに
うつすらと、
雲のカーテン
ひかれます。

いちごばたけの
いちごには、
霧のミルクを
そえましよか。

そして夜ふけの
お客さま、
小さい跫音《あしおと》、
風の影。

月のランプは
さみしいな、
雲にしぐれも
はしります。

『チチノキ』は三月十三日に第十八冊、五月十三日に第十九冊を発行して終刊を迎えた。

十八冊の編集メモで巽聖歌は、「与田君が別項どおり帰省してゐます。方々でおめでたい話ばかりなのに、可哀さうです。早く上京、いろ〳〵の計画もあるので元気を取直して欲しいと思ひます」と書いている。別項とは消息欄のことで、「与田準一氏実妹浅山まつの氏の訃に会い目下帰省中、三月中旬上京の予定。なお浅山まつの氏は、かつて『赤い鳥』児童自由詩で活躍された方である」とある。

そして第十九冊の編集メモで、与田準一と巽聖歌は、

「復刊幾許もないので遺憾でありますが、チチノキを一往爰に解体することになりました。昨今、身辺種々の事情のため、私は殆ど怠慢をつゞけてきました。終始面倒を見た聖歌兄と同人諸氏に感謝とお詫びの微意を記します。（後日を期しつゝ、病床にて、準一）

遂々チチノキを止すことに決定いたしました。今度の復刊はどの方面から考へても無理だつたのでせう。同人雑誌の経営困難は申すまでもありませんが、チチノキとしての運動も精算さるべきだつたやうです。この間、玉稿を賜つたり、種々御鞭撻いたゞいた方々に誌上から厚く御礼申上げます。

チチノキは昭和五年三月一日に創刊されましたが、今日までにたゞ十九冊しか発刊されてゐません。かへりみるとなすべきことが多かつたのですが、微力、今日まで何ひとつとして成し遂げ得なかつたことを社中諸兄にも深く詫びたい気持がいつぱいです。おゆるし願ひます。

チチノキはこれで解体しました。然しお互にこれからが、ほんとの仕事が出来さうに思へて来ました。相変らずの筆不精で、例に依つて手紙一本書かないでしまふ　もわかりませんが、御鞭撻願つて置きます。」と書いている。

行雄は第十八冊では、「厨《くりや》の冬のうた」他二篇を、第十九冊では、「懈怠の塵」という散文を書いている。

厨の冬のうた

錆びた蛇口をもるしづく、
ふけてつらゝに凍るころ、
玉葱なんかを曳いてゆく、
老ひた鼠はつらいだろ。
　さアむい　さアむい　さアむいよ。

戸棚のすみや　床のした、
濡れた食器を鳴らすよに、
鳴いた厨のこほろぎは、
いつから鳴かなくなつただろ。
　さアむい　さアむい　さアむいよ。

小鳥ノオ部屋ハ

小鳥ノオ部屋　ハ　キレイダロ、
イチ度　ユケタラ　ウレシカロ。

野罌粟《ノゲシ》　ノ　徑《コミチ》　ヲ　行ツタナラ
オ家　ハ　ヨイ丘　草ノナカ、
蔓《ツル》ノアケビ　ヤ　野イチゴ　デ
カザツテ　アルダロ　キレイダロ。

小サイ扉《ドア》　ヲ　アケテ　ミリヤ、

ミドリノベツド　ニ　ネンホロロ、
茶ノ斑《フ》ノ卵　ガ　六ツ　七ツ
ネカシテ　アルダロ　カハユカロ。

野原　ヤ　雲　モ　ヨクミヘテ、
夕焼　小焼　ガ　消ヘタナラ、
オマド　ニヤ　黄金《キン》ノ月　ガ　デテ
ランプ　ニ　ナルダロ　アカルカロ。

小鳥ノオ部屋　ハ　タノシカロ
イチ度　アソビ　ニ　ユキタイナ。

垣根の唄

荒地の石ころ　日かげつぽ、
わたしは垣根の茨の花。

やせたとげとげ　小さい葉、

いぢけたお花がかなしいな。
たまには垣根のわきのみち、
日向もまぎれて来るけれど。

きつとそこらに落ちてゐる、
ガラスのかけでしよ　意地悪な。
チカと来る目がをゝいやだ、
ねむいお目々にをゝいやだ。

荒地の石ころ　日かげつぽ、
わたしは垣根の茨の花。

青いとげとげ　小さい葉、
なぜだか　何だか　さみしいな。

「懈怠の塵」では『チチノキ』に発表してきた平野直の蒐録「和賀稗貫爐邊噺《きじりばなし》」に触れ、続けて、

「さち子ちゃんが遊びに來た。『漫画の本、かしてやらうか』『うん、どこにある？』『その書棚をあけてごらん』彼女は熱心に漫画の本のペイジを繰るのである。

もう春が來たのにちがひない。悠々と流れ去る空の雲があかるい。

をつけ芽ぶくことであらう、庭の樹々は、をりをりちらちらとする小鳥の影に微かに枝をゆする。海棠、椿、楓、南天、霧しまつゝぢ、それから梅の木。まことに珍でたいものはなにもない。だが何といふ身近な表情と愛とをもつて、彼ら樹々は私に明るい微笑を投げることであらう。

もう『戸棚の中の白いリンネルのやうな雪』が、私の庭を埋めるやうなこともないであらう――。

やがて、漫画にも飽いたのであらう、彼女は凾ごと本を、をつぽりだすと、私のそばによつてくるのである。『童謡の本、ある？』『………』とりとめのない考へにふけつてゐた私はハツとした。こいつめ、と思ひ乍ら彼女の顔いろをそつとうかゞつて見る。

だが、その葡萄玉のやうなつぶらな瞳には邪念はない。影ほどな迎合の気持も見えない。私は安心した。が、さて童謡の本である。私は、あると答へたがよいか。ないといつたらよいだらうか。

ことさらな稚態を模すものでないといふ矜持も、正しい童謡への篤い欣求もさること乍ら、いつたい私たちのする童謡作品が芸術を呼称するその名に於ていまの子供たちの鑑賞の前に提供して、果してどれほどな理解と共感を得ることができるのであらうか。疑ひなきを得ないのである。

「童謡の本、ある？」という少女の問いに対し、「あると答えたがよいか、ないといつたらよいだらうか」という吉川行雄の言葉は、童謡創作をする者にとって時代を超えて、深く心に残る言葉だ。

この文は更に、

「詩にうとい一部の教育家や、詩人くづれ輩の無責任極まる作品の蕪雑なオハヤシの繰りかへしと、お砂糖のやうな感傷の言葉しか彼らの理解に値しないとしたら――まことに靴の中の足が痒いみたいなものである――どんなに力んでこめかみを瘤にしてみたところで童謡作家とはまことにさまよへる羊でしかない。

せめて、教育家としての実践がそのまゝ芸術そのものに磨かれてあるやうな先生や、母としての撫育がさながらに流露するとき、それが直ちに無韻の詩となつて溢れる底のお母さんがひとりでも多くゐて子供の世界に、そこの雰囲気により美しい感情と高貴な知性とを植えつけて欲しいと、私は望蜀するのみである。

あゝ、楊柳桃李の春、濁水百年の岸辺に佇つて、私たちは空しく嘆かねばならないであらうか。いやいや、懈怠の塵はいとはねばなるまい。」

と続いている。

五月後半、行雄のもとを小林純一が訪ねている。訪ねた足で富士五湖をめぐり、箱根へ出て、夜十一時ごろ帰ったというから、大忙しの訪問だったろう。それでもわざわざ訪ねてくれる友がいることを、行雄はどんなにうれしかったろう。

柴野民三、小林純一等で昭和七年十日に発行した『チクタク』は、四号で廃刊となり、新たに安藤徇之介、賀来琢磨、深沢一郎、本多鉄磨、吉川孝一と共に、この年の四月から『童魚』を初めている。

六月五日の小林純一のハガキ。

先日は大変失礼致しました。余りにも忙しい御訪問で本当に失礼致しました。ですけれど、吉川さんにお目にかかれてあんな嬉しい事は御座いませんでした。いつかきつと柴野君たちとゆつくりお伺ひ申しあげて、いろ〳〵お話しをお伺ひ致したく、心からそう言ふ日を早く持てますやうと思つてをります。……あの日はあれから富士五湖をめぐり、箱根へ出て風呂へ入り、夜十一時にやつと東京へ帰る事が出来ました。つかれて了ひました。帰つて、翌日からはいろいろ年度末決算やら何やらで文字通り多忙な日を送つてをりまして、お礼状もお書きせず本当に失礼致しました。お許し下さいませ。「童魚」……これからと存じてをります。いろ〳〵御指導下さいます様お願ひ申しあげます。お父さま始め皆々様に宜しく御伝言下さいますやうお願ひ申しあげます。失礼致しました。
六月五日　小林純一

『コドモの本』六月号に「月のランプに」が載った。これはこの年の『チチノキ』第十七冊に載ったものと同じだと思う。

吉川行雄だけでなく、北原白秋も含めて、この時代の詩人たちは、同じ作品をいくつもの雑誌に発表している。それだけではなく、旧作も載せていることがある。『チチノキ』もそうだったようで、巽聖歌の左のハガキにも「旧稿を出さないことになりました」とある。どちらにしてもいまは考えられないことだ。

昭和七年二月二十二日の巽聖歌のハガキ。


〝鶺〟まだですか。早く見たい。

〃チチノキ〃今週中には出すつもりです　今度は与田がやりました　それから〃チチノキ〃旧稿を出さないことになりました　新作次号へ送つてをいて下さい　もひとつそんな関係でお作の中〃ステツキノ訪問〃〃愛誦〃へ送ります　多胡君と僕と三人分。御許容下さい　今度こちらへこして来ました

ここにある「ステツキノ訪問」という作品は見つかっていない。

この年の周郷博のハガキが四枚残っている。周郷博が童謡創作をやめようと考えていること、七月半ばに赤ん坊が生まれること、初めて猿橋に行った思い出などを書いている。

五月十九日の周郷博のハガキ。

御無沙汰ばかりしてゐて申し訳なく存じます。

お正月の時はワイフが恰度つはりだつたもので、とう〱猿橋で下車できず、兄の気持を害したこと、思ひますが、どうぞ悪しからず水に流して下さい。夏になると僕にもアヤちゃんみたいなかわいゝ子が生れるのだと思ふとうれしいやうな気がします。

皆様お変りありませんか。トヨちゃんは如何ですか。

兄の童謡を「チチノキ」や「カシコイ二年生」などで見てゐます。「チチノキ」も廃刊だそうで、でも童謡でなしに心の友として兄と永く交際して行きたいと思ひます。僕が童謡をかぢつたのも、そんな人生的な気持からでしたもの。

では御元気を祈ります。皆様によろしく。さやうなら。

五月二十三日の周郷博のハガキ。

お手紙を頂いて嬉しいと思ひます。童謡から手を引くことは淋しいでせうけど、むしろみつともない童謡作家にならなくて幸福だつたと思

つてゐます。兄のお手紙を読んでしみ〴〵感じさせられたことは、僕にとつても兄にとつても童謡よりは人生が問題であつたのだつたといふことです。

極めて純粋なかたちで人生が問題とされてゐたといふことです。たゞそれを意識してゐなかつた許り。君のセンチな涙をとつてもうれしく思ふ。おどろきのない人生ほどさびしいものはない。それだけでも幸福ではないだらうか。森の新芽のやうに新鮮な宗教が必要だと思ふ。その中に自ら童謡も生れると思ふ。いつかお目にかゝりたいけど仲々機会がなくて失礼ばかり。ではお元気で。

七月六日の周郷博のハガキ。

おたよりを頂いたまゝになつて居りました。その後如何ですか。この頃の兄の達せられた境地をたいへん懐しく思ひます。無駄に生を終りたくないとしみ〴〵思はされてゐます。天才は天才なりに凡人は凡人なりに。

幸に学校へでも出られて余裕ができてきたら、今迄とは別の意味で「鶴」を復活させたい気がしてゐます。

赤ん坊はこの月の半ばだらうと思ひます。予定より少し早いやうです。父となる悩みを感じてゐます。

アヤちやんも豊ちやんも外の皆様如何ですか。よろしく、御元気を祈ります。

さやうなら。

七月十二日の周郷博のハガキ。

御無沙汰いたして居りました。その後如何ですか。

今晩は春のはじめのやうな月で、土曜だし原つぱの方まで歩きに行つて今帰つたところです。猿橋の皆さんを思い出して懐しい気持がいたして居ります。まだ高等学校の帽子をかぶり、あの頃、はじめて兄にお目にかゝつたころを考へてうたゝ今昔の感に打たれます。泣きたいやうな感傷が湧いてきます。御健康を祈ります。

時々おたより頂けるといゝと思ひます。では又、僕の作つてゐる冊子を一部差上げました。

周郷博のハガキを読んで、行雄も又、懐しい思いに浸ったことだろう。

吉川行雄、三十年の生涯、残り一年と五カ月、時間にして一万二千三百時間余り。この間に行雄はもう一度、新雑誌『ロビン』の発行と童謡の創作に命を燃やすことになる。

昭和十一年

昭和十一年（一九三六）行雄二十九歳。

時代は戦争へと急速に流れを進めていた。『赤い鳥』や『チチノキ』で共に励まし、光り輝いていた友人たちは、この流れの中で、光りを失しなっていた。

しかし、吉川行雄だけは流れの外にいた。坐して見守ることしかできなかったことが、かえって行雄に幸いした。小さな六畳の部屋に座って、行雄は自分に向かい、その存在理由を深く問うことができた。

――自分はなぜ生まれたのか。

――自分はなにをなすべきなのか。

と。

答えは、ただ一つだった。

かつて周郷博が「詩を書くのはなぜだろうか」と問うた時、「なぜって……それは愛だと思う」と答えた時と同じだった。

愛するために生まれ、愛することを一筋に続けることであった。

行雄は消えかかっている童謡の水脈を守るために、『よしきり』『鷭』以来、三回目の雑誌の発行にとりかかった。

雑誌名は、『ロビン』。

さっそく周郷博に参加を呼びかけた。何度かのハガキのやりとりの後、周郷博から吉川家訪問のハガキが来た。それまでにも何度か訪問を伝える便りはあったが、実現することはなかった。

八月十六日の周郷博のハガキ。

> 今晩遂にお寄り出来ずに帰つてきてしまひました。猿橋は恰度ひどい雨のあとらしく、寒いやうな夕方でした。子供がゐると自由がきかないのです。
> で二十一日(金)の午后参ります。兵庫に二十二日

から出張ですので中央線廻りでその前日から参ります。雑誌の件うれしく存じます——破約ばかりしますので、何とも申訳ありません。今度は必ず参ります。悪しからずお願ひ致します。

二十一日、約束通り、周郷博が訪ねてきた。この訪問は行雄だけでなく、吉川家全体であたたかく迎えた。

八月二十五日の神戸からの周郷博のハガキ。

先日は御厄介になりました。お土産の品々、とても美味しく戴きました。昨日は県と神戸商大、今日は神戸商工と、それでも結構せはしい出張です。もう明日は姫路高校に寄つて燕で帰京いたすつもりです——原稿は帰京の上お送りします——

原稿は送られてきた。ルナール「博物誌」序と子守歌「ブリヂット」の訳稿だった。

行雄はすぐに『ロビン』の編集に入った。

『ロビン』第一冊は、九月二十五日に発行された。表紙は、白地に縦に一本赤い線の入った、シンプルで、モダンなものだ。

行雄はここで、周郷博の訳二篇と共に、童謡十八篇（内、「チチノキ」発表五篇）を載せた。

行雄の作品は、より一層透明感を増し、美しいものとなっている。

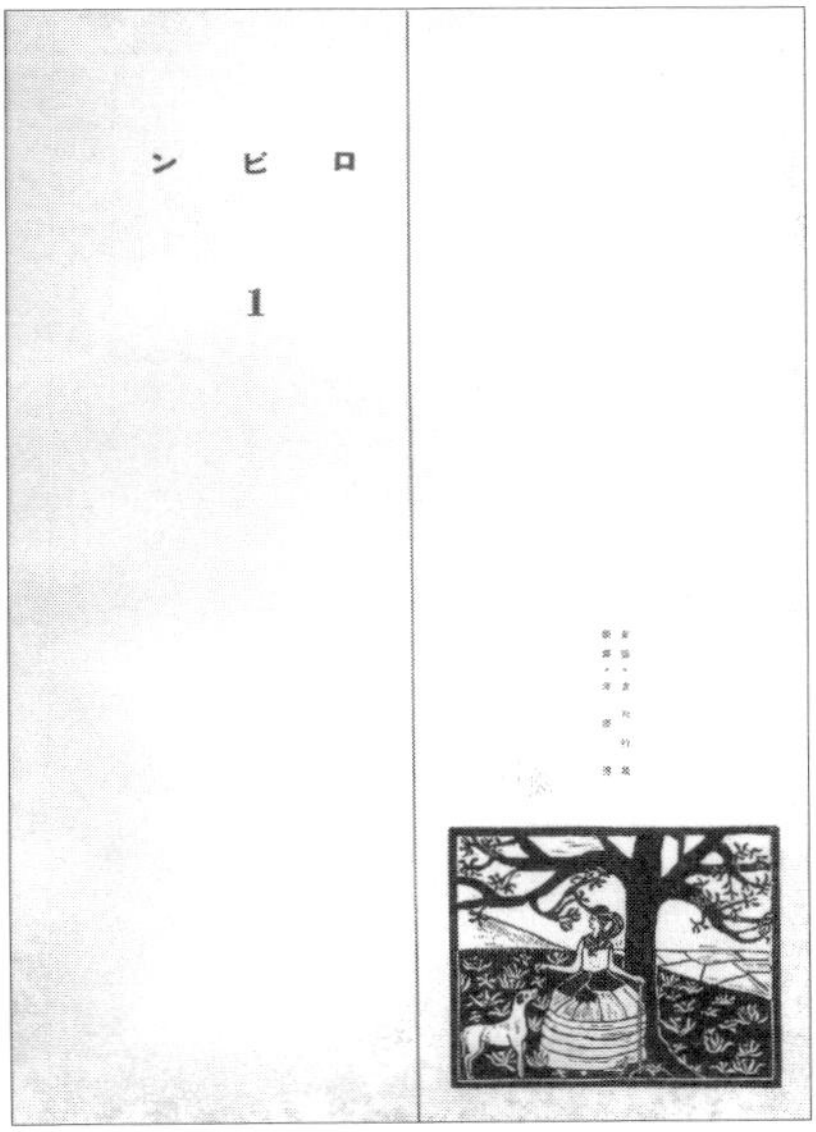

ともしび

小さい芽だちに
たそがれは、
さみしいあかりを
つけてつた。

　きいろなあかり
　みどりのあかり。――

おいのりしてる
灯《ひ》のやうに、
月にむかつて
ともされた。

　きいろなあかり
　みどりのあかり――

小さい芽だちの
ともしびに、
靄がひかりの
輪をかけた。

　きいろなあかり
　みどりのあかり――

タンポポ

タンポポ　フフ毛
擽《コソ》バイ
フフ毛。

タンポポ　フフ毛
ソヨ風
カルイ。

タンポポ　フフ毛

野川　ヲ
コヘテ、

タンポポ　フフ毛
牛舎《ウシヤ》　ニ
ツイタ。

タンポポ　フフ毛
牛　ガ　モウモ、
啼《ナ》イタ。

くらい月夜

靄のなかから
樹立《こだち》はくらい。

月はカンテラ
る、る、るととぼす。

しめる月夜に
蛙《かわず》もくらい。

リーダ、よむよだ
る、る、るとひゞく。

椿

紅《あか》い椿が咲いてゐた、
ひろい野原のまん中に。

紅い椿よ、野はらには、
みちがいつぽん、空へゆく。

海

向日葵《ひまわり》　いつぽん
花ひとつ。

お日さま　ひとり
雲ひとつ。

牝牛がいつぴき
僕ひとり。

　海の響きを聴いてゐた
　海の響きを聴いてゐた。

秋

しぐれがしてた
椎の樹は
あとから月夜に
なりました。

秋のくりやの
皿のうへ
まづしい野菜が
もられます。

小さなテイブル
木のお椅子
月夜はランプを
消しましよか。

壁にうつゝた
影ぼうし、
ほうら、どこかへ
かくれちやふ。

編集後記を読むと、行雄が目ざそうとしている方向が見えてくる。「なんといふ自然の凝滞のない姿であらう」と記し、「子供こそ多く教はるべきである」と書いている。行雄は幼いものたちの側に立って、童謡を書こうと願っていた。

「編集後記――

朝顔のなんといふ種類なのであらうか、葉つぱは、人参に似てゐるのであるが、鉢植のまゝ庭石の上に置かれたのがそのなりにそばの松の樹に蔓をからみつけて、いつのまにかするすると伸びてしまつたのである。松の樹のてつぺんにまで伸びるにどの位の日が経つたであらうか、二、三日の秋めいた涼風の中に、季節にふさはしく、紅く、まづしい小花をふたつみつ朝々咲かせるのが、こゝ二、三年早起きになつた私の眼に、起きたなりちらと映つて来るのである。

なんといふ自然の凝滞のない姿なのであらうか。その時所にあくまで順応して巧に自分の持場をみつけてゆく自然といふもの、伸び〳〵した素直さは私になにかしら考へさせるのである。余りにゼスチユアの多過ぎる私たち人間の生き方――それは寂しいことであるにちがひないけれど、自然にかへれもいまさら許されてあるべくもない今日の御時世なのである。

あかりは消えてしまつた。まことに人生の羈旅に、私たちはふるさとを失つてしまつたのである。

×

近所の子供が描いたのだといつて一枚の自由画を綾子ちやんが持つて来た。木炭紙に描かれたタツチの粗い無雑作なクレイヨン画であるが、何よりもその奇抜な着想と大胆な構図とが私ををどろかすのである。

左手の方に殆ど画面の半分を占めてものものしい城壁が描かれ、その上にあぶなかしい屋根が傾いてゐる。背景の山は青一色の太い線で現はし、前景の丘になんの木か素晴しい巨樹が、しかし、をかしなことにずんぐりとつゝたつてゐるのである。ところがもつとをもしろいことには、その巨樹の横に張つたとてつもない太枝に――をどろいてはいけない――なんと、紅いまつかな提灯がつるさつてゐるのだ。まづしくちつぽけな提灯であるが、恐らく子供のつもりではなつかしい蠟燭のあかりがともつてゐるのにちがひない。真つ昼間であることももはや不思議なことではない。これは詩である。まことに神彩のゐきゐきたるものがあるではないか。

誰かゞ「この絵は、この提灯はなに？」と問ふて見たそうであるが、子供は「知らん」と、いふのだそうである。けだし、どのやうなインスピレーシヨンが、この子を動かしたのであるかはわからぬが（悲しいことに大人である私たちには……）私は思ふのである恐らく絵は子供のうちで過去に於ける追憶や、経験のいろいろが混り合つてゐてその中で特に印象に鮮やかな部分だけが稚い頭脳のうちで無意識に自然な抽象化を経て、そうしてこの画面に詩的に再現されたものであるにちがひないと。

まことに子供こそは、どんな詩人にも増して「詩人」たるものであるといはねばならない。言葉なき詩、巧みなき詩。私たちは、子供にこそ多く教はるべきであると思ふのである。

×

松の落葉に（前出、略）

このやうな感傷がいまさらになつかしいのではない。たゞ、よろこびにつけ、かなしみにつけ素朴な自然児でしかなかつた少年の日への思ひ出が、あたかも仄かな光輪を背負つた一穂の灯のやうに、私の胸にいまさらどうしやうもない郷愁と、憧憬の思ひとを、かきたてるのである。

童謡を書きつゞけて十年、敢へてる刻に痩たとはいはない。たゞ、早いものだといふ感慨にこめて、生きの日の寂しさをも忘れてひたむきにこゝまで来てしまつた自分に対してみづから微笑をもつてむくひたいと思ふのである。

空しかるべき私の童心遍旅のさきざきにも、道をたのしめばまたたのむ樹かげもあるにちがひない。よしんば仮象の花にてもあれゆきゆけばまたそこには美しい一卉の花が咲くかもしれぬ。

「バン」から「ロビン」へ。ころころと窓下に鳴くこほろぎのこゑにも私はなにかしらこゝろたのしいのである。

●ロビン●第1冊を編輯しつゝ（吉川）」

『ロビン』第一冊はロビン専用の封筒に入れられ、全国へ、そして台湾や上海にもいた友人たちへと送られた。それは共に童謡の道を歩き、これからも歩き続けるであろう若い童謡詩人たちへの行雄からの熱いエールだったにちがいない。

すぐにエールは手紙やハガキになって戻ってきた。昭和四年一月十六日の日記のように、「来たる、来たる、来たる！」と、行雄は心おどる思いだったろう。

十月四日の与田準一の手紙。

――『ロビン』只今拝受いたしました　御礼申上げます　久しぶりに手織のネクタイを結んだ感じ　手造りの料理を口にするの味覚　店屋ものばかり造つたり喰つたりしてゐるこの日常にきつい刺激でした。感覚の冴えますます鋭くキメこまかなり　特に「月のランプ」「くらい月夜」「椿」等の結晶を愛す

山の秋ももはやずゐぶんとふかいことでせう

御自愛御精進をいのります

日頃のごぶさたおゆるし下さい。

十月四日　準一

吉川行雄様

ここで初めてまど・みちをが登場している。まど・みちをは、明治四十二年（一九〇九）、山口県生まれ。本名石田道雄。昭和九年『コドモノクニ』に北原白秋選で二篇特別となり、以後、『童魚』『昆

虫列車』などに作品を発表。「ぞうさん」「やぎさんゆうびん」「ふしぎなポケット」「一ねんせいになったら」等、日本の幼児童謡の第一人者になった人だ。『日本童謡集』に三篇。

行雄は当時、『コドモノクニ』『童魚』でまど・みちをを知り、台湾総督府にいたまど・みちをに『ロビン』第一冊を送ったのだろう。

手紙は一篇一篇の題に赤えんぴつで印をつけ、感想を述べる、じつに丁寧なものだ。

十月十五日、台湾台北市の石田道雄の手紙。

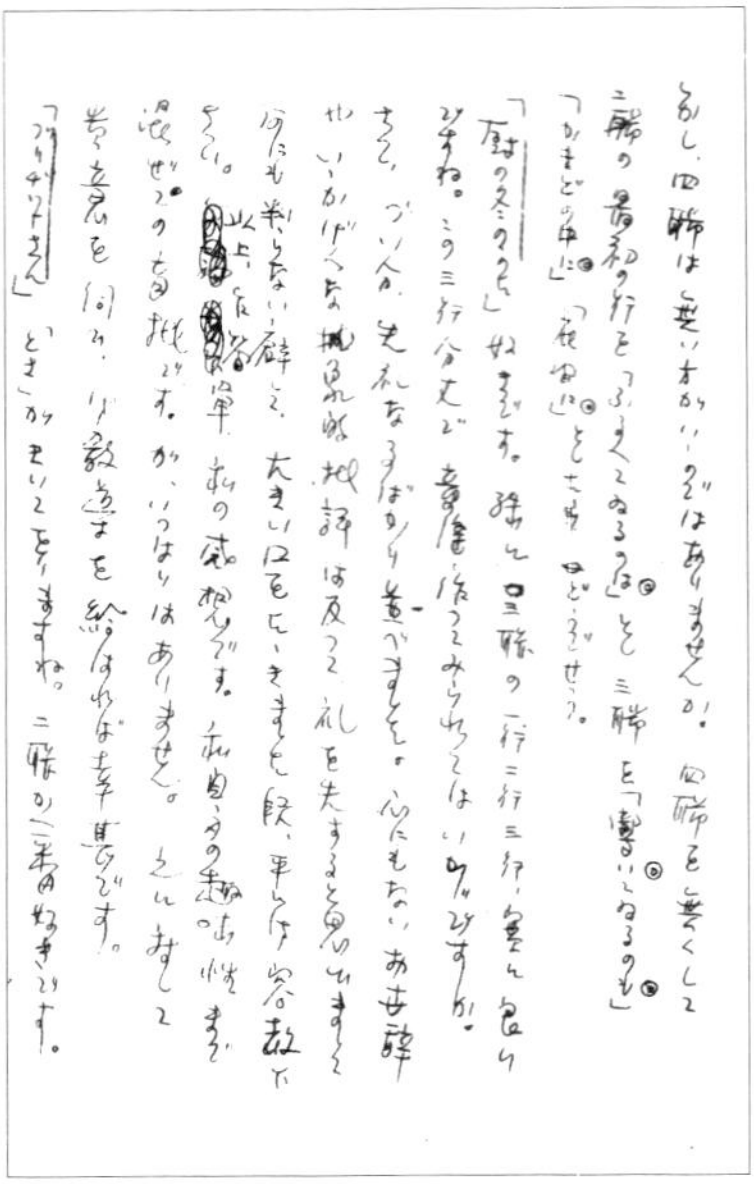

『ロビン』御恵贈にあづかりまして、ありがとう存じました。今後とも、御交誼の程、お希ひいたします。
　失礼かとは存じますが、折角頂きましたのに、何にも申上げませんのも、反つて、いけないと思ひますので、私の小さな感想を叙べさせていたゞきます。
　総じて、詩の薫り高く、瑞々しく、大変このましい　例へばあの清楚な玉蘭の花のやうな、それを朝霧の中に見るやうな気がいたしました。が一面、余りにも高邁であり、詩的に純粋であり、子供の世界からの遊離が感じられるやうなのも無いではありませんでした。一篇々について申し上げますと、最初の「ともしび」は匂はしく透明な詩ですが、意味が不鮮明ではありますまいか（童謡としましては）「タンポヽ」は大変好きです。四連五連が特にいゝですね――「小鳥のオ部屋」は美しい夢ですね。好きです。

然しランプの味が今時の子供に理解出来ますかしら――「くらい月夜」の「靄の中から樹立はくらい」「しめる月夜に蛙もくらい」この文意は私にははつきりしません。「椿」の最後の「空へゆく」の「ゆく」はどうでせうかしら――「海」これは実に素晴しいです。これこそ完成された作品です。内容が真に優れてゐる上に、形が又全くぴつたりと内容さながらのリズムが生きてをります。ロビン中の白眉と信じます。明るくて健康で、文句ありません。

――「風」好きです。しかし、四連は無い方がいゝのではありませんか。四連を無くして二連の最初の行を「ふるへているのは」とし三連を「響いてゐるのも」「かまどの中に」「廂間に」としたらどうでせう。「厨の冬のうた」好きです。殊に三連の一行二行三行、実に良いですね。この三行分文で童謡作つてみられてはいかゞですか――以上私の感想です。私自身の趣味性まで混ぜての盲批です。が、いつはりはありません――後記を拝見、しみじみと童心を憧れるもののみがもちえる共鳴を禁じえませんでした。貴下の「童心遍旅」に幸多かれ。

吉川行雄様
まど・みちを
石田道雄

上海からは現地の状勢もわかるハガキが来た。

九月二十四日の米山愛紫のハガキ。


「ロビン」I号御恵贈下さいましてありがたうございました。樹郎兄の「花粉」と共に、ほんとに虔しいお歩みであり、かゝる良心的なお仕事をなす方を同県の先輩として仰ぐことの出来ますことを、嬉しく存じます。

　いづれもお立派な作品ばかりで、私共これからの勉強に色々と示唆を与へて下さいます。厚く御礼申します。昨夜我陸戦隊水兵射殺事件あり、目下上海は戦前の無気味な静寂といふかんじです。御礼まで。

米山愛紫は、明治三十九年（一九〇六）山梨県生まれ。本名直照。『赤い鳥』に投稿。上海に渡り、小学校の教師。『童魚』『昆虫列車』等に参加。山梨県童謡文化協会設立の一人。民謡「武田節」の作詞者。

九月二十五日の壇上明宏のハガキ。

> ロビン御恵与下さいまして御厚情の程感謝いたします。赤い鳥時代から既に数星霜、なつかしく拝読さしていたゞきました。御作は恐らく今日の童謡の最高水準をゆくものだらうと思います。不変の熱意の程たゞ羨ましい限りです。小生など詩は既に生活の卓子の下にもちくちやのナフキンのやうに捨てゝしまって意気遂に挙がらず全くお恥かしいしだいです。先は御礼まで
> 敬具

壇上明宏は、明治四十二年（一九〇九）、和歌山県生まれ。本名春之助。春清、芳花、青華ともいった。『赤い鳥』『童話』『金の船』『金の星』等に作品を発表。童謡集『月と天使』抒情詩集『望郷の詩』。昭和四十年ごろから『季節の窓・友だち叢書』を始め、金子みすゞ、島田忠夫等の童謡集の出版を手がけ、埋もれた童謡詩人たちに光をあて続けた。

　行雄と一緒に赤い鳥童謡会に推挙された武田幸一からもハガキが来た。当時、福岡で新聞記者になっていた。

九月二十七日の武田幸一のハガキ。

> 久しぶりに「ロビン」に於ける貴兄の作品に接し、懐しく嬉しく存じました。不相変らぬ不断の努力には敬服の至りです。
> 小生童謡創作を断って早四五年、すつかり俗人になつてしまひました。昔の思ひ出を温めるに相応しく、「ロビン」をお送り下さいました御厚志感謝致します。

童謡界の大先輩、清水かつらからもハガキが来た。清水かつらは『赤い鳥』以前の『少女号』に「靴がなる」「叱られて」「あした」「雀の学校」等を発表した人だ。行雄が白秋派、八十派という範囲を越えて、広く、手をたずさえようとしていたことがわかる。九月二十八日の清水かつらのハガキ。

> 中秋好日。ロビンの御恵送。うれしく拝誦いたしました。巻首のともしびのいろの鮮らしさ。猿橋。大月への明るい旅の夜空がなつかしく想ひ出されました。今年もまた秋の日があたる、秋の風が吹く、そうして円く描く月の詩情が夜空を流れて、あしたの窓に、またロビンの唄が楽しく待たれます。

その他、西條八十、周郷博、高麗彌助、小林純一、水上不二、多胡羊歯等からも手紙やハガキが来た。ところで、吉川行雄は『ロビン』第一冊を準備している最中に、『ロビン』を周郷博との二人の広場ではなく、友人たちの共通の広場にしようと考えていた。多くの詩人たちが自分が書きたい作品を書き、発表できる広場を持っていなかったからだ。与田準一の手紙にもあったように、「店屋ものばかり造ったり食つたり」している時代だった。

『ロビン』第二冊は「巽聖歌特集」と決めて連絡した。喜びのハガキはすぐに来た。九月十八日の巽聖歌のハガキ。

> ――次号の特集とは恐縮です。本格的な作品を書けないで弱つてゐる時ですので書かせて貰えることが嬉しいです。篇数はどのくらゐでせうか。それから期間がどれだけお知らせを願ひます。

『ロビン』第二冊は十二月には発行する予定だった。だから、〆切りは十一月中旬と伝えた。行雄のハガキに巽聖歌も奮起して新作を発表しようと努力した。それがわかるハガキが残っている。

十一月十二日の周郷博のハガキ。

拝啓その後は御無沙汰いたし申訳ございません。甲斐はもう冬の衣装をつけたこと、思ひます。

野村さんよりの電話で、新作の童謡を送り度いとのことでした――

野村とは野村七蔵、巽聖歌の本名だ。

「新作の童謡を」と周郷博に伝えた巽聖歌だったが、結局新作を書くことができなかった。そこで書きためてあった作品の中から十四篇を選びだし、「晴れてある夜に」という一文と一緒に送った。行雄のもとには十一月二十七日に着いた。

だが、この時、行雄は「原稿拝受」の連絡をすることができなかった。行雄の上に、何かが起っていた。そこで、十二月に入ってから作品が届いたかどうかの手紙を巽聖歌は書いている。

十二月八日の巽聖歌の手紙。

原稿届きましたか。遅くなつて済みませんでしたが、二十六日に送りました。お陰で今年中での一番いい仕事を発表できるので喜んでゐます――右取急ぎ。

この手紙の返事も、多分すぐには届かなかったろう。『ロビン』第二冊は予定の十二月に発行されることなく、昭和十一年は終っていった。

昭和十二年

昭和十二年（一九三七）行雄三十歳。

吉川行雄、最後の年だ。百二十九日、三千九十六時間を、行雄は精一杯生きていく。

『ロビン』第二冊は二月一日発行で、一月末に発送された。

　ここで行雄は次のように記している。

「この『巽聖歌・特集』として一群の作品集は、じつは昨年の十一月に印刷すべく送稿を受けてあつたものでした。ところがそのころある事情が私を徹底的にいぢめつけつゝあったので、こんなにこの・ロビン・第二冊ををくらしてしまつたのでした。聖歌並びにみなさんにお許し願ひたいと思ひます。」

　巽聖歌に「原稿拝受」の便りを書けなかったのは、この「ある事情」だった。


　吉川行雄はとても忍耐強い人だ、と私は思う。十代の初めから歩くことのできなかった吉川行雄は悔しさと寂しさを静かに内在させて、まわりの人や自然に優しく接した人だ。その行雄が「徹底的にいじめられた」と書いている。病名はわからないが、ポリオによって衰弱した体を病気は激しく傷つけていたにちがいない。

　こんな苦しい状況の中で、時々訪れる小康状態を見つけては、行雄は童謡を書き、雑誌の発行にたどり着いた。

『ロビン』第二冊では、二篇の童話と四篇の童謡を発表している。

ユフガタ

町ヘ　デテ　キタ　鐘ノ音ト　風　トガ　アル
オ家　ノ　マド下　ヲ　通リカカリ　マシタ。シヅカナ　ユフガタ　ノ　コト　マドギハ　ノ　ユリカゴ　ノ　中　ニハ　コドモ　ガ　ヒトリ　ネカサレテ　イル　ノデシタ。
鐘ノ音　ハ　ウオン　ト　オツキナ　コヱ　ヲダシマシタ。ツヅケテ　ウオン　ウオン　ト　ドナリマシタ　ノデ　ユリカゴノ中デ　ネムツテ　イタコドモ　ハ　ビツクリシテ　メヲ　サマシテ　シマヒマシタ。キヨト　キヨト　シテイルウチ　ニ　オツカヒ　ニ　デテ　マダ　オカヘリニ　ナラナイオ母サン　ノ　コト　ヲ　オモヒダシタノデセウヒトリデ　オムヅガリ　ヲ　シハジメマシタ。
風ガ　ソヨソヨ　ト　ソコヲ　通ツテ　ユキマス。スルト　オマド　ニ　ツルシテアル　小サナ　風鈴ガ　チリン　チリン　ト　カハユク鳴リハジメマス。ユリカゴ　ノ　中ノ　コドモノ　オツム　ノ　ウヘノ　トコロデ　キレイナ　短冊ノ　色ガミ　ガ　ヒラヒラ　ト　ウゴキマシタ。
コドモ　ハ　イツノマニカ　オムヅガリ　ヲ　ヤメテ　ニコニコト　ワラヒダシマシタ。風鈴　ヲユビサシテ　ナニカ　イヒイヒ　アシ　ヲ　バタバタ　サセマシタ。
鐘ノ音　モ　風　モ　モウ　月ノデルコロ　ノ野ハラ　ノ　ホウ　ヘ　カケテ　イツテ　シマヒマシタ。

月夜ノオ話

オ月サマ　ノ　オ部屋ノマドニ　カケテアル　雲ノカーテン　ガ　ヤブケテ　シマヒマシタ。ソコデオ月サマ　ハ　アル　秋ノバン　ノ　コト　風　ノボーイサン　ヲ　オ呼ビ　ナサイマシタ。

――カアテン　ノ　オツクロヒ　ガ　アルカラト　イツテ　野原　ノ　シグレオバサン　ヲ　呼ンデ　オイデ。オ月サマ　ガ　コウ　オイヒツケ　ニナリマスト　風ノボーイサン　ハ――ア、　アノ仕立ヤ　ノ　シグレオバサン　デセウ、カシコマリマシタ。サウ　イツテ　チヨツキ　ノ　胸　ノ　青ボタン　ヲ　光ラシナガラ　オモテニ　デテ　ユキマシタ。ゴ門　ヲ　クグツテ　右ニ　カナメ垣　ヲマガツタカトオモフト　モウ　虫　ノ　音　ノ　涼シイ　野原　ノ　ホウ　ヘ　ハシツテ　イツテ　シマヒマシタ。

ヤガテ　風　ノ　ボーイサン　ガ　カヘツテ　キマスト　キフ　ニ　ソコイラ　ノ　樹　ヤ　草ノ葉ガ　サラサラ　ト　ソヨギダシテ　キマシタ。

ホラ　椎ノ木　ノ　ミチ　ヲ　野原　ノ　シグレオバサン　ガ　セツセ　ト　ヤツテ　クルノガ　ミヘルデセウ。チカチカ　ト　光ル　銀色　ノ　ミシン針　ヲ　アンナニ　タクサン　モツテ。

ロン

椎の木にゐる
うすぐもは、
ロンとさゞなみ
たててゐる。

い、
みをもあをいよ
風のかげ、
ロンと柵木を
こしてゐる。

もやがながれて
星月夜、
ロンと魚の目
しづめてる。

コロコロツキヨ

ハジケテ
コボレテ
草ノ実。

アメカト
オモフ
コホロギ。

コロゲテ
コロコロ
草ノ実。

キイテル
ツキヨノ
コホロギ。

揺れてゐる林檎の木

揺れてゐる、
揺れてゐる、
林檎の木。

風の中の林檎の木、
夕日の中の林檎の木。

揺れてゐる、
揺れてゐる、
林檎の木。

子供もゐない林檎の木、
鞦韆《ぶらんこ》ひとつ、林檎の木。

揺れてゐる、
揺れてゐる、

林檎の木。
　海が鳴つてる林檎の木、
　旗のよな雲、林檎の木。

　雪がふります

雪が降ります　日ぐれの露路に
板の小庇《こびさし》　ぬれました。

雪が降ります　樋にも地にも
しきゐに靴も　ぬれてゐる。

雪が降ります　小溝のふちに
ちろろん冬菜に　きえてゐる。

雪が降ります　山茶花、椿
鵞《あひる》もしよんぼり　ぬれてきた。

雪が降ります　日のくれぐれに
厨《くりや》のかあさん、灯《ひ》はまだか。

奥付には、「昭和十二年一月二十五日印刷納本・昭和十二年二月一日発行・ロビン第二冊・編集兼発行山梨県猿橋　吉川行雄・印刷人山梨県猿橋　吉川實治・印刷所山梨県猿橋　吉川印刷所・発行山梨県猿橋　吉川書店」とある。

これは第一冊も同じで、吉川家全体で行雄の願いを支えていることがわかる。

『ロビン』第二冊の発行に対し、一冊と同じく多くの手紙が来た。ここでは、まど・みちをの手紙を紹介しておこう。

月日不明のまど・みちをの手紙。

〃ロビン〃2号、たゞ今いたゞきました。本当にありがたうございました。一号と同じやうに、作品にも装丁にも印刷、綴方にもなに、もかににも貴下の感傷がにじんでゐて大変嬉しく存じました。

御作のうちでは、〝揺れてゐる林檎の木〟が一番好きでした。内的リズムが胸にひゞいてくるのが感じられました。まことに貴下の御作は、みんな、しづかに心に読むで、しみじみし度くなる態のものばかりです。〝コロコロツキヨ〟は、世にもかあいらしい月夜と存じます。しかし、なぜだかコロコロと実のこぼれる月夜が強く感じられません。失礼ですけれど、もし、私でしたら、こんな風にしたかもしれないと考へてみた事でした。

ハジケテ
コボレテ
草ノ実。

コロコロ
ツキヨノ
草ノ実。

コロコロ
アメダト
コホロギ。

キイテル
ツキヨノ
コホロギ

ほんのちよつと考へてみました丈で、ムロン之ではなつてゐませんでせうけれ共、でも、もう少しコロコロを入れて欲しく思ひました。印象的に。如何でせうかしら。

〝雪がふります〟ひぐれの雪のひそひそしいさみしさが迫つて来ます。ことに最後に、〝母さん〟をもつていかれたのを、そして、〝灯はまだか〟をおかれたのを、敬服いたしました。最後であるために特によく利いてゐるやうに思はれました。〝しきゐに靴もぬれてゐる〟も大変い、と思ひました。たゞ第一連の〝板の小庇ぬれました〃は〃板の小庇ぬれている〃ではいけませんでしょうか。〃ゐる〃〃ゐる〃とつゞくのがなにか雪のちらちらとふりつゞく趣を暗示しさうな気がするのですが——〃月夜ノオ話〃の匂はしい象徴に魅せられました。殊に最後の〃ミシン針〃を嬉しく思ひました。

第一号でも、御作の中に一番よく見かけられましたのは、〃月〃だつたのですが、この号でも亦あつちこつちで清々しいしずかなお月さまに出くはしました。御性格のやうなものが感じられ、ほゝえましく存じます——

貴下の御作を拝見の後巽さんのを拝見しますと、全く別世界へやつて来た感じです。巽さんのは、全く明るくロマンチックでピチピチしてゐます。貴下のは、しみじみと、そして陰影深く、こんな風に二つの世界をやわらかく調和内蔵したロビン2号は、ほんとうに雑誌などとは思はれません。所謂、雑誌というもの、観念がひつくり返されました——

東京の連中からの便りに、〃児童文学再興の気運が動いてゐる〃と度々いつて来てゐます。こんな田舎で本の代りに空と土ばつかり眺めて暮してゐる私には、雲の動きぐらゐのものしか映りません。

本当にありがたうございました。厚く御礼申しあげます。御自愛御精進下さい。草々

まど・みちを

吉川行雄様

『赤い鳥』以来の友人からのハガキもたくさん来た。二月十七日の小口吉太郎のハガキ。

拝啓　毎日お寒い日が続いて居ります。立春からのお日様はいく分暖くなつた様ですが、風はお山の雪の中から生まれて来ると見えます——吉川氏の童話には詩人ならでは感じ得ないであろうデリケートなものを深く感じました——

小口吉太郎は、明治四十三年（一九一〇）、東京生まれ。家業の食料品販売をしながら、『赤い鳥』に投稿。『チチノキ』『チクタク』『童魚』同人。このハガキは豊島区巣鴨三—二三　巴里屋とある。『日本童謡集』に一篇。

『ロビン』拝受の礼状と共に、行雄の体調を気づかう手紙も来た。

二月十四日の小林純一の手紙。

御無沙汰致してをります——お躰がお悪かつたと伺つてをりましたが、いかゞでございますか。お伺ひ申しあげます。とつくにお聞きしてゐながら、お見舞いも差上げませんで申しわけございません——『ロビン』も与田さん、柴野君とつぎ〳〵に特集をお出しになりますとか、他人事でなく忝い気持で期待しております——

「とつくにお聞きしていながら」と手紙にある。ということは、友人たちは行雄の状態を知っているということだ。ならば当然、行雄のところには見舞の手紙やハガキがいくつも来たはずだ。だが、行雄はそのようなものは一通も残していない。残したものは童謡に関する手紙とハガキだけだ、といっていい。吉川行雄の童謡に対する強い意識を感じる。

驚くことに、病気は確実に進行し、行雄の体を蝕んでいった中で、それでも果敢に、まちがいなく果敢に、『ロビン』第三冊、第四冊の特集を計画し、実行していた。ここで果敢に、とつい書いてしまったが、じつはこれは私自身ならということだ。多分、私が行雄の状態であったら、果敢というほどの強い想いがなければ前に進むことはできなかったろう。

しかし、行雄はちがった。淡々と、自分のあるがままを受け入れて、まわりの人々に対してはおだやかで、優しく接しながら、その上で、一歩でも二歩でも童謡の道を進んで行こうとしていたのだ。この吉川行雄の姿に私は強く心を打たれる。

『ロビン』第三冊は与田準一に、第四冊は柴野民三に決めた。特集に、との連絡を受けて、「——マダ

〈私ナドノ出ル幕デハナイト存ジマスガ、オ言葉ニアマヘテ、ガンバリマス――」と、柴野民三からの喜びのハガキも残っている。

甲斐の寒い冬が終わり、行雄の窓下の壺庭にあった椿のつぼみがふくらみ、やがて紅い八重の花を咲かせた。

――春がきたんだ、またきたんだ。

病気の苦しさを一時忘れて、行雄はとても明るい、しあわせな気持ちになった。そして、久しぶりに、一篇の童謡が生まれた。

四月十一日、「祭のころ」。

祭のころ

椿の花が咲きました
土蔵《くら》のついぢのわきのみち。
花は八重咲き、紅つばき
つぼみもまじる三つ、五つ。

椿の花の咲くころは
いちんち風が吹きました。

埃りまきまき吹く風よ
祭りももうじきうれしくて。

椿の花の咲くころは
僕らも新入生だつた。

ひさしに巣かけたつばくろを、
卵うむ日を気にしてた。

椿の花が咲きました
土蔵のついぢのわきのみち。
花は八重咲き、紅つばき
つぼみもまじる三つ、五つ。

じつは、『ロビン』第二冊には、「ロビン・第三冊は四月刊行予定」と書かれていた。行雄は床に伏しながらも、なんとか発行しようと編集は続けていた。そんな行雄を気づかうハガキと手紙がある。

四月十四日の与田準一のハガキ。

> 冠省　凸板を送るやう申上げましたが、印刷所の手ちがひでおそくなりさうですから、さし替えなしでおねがひします。なほその後の御消息等おきかせ下さいまし――御身体いかゞかと気にかゝつてゐますが……

四月十七日の与田準一のハガキ。

> 御はがき拝受　御不快の御容子　一日も早く御元気回復をいのります――

同じ四月十七日の藤井樹郎の手紙。

> おハガキ拝見　御病気のおもむき十分静養祈ります。仕事なんど第二のことだからあせらずやつて下さい――なんにしても身体が大事です。十分自重自愛他日の大成を期して下さい。

藤井樹郎の封筒には手紙の他にもう一枚入っていて、「行雄兄　感光板の巽君の批評の後尾へこれだけ挿入して下さい」とあり、四行の書き足しがある。『ロビン』第三冊からは特集だけではなく、かつての『鶺』のように感光板という批論も載せるつもりだったようだ。

「祭のころ」から十六日後、又、童謡が一篇生まれた。

四月二十七日、「雪野で」。

雪野で

雪に埋れた
北野のはてに、

鶫《つぐみ》がいち羽
凍えてをちた。
トロイカが馳けて
鈴の音してた、
どこぞの月に
銃と樹が鳴つた。

この日、おそらく行雄が残した最後の手紙と思われる、一通の手紙が届いた。未知の人からの便りだった。

四月二十五日の津田頴男の手紙。

前略　突然手紙をお送り致します失礼をお赦し下さい——白秋先生の精神を今日以后において如何に継承すべきかを微力ながら実践にうつしてたどたどしい童謡制作にたずさわるもので御座います。

現在まで貴兄の作品に実に多く教へられて来ました。お所がもつと早く解りましたのなら一年前に御便りを書いてゐたはずでしたが、今日それを知り、早速失礼をあへていたす次第で御座います。〝赤い鳥童謡集〟及び〝チチノキ〟七冊を通じて（勿論他の方々にも教へられておりますが）つねに僕へ激しい鞭を呉れた貴兄の作品です。

〝チチノキ〟——十七、十八冊は新刊本で求めましたが、他は苦心、足にまかせて東京の隅々の古本屋から探しだしたもので御座います。現在活動しておられる（ジャナリズムの上で）佐藤義美氏の〝雀の木〟与田氏の〝旗蜂雲〟より〝小鳥のお部屋〟や〝厨の冬のうた〟に心ひかれるのは如何なる心かと想ひます——貴兄の作品が〝パンフレット〟或いは他の雑誌に載つておりませうか。亦、そうしたものがありますれば御知らせ願へませんでせうか——　〝野原〟〝病気のとき〟〝風と野原〟〝木靴〟〝月の夜の木の芽だち〟愛誦する作品の一つでもふへることは僕を成長させてくれると想ひます。
突然全く貴兄にわずらわしいであろうところの御便りを差し上げる失礼を再度おわび致しますと同時に今后の御指導を御願い申上げます。御健康でい、作品を沢山書いて下さることを杳かにいのります。

津田頴男は、秋田生まれ。『童心群』同人。この頃、豊島区池袋町にいた。後年、秋田県北秋田郡にもどり、印刷所を経営。壇上春清の「季節の窓・友だち叢書」はこの人の印刷。版画も手がけた。作品集『汽笛』。

手紙は二十五日夜に書かれ、翌日投函され、二十七日に行雄のもとに届いた。この手紙は大いに行雄を励まし、勇気づけた。だからこそ、翌日の二十八日には三篇の童謡が生まれている。

四月二十八日、「たんぽゝ」「思ふこと」「ころころこん」。

たんぽゝ

たんぽゝ　たんぽゝ
その花は、月にほろんと
ともしてる。

たんぽゝ　たんぽゝ
その花に、日ぐれもほろんと
あかつてる。

たんぽゝ　たんぽゝ
その花に、どこやら野川も
きこへてる。

たんぽゝ　たんぽゝ
その花に、靄《もや》もほろんと
あかつてる。

たんぽゝ　たんぽゝ

その花は、月にほろんと
ともしてる。

たんぽゝ　たんぽゝ
その花は、日ぐれもほろんと
あかつてる。

思ふこと

丘のほとりの椎の木に
風がおはなしやめるころ
牧場の柵にくろ牛も
あかねの雲だかみてるころ
まちまでつゞく野の道に
お日さまさよならしてるころ

かぞへて七つ鐘の音が
野づらをひくゝわたるころ
誰もゆけない谷あいや
小人が住んでる森かげで
逢魔《おうま》がどきの妖精《フェアリイ》は
くろい上衣をつけるだろ。

ころこんこん

青い月夜に
ころころころん
ころところげる胡桃《くるみ》でしよ。
いえいえ月夜は
ころころころん
あれは田蛙《たかわず》、ころとなく。

青い月夜に
こんこんころん
こんと割りましよ、胡桃でしよ。

いえいえ月夜は
こんこんころん
あれは田の口、こんとなる。

五月に入った。窓から吹いてくる風も、すがすがしく、気持ちがよかった。行雄は自分の目に写る、壺庭の木や草花が、そしてその向うに見える空や、雲や、山の緑も、なにもかも貴いものに思えた。時おり聞えてくる、工場の印刷機の音も、父や母の話し声も、弟妹の家の中を動く気配すら、どこか遠く、なつかしく、忘れがたいものに思えた。

五月四日、「月夜」。

月夜

椎の木の
ちやうど高さに
ランタンのよな
月がでてゐる。

誰かふえ
遠田のかわづ
タンロンロン
風もでてゐる。

ランタンの
月のまぢかに
チラチラとさゞなみ
雲もながれる。

五月五日、「白牡丹」。

白牡丹

白牡丹、
日の照るなかに、
蕋《しべ》は、まだ
つゆをためてる。

白牡丹、手の鳴るほうへ
ほら、いつも　すこしゆれてる。

白牡丹、
微風のなかに、
かげは地に
ひとつおちてる。

白牡丹、手の鳴るほうへ
ほら、いつも　すこし向けてる。

行雄は夢を見ていた。透明になって、ふとんから浮き上がり、六畳間の天井をつき抜け、屋根を抜け、ゆっくり空に上がっていった。怖いことは何もなかった。むしろ、うきうきするほど楽しい気分だった。

行雄は立ち上がってみた。まっすぐに立てた。足を動かしてみた。何んでもないことのように、かるく動いた。うれしくなって、手足をおもいきりのばして、深呼吸をした。猿橋を囲む山々の緑の空気が、体いっぱいに入り込んできた。

——なんて気持ちがいいんだろう。

もう少し上に行ってみようと思った。と、その時、遠くの方を何かが歩いていくのが見えた。

——あっ、ぼくの童謡たちだ。
　あんなに遠くまで。

行雄はとても倖せな気持ちになった。

行雄の最後の童謡が生まれた。
五月七日、「どこへゆく」。

どこへゆく

小さな靴は、はかれてく
小さい足にはかれてく
戸口のしきゐをまたいでく
――小さな靴よ、どこへゆく。

路次のみぞ板、ふみこへて
石ころなんか、けとばして
ひろいをもてへ、日の照るはうへ
――小さな靴よ、どこへゆく。

まへにはばうやのかげばうし
うしろにやたててく土ぼこり
小犬もあとさき、ついてゆく。
――小さな靴よ、どこへゆく。

まぶしい空だ、あの雲よ
向うはひろい野原だろ
おつきな街もあるのだろ
――小さな靴よ、どこへゆく。

どこへゆく、どこへゆく
小さな靴よ、どこへゆく
どこへゆく、どこへゆく
――小さな靴よ、どこへゆく。

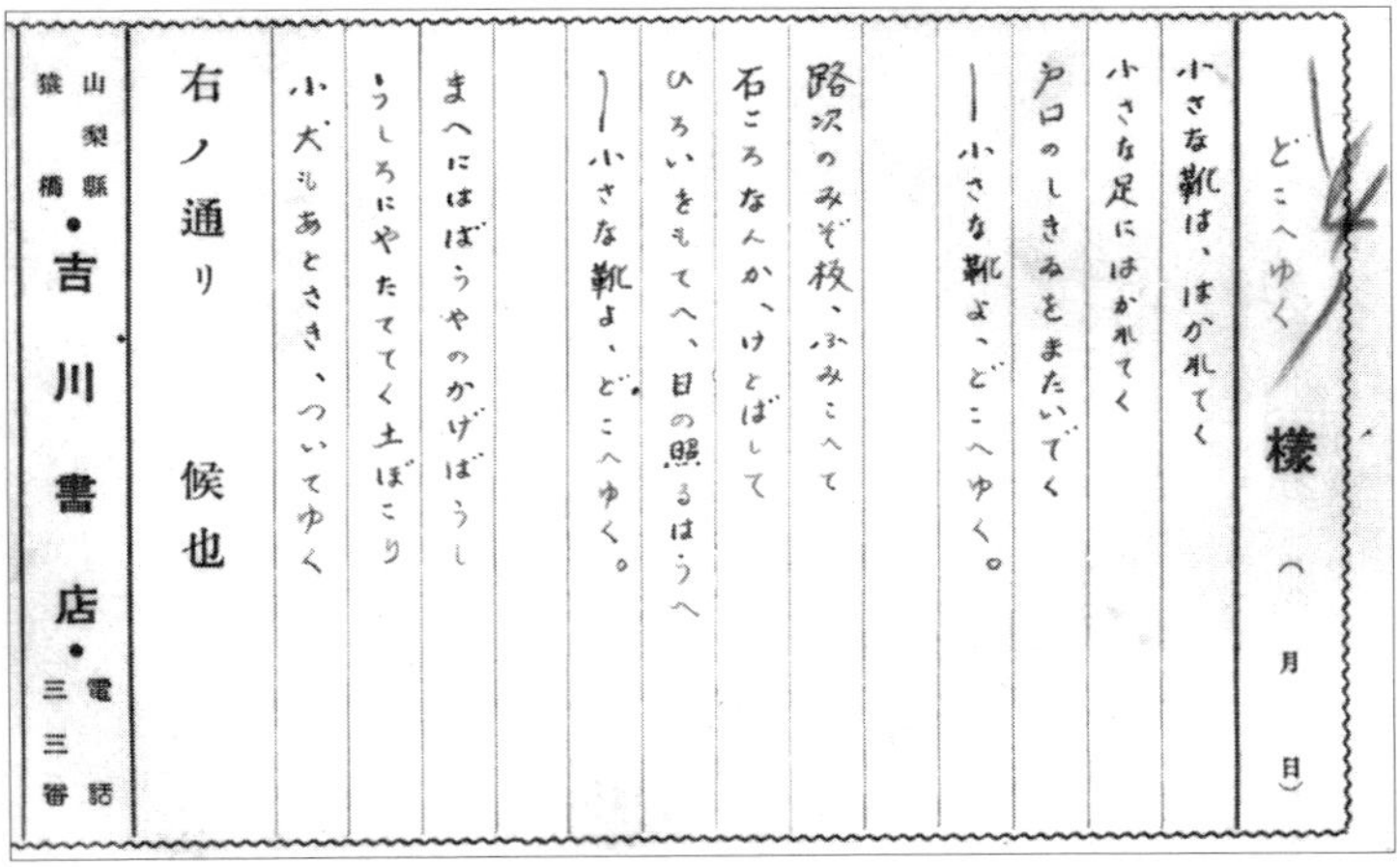
どこへゆく　様（　月　日）
小さな靴は、はかれてく
小さな足にはかれてく
戸口のしきゐをまたいでく
―小さな靴よ、どこへゆく。
路次のみぞ板、ふみこへて
石ころなんか、けとばして
ひろいをもてへ、日の照るはうへ
―小さな靴よ、どこへゆく。
まへにはばうやのかげばうし
うしろにやたててく土ぼこり
小犬もあとさき、ついてゆく
右ノ通リ　候也
山梨縣猿橋・吉川書店・電話三三番

この二日後――。

昭和十二年（一九三七）五月九日、午後六時、家族に見守られ、母ヒサに抱かれるようにして行雄はこの世を去った。おだやかな眠るような最後だったという。

吉川行雄、三十歳。童謡を愛し、童謡と共に生きた、短かいが、凛とした一生であった。

葬儀は二日後の五月十一日、心月寺で行なわれた。この日、吉川家から心月寺まで、長い長い葬列が続いた。


後日、父吉川實治は行雄の追悼のために『牧場の柵　絶唱　吉川行雄』と題する一冊を残している。

ここには「祭のころ」から「どこへゆく」の遺作七篇と、「作風に寄せて」与田準一、「友情に寄せて」周郷博、「しろい角笛」眞田亀久代、「悼」古村徹三、清水たみ子、「薔薇に翳す」有賀梓、「吉川さん」小林純一、「野薔薇を黒のリボンで結んで」米山愛紫、「微笑を求める」水上不二、「ロビンと吉川さん」小林金次郎、「吉川さんのこと」安藤徇之介、「天国の花苑」壇上明宏、「月夜の草雲雀」渡辺ひろし、「木の芽よ、蟬よ」高麗彌助、「吉川さんと一日」新美南吉、「吉川サンノ死」歌見誠一、吉川孝一、「行雄さんの居室を訪ねて」仁科義比古、「吉川君」藤井樹郎、「吉川行雄さんの長逝を悼む」多胡羊歯、二十人の追悼文と詩、そして巽聖歌の「傷む」と題する十首。吉川孝一、本多鐵麿の楽譜、西條八十、葛原繁、千葉省三、弘田龍太郎、石田道雄（まど・みちを）、島田忠夫他多類の弔文が掲載されている。

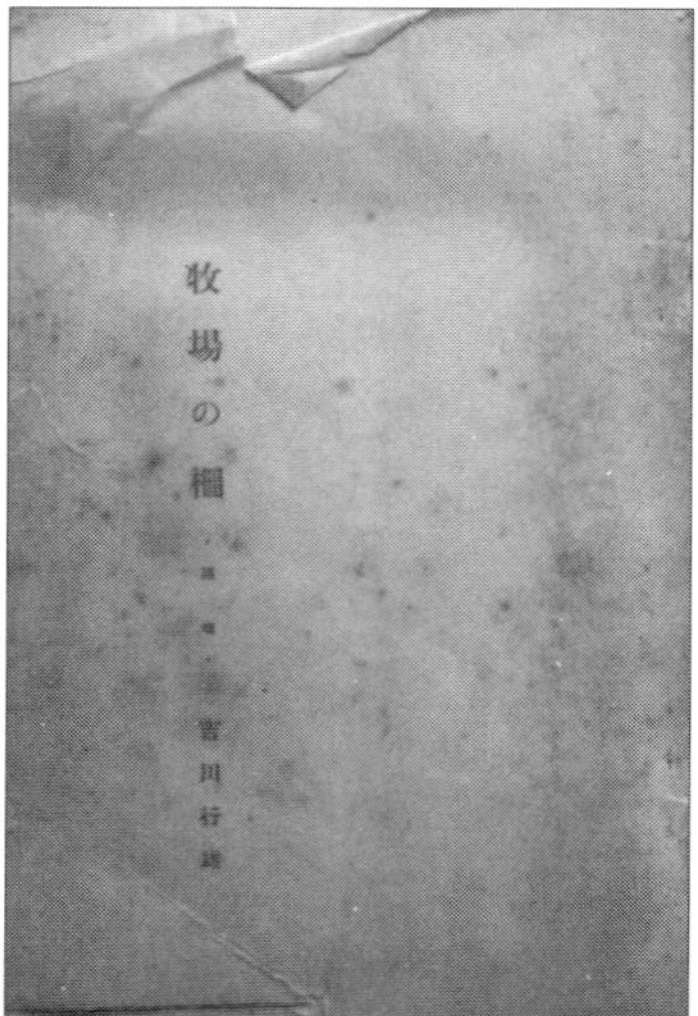

ここでは「月夜の詩人・吉川行雄」を書くきっか

けをつくってくれた周郷博の追悼文を御覧いただこう。

「友情に寄せて

周郷博

どこからどう書いたらいゝのか。

繁忙な日日のあはたゞしい気持の中で、あなたを偲ぶにはあまりに俗念が多過ぎるのである。

僕はあの頃をおもふ。君―といふ言葉づかいを許して貰えれば―も僕も若かつた。あの頃、昭和四年の秋だつた。君は突然僕に茶色の封筒の手紙をくれて、當時九州の後藤楢根さんのやつてゐた新興童謡詩人協会の同人としてだらしのない童謡を作つてゐた僕を無理矢理にそこから引き出して、「鶲」の同人にしてしまつたのである。その頃の手紙に、あなたはこう云つて喜んでおられる。

いゝおたよりをいたゞいて私はうれしいのです。では同人と云ふことで御いで下さい。(中略)さあ鶲は私たちふたりのものになりました。眞率にはつらつといゝ空気の中を飛翔しようではないか。(以下略)(九月九日)

奇しき運命の巡合せとも云うべきものか、それから僕達の交際は兄弟以上に深められたのである。いや、未熟な凡俗な僕の上に、あなたはどれだけ気高い愛惜の手をのべられたか。そのことは月日の経つにつれていよいよ心にしみてくるのである。故郷に帰つて古い文箱をさがしてみるとそれらの手紙は実に数十通を多きに及んでおり、時によると一週間に二三通ものたよりを発見する。僕の急性肋膜炎、又高等学校から大学への入学など、母のように又兄のように遠くはなれてゐる僕について何かと心をくだき、そしてよい結果を知るとあなたは自分のことのように、子供のように、兄弟のように喜んで下さつた。書きつゝも涙がこぼれる程に思はれる――。

お工合如何様ですか。あれからずつと暖かかつたので、よかつたですね。四月になつたらおいでられるでせう。待つてます。「アパートの子供たち」いゝ作品でした。在来のものに比して内容的に(形式的というよりも)一面を拓いた

ものと私は考へております。（以下略）（六年三月二十三日付）

又僕達が結婚した時、病身であり、恐らく将来結婚の喜びをもつことはないであろうあなたは、

新しき門出に立つ貴兄らをこころから祝福いたします。いまは申上る言葉もよう出ないでゐます。たゞ嬉しさでいつぱいです。（以下略）（九年十月廿五日付）

と、こう云つて僕達を祝福して下さるのであつた。やがて生れる僕達の子の上にまで心をくだいて下さつたのである。

お母さんが亡くなられてから豊ちやんや富士子さんに対する心づかい、小さな綾ちやんに対する深いこまやかな愛、かよはい病身に凡ての悩みと苦しみとを自ら身を以て背負いつゝ、あなたは、あなたに近づく人すべてをおほらかな聖なる愛の翼につゝまうとなされた。このことは工場の人々、町の人々、そしてあなたの詩を愛する多くの未知の人々の心にしみこんで行つた。

あなたはおのずから吉川家の支柱であり不動の錨であつた。寡黙にして、やさしく而も男らしく、凡そあなたほど深く純粋に、可憐なものを愛し、正義を愛した人が他に幾人あるであろうか。

枇杷の花のように、月の夜風のように、世にあなた程、「母」に生きた人も亦稀であろう。あれ程慕つた母を失つた哀しみと、新しいやさしい母を得たよろこびと、あなたは之を忘れた日はなかつたに違いない。母、母―そのおほらかな母心から、あなたの凡てが始り、あなたの凡てが終つてゐる。そこからあなたの詩が生れ、そこからあなたの愛が脈打ち、あなたの三十一歳の一生が、まことにキリストのような一生が若葉のようにひろげられてある。人をして泣かしめ、人をして襟を正さしめる。

あなたを、たゞ淋しい詩人であつたと云う人があれば、それはあなたの瑣末な一面をしか見ない人である。あなたの童謡はあなたの日日の雑然たる仕事場に於て、あなたの逞しい愛から、おほらかな母心から、健康な子供のように生れたのだ。六年の春、

僕が高等学校の三年の春、始めてあなたにお目にかかつた時に、「僕達は何故童謡を作るのだろうか」という問いの答へに、あなたが、はつきりと「それは小さなものへの愛だと思う」と云われたのを僕は今思い起す。だから、成人が子供の謡の形をかりて詩を作るというような、退嬰、逃避、臆病、そんなものではなかつた。どこまでも建設的であつたのである。又最近に於いてはフランス語を勉強されやさしい物は読みこなせるまでになつておられた。病身吉川行雄兄の「母」を貫く愛─小さきものへの逞しい愛と熱と力と、時代への鋭い眼とを、人々は忘れることが出来ないであろう。

──

昭和十二年五月八日は土曜日だつた。長く故郷へも帰られなかつたので、久しぶりに帰るつもりをして切符を買つて電車に乗つたのに、途中で気が変つて東京へ戻つてしまつた。明けて九日の日曜日は晴れて風があつた。珍しく一日弁当を持つて、家中で石神井公園に遊び、帰つて夕飯のあとベルの音とカンテラのチラチラする気配にはッとして受取つて見た電報「ユキヲシスヨシカワ」あまりに突然であつた。

常日頃、口にされてゐたその通りに、お家のどなたにも迷惑をかけずに、あなたは、あなたを一番たよりとしあなたも亦誰よりも頼みとしてゐた、新しいやさしいお母さんの手に抱かれたま丶、あなたのすきな夕べの気配の中に、苦しみもなく、眠るようにして亡くなられた。生れる時から、神さまの御手に渡されるまで、何という聖き母の愛への終始のまどかな一生であろう。世に美しき人の一滴の涙のような。

──こうやつて書きつらねてくれば、今更に胸に深く矢のように差してくるものがある。僕の如き俗物を相手にされ、吉川さん──と云つても吉川さんはもうゐないのである──はどれ程深い友情を以て僕をつ丶まうとされたか。にも拘らず今こ丶に僕だけが残されてゐる。芥にまみれて生きてゐる。けれど僕は今はつきりと感じる。神さまに愛されて柔順なこの一粒の麦を守り育て、五月の風の中に成長せしめることこそがあなたの友情に応へる僕の唯一のつとめであることを。

謹みて研光院翰道衍悟居士霊前にさゝげて苟且のお別れの言葉とする。


（七月二日未明）」

最後に『牧場の柵』に記した、父吉川實治の言葉で終りたいと思う。


「謹んで諸先生先輩の方々へ御禮を申上ます。

息行雄死去に付きましては、諸先生先輩の方々の御厚情御友情に感激致しまして、肉親と致しましては只々有難涙の外御座いません。

息の此の方面に延びて行く事は少しも気附ません で、性来温順の行雄でしたので、三十一年の死まで一度も私に対して、一言の返答を致しました事がありません。行雄「ハイ」行雄「ハイ」随分私の性質として無理な事も有つたでせう。本人は自分の病身と言ふ事が私へ対して申譯のない事、相済まぬと言ふ気で、出来る丈私の手伝ひを致したいと言ふ心情で居た様です。此一念で私に尽してくれた其のあはれが行雄「ハイ」行雄「ハイ」でありました。

今日皆様に絶讃の御言葉を頂いて始めて、あれも、是れもと思ふ事が多々あります。実は皆様の御手紙を一々拝見致しまして涙の新たなるものがあります。

今回行雄の追悼号発行に際しまして、御弔詞を今一度讀校正致す心得でありましたのに、如何にも其事が私としては身を切らるゝ思ひが致しますので、次男に任せました御察しを願ひます。

茲に皆様方の御健康と御幸福とを御祈り申上、謹んで御禮申上ます

父　吉川實治」

エピローグ

本稿を書き終った時、月夜の詩人という、美しい敬称を冠せられた童謡詩人　吉川行雄の生涯を、なんとか目に見える形に組み合わせることが出来た、という思いでいっぱいだった。

吉川行雄への旅を思いつかせてくれたのは、まちがいなく、その童謡の魅力、もっと読んでみたいと感じさせる力であった。しかし、三十年という生涯のジグゾーパズルは、たくさんの友人たちの手紙やハガキがなければ完成することは出来なかった。

「詩を書くのはなぜだろう」という周郷博さんの問いに、「なぜって……、それは愛だと思う」と答えた行雄さんだからこそ、人間の一生は自分一人では成り立たない——家族を含めた、すべての存在があって初めて成り立つ、ということを深く知っていたのだと思う。だからこそ、雑誌と日記、そして、たくさんの友人たちの手紙やハガキを残したのだろう。

なによりも楽しかったのは、登場人物の三分の一の方が、私が二十代から今日までにお目にかかることが出来た、童謡の大先輩だったということだ。

周郷博、与田準一、巽聖歌、柴野民三、小林純一、後藤楢根、平林武雄、檀上明宏、そして、佐藤義美、まど・みちお——この詩人たちの二十代の頃の自筆の手紙やハガキは、何度となく、お目にかかった時の声や姿を思い出させて、胸を熱くしてくれるものだった。

こんな倖せの時間をくださったことを、吉川行雄さんに感謝したい。

本著では、童謡詩人の集まりの出席簿をとるように、出来る限り多くの詩人たちの名前や手紙やハガキを載せた。その多くはすでに忘れられてしまった詩人たちだが、この方たちがいて、現在の童謡が成り立っているし、すでに名を残した人たちも、又、この方たちに支えられてきたことはまちがいない事実だからだ。だから、登場してくださったすべての詩人に、童謡詩人という名を冠したい。

忘れられた多くの童謡詩人たちを思い出させてくれたのも、吉川行雄さんだ。行雄さんは贅沢な時間を私にくださった。

雑誌『ロビン』は第三号を与田凖一特集の予定だったが、実現することはなかった。しかし、この二十年後の昭和三十二年（一九五七）、今度は与田凖一編の『日本童謡集』の中に、吉川行雄の作品が二篇載ることとなる。作品の力といえばそれまでだが、時を越え、場所を越え、友情は変わらなかったということだ。

本著においては、作品、日記、手紙やハガキはすべて旧カナ遣いのままとした。なかには誤字・脱字もあるが、それもそのまま載せた。又正式には吉川行雄だが、ここでは童謡の世界で使われている吉川行雄とした。

生涯と共に、吉川行雄さんの残した作品を、出来る限り集めて、合わせて一冊の本とした。ゆっくりと、行雄さんの童謡を楽しんでいただけると幸いだ。

本著を書くにあたって、行雄さんの弟、吉川英雄さんのご子息である、吉川実さんと吉川誠さん、そして鈴木田鶴子さんには、お力をお貸しくださったことを心からお礼申し上げます。特に、誠さんとそのご家族が、七十年も前の行雄さんの多くの資料や、友人たちの手紙やハガキを大切に守ってこられたことに、敬意と共に感謝申し上げます。このことがなければ、吉川行雄の甦りは行なわれなかった。

又、出版社「てらいんく」の佐相伊佐雄さんには、東奔西走して、吉川家にはない資料をいくつも見つけてくださったこと、そのおかげで作品数が豊かになったこと、更に、詩人たちの難解な自筆の手紙類を読み解いてくださったこと、遅遅として進まない校正を、それでも何校も出してくださったこと、など、厚くお礼申し上げます。

最後に、この稿の校正時に、「平成十四年度　文学講座4　山梨の文学　第6回」に、溝口克己氏の『月夜の詩人　吉川行雄の詩業』という三十一頁の研究冊子があることがわかった。ふるさとの人が本著より前に、吉川行雄の甦りに力をそそいでいたことに、改めて敬意を表したい。

今年、平成十九年（二〇〇七）は、吉川行雄生誕百年、没後七十年にあたる。この年に本著が出版されることは、私の力ではなく、成るべくして成った、ということだ。

月夜の詩人　吉川行雄に心を込めて、本著を献じたいと思う。

吉川行雄童謡全集

「郭公啼くころ」

ハグレスズメ

アヲイ
ツキノ
ハカゲ

ハグレ
スズメ
ネテタ

ユメガ
サメテ
ナイタ

スズメ
ヒトリ
ボッチ

トヲイ
カゼニ
ナイタ

夕焼

夕焼　小焼
お家へ帰ろ
ほしもの入れてる
母さんが見える
夕焼　小焼
お家へ帰ろ。

カゼノフクヒ

カゼノ
フクヒ

スヾメ
チリリ
チリリ

アヲク
ウネル
ソラニ。

ボクハ
ヒトリ

スヾメ
チリリ
チリリ

カケル
ソラヲ
ミテタ。

お留守居

今夜　お留守居番
さみしいな

天窓から
星がこつそり
覗いてる。

マツリノカヘリ

マツリダ
カヘリダ
コドモダ
ノミチダ

ラッパダ
タイコダ
コブエダ
ナクコダ

ノバラダ
ニホヒダ
コバチダ
ヒグレダ

アニサダ
オトトダ
ノノサダ
ノミチダ

アラシフクヨ

アラシ
フクヨ

オホシ
ヒトリ

モリノ
ウヘニ

オメメ
サメタ

ナニカ
ナクヲ

ヂツト
キイタ。

お午ごろ

風よ、
とより
とより
光り。

日向
野茨
明り、
翳る。

蜂巣
小蜂
群れる、
閑か。

日暮れ

日暮れて
お庭の木の芽だち
かそかな　いきしてさみしいな。

日暮れて
お庭の木芽《きのめ》だち
ボールが　とんでゝ　ゆれてます。

日暮れて
お庭の木の芽だち
お空の青さが消えました。

日暮れて
お庭の木の芽だち
みんな帰ろよ、またあした。

笹の葉鳴り

雀　古巣で
夢を見た
ホロホロ　よい夢
宵に見た
雀　見た　見た
夢に見た

月のよい里
茅の屋根
かぐや姫さを
夢に見た
かぐや姫さの
あのよい夢は

笹の葉鳴りに
そとさめた。

嵐の晩

お山の小鳥
今夜のような
嵐の晩は
どんな顔してる。

お山の小鳥
今夜のような
嵐の晩は
さぞこわかろう。

小さいおぢさんのうたへる

照子ちゃん
僕の可愛い照子ちゃん
僕のねんねのお国では
いつも照子ちゃんは
女王さま
ちさい　やさしい女王さま

王座は野菊の花のかげ
兵士はオモチヤの兵隊さん
あかいシヤツポにカーキ色
おどけた姿で捧げ銃
オモチヤの兵士はたゞひとり

黄金《キン》の王冠　野の小風
あかい洋服　花の唄
いつでもねんねの女王さま
うつとりながめて番してた
トンボの飛行機　くるくると
いつでもお空で輪をかいた。

照子ちゃん
僕の可愛い照子ちゃん
僕はオモチヤの兵隊さん
いつでも照子ちゃんの
夢の国
おどけた姿の兵隊さん。

てきつぽ

ひとり
月夜に
てきつぽ
うてば

明る
窓に
てきつぽ
ぽん、よ。

すみれと雀

すみれ　すみれ　すみれは
どこに咲いてゐた。

すみれ　すみれ　すみれは
お背戸の石がけの
雀の古巣の入口に。

雀　雀　雀は
毎日なにしてた。

雀　雀　雀の子
お汽車を見てゐたの
お汽車の煙を見てゐたの。

日かげり空地

かけつこしてる
三人児
ぼつぼつ枳殻
白い花
日かげり空地の
赤帽子
ちらちら三人
赤帽子。

雨はれ

子雀　子雀
あち見て　こち見て
なに　なにしてる

子雀　子雀
電信線に
おひとり
なぜ　なぜ飛ばぬ

子雀　子雀
向日葵
揺るゝに
なに　なにしてる

子雀　子雀
雨もはれたに
なぜ　なぜ啼かぬ。

子牛の夢

月夜だ　月夜だ
子牛の夢だ　子牛の夢だ
月夜だ　月夜だ
鉄砲百合だ　鉄砲百合だ
月夜だ　月夜だ
子牛は啼いた　子牛は啼いた
月夜だ　月夜だ
鉄砲百合食べた　鉄砲百合食べた
月夜だ　月夜だ
子牛はさめた　子牛はさめた
月夜だ　月夜だ
まぐさ場のにほひ
まぐさ場のにほひ。

お馬かぽかぽ

お馬　かぽかぽ
渚の声に
船を待ちます
お夢の船を。

お馬　かぽかぽ
お伽のキング
ねんねしてます
お馬のせなに。

お馬　かぽかぽ
渚の風に
お耳立てます
待ち遠に
夢積むお船の
待ち遠に。

さぼてん

さぼてん　さぼてん
とげの花
白いラッパの花つけた
さぼてん　さぼてん
花咲けど
とげぢやほんとに困ります。

蝶々はこわくてよりつかず
トンボも横目でチヨイと見た
雀も頭へ穴あけた
いゝ、
おけらもたづねちや、よう来ない。

さぼてん　さぼてん
とげの花
白いラッパはしぼみます
ひとりぢや　さみしゆて
しぼみます。

もぐらもち

ムツクリ　ムツクリコ
もぐらもちのトンネル工事だ
ムツクリ　ムツクリコ
段々畑に日も暮れかゝる
ムツクリ　ムツクリコ
望遠鏡でのぞいたもぐらもち
ムツクリ　ムツクリコ
はあてな　夜かな　月夜かな
ムツクリ　ムツクリコ
そつと出て見りや　段々畑
ムツクリ　ムツクリコ
桐の花散る　よい月夜
ムツクリ　ムツクリコ
あゝあ、つかれた　くたびれた
ムツクリ　ムツクリコ
トンネル工事のもぐらもち
お家にもどつてねんねした
あしたの晩までねんねした。

郭公啼くころ

あの子は死んだ
なぜ　なぜ　死んだ
なぜ　なぜ　死んだと
郭公が啼いた

あの子のみたまは
お父さんもゐない
お母さんもゐない
お空へ行つた

泣き泣きひとりで
のぼつて行つた
みんなのお眼が
泣き泣き見てた。
――空しくなつたあの子のいとけなきみたまに――

アサ

アサノ
オマド

ダレカ
ヨンデ
イルナ

アサノ
オマド

ダレカ
ヨブカ
ミタラ

アサノ
オマド

ギンノ
コサメ

アカル。

七つ星さま

七つ星さま
長柄杓
かはりばんこで
水くんだ
水は　みづうみ
山のかげ　あの山のかげ

七つ星さま
長柄杓
水涸れ天の川へ
水ために
七つ星さま
ヒーカリコ。

蝸牛

百日紅は
静かだ
夜は空を眺めてる。
蝸牛、静かだ
花の蔭から
煙るような空に
そつとお星を探してる。
百日紅は
銀色の吐息だ
夜更けには　眠る
蝸牛は　眼をさましてる
葉の蔭から
なつかしい　百日紅の
夢を探してる。

木の芽になつたお星さま

ある朝
お星さま
よいお夢
みたので
ホツカリ
眼をさましや
いつか木の上
木のこずえ
小さな木の芽に
なつてゐた。

父さん

父さん　日暮れだ
水まこか
躑躅の鉢だ
ならんでる。

木札だ　よい名だ
よい花だ
みはた錦だ
高根の雪だ。

父さんちよつとだ
休まぬか
よい香だ　番茶だ
お母さんだ。

父さん　番茶だ
腰かけだ
うまそだ　ほんとだ
ニコニコだ。

父さん　元気だ
半纏だ
井桁に叶だ
夕焼だ。

しめりの花

い、朝に
来てたは
雀。
い、花に
啼いたは
いした、き。
い、朝の
しめりの花
霧島。

甲斐の猿橋

甲州猿橋
夜が明けまする
靄のなか丶ら出て来た
お馬だよ
シヤンコだ　カポカポ
お初のお渡りだ、よ。

甲州猿橋
日もおひるどき
魔王の山から出て来た
お風だよ
サラリコだ　ザワザワ
おつぎのお渡りだ、よ。

甲州猿橋
日も暮れか丶る
あかいお顔で出て来た
お月様だよ
オツトリコだ　ヨイヨイ
のんきなお渡りだ、よ。

甲州猿橋
夜も更けまする
アリヤリヤ出て来た
お猿さまだよ
ヒヨツコリ　ヒヨツコリ
おしんがりさまだ、よ。

お山の仲よしたち

山に仔馬は
ヒヒンとないた
草に小鳥は
チッチと啼いた。

山にお日さま
ニコリと笑つた
草に山いちご
チラリ　のぞいた。

山に仔馬は
小鳥とあそんだ
草に小鳥は
よい唄　うたつた

山にお日さま
トロリと寝てた
草に山いちご
頭かくして寝てた。

ぼたん櫻の花散るころ

桃太郎さんの
お供は
犬とお猿と
ケンケン雉子だ
桃太郎さんは
ぼたん櫻の花散るころに
はるばる旅へと
出かけなる

桃太郎さんの
行く先は
山と海との
まだまだとほく
桃太郎さんは
黄金の花咲くよいとこへ
はるばる嫁御を
おさがしに。

雨に

石楠花
今朝は
咲いたな
まつかに
雨に。

眠むたいお眼に
いゝな
いゝな
花は
まつかに
雨に。

石楠花
濡るゝ
濡るゝ
かはいゝな
まつかに
雨に。

ばんげ

かたさせ　すそさせ
秋が来る
お椽にこほろぎ
きくばんげ

お風呂の煙が
月のなか
すつと消えるよ
風が出る

かたさせ　すそさせ
秋が来る
だまつて　こほろぎ
きくばんげ。

もう山、暮れる

いした、き
いした、き、よ
濡れずにお帰りな
雨着　貸そかな
もう　お山
暮れて、雨よ。

いした、き
いした、き、よ
お山見て飛びな
提燈貸そかな
もう　お山
暮れて　暗い、よ。

月夜

ラララン　ランラン
月夜だ　風だ
露だ　匂ひだ
蛙だ　窓だ
どこかだ　る、ら、
ラリルレロ。

ラララン　ランラン
月夜だ　お馬だ
お花だ　背戸だ
うまやだ　ねんねだ
お空だ　夢だ
小笛だ　ヒユーヒヨロ
ハヒフヘホ。

お留守居

アンテナに
青い
月。

遠空に
ほそい
雲。

お留守居で
僕は
窓。

宵祭り
遠い
笛。

オン化かそ

月夜の狸の
はらつゞみ
子狸ひきつれ
お出かけだ

後から狐が
ついて出た
浮かれ狐が
ついて出た

狸と狐の
里の子供を
オン化かそ。

鶯と懸巣

鶯、啼いてりゃ
ケキヨ　ケキヨ
ケキヨ　ケキヨ
懸巣が
まねする
ホーホケキヨ。

懸巣が　まねすりゃ
ケキヨ　ケキヨ
ケキヨ　ケキヨ
鶯
びつくり
ホーホケキヨ。

浜辺の花

チラリ
浜辺に
花咲けば
花咲けば
雀は　ものを
考へる。

ホロリ
浜辺に
花散れば
花散れば
雀は　三粒の
米たべた。

カレマツバ

カレマツ　小マツ
カレマツバ
カゼ　フキヤ　パラパラ
ハガオチル。

カレマツ　小マツ
サビシイカ
小トリ　ガ　トマッテ
キ　ガ　ユレテ。

カレマツ　小マツ
カレマツバ
カゼ　フキヤ　ダマッテ
ハ　ヲオトス。

そだつもの

はたけの麦の
麦の芽は
（いっすん伸びれば
　いっすんお空へ
　近くなる）
夜も日も伸びた
ツン伸びた。

はたけの雲雀の
雲雀子は
（飛べば　飛ぶだけ
　それだけ雲雀子
　おほきうなる）
夜も日も飛んで
見たがつた。

知らぬまに

雀が蒔いた
麦の芽　ちよろり
ひとりで伸びたよ
せが伸びた。

雀が蒔いた
麦の芽へ　サラリ
一日一荷の
水かけた。

雀が蒔いた
麦の芽　ちよろり
雀　知らぬまに
ツンツン伸びた。

峡

お眼々
さめよ
鶯、よ。

峡に
啼けよ
日はまだ、よ。

お手々
うてよ
山の児、よ。

おはね
うてよ
鶯、よ。

雀と蕗の薹

お日さま　おつとりこ
丘の蕗の薹こつくりこ
親子でうそうそ
夢見てる
ヒヨツコリコと雀が
空から飛んで出た
お日さま　おつとりこ
親子の蕗の薹こつくりこ
雀もついつい
こつくりこ
こつくりこと三人
いちんち
寝ちまつた。

夜明けの風

風、風、風
夜明けだ
サラ
サラ
サラ

鳥屋の屋根で
眼をさます
おてんとさん。

風、風、風
夜明けだ
サラ
サラ
サラ

牡丹の花の蔭で
眼をさます
蝸牛。

ねんねねかそと

チツチと啼いて
いしたゝき
いしたゝき
お山ぢや
小石はたゝけまい

いしたゝき
いしたゝき
お山にゐるときや
なにたゝく
よい子のねんねの
せなたゝく

チツチと啼いて
いしたゝき
いしたゝき
ねんねねかそと
子をたゝく。

はつなつのはな

ひとはちながらせきちくは
おまどにそよかぜ
そとたてる。

おまどのはなならまづしくも
だれでもながめて
したとほる。

おさないながらはなびらは
こむしに
ゆめをおしへてる。

かはいゝながらせきちくは
なにやらおもふ
ときもある。

「銀の泉」

秋の思ひ出

松の落葉にうづもれて
あか初茸《はつたけ》も見へました
名さへ知らない小鳥など
時々かさこそ来てました。

楽しいたのしい遠足に
足を痛めて泣きました
みんなにわかれて先生と
林をぬけてかへりみち。

とほい河原の秋の陽に
枯葉がちぎれて舞つてゐた
ふたりはしみじみ見てたつけ
いつかの秋のことでした。

今年もさみしい秋が来て
またあのころとなりました。

眼のない雉子
――こわれたおもちゃのうた――

おもちやの鳥は
眼のない鳥ヨ

眼のない鳥は
かための雉子ヨ

かための雉子は
飛ばない鳥ヨ

おもちやの鳥は
はねのない鳥ヨ

はねのない鳥は
はねなし雉子ヨ

はねなし雉子は
飛べない鳥ヨ。

夕暮れ

もう日は暮れる
日は暮れる
向岸《むこう》のまちに灯《ひ》がついた

―かへろうよ　かへろうよ
―あかりになるから　かアへろ

ついぢの寺も
さむざむと
ご門にこゆきが舞つてきた

―かへろうよ　かへろうよ
―こゆきがふるからかアへろ

岸のやなぎも
さみしいな
水かれ水車もさみしいな

―かへろうよ　かへろうよ
―さよならさよなとかアへろ。

雪と木靴《きぐつ》

木靴のサボは、ひろはれた、
町の露路裏、雪がふる、
さむいひぐれに、ひろはれた。

木靴のサボは、まづしくて、
空家の扉《と》口、樋《とい》の下、
よごれたまゝで、ひろはれた。

木靴のサボは、ひろはれた。
あかりもつかない、露路の雪、
なんだかさみしく、ひろはれた。

鳩《はと》

鳩のお小舎《こや》は
木のお小舎、

いつもかはいい
鳩が二羽、

くくうと啼《な》きなき
鳩が二羽。

お小舎につづく
柵《さく》のみち、

野ばら咲いてる
草のみち、

鳩はお羽を
光らせて、

あをいお空を
飛んでつた。

くぬぎの丘へと
飛んでつた。

涼しい晩

青い玉蟲《たまむし》、
月夜には、
光つて、光つて、
柵に飛ぶ。

涼しい、涼しい、
椎の木は、
昼は照り雨、
夜は風音《かざと》。

納屋の積藁《つみわら》、
こんな晩、
ねぼけて、ねぼけて、
鶏《とり》が啼《な》く。

涼しい、涼しい、
お晩さま、
誰だか垣根に、
かげがする。

月夜のご門

月夜のご門、お月夜は、
『ほうい、みんなよう』お月夜に、
呼びに出る門、うちの門。

うすい棕櫚《しゅろ》の花、お月夜は、
こどももかげかげお月夜は、
うれしいご門、うちの門。

ころころ蛙子《かえるこ》、お月夜は、
野川もちろちろお月夜は、
かけかけ出る門、うちの門。

つゆこい草みち、お月夜は、
草履《ぞうり》もぬれます、お月夜は、
とほくなる門、うちの門。

とてもわくわくお月夜は、
『ほうい、母さん！』お月夜に、
呼びに出なさる、うちの門。

鴫啼く田

鴫は田の鴫
田で啼く鴫ヨ
背戸の田甫《たんぼ》は
寒いか鴫ヨ

かゝさん寒いネ
寒いネ鴫は。

鴫は田の鴫
田で啼く鴫ヨ
背戸の田甫は
月夜か鴫ヨ

かゝさん月夜ネ
月夜ネ鴫は。

朝

竹やぶに
あつまる雀、
納屋の父さん、
蹲《かが》んでのぞく。

筧《かけい》のそばの、
木ふようよ、
水汲みしてる、
いもうとの、

まつげの深い
瞳《め》が笑ふ

「よしきり」

春

ぬくといお日も
さゝないが、
やぶにしたくさ
萠へました。

雉が光つて
立つあとに、
小石ほうつて
見てゐたら、

ふつと寂しく
なりました、
木の芽の匂ひ
鼻をうつ。

ほつかりとほい
春霞み、
里はおひるに
なりました。

校舎のある風景

梨《なし》の花
咲いてる
あの柵《さく》。

窓ふたつ
まづしい
校舎。

柵のそば
石うつ
村童。

石をうつ
かすみの
畑に、

ハンチング
よぢてく
鉄柱。

午睡《ひるね》

ろうろう闌ぐる。

鬚《ひげ》の、
占易《うらない》師、
午睡。

椎《しい》の木梢に
ひる月、かしぐ。

古び、
筮竹《ぜいちく》、
算木。

茜《あか》い筆軸、
小耳をすべる。

鬚の、
占易師、
日中。

鳶《とび》、白堊《はくあ》に、

「金の星」・「金の船」

梅に鶯《うぐいす》

梅に鶯
啼《な》いて見な
ホーホ　ホケキヨとナ
ホーホ　ホケキヨとナ
あっちの小枝で
啼いて来ちゃ
こっちの小枝で
啼いて見な
梅に鶯
夢を見な
ホーホ　ホケキヨとナ
ホーホ　ホケキヨとナ
あっちの小枝で
啼いて来ちゃ
こっちの小枝で
夢を見な

田圃《たんぼ》の月

ほうい　ほいほい
田甫《たんぼ》の月は
案山子《かがし》のおせなに
ねんねした

ひとつぶたねを

ひとつぶたねを
まいたらば
とつとが出た芽を
たべちやつた。

ふたつぶたねを
まいたらば
ふたつがふたつ
芽を出した。

いたずらとつとが
かんがへる
兄弟だつたら
かはいさう。

寒夜《さむよ》

霜夜狐《しもよぎつね》
その声こほる
寒いから
啼《な》くな

狐こん
霜夜ア寒むいから
狐啼くさ

子供藁家《わらや》で
その声ヨきいた
囲炉裏火《いろりび》ァとぼる

「赤い鳥」

かげ

つきのひかり
ひる　の　やうだ。
たれ　か　とほる、
さむい　せきだ。
はた　の　むかう、
ながい　かげだ。

月夜

月夜、
梨《なし》の花白い。
馬屋《まや》は、
ひつそりしてる。
あの道、
光つてさぶい。
こはれ
木柵《もくさく》、崖《がけ》よ。

朝の散歩

風は笹《ささ》の葉そよがせる。
雀、二羽来てもつれてる。
葉つぱの朝つゆ、こぼれてる。
蜘蛛《くも》がこつそり、さめてゐる。
日かげ蜘蛛の巣ひかつてる。
僕は静かに歩いてる。
丘がまる〳〵肥えて来る。
赤屋根ちら〳〵見えかくる。
空、あを〳〵と冴《さ》えてゐる。
とんび飄《ひょう》々かけて来る。

白い花

白い花、揺《ゆ》る、よ、
白い、白い、花だよ。
匂《にお》ひ、匂ひ、こぼるよ。
日向《ひなた》の、垣根《かきね》よ。
こゝの家《うち》、お留守よ、
お縁で待たうよ。
かげる、かげる、花よ、
蝶《ちょう》、飛ぶ、かげよ。
この花、なにでしよ。
ま日向に、のどかよ。

三日月

枇杷《びわ》の花、
お背戸。
三日月
冷《ひや》い。
いたちツ子、
ほう、ほ。
うまやに
消えた。

冬の日

納屋《なや》の横手に、
竹きる父さ。

枇杷《びわ》は匂《にお》ひの、
たかい花。

煤《すす》の竹きる、
わびしい、すがた。

牝《めん》鶏はのど啼《な》き、
うつうつしてる。

月の夜の木の芽だち

あをい月夜の
木の芽だち、

ちさいかはい、
貝に似て、

かうと光つて
ねてゐます。

(猫《ねこ》がおひげをこほらして、
とゝやのかげに消える夜、)

なにか匂《にお》ひを
けぶらして、

白うふるへる
木の芽だち。

うすい月夜

うすいおぼろに、
いぶされて、
月は魚になりまする。

ほそい木にゐる、
丹頂《たんちょう》も、
とろり、とぼけて飛びまする。

風とふくれて、
ふはり来て、
とろり、お羽が消えまする。

うすい月夜の
れんげうは、
白い羽虫《はむし》になりまする。

風

どこもかしこも、
さかりの緋桃《ひもも》。
丘に光るよ、
こどもと犬と。
まうへに行くよ、
真昼のとんび。
かすかにどよめく、
祭りのぞめき。
風は町から、
霞《かすみ》とあがる。

竹藪《たけやぶ》

月夜の竹藪、
あを〳〵と、
玉虫、玉虫とんで来る。
丘の向《むこ》うの椎《しい》の木で、
今夜は玉虫生《うま》れるか。

月夜の竹藪、
さえ〴〵と、
夜風が、夜風がとほつてく。
河瀬のかはやな、水螢《みずぼたる》、
今夜もかすかに生れてる。

風から

風から、
椎の木、
あかるくなる。

街からは、
靄《もや》と、
祭が、
匂《にお》ふて来る。

風から、
瀬《せ》のおと、
あかるくなる。

月からは、
鷺《さぎ》と、
牡丹《ぼたん》が、
匂ふて来る。

「乳樹（チチノキ）」

トム・ヂム・サムの唄《うた》

紅《あか》イ　紅イ　林檎《りんご》ガ
アソビ　ニ　来タ　ヨ
オ部屋　ノ　扉《ドア》ヲ　コツコツコツ
　「アソビ　ニ　キタヨ　トム　ヂム　サム」
　「アケテモ　イイカ　トム　ヂム　サム」

スルト　コタヘル　部屋ノ中
トム　ヂム　サム　ハ　部屋　ノ　中
トム　ハ　ナゼ　ダカ　元気　ナイ
　「トム　ハ　ゴ　病気　キノフ　カラ――
アアア　ドクター　ハ　マダ　コナイ」
ヂム　ハ　オヤオヤ　ソツケナイ
　「ヂム　ハ　オネム　サ　サツキ　カラ――
オナカ　ガ　カラツポ　ツマラナイ」
サム　ハ　トツテモ　セハシソウ
　「サム　ハ　アゲテル　オ時計　ニ　ネジ　ヲ
――
　オヤツ　ガ　クルマデ　ヒマ　ガ　ナイ」
（コツク部屋　ノ　コツクサン　ハ　オルス）
（卓子《テエブル》ノ　上　ニハ　フライ・パン）
（胡桃《くるみ》ガ　十バカ　ヨゴレタ　スプン）

紅イ　紅イ　林檎　ガ
カヘツテ　ユク　ヨ
アパートノ階段　コロコロコロ
　「サヨナラ　シマシヨ　トム　ヂム　サム」
　「ゴキゲン　ヨロシユ　トム　ヂム　サム」

オリコウナ子ニハ

オリコ　ナ　子供　ガ
アルノ　ナラ、

オ部屋　ヲ　一部屋
アゲタイ　ナ、

オメザ　ヤ　ナンゾ　ガ
ホシイ　トキ、

オ手々　ヲ　ウテバ
ソウ　スレバ、

チーク　ノ　卓子《テエブル》、
ホワイト　ノ　クロス、

ソレニ　オ皿　ガ
一枚　アレバ、

林檎《りんご》　ガ　コロコロ

ハイ　林檎、

珈琲《コオヒイ》　ガ　一パイ、
ソレ　二ハイ、

コックサン　ニ　カクレテ
フオーク　ダノ、

ナイフ　ガ　オハヨ　ト
ヤツテ　クル

オメザ　ハ　イカガ　ト
ミンナ　クル。

ソンナ　オ部屋　ガ
アゲタイ　ナ、

オリコ　ナ　子供　ニ
アゲタイ　ナ。

アワテ者バカリ

食卓《テーブル》　ガ　十二
ソレカラ　オ椅子《いす》、
ソコ　ヘ　オ客　ガ
ポイト　キテ　カケル。

ミンナ　オホン　ト
オヤヂ　ヲ　呼ンダ、
オヤヂ　セハシイ
セカセカ　ヒトリ。

スプン　ガ　カチヤカチヤ
カケダス　ト
アト　カラ　フオーク　モ
カケヌケル。

ヤケド　シテ　パンパン　ハ
ナキ　ダス　シ、
馬鈴薯《ばれいしょ》　ハ　オ皿　ニ
シガミ　ツク。

林檎《りんご》　ハ　コロゲテ
コブ　ダス　シ、
オヤヂ　ハ　ガンガン
ドナリ　ダス。

ソコデ　タマゲル、
十二人　ノ　オ客、
誰　カ　タチ上ツテ、
フライ・パン　ヲ　タタク。
カンカラ　カラン　ト、
フライ・パン　ハ　鳴ツタ。

ロボツトがをつて

ロボツトがをつた、
お時計の中に——

ノツポのロボツトと。
チンピラのロボツトと

ノツポのロボツトは
階段のぼつた、

コツンコツンコツン
コツンとのぼつた。

チンピラのロボツトは
お部屋をまはつた。

一のお部屋のベルがなる　チリン
隣のお部屋でベルがなる　チリン
チリン。
あちらのお部屋でベルがなる、
チリン　チリン　チリン。
こちらのお部屋でベルがなる、
チリン　チリン　チリン　チリン。

ベルが鳴つた　鳴つた、
十二も鳴つた　チリン　チリン。
ベルが鳴つた　一日《いちんち》　チリン　チン。
十二も鳴つた　チリン、
チリン　チリン　チン。

ノツポのロボツトと
チンピラのロボツトと。

ロボツトがをつた
お時計の中に——。

木靴《きぐつ》

木靴はまづしい
靴だから、
リボンなんぞは
ありやしない。

木靴は小さい
靴だから、
子供のお足に
はかれてる。

木靴はかはゆい
靴だから、
よちよち、それでも
かけたがる。

木靴は子供の
靴だから、
いつでも露路から
でてかない。

野原

白い野ばらは
みちのはた、
風にまみれて
咲いてゐた。

櫟《くぬぎ》ばやしの
うへの空、
雲はしづかに
ちぎれます。

牧場の牝牛《めうし》
まだら牛、
こどもは裸足《はだし》で
追つてゆく。

野原へをりた
雲のかげ、
丘や、線路を
越えてつた。

小鳥ノオ部屋ハ

小鳥ノオ部屋　ハ　キレイダロ、
イチ度　ユケタラ　ウレシカロ。

野罌粟《ノゲシ》　ノ　徑《コミチ》　ヲ　行ツタナラ
オ家　ハ　ヨイ丘　草ノナカ、
蔓《ツル》ノアケビ　ヤ　野イチゴ　デ
カザツテ　アルダロ　キレイダロ。

小サイ扉《ドア》　ヲ　アケテ　ミリヤ、
ミドリノベツド　ニ　ネンホロロ、
茶ノ斑《フ》ノ卵　ガ　六ツ　七ツ
ネカシテ　アルダロ　カハユカロ。

野原　ヤ　雲　モ　ヨクミヘテ、
夕焼　小焼　ガ　消ヘタナラ、
オマド　ニヤ　黄金《キン》ノ月　ガ　デテ
ランプ　ニ　ナルダロ　アカルカロ。

小鳥ノオ部屋　ハ　タノシカロ
イチ度　アソビ　ニ　ユキタイナ。

厨《くりや》の冬のうた

錆《さ》びた蛇口をもるしづく、
ふけてつらゝに凍るころ、
玉葱《たまねぎ》なんかを曳《ひ》いてゆく、
老ひた鼠《ねずみ》はつらいだろ。
　さアむい　さアむい　さアむいよ。

戸棚《とだな》のすみや　床のした、
濡《ぬ》れた食器を鳴らすよに、
鳴いた厨のこほろぎは、
いつから鳴かなくなつただろ。
　さアむい　さアむい　さアむいよ。

風と野原

牧場へぬけたそよ風は、
牝牛《めうし》の背中でひかります。

けれども風は知りません、
風はどこまでゆくのかを。

そして牝牛も知りません、
風はどこから来たのかを――

線路を越へたそよ風は、
野から雲へとはしります。

けれども雲は知りません、
風はどこから来るのかを。

そして野原も知りません、
風はどこまでゆくのかを――

お戸棚のうた

わたしはないないなにもない、
あかいミルクのあき鑵《かん》や、
小さい木皿に、パンのくづ、
こわれた手籠《てかご》があるきりよ。

わたしはないないなにもない、
わたしの背中に穴あけて、
鼠《ねずみ》が出はいり　お丶　いやだ、
にくい鼠が　お丶　いやだ。

わたしはないないなにもない、
小さいこどももあけてみて、
なにもないよといふけれど、
うれしくなるんだ　そんなとき。

わたしはないないなにもない、
あかいミルクのあき鑵や、
小さい木皿に　パンのくづ、
こわれた手籠があるきりよ。

垣根《かきね》の唄《うた》

荒地《あれち》の石ころ　日かげつぽ、
わたしは垣根の茨《いばら》の花。

やせたとげとげ　小さい葉、
いぢけたお花がかなしいな。

たまには垣根のわきのみち、
日向《ひなた》もまぎれて来るけれど。

きつとそこらに落ちてゐる、
ガラスのかけでしよ　意地悪な。

チカと来る目がをゝいやだ、
ねむいお目々にをゝいやだ。

　荒地の石ころ　日かげつぽ、
わたしは垣根の茨の花。

青いとげとげ　小さい葉、
なぜだか　何だか　さみしいな。

ろんろんろん

ころころこんこん　月夜でよ、
かはづが木の鐸《すず》、ろんろん、ろん。
ころころこんこん　月夜でよ、
をいらは耳根がろんろん、ろん。

病気ノトキ

イツデモ　オクスリ
マクラモト、
　ヨクナレ　キイキ　ト、
マツテヰル。

粉ノオクスリ
水グスリ、
　オアガリ　イイ子　ト、
サミシソウ。

ヤサシイオヂサン
体温器、
　オ熱ハ　アルカ　ト、
気ガモメテ、

ネンネノ　腋《わき》ヲ
ノゾイテハ、
　オトナニ　シテネ　ト、
サミシソウ。

「きへいたい」・「螢の光」
「童謡詩人」・「ゆりかご」
「愛誦」

笛をつくる童《わらべ》

月夜です。

そのなかで底つめたいほどの空気が青澄んでふるへます。

こどもが竹林に竹をきってゐます。かうかうと空まで音がとゞいてゐます。

――この夜更けにおまへは何をしてゐるのか。

――竹をきるのです。

こどもは誰かと話してゐるらしい。

――そうして、竹をきつてどうするのか。

――笛をつくるのです。

――笛？

静かな月夜です。こどもは無心に竹をきるのです。

かうかうと、かうかうかうかうと――。


暗いくもり日です。

桐の花がほとほとほとと散つて来ます。

こどもは窓に竹を削つてゐます。きさ、きさ、きさ――とかすかな音です。

――おまへのつくろうと云ふ笛はいつかう鳴ろうとしない。

――………。

こどもはすうん、すうんと息をひそめてゐます。

――そうして、笛をつくつてどこで吹かうと云ふのか。

――丘のうへで――。

――丘のうへで？

雲ぎれがしてちらりと青い空がみへます。こどもは無心にその鳴らない笛に唇《くち》をあてるのです。ふるるゝ、ふるゝると息がふるへます。


月夜でした。

バルコンの寝椅子にこどもはねむつてゐました。くうくうくうと、そうして口をあけてほれぼれと寝ほけてゐたのです、

（どこかの湖のうへで蒼白い微風が目を澄ましてゐます。

そうして今夜のやうな月夜には、つめたい湖の寝息は、きこゑないものです――。）

こどもはゆめをみてゐるのでした。

（夢はにんげんのこゝろの半面をまつさほ

いかげにしてしまふものです。──）

──一九二八・五・二七──

芒の穂

月夜の里の里はづれ
芒がおいでとまねいてる。

誰が来るかときいたけど
芒に芒にきいたけど、

芒にお返事ありませぬ
芒はねむつておりました。

月夜の里の穂芒は
夜風になよなよ揺るばかり。

寂しい夢

夢　夢　月夜の青い夢
夢夜は泣かれる　なつかしい
いつも夜見て朝消へる

寂しいこころの影のよに
眠れば瞳《ひとみ》つむりや夢に見る
月夜のはァまのはまぢどり

追へば啼《な》き啼きはまちどり
砂山かげ来て消へてゆく
あとにはなァみの音ばかり

寂しい秋の鳥ゆへに
いつもちりぢりなみのうへ
霧のさかまを旅してか

青い夢夜は悲しいな
ちらちらキネマのスクリーン
微《かす》かにぼやけて消へてゆく

土曜日の午後

古い校舎の
鉄の窓、
日中を誰か
閉めてる。

露台にがら、ん
鐘《かね》ふるかげよ。

日向《ひなた》の匂《にお》ひ、
校庭の
楡《にれ》に風ある、
——古風な。

廂《ひさし》もげた学帽、
おちてるひとつ。

ランプに

ちいさなランプに、
照らされよ、
胡桃ふたつよ、木の皿よ。

樫の木づちも、
照らされよ、
影はな、めに、卓子に、

貧しい銅貨も、
照らされよ、
よごれた壁よ、蟋蟀《こおろぎ》よ。

ちひさなドアも、
照らされよ、
光はほそく、鍵穴に。

かすみ

やまのかすみの
あのおくに、
あのなかゝら
ほら、ぽんかん、ぽんかん、おとがする。

やまのかすみの
あのおくに、
あのなかゝら
ほら、いゝかほり、いゝかほり　ほおつてる。

やまのかすみの
あのおくに、
あのなかゝら
ほら、ちィぱッぱ、ちィぱッぱ、とりがなく。

やまのかすみの
あのおくに、
あのなかゝら
ほら、けむがたつ、けむがたつ、ひるまから。

やまのかすみの
あのおくに、
あのなかゝら
ほら、わァらび、わァらび、うまれてる。

村の春

ぽをろり　ぽをろり
ぽをろぽろ
あめうりぢいさん
ふえならし
ひとついしばしわたります。

ぼうかり　ぼうかり
ぽうかぽか
たんぽゝわたげ
ましろくて
しづかにおそらへきへてゆく。

ゆうらり　ゆうらり
ゆうらゆら
わアらびやまに
たつけむり
きのふもけふもたつけむり。

おうぼろ　おうぼろ
おうぼおぼ
かねつきみどうは
はなのなか
日に日にみたびのかねがなる。

病気

いちんち雀が
来なかつた。

寝てるはさみしく
なつちやつた。

百目柿《ひやくめ》がひとつ
落つこちた。

絵本、ほうつて
眼をつむる。

薔薇の垣根に

薔薇の垣根に、
咲いた、咲いた、薔薇が、
あかい野ばらが、
トララと咲いた。

お窓の中では、
小麦粉、麺包粉、
牝牛のママさん、
パン　パン焼いた。

煉瓦の窓枠、
壁蔦、小づた、
牛乳《おちち》の空壜、
木靴があつた。

牡牛はおもてで、
日向ぼこぼこり、
おつののハンカチ、
ほら　かはく。

薔薇の垣根に、
咲いた、咲いた、薔薇が、
あかい野ばらが、
トララと咲いた。

罌粟の小舎

罌粟はほろろと
小舎のそば
草のなかから
ほろと咲く。

草はりりりと
ほうき草
はだしにりりと
かゆいくさ。

豚はころろと
みちのはた
草のなかから
ころと出る。

罌粟はほろろと
小舎の壁
草のまどにも
ほろと咲く。

夢をのぞく

蜻蛉のお瞳はすきとほる
蜻蛉のお翅もすきとほる
日暮れてお翅が見へずなりや
夢がほのぼののぞかれる
夢夜がお瞳《め》でふるへてる。

小蟻がこつそりのぞきます
夢夜はさみしい月の浜

そうそう松かぜ波のおと
のぞけば千鳥がちりぢりに
啼き啼き砂やまこえてゆく
蜻蛉のお瞳《め》はなつかしい
いつも夢夜でふるへてる。

「鷭」「バン」「ばん・のぱんふれつと」

山の家

竹の葉、さらさら
おまどに鳴るの。

竹に冷たい
お月さま出てる。

わたしは母さん
ない子なの。

月夜のお月は
なぜなぜさぶい。

竹はさらさら
雨では　ないの。

月夜よ　月夜よ
雨では　ないの。

雉《きじ》のこゑ

背戸の松やま
雉なく昼ま、

父さ　焚《た》く火か
うすい煙《けむ》。

障子ぬくとい
さみしい厨《くりや》、

ひるたくごはんの
匂《にお》ひする。

春風

春風　そよ〳〵　おとほり　なされ
かすみ　の　中で　呼びなさる
だれ　か　神さま　お笑ひなさる
『おめざ　に　なされ　こどもら』
『おめざ　に　なされ　こどもら』
すると町ぢう　まど　あける。

春風　ぴよろ〳〵　笛　ふきなされ
林　の　中でも　呼びなさる
だれ　か　神さま　お笑ひなさる
『木の花　咲かせう　木の花』
『木の花　咲かせう　木の花』
すると　こずえで　鳥　が　なく。

春風　ちら〳〵　おねむり　なされ
どこ　でも　ほら〳〵　呼びなさる
神さま　神さま　お笑ひ　なさる
『蝶　に　なりなされ　野原　で』
『蝶　に　なりなされ　野原　で』
すると　はなびら　とばされる。

月といたち

月にうすうす、
けぶる、けぶる柵《さく》に、
白い李《すもも》か、
しぐれふるひかり。
納屋《なや》の横手さ、
かすかな、みちに、
はしるいたちか、
かげかげさぶい。

雉《きじ》のこゑ

孟宗林《もうそうばやし》に
陽とほるぬくさ

ふとい掌《て》かざして
納屋《なや》出る父さ

こみちくだつて
街道へ出てく

背戸の松やま
風うつひゞき

なにか侘《わび》しい
雉のこゑまじる。

母さ

母さと厨《くりや》に
さみしいひるま

山でぬくとい
雉《きじ》こが啼《な》いて

背戸で筧《かけい》の
水おと、ひゞく

ぬれたおまつげ
こひしい母さ

おひざでほろりと
ついねかされる。

ねむのお月様

ほろほろほろ　お月さん出てる
ほろほろほろ　ねむの花に出てる
ほろほろほろ　ねむの花あかい
ほろほろほろ　おゝ、ほろほろろん

ほろろ　ほろほろ、どの子だろ
ほうい　ほういはどの子だろ
どこのどの子か呼ばれてる

ぼうや　まんまだよウ
ぼうや　まんまだよウ

ほろろ　ほろほろ　どの子だろ
ほうい　ほういはおひぐれの
どの子も　どの子も呼ばれてる

ほろほろほろ　お月さん出てる
ほろほろほろ　ねむの花あかい
ほろほろほろ　ねむの葉にねむれ
ほろほろほろ　おゝ、ほろほろろん。

月夜のこゑ

月は木の花
煙らせる
風と、匂《にお》ひとかすませる。

鶴《つる》も、かげかげ
飛ばされて
渓《たに》から月の夜ふるはせる。

ほそい梢《こずえ》に
白う来て
ほうら、月夜のこゑとなる。

風はどこかで
虫となる
月と、瀬《せ》おとに群れて来る。

月夜に来るおと

なんて、うすうすねむの花、
なんて、しみじみねむの花、

なんて、かすかなお月夜に、
月夜の、月夜の匂ひする、

なんて、とんろり月の暈《かさ》、
なんて、ふるへる月の暈、

なんて、かすかなお月夜に、
月夜の、月夜のこゑもする、

なんて、とぼけた月夜鶏《つきよどり》、
なんて、ほろほろ月夜鶏、

なんて、かすかなお月夜に、
月夜の、月夜のかげもする、

なんて、たまむしとばす夜、
なんて、ひそひそとばす夜、

なんて、かすかなお月夜に、
月夜の、月夜のおとが来る、

なんて、かはい、おとが来る、
なんて、やさしいおとが来る、
すたすた草履《ぞうり》のおとが来る。

風の吹く日

風の吹く日は
晴れた日は
山から野から雀《すずめ》たち
ぴゆうぴゆう
たかやぶ　うちました。

風の吹く日は
晴れた日は
恐や　山鳴り　きいてござれ
ひやうひやう
雲飛び　はやくなる。

風の吹く日は
晴れた日は
父さも　兄さも　早よかへれ
びようびよう
牛啼《な》き　さみしゆいぞ。

海ちかい秋

からまつ原の
風のおと
潮の香も
まじるよ。

深いひるまの
鳥のこゑ
すゝきの中の
吾妹香《われもこう》。

まつげの青い
こどもよ
きいてると
誰か呼ばうよ。

木の芽と鷺《さぎ》

芽だち
紅《あか》い帽子《しやつぽ》の
光つて　光つて
いくつも

三日月に
しがみついてる
帽子ほしがる
青鷺

おぼろに一羽
しめつて
影のよに
樹間《きのま》とんでる。

けぶたい月夜

月夜の杏《あんず》は
むんむんぬくい。
わつそり出た月
まんまるい。

月夜の杏は
なんてまた白い。
貉《むじな》がたまげた
わア　えごい。

月夜の杏は
ぼかぼかけぶい。
いたちア　ままて
ありア　火事だい。

月夜に

春山で
ぬくい楤《たら》の芽

ぜんまいの
まるいこぶしも

芽ぶくのよ
こんな月夜を。

春山で
ぬくい雉《きじ》こよ

ひるごろを
啼《な》いたあのこゑ

まだどこか
おくでするよな。

侏儒幻想《こびとのはなし》

夜中と　梢《こずゑ》が
ねてるまに

ふかい月夜の
木の花は

ひつそり冷たい
翅《はね》となる

月はどこかの
お空から

侏儒となつて
翅にのる

ほうやり童話の
街に来る。

燈籠《とうろう》流し

ゆかただ　ゆかただ
ゆかたの波だ
とつてもぞめきだ　はみだすほどだ
みんならんかん　しつかととらめろ。

ほうら　ゆれだす
あかい灯《ひ》だ　青だ
流れでるでる　つゞけつゞけ燈籠だ
見てろ谿《たに》ぞこ　風《かざ》みち　のろ瀬《せ》
浅瀬もふくれろ　くだけろ
ふえろ。

空はお月だ
杏《あんず》いろの月だ
とつてもむしむし　いきれる
ひとだ
どうだ　空までのしてくぞめきだ。

ほうら　はじける
火だまだ　仕掛煙火《しかけ》だ
はじけるはじける　かしぐかしぐ
燈籠だ
見てろのろ瀬に　風みちふとる
岸もこたえろ　ひゞけろ　あかれ。

山小屋で

ふくろのこゑも
しぐれるか
ほう　ほう　谿《たに》から
夜はしめる。

　あんこゑ　さぶしな
　お父《と》つあん
　もうぢき秋のころやろか。

谿川　かゞる
炬《ひ》も見える
小屋にしぐれの
夜はふかい。

　やまめもこゑる
　ころやろか
　瀬川《せがわ》もちよろちよろ涸《か》れたやろ。

ふくろのこゑも
もう　消えよ
ほう　ほう　およれ
夜《よ》はくらい。

　おらゝも　ねられぬ
　お父つあん
　背戸の風みち　気がかりな。

五月の月

月はぬくとい、
羽毛《はね》よ、
もつこりと、ふくれてるんだ。
　飛ばすのよ、
　飛ばすのよ、
　夜は白う　こまかい羽虫《はむし》を。

月はあかるい、
牡丹《ぼたん》よ、
ほうやりと、匂《にお》ひ出すんだ。
　こぼすのよ、
　こぼすのよ、
　夜は蛾《が》の　むせつぽい光りを。

月はすゞしい、
子供よ、
お祭のよに、笑つちやふんだ。
　鳴らすのよ、
　鳴らすのよ、
　夜はほら、虹《にじ》となる、七色の
　ハープを。

雲の上でも

あの雲　あかるい
しづかだな
かあさんのよに　ぬくいな
うれしくて　うれしくて
ならない日よ
あの雲のうへでも
雉《きじ》がなくと　いゝなあ。

秋のころ

茗荷《みょうが》の花は、
秋の花。

ちらちら竹の葉、
やぶのなか。

茗荷の花の、
うす黄いろ。

昼も蚊《か》ばしら、
たててゐる。

月

月はぽうたん、
ぬれた青。

月はおつきな、
五位《ごい》鷺の白。

月はさぶしい、
沼《ぬま》の銀。

月はぬくいな、
靄《もや》のかげ。

月は匂《にお》ふな、
崖《がけ》の貝殻《かい》。

とほいかあさま

おかあさまはねぶいの
花園のようにねぶいの
お月夜のあんずのようにねぶいの
羽毛《はね》のようにあつたかで　さぶしくて
ぼんやりで
牡丹《ぼたん》のようにおつきいの
おかあさまはかなしい
おかあさまは雉《きじ》ぐるまのように
かなしいの
かげろふのようにかなしいの
おかあさまはとほいの
丘のようにとほいの
しぐれのようにとほいの
おかあさまは呼ぶのよ
かくれんぼのように呼ぶのよ
おかあさまのこゑで呼ぶの　いつも
いつも呼ぶの
どつか雲のような向《む》こうに
お空のような向うに

きつと　きつとゐらつしやるのよ
おかあさまはゐらつしやるのよ
野原のようにひろいとこなの
虹《にじ》のようにうつくしいとこなの
きつと　きつとゐらつしやるのよ
こだまでもないの　ゆめでもないの
でも　とほい　とほいとこなの
よその国のようにとほい　とほいとこなのよ
おかあさまはやさしいの
クローバのようにやさしいの
春風のようにやさしいの
おかあさまは来なさるの
そのおかあさまがかへつてゐらつしやるのよ
お花のように　オルガンのように
雲雀《ひばり》のように
光りのように　さゞなみのように
いゝえ　いゝえすゞしい子守唄《こもりうた》のように
わたしたちの子供部屋にいまに　いまに
おかへりなさるのよ
そしたらおかあさまは私たちだけの
かあさまよ

わたしたちのマリヤさまなのよ
春の海のように　牧場のように　白樺《しらかば》のように
それは　おしあはせな
わたしたちのマリヤさまになりなさるのよ。

月夜

月は柵木《さくぎ》の　梨《なし》にでる
ほうら　あんなにまるい月。
あゝ　誰《たれ》か　笛をふく　ふく
ほら　どつかでなる　なる。
月はあかるい祭りよ
ほうら　くつくつ　笑ふんだ。

冬の朝

日あたりの
枇杷《びわ》の花
障子あければ
静《しずか》に匂《にお》ふ
馬屋《まや》の馬
ことことと
板敷《いたじき》をふむ
さぶい音
霜《しも》がふかいと
云《い》ひ乍《なが》ら
竹やぶを出る
お母さん。

海港街風景

日のくれ港の小さな空に、
貝殻《かいがら》みたいな月が出る。

ごらん　灯《ひ》のつくプラターヌ。
×
小鳥みたいな微風《かぜ》ですね。
×
みんなわくわくたのしいころね。

銅羅《どら》が鳴つて、、突堤《とってい》の、
セーラーズボンに消える月。

杏《あんず》の花の咲いたころね。
×
うん　よかつたねあの教師《ティーチャ》。
×
ノックコツコツ『みなさん、オ、ハ、ヨ』

白いナイフの月がで、、

お窓で風琴《ふうきん》　支那《しな》のまち。

萱原《かやはら》

すこしぬくとい、
萱の穂《ほ》は、
かあさん膝《ひざ》こを、
をもひます。

、、、
あをじも飛んで、
白い穂は、
ひるのあはれに、
なりました。

ほそぼそ風も、
ひそまれば、
穂萱の中の、
花桔梗《はなききょう》。

こんなお晩

月はこつこつ
杖《つえ》ついて
牧場の羊を見にまはる。

風はみんなで
つれだつて
どこかへ遊びに行つてしまふ。

霧ははたけの
いちごをば
お砂糖《さとう》みたいにとかしちやふ。

星はよなかに
こつそりと
そこらの広場へおりてくる。

時計

港の銅羅《どら》が鳴つてゐます。
みんな、胸をわくわくさせてますね。

コツクさんはパンをこがしちまいました。
甲板《かんぱん》では異人さんがゴルフやつてます。

船室ではママが子供を、
あやしてゐます。

コツツ　コツ　コツツ　コツ　コツ　……
おや、無電室、なかは暗号通信です。
（無電技師はとてもおなかを空かしてゐます）

春の時計

春の日永の時計屋の店で
とても時計はたいくつしちやふ
そこで　のこのこ時計はでてく
だてな眼鏡《めがね》で木ぐつをはいて
さあさゆきましよ盛り場の春を
あとからあとから時計はつゞく。

春の日永の時計屋の店で
けふもこしかけ貧乏な詩人
それをながめてほくほくつゞく
しめしめ時計だ　つかまへましよと
まつたまつたとすたこらあとを
まぢめくさつてすたこらあとを。

春の日永の時計屋の店を
時計はでてゆくおどろくおやぢ
こいつおどろくにげだす時計
さアて　こうしてゐられぬおやぢ
そこでおやぢもよちよちあとを
あわてまくつてよちよちあとを。

春の月から

月の中にはお花がいつぱい
プリムラ　プリムラの
お花が咲いてた。

月の中では春のおとけい
鋏《はさみ》もつて　木ぐつをはいて
ちよきちよき歩つた。

月の中から羊がたくさん
風みたい　ちらちら
よつぴてつゞいた。

月の中ではさみしい食卓
おとけいさんがこつこつと
胡桃《くるみ》を割つた。

時計ノ散歩

オ部屋ニバカリ　モ　チツト　カウタイギ、
春先ヤ　ネツカラ　日ガ　タタズ、
　ソコデ　ドアヲバ　トント　アケテ
　チクタク　チクタク　オサンポニ。

オツムノ　アタリガ　サミシイ　ナラバ、
ココノ　コノシヤツポ　コウカリテ、
　メガネヲカケテ　クツハイテ、
　チクタク　チクタク　マチノホウヘ。

チヨイト　ソリミノ　ステツキデ、
マチヘデルニハ　デハデタガ、
　オフルノ　シヤツポハ　キガヒケテ、
　チクタク　チクタク　オハヅカシイ。

コノクツア　ドタドタ　ヤニマタ重シ、
紅《あか》ノネキタイ　チヨツピリ　キザシ、
　モシモ　オヒトガ　タカルナラ、
　チクタク　チクタク　ドウシヨウ。

ソコデ時計ハ　モト来タミチヲ、
スタコラサツサト　モト来タホウヘ、
　モトノドアヲバ　トントアケテ、
　チクタク　チクタク　モトノ部屋ヘ。

食卓

林檎《りんご》の海港ふうけいです、
白いナイフは街路樹の昼の月。
銀《ぎん》色のフオークは　そうですね、
支那街《しなまち》のアンテナみたいです。

お時計さんにおねぢ

把手《ノブ》をかちやかちや
扉《ドア》をばあける
お時計さんに　きりきり
おねぢを、あげる。

とんと　お肩を
たたいてやると
振子《フリコ》さんは　こつこつ
あるきだす。

長針さんは　おほまた
くるくるはやい
短針さんは　のろい
あとから　つゞく。

丁度おやつに
あはせる　針を
すると　鳴りだす
午後三時。

白い上衣は

風はノックを
いたします
いつでもドアをば
こつこつこつ。

夜中の　夜中の
部屋のなか
月だかさみしく
なりました。

霧はまきばの
柵《さく》こえて
羊みたよに
つづきます。

白い上衣《うわぎ》は
お月さま
ゆつくり杖《つえ》をば
曳《ひ》いてでる。

チクサン・タクサン・李《リイ》サン

チクサンニ　タクサンハ
仲ヨシ　コヨシ
イツモフタリデ　ソ言ツテヨンダ。
『把手《ノブ》ヲマワシテ　コノ扉《ドア》アケテ』
『支那《しな》ノ李サン　コノ扉アケテ』

支那ノ李サン　デテキテ　アケル
ネツチリ　モツツリ　オカホヲダシタ。
『チクサンニタクサンナニゴ用』
『支那の李サン　ボクラハホシイ』
『オ靴《くつ》ト　シヤツポト　ステツキト』
　支那ノ李サン　オホント笑ツタ。
チクサンニ　タクサン　テレテレテレタ。

ソコデハタラク　チクサンニ　タクサン。
ヤレソレセハシイ　チクサンニ　タクサン。

チク　タク　チク　タク
チク　タク　チク　タク
チク　タク　チク　タク……。

とんことり

風が、とんことり、
鍵穴《かぎあな》、鳴らした。

胡桃《くるみ》が、とんことり、
木槌《きづち》に割れた。

殻《から》でしょ、とんことり、
卓《テーブル》の下に。

蠟燭《あかり》が、とんことり、
木皿のうへに。

月夜が、とんことり、
誰《だあれ》もゐない。

パパサンオ寝坊デ

スリツパが起きた、
パタリコと起きた。
お廊下《ろうか》のとこで
お駄々《だだ》をこねた。
「アンヨガナイヨ」
「アンヨガナイヨ」

洗面器はおめざ
はよからおめざ、
お風呂《ふろ》の方で
せかせかやつた
「オブウハマダカ」
「オブウハマダカ」

ストーブはぐづ坊
お夢の中で、
寝言かなんか
そんなことゆつた。
「カツカトモヤセ」
「カツカトモヤセ」

冬

鉄柱にある白い雲、
凧はちらくらはしつてく。

さみしい雲だ、あの雲は、
水車は秋から涸《か》れました。

母は春から病んでゐて、
をいらは町へやられやう。

ふところ手しても手は冷える、
築地《ついじ》のわきの山茶花《さざんか》よ。

こんころん

こんころん、
夜の懸樋《かけい》よ、
こんころん、こんころ
孟宗《もうそう》の幹も、
こほるよ。

こんころん
夜はいたちよ、
こんころん、こんころ
みつまたの花も、
こほるよ。

こんころん、
夜は水をと、
こんころん、こんころ
お月夜も青う、
こほるよ。

小さな時計のうた

よごれた壁にかけられた、
わたしは小さなお時計よ。
まづしいこどものお部屋から、
チンチンチンと鳴らします。

あをい樹《こ》かげよ、みちばたの、
わたしはベンチ、木のベンチ。
町のこどもや、仔《こ》ひつじに、
ちひさい日影をつくります。

パン屋の日よけ、店のまへ、
わたしは立つてる、赤ポスト。
いつもお手紙いれにくる、
こどもは背伸びしてきます。

よごれた壁にかけられた、
わたしは小さなお時計よ。
まづしいこどものお部屋から、
チンチンチンと鳴らします。

雪と野

白いペイパの
野よ、雪よ、
橇《そり》をはしらせ
シベリアの。

白樺《かんば》よ、丘よ、
野よ、雪よ、
ちらほら鶫《つぐみ》も
野を越えて。

ひゆうと鳴らすか
馭者《ぎょしゃ》の鞭《むち》、
なぜかさみしく
されてくる。

母さん、母さん
ひもじいな、
雪にリンゴも
匂《にお》ひます

白いペイパの
野を、雪を、
はしれ、馴鹿《トナカイ》
かつかつと。

日中

日向はまわせ
粉の臼。

蜂は巣つくれ
きびの葉に。

風は聴いてろ
嵐のをと。

るるんるるんと
風のをと。

あれは風

鳴らしてゆくのは
あれは風――
　樋《とい》のくち葉を、
　山鳴りを。

ふるへてゐるのも
あれは風――
　障子の穴に、
　猫《ねこ》の眼に。

ひゞけてゐるのは
あれは風――
　かまどの中で、
　庇間《ひあわい》で。

かくれてゐるのも
あれは風――
　納戸《なんど》の闇《やみ》に、
　屋根裏に。

雲と薊《あざみ》

北の野原の
牧場の柵《さく》に、
薊はあかく
咲いてゐた。

ある日、流れて
来た雲よ、
影もちらちら
丘や樹《き》、こえた。

裸の野牛が
けそけそひとり、
薊の花を
みてくあと――。

　北の野原の
　牧場の柵に、
　薊は燃えた、
　ひとりで燃えた。

月のランプに

月のランプに
うつすらと、
雲のカーテン
ひかれます。

いちごばたけの
いちごには、
霧のミルクを
そえましよか。

そして夜ふけの
お客さま、
小さい跫音《あしおと》、
風の影。

月のランプは
さみしいな、
雲にしぐれも
はしります。

月夜

椎にぱらぱら
雨が来る
お豆熬《い》るよに
来てはやむ。

片側ばつかり
路地に照る
月はねこ背で
近視眼。

天気予報は明日も晴れだ
夜あけは雷だと知らされる。

垣根のやれから
猫がでて
ニヤオとゆつくり
啼きました。

月夜

月はラヂオを
きいてゐる

風はパンをば
焦がしてる

月のお膝を
ころげでる

風の小猫が
ころげでる。

皿

白いお皿に
氷が
はつた。

ナイフよ、ナイフ
つめたく
光れ。

あをい林檎に
鶫も
一羽。

なにかひもじい
雲だか
ふつた。

お部屋で

月が
かいだん
おりた。

パンが
あちらで
焦げた。

風が
鼠に
なつた。

時計が
月夜に
なつた。

霧が
夜中に
なつた。

遠くへ

象がゆらりと
まちから来てる
ゆうらり、ゆうらり
柵木をこえた。

象がゆらりと
お鼻を揺るよ
ゆうらり、ゆうらり
月夜になつた。

象がゆらりと
ゲンゲ田をふんだ
ゆうらり、ゆうらり
遠くへ来てた。

ころり

豚の小豚が
ころりと
逃げた。

木小屋の木の窓
ころりと
逃げた。

豚の小豚よ
ころりと
秋よ。

枳殻茨《からたちばら》の実
ころりと
熟れた。

影

ころんとをちた
豌豆の粒が。

ころんとをりる
小さな影も。

お皿の中の
ナイフの月夜。

ひぐれの羊

ひぐれの羊、白ひつじ、
ひぐれの空から、をりてくる。

ひぐれの羊、白ひつじ、
ひぐれの牧場を、をりてくる。

ひぐれの羊、白ひつじ、
ひぐれのつのぶえ、鳴つてゐる、

ひぐれの羊、白ひつじ、
ひぐれの丘から、野みちから、

ひぐれの羊、白ひつじ、
ひぐれの辛夷、咲くみちを、

ひぐれの羊、白ひつじ、
ひぐれの並木を、をりてくる。

鷲と野ばら

鷲が、鷲が、
みていつた、
——あれは、野ばら、と
みていつた。

野ばらは、野ばらは、
そよいでた、
——あれは、鷲、と
そよいでた、

鷲がならんで、かけてつた
あつい畑土、柵みちを。

野ばらにりりから吹いてつた、
嵐はあとから、吹いてつた。

恐いお晩

恐い
お晩だ
孟宗林《もうそうばやし》に
白い三日月
爪のよにかゝる。

恐い
お晩だ
荒《すさ》んだ夜空に
ほそい雁《かりがね》
塔のよにあがる。

日向《ひなた》の中

なんだかふかくて
こわあい日向
　とろんぽん　とろんぽと
　どこやらではづむ水おと
ふとをい葉蘭《はらん》の
かげに
ねてゐる猫の
ひげがふるへる。

なんだか匂《にお》ひの
あをい日向
　とろんぽん　とろんぽと
　どこやらではづむ水おと
そこいらでふくれる
ことり
こどものやうな
お頭《つむ》がうごく。

「民謡詩人」

お正月さんまゐられた

お正月さん
ゆづり葉のかくれみの
里から里へと
どう　まいられた。

渡船《わたし》で三日
　ぎつちらこ
寂びて、早梅
　すげ笠、とろり。

街道で三日
　すたこらさ
並木、海なぎ
　白帆がとろり。

峠で三日
　えんさかほい
宿場《しゅく》は、とほくさ
　霞んで、とろり。

お正月さん
ゆづり葉のかくれみの
芽出度　芽出度と
今朝まいられた。

しをんのはな

しをん、あきのはな
やみに、ういてる。

しをん、よひのはな
つきに、むらさき。

しをん、かほるはな
ゆびに、そまうよ。

しをん、かあいはな
せなの児、ねんね。

古風な教会

しをん、むらさき
教会堂。

まどぎは、手だして
うたう、童女よ。

とんぼ、消えそな
はねの、ぎん。

繰り、冷えてる
白壁《かべ》に、かげ。

「ロビン」

ともしび

小さい芽だちに
たそがれは、
さみしいあかりを
つけてつた。

きいろなあかり
みどりのあかり。——

おいのりしてる
灯《ひ》のやうに、
月にむかつて
ともされた。

きいろなあかり
みどりのあかり——

小さい芽だちの
ともしびに、
靄《もや》がひかりの
輪をかけた。

きいろなあかり
みどりのあかり——

くらい月夜

靄《もや》のなかから
樹立《こだち》はくらい。

月はカンテラ
る、る、るととぼす。

しめる月夜に
蛙《かわず》もくらい。

リーダ、よむよだ
る、る、るとひゞく。

タンポポ

タンポポ　フフ毛
擽《コソ》バイ
フフ毛。

タンポポ　フフ毛
ソヨ風
カルイ。

タンポポ　フフ毛
野川　ヲ
コヘテ、

タンポポ　フフ毛
牛舎《ウシヤ》　ニ
ツイタ。

タンポポ　フフ毛
牛　ガ　モウモ、
啼《ナ》イタ。

ロン

椎《しい》の木にゐる
うすぐもは、
ロンとさゞなみ
たててゐる。

ゝ、
みをもあをいよ
風のかげ、
ロンと柵木《さくぎ》を
こしてゐる。

もやがながれて
星月夜、
ロンと魚の目
しづめてる。

うづら

鶉が撃《う》たれて
死んでゐた、

ある日、ひぐれの
雲の下。

紅《あか》い　まつかな
雛《ひな》げしよ、

砂やまかげに
咲いてゐた。

海

向日葵《ひまわり》　いつぽん
花ひとつ。

お日さま　ひとり
雲ひとつ。

牝牛《めうし》がいつぴき
僕《ぼく》ひとり。

　海の響きを聴いてゐた
海の響きを聴いてゐた。

知つてやしない

風はどこから来たのかを
そしてどこまでゆくのかを
みちの野茨《のいばら》にきいてみりや
野茨はやさしくいひました
——知つてやしない　僕《ぼく》たちは
——きいてごらんよ　そよ風に。

雲はどこから来たのかを
そしてどこまでゆくのかを
牧場の山毛欅《ぶな》にきいてみりや
山毛欅もしづかにいひました
——知つてやしない　僕だつて
——きいてごらんよ　あの雲に。

空は谷から　野をこえて
そしてどこまで流れてく
北ゆく雲にきいてみりや
やはりさみしくいひませう
——知つてやしない　誰《だれ》だつて
——きいてごらんよ　あの空に。

椿《つばき》

紅《あか》い椿が咲いてゐた、
ひろい野原のまん中に。
紅い椿よ、野はらには、
みちがいつぽん、空へゆく。

蟻《あり》の工事

しん喰《くい》虫のあけた穴
お部屋のおまどによいであろ。

蔓《つる》のぶだうにそつたみち
お玄関《げんかん》までつづいてる。

小さい樫《かし》の実、ドアのうへ
こんこん鳴らせ　だれかきて。

そうだ、この枝、バルコニイ
ちらちら日かげだ　涼しかろ。

戸棚《とだな》もつくれ、食堂も
たのしいみんなの晩餐《ばんさん》にや、

草のお乳や、蜂《はち》の蜜《みつ》
あけびのクリーム　おいしかろ。

子供部屋から、寝部屋から
お花でかざれ、よいベッド。

いいな、みんなで寝てさめりや
おめざはきれいな露の玉、

青いお空や、白い雲
朝はまどからうつすだろ。

蟻はせつせとつくつてる
お家をせつせとつくつてる。

暑い日ざかり、草いきれ
石ころみちから樫の木へ、

蟻はせつせとつゞいてる
蟻の工事はつゞいてる。

高原ノ秋

遠イ茜《アカネ》ニヒトシキリ
蜩《ヒグラシ》ノコヱ　ツヾキマス。

イチメンヒロイ芒《ススキ》原
銀ノサヾナミ　タテテヰル。

散歩ニデテク外人ニ
ヒトリ乗馬モツヾイテク、

コヽハ高原　軽井沢
浅間ノケムリモナビイテル。

ドライヴ・ウエイノシラ樺《カバ》ニ
小サイ桔梗《キキヨウ》モ咲イテルニ、

オヒゲノアカイエトランゼ
日本ノ秋ガサミシカロ。

遠イ茜モイツカ消ヘ
別荘《ヴィラ》ノ屋根ニ月ガデタ。

——軽井沢ノオ友達カラヱハガキガキマシタ。
ソコデコノウタガデキマシタ。——

秋

しぐれがしてた
椎《しい》の樹《き》は
あとから月夜に
なりました。

秋のくりやの
皿のうへ
まづしい野菜が
もられます。

小さなテイブル
木のお椅子《いす》
月夜はランプを
消しましよか。

壁にうつゝた
影ぼうし、
ほうら、どこかへ
かくれちやふ。

こほろぎ

秋の厨《くりや》のこほろぎは、
ころん　ころんと鳴いてゐる。

冷たい食器のものかげで、
鳴らしてるよにないてゐる。

すきまの月に照られてる、
流しの下でも鳴いてゐる、

ぢつと聴いてりや　さみしいな、
壁のなかでも鳴いてゐる。

おまどに白いカーテンに、
ふるへてるよに鳴いゝてゐる。

ころん　ころんと鳴いてゐる、
ころん　ころんと鳴いてゐる。

コロコロツキヨ

ハジケテ
コボレテ
草ノ実。

アメカト
オモフ
コホロギ。

コロゲテ
コロコロ
草ノ実。

キイテル
ツキヨノ
コホロギ。

雪がふります

雪が降ります　日ぐれの露路に
板の小庇《こびさし》　ぬれました。

雪が降ります　樋《とい》にも地にも
しきゐに靴も　ぬれてゐる。

雪が降ります　小溝のふちに
ちろろん冬菜に　きえてゐる。

雪が降ります　山茶花《さざんか》、椿《つばき》
鵞《あひる》もしよんぼり　ぬれてきた。

雪が降ります　日のくれぐれに
厨《くりや》のかあさん、灯《ひ》はまだか。

揺《ゆ》れてゐる林檎《りんご》の木

揺れてゐる、
揺れてゐる、
林檎の木。

風の中の林檎の木、
夕日の中の林檎の木。

揺れてゐる、
揺れてゐる、
林檎の木。

子供もゐない林檎の木、
鞦韆《ぶらんこ》ひとつ、林檎の木。

揺れてゐる、
揺れてゐる、
林檎の木。

海が鳴つてる林檎の木、
旗のよな雲、林檎の木。

未発表作品

祭のころ

椿《つばき》の花が咲きました
土蔵《くら》のついぢのわきのみち。

花は八重咲き、紅つばき
つぼみもまじる三つ、五つ。

椿の花の咲くころは
いちんち風が吹きました。

埃《ほこ》りまきまき吹く風よ
祭りももうじきうれしくて。

椿の花の咲くころは
僕らも新入生だつた。

ひさしに巣かけたつばくろを、
卵うむ日を気にしてた。

椿の花が咲きました
土蔵のついぢのわきのみち。

花は八重咲き、紅つばき
つぼみもまじる三つ、五つ。

雪野で

雪に埋《うも》れた
北野のはてに、
鶫《つぐみ》がいち羽
凍えてをちた。

トロイカが馳《か》けて
鈴の音してた、
どこぞの月に
銃と樹《き》が鳴つた。

たんぽゝ

たんぽゝ　たんぽゝ、
その花は、月にほろんと
ともしてる。

たんぽゝ　たんぽゝ、
その花に、日ぐれもほろんと
あかつてる。

たんぽゝ　たんぽゝ、
その花に、どこやら野川も
きこへてる。

たんぽゝ　たんぽゝ、
その花に、靄《もや》もほろんと
あかつてる。

たんぽゝ　たんぽゝ、
その花は、月にほろんと
ともしてる。

たんぽゝ　たんぽゝ、
その花は、日ぐれもほろんと
あかつてる。

思ふこと

丘のほとりの椎《しい》の木に
風がおはなしやめるころ
牧場の柵《さく》にくろ牛も
あかねの雲だかみてるころ
まちまでつづく野の道に
お日さまさよならしてるころ
かぞへて七つ鐘《かね》の音が
野づらをひくゝわたるころ
誰《だれ》もゆけない谷あいや
小人が住んでる森かげで
逢魔《おうま》がどきの妖精《フエアリイ》は
くろい上衣《うわぎ》をつけるだろ。

ころこんこん

青い月夜に
ころころころん
ころところげる胡桃《くるみ》でしよ。

いえいえ月夜は
ころころころん
あれは田蛙《たかわず》、ころとなく。

青い月夜に
こんこんころん
こんと割りましよ、胡桃でしよ。

いえいえ月夜は
こんこんころん
あれは田の口、こんとなる。

月夜

椎《しい》の木の
ちやうど高さに
ランタンのよな
月がでてゐる。

誰《だれ》かふえ
遠田のかわづ
タンロンロン
風もでてゐる。

ランタンの
月のまぢかに
チラチラとさゞなみ
雲もながれる。

白牡丹《はくぼたん》

白牡丹、
日の照るなかに、
蕋《しべ》は、まだ
つゆをためてる。

白牡丹、手の鳴るほうへ
ほら、いつも　すこしゆれてる。

白牡丹、
微風のなかに、
かげは地に
ひとつおちてる。

白牡丹、手の鳴るほうへ
ほら、いつも　すこし向けてる。

どこへゆく

小さな靴《くつ》は、はかれてく
小さい足にはかれてく
戸口のしきゐをまたいでく
——小さな靴よ、どこへゆく。

路次のみぞ板、ふみこへて
石ころなんか、けとばして
ひろいをもてへ、日の照るはうへ
——小さな靴よ、どこへゆく。

まへにはばうやのかげばうし
うしろにやたててく土ぼこり
小犬もあとさき、ついてゆく。
——小さな靴よ、どこへゆく。

まぶしい空だ、あの雲よ
向《むこ》うはひろい野原だろ
おつきな街もあるのだろ
——小さな靴よ、どこへゆく。

どこへゆく、どこへゆく
小さな靴よ、どこへゆく
どこへゆく、どこへゆく
——小さな靴よ、どこへゆく。

吉川行雄年譜

明治40年（一九〇七）0歳	二月十九日、山梨県北都留郡大原村猿橋百九十七番地にて、父吉川實治、母とらの長男として生まれる。二歳年上の姉保子がいた。
明治43年（一九一〇）3歳	三月二十一日、次男英雄生まれる。
大正2年（一九一三）6歳	一月一日、三男美男生まれる。四月一日、猿橋尋常小学校に入学。
大正4年（一九一五）8歳	八月四日、四男常治生まれる。翌大正五年五月十六日、常治死去。
大正6年（一九一七）10歳	二月二十二日、二女ふじ子生まれる。
大正7年（一九一八）11歳	七月、童謡童話雑誌『赤い鳥』創刊。この頃より童謡を書き始める。
大正8年（一九一九）12歳	三月二十七日、猿橋尋常小学校卒業。四月一日、大原高等小学校入学。四月十九日、五男豊生まれる。
大正10年（一九二一）14歳	三月二十五日、大原高等小学校卒業。この頃、ポリオが原因で、歩行困難となる。昼は家業の吉川書店と吉川活版所の事務を一手に引き受け、夜は読書をし、創作をする。
大正12年（一九二三）16歳	『明日の教育』八月号に、西條八十選で童謡三篇一等に入選する。
大正13年（一九二四）17歳	山梨県教育会北都留郡第二支部発行の雑誌『銀の泉』創刊に、行雄は大いに力を発揮し、以後、多くの童謡詩人たちが作品を発表することになる。『赤い鳥』七月号に「すみれと雀」が入選、この後、『赤い鳥』『金の船』『金の星』に作品が入選する。
大正14年（一九二五）18歳	姉保子、金沢家に嫁ぐ。

昭和2年（一九二七）20歳
五月十五日、姉保子の長女照子死去。七月三十日、第一童謡集『郭公啼くころ』出版。

昭和3年（一九二八）21歳
四月十三日、母とら死去。『赤い鳥』四月号に「お午ごろ」推薦。選者の北原白秋に「高級童謡として取る。悠容とした古調の中に清新な香気がある」と評される。四月二十日、川村章、知見文月、渡瀬俊三、長谷川斉、井上容子等と郷土雑誌『よしきり』発刊。六月、八月と三号で終刊する。十一月二十日、個人雑誌『鷭』を発刊する。

昭和4年（一九二九）22歳
一月十六日、与田準一、巽聖歌、福井研介、田中善徳の四人が行雄を訪問。以後、多くの童謡詩人が訪猿する。四月十四日、二人目の母ヒサ来る。九月二十五日、第二童謡集『月の夜の木の芽だち』出版する。

昭和5年（一九三〇）23歳
北原白秋門下の若き童謡詩人が集う雑誌『チチノキ』同人となる。『鷭』第六号で休刊する。

昭和6年（一九三一）24歳
この年、『チチノキ』同人として、童謡創作に励む。

昭和7年（一九三二）25歳
三月七日、『鷭』第七号復刊。五月二十日、ばんの作品号として『小田俊夫童謡集・ぽつかぽつか』を、九月五日、『与田準一ノート・眞空管』を、十月二十日、『原田小太郎童謡詩・鷺』を出版する。十月四日、巽聖歌、新美南吉が訪ねてくる。

昭和8年（一九三三）26歳
『チチノキ』に作品を発表。一年半『チチノキ』休刊となる。

昭和9年（一九三四）27歳
『コドモノ本』十一月号に作品載る。

昭和10年（一九三五）28歳
二月十日、『チチノキ』第十七号発行。行雄四篇を発表。『チチノキ』は五月十三日の第十九号で終刊となる。行雄は『コドモノ本』『愛誦』などに作品を発表する。

昭和11年（一九三六）29歳
時代が戦争へと向かっている中、行雄は消えかかっている童謡の水脈を守るため、

昭和12年（一九三七）30歳

新たに雑誌発行を計画、九月二十五日、『ロビン』第一冊を発刊、周郷博の訳二篇と共に、童謡十八篇を発表。行雄の作品は、透明感を増し、より一層美しいものとなっていった。「貴下の童謡遍旅に幸多かれ」と、まど・みちおに励まされる。

この年の後半から、行雄体調をくずす。

二月一日、「巽聖歌特集」として『ロビン』第二冊発行。行雄は二篇の童話と四篇の童謡を発表。心身共につらい状態の中で、それでも『ロビン』発行を計画するも、その願いは果されなかった。しかし、病の中でも、最後まで童謡詩人であり続け、四月十一日から五月七日までに八篇の作品を残した。

五月九日、午後六時、愛する家族に見守られて、行雄はこの世を去った。享年満三十歳。

友人の周郷博が、「僕達は何故童謡を作るのだろうか」と問うた時、「それは小さなものへの愛だと思う」と行雄が答えたように、童謡を愛し、童謡と共に生きた、短いが、凛とした生涯であった。

作品リスト［作品名　掲載ページ　初出誌、本］　2007.6

001　秋　458　「ロビン」第１冊　S11.9.25
002　秋の思ひ出　380　「銀の泉」T15
003　秋のころ　429　「鶺」Vol4　S4.10.20
004　アサ　366　「赤い鳥」S2.9.1
005　朝（竹やぶに）　384　「銀の泉」S4.12
006　朝の散歩　394　「赤い鳥」S2.12
007　鶯と野ばら　446「鶺」Vol9
008　雨に　371　「赤い鳥」S2.8.1
009　雨はれ　363　「郭公啼くころ」
010　嵐の晩　360　「郭公啼くころ」
011　アラシフクヨ　358　「郭公啼くころ」
012　蟻《あり》の工事　456　「ロビン」第１冊　S11.9.25
013　あれは風〔風〕　441　「チチノキ」S10.2
014　アワテ者バカリ　402　「チチノキ」S6.3.1
015　うすい月夜　397　「赤い鳥」S4.3.1
016　鶯と懸巣　374　「郭公啼くころ」
017　うづら　454　「ロビン」第１冊　S11.9.25〔河原で〕　鶺Vol9
018　海　454　「ロビン」第１冊　S11.9.25
019　海ちかい秋　423　「ばん・のぱんふれつと(1)」S4.9.25
020　梅に鶯《うぐいす》　390　「金の星」S2.8
021　お馬かぽかぽ　364　「郭公啼くころ」
022　お正月さんまゐられた　449　「民謡詩人」　S2
023　お時計さんにおねぢ　436　「バン」Vol6　S5.9.30
024　お戸棚のうた　406　「チチノキ」Vol15
025　お部屋で　444　「鶺」Vol8
026　思ふこと　464　S12.4.28
027　お午ごろ　359　「赤い鳥」S3.4.1
028　お山の仲よしたち　370　「金の星」S2.7.1
029　オリコウナ子ニハ　401　「チチノキ」S6.1.1
030　お留守居（今夜　お留守居番）　357　「郭公啼くころ」
031　お留守居（アンテナに）　373　「赤い鳥」S2.11.1
032　オン化かそ　373　「郭公啼くころ」

033　母さ　420　「バン」Vol3
034　海港街風景　432　「鶺」Vol5　S5.4.20
035　甲斐の猿橋　369　「郭公啼くころ」

036　垣根《かきね》の唄《うた》〔日《ひ》蔭《かげ》の茨《いばら》のうた〕　407　「乳樹」S10.3.13

037　蝸牛　367　「郭公啼くころ」

038　かげ　394　「赤い鳥」S.2.10.1

039　影　445　「鸖鵼」Vol8

040　かすみ　413　「螢の光」10　S3?

041　風　397　「赤い鳥」S3.10.1

042　風から　398　「赤い鳥」S4.1.1

043　風と野原　406　「乳樹」S7.8.15

044　カゼノフクヒ（カゼノ／フクヒ）　357　「郭公啼くころ」

045　風の吹く日（風の吹く日は）　423　「バン」Vol3

046　郭公啼くころ　365　「郭公啼くころ」

047　萱原《かやはら》　432　「鸖鵼」Vol5　S5.4.20

048　カレマツバ　375　「郭公啼くころ」

049　木靴《きぐつ》　404　「乳樹」S6.12.20

050　雉《きじ》のこゑ（背戸の松やま）　418　「バン」Vol3

051　雉《きじ》のこゑ（孟宗林に）　420　「バン」Vol3

052　木の芽と鷺《さぎ》　424　「鸖鵼」Vol1

053　木の芽になつたお星さま　367　「郭公啼くころ」

054　雲と薊《あざみ》　441　「チチノキ」S10.2

055　雲の上でも　428　「鸖鵼」VOL4　S4.10.20

056　くらい月夜　452　「ロビン」第1冊　S11.9.25

057　厨《くりや》の冬のうた　405　「乳樹」S10.3.13

058　罌粟の小舎　416　「愛誦」S7.12

059　けぶたい月夜　424　「鸖鵼」Vol4　S4.10.20

060　高原ノ秋　457　「ロビン」第1冊　S11.9.25

061　校舎のある風景　386　「よしきり」No2　S3.6.10

062　五月の月　428　「鸖鵼」VOL4　S4.10.20

063　子牛の夢　363　T15.12

064　小鳥ノオ部屋ハ　405　「乳樹」S10.3.13

065　古風な教会　450　「民謡詩人」1巻3号　S2.11

066　こほろぎ　458　「ロビン」第1冊　S11.9.25

067　侏儒幻想《こびとのはなし》　425　「鸖鵼」VOL4　S4.10.20

068　コロコロツキヨ　459　「ロビン」第2冊　S12.2.1

069　ころこんこん　464　12.4.28

070　ころり　445　「鸖鵼」Vol8

071　恐いお晩　447　「鸖鵼」vol1

072　こんころん　439　「鸖鵼」vol7　S7.3.7

073　こんなお晩　433　「バン」Vol6　S5.9.30

074　笹の葉鳴り　360　「郭公啼くころ」
075　寂しい夢　411　「きへいたい」３号　S3.5.5
076　さぼてん　364　「郭公啼くころ」
077　寒夜《さむよ》　391　「金の星」S2.12.1
078　皿　443　「鶴」Vol8
079　鴫啼く田　384　「銀の泉」S3.2.20
080　知つてやしない　455　「ロビン」第１冊　S11.9.25
081　しをんのはな　450　「民謡詩人」1巻4号　S2.12
082　しめりの花　368　「郭公啼くころ」
083　食卓　435　「鶴」Vol5
084　知らぬまに　376　「郭公啼くころ」
085　白い上衣は　436　「鶴」vol7　S7.3.7
086　白い花　395　「赤い鳥」S3.2.1
087　芒の穂　411　「ゆりかご」
088　涼しい晩　383　「銀の泉」S4.4
089　雀と蕗の薹　377　「金の星」S2.6.1
090　すみれと雀　362　T15.7
091　そだつもの　375　「郭公啼くころ」

092　竹藪《たけやぶ》　398　「赤い鳥」S3.11.1
093　田圃《たんぼ》の月　390　「金の星」S2.10.1
094　タンポポ（タンポポ　フフ毛）　453　「ロビン」第１冊　S11.9.25
095　たんぽゝ（たんぽゝ　たんぽゝ）　463　12.4.28
096　小さいおぢさんのうたへる　361　「郭公啼くころ」
097　小さな時計のうた　439　「チチノキ」S8.8.25
098　チクサン・タクサン・李《リイ》サン　437　「バン」Vol6　S5.9.30
099　月　429　「鶴」Vol5　S5.4.20
100　月といたち　419　「バン」Vol3
101　月の夜の木の芽だち　396　「赤い鳥」S3.5.1
102　月のランプに　442　「チチノキ」S10.2
103　月夜（ラララン　ランラン）　372　「郭公啼くころ」
104　月夜　（月夜、）　394　「赤い鳥」S3.9.1
105　月夜（月は柵木《さくぎ》の）　431　「鶴」Vol4　S4.10.20
106　月夜（椎《しい》の木の）　465　S12.5.4
107　月夜（椎にぱらぱら）　442　「鶴」Vol8
108　月夜（月はラヂオを）　443　「鶴」Vol8
109　月夜に　425　「鶴」Vol4　S4.10.20

110　月夜に来るおと　422　「バン」Vol3
111　月夜のこゑ　421　「バン」Vol3
112　月夜のご門　383　「銀の泉」S4.7
113　椿《つばき》　455　「ロビン」第１冊　S11.9.25
114　てきつぽ　361　「郭公啼くころ」
115　父さん　368　「郭公啼くころ」
116　燈籠《とうろう》流し　426　「鸛」VOL4　S4.10.20
117　遠くへ　444　「鸛」Vol8
118　時計　433　「バン」Vol6　S5.9.30
119　時計ノ散歩　435　「バン」Vol6　S5.9.30
120　どこへゆく　466　S12.5.7
121　とほいかあさま　430　「鸛」Vol4　S4.10.20
122　トム・ヂム・サムの唄《うた》　400　「乳樹」S5.12.10
123　ともしび　452　「ロビン」第１冊　S11.9.25
124　土曜日の午後　412　「螢の光」S3.7.12
125　とんことり　437　「チチノキ」S8.8.25

126　七つ星さま　366　「金の星」S2.6.1
127　ねむのお月様　421　「バン」Vol3
128　ねんねねかそと　378　「金の星」S2.9.1
129　野原　404　「チチノキ」S7.8.15
130　白牡丹《はくぼたん》　465　S12.5.5
131　ハグレスズメ　356　「郭公啼くころ」
132　峡《はざま》　376　「郭公啼くころ」
133　はつなつのはな　378　「郭公啼くころ」
134　鳩《はと》　382　「銀の泉」S7.7.30
135　パパサンオ寝坊デ　438　「鸛」vol7　S7.3.7
136　浜辺の花　374　「郭公啼くころ」
137　薔薇の垣根に　415　「愛誦」S8.12
138　春　386　「よしきり」S3.4.20
139　春風　419　「バン」Vol3
140　春の月から　434　「バン」Vol6　S5.9.30
141　春の時計　434　「バン」Vol6　S5.9.30
142　ばんげ　371　「郭公啼くころ」
143　日かげり空地　362　「郭公啼くころ」
144　日暮れ　359　「郭公啼くころ」
145　ひぐれの羊　446　「鸛」Vol9
146　ひとつぶたねを　391　「金の船」S2.11

147　日中　440　「鸐」Vol8
148　日向《ひなた》の中　447　「バン」Vol3
149　病気　414　「童謡詩人」S2.12
150　病気ノトキ　408　「チチノキ」S7.8.15
151　午睡《ひるね》　387　「よしきり」No3　S3.8.10
152　笛をつくる童《わらべ》　410　S3.5.27
153　冬　438　「チチノキ」S10.2
154　冬の朝　431　「鸐」Vol4　S4.10.20
155　冬の日　396　「赤い鳥」S3.6.1
156　ぼたん櫻の花散るころ　370　「郭公啼くころ」

157　マツリノカヘリ　358　「郭公啼くころ」
158　祭のころ　462　S12.4.11
159　三日月　395　「赤い鳥」S3.5.1
160　村の春　414　「童謡詩人」S4.4.1
161　眼のない雉子　380　「銀の泉」S3.2.20
162　もう山、暮れる　372　「郭公啼くころ」
163　もぐらもち　365　「郭公啼くころ」

164　山小屋で　427　「鸐」VOL4　S4.10.20
165　山の家　418　「鸐」VOL4　S4.10.20
166　夕暮れ　381　「銀の泉」S3.2.20
167　夕焼　356　「郭公啼くころ」
168　雪がふります　459　「ロビン第２冊」S12.2.1
169　雪と木靴《きぐつ》　381　S8.2.10
170　雪と野　440　「チチノキ」S8.8.25
171　雪野で　462　12.4.27
172　夢をのぞく　416　「ゆりかご」
173　揺《ゆ》れてゐる林檎《りんご》の木　460　「ロビン」第２冊　S12.2.1
174　夜明けの風　377　「郭公啼くころ」

175　ランプに　412　「愛誦」Vol18
176　ロボツトがをつて　403　「乳樹」S6.4.10
177　ロン　453　「ロビン」第２冊　S12.2.1
178　ろんろんろん　407　「乳樹」S7.8.15

月夜の詩人　吉川行雄

発行日　二〇〇七年八月三日　初版第一刷発行
著　者　矢崎節夫
発行者　佐相美佐枝
発行所　株式会社てらいんく
〒二一五-〇〇〇七　川崎市麻生区向原三-一四-七
TEL　〇四四-九五三-一八二八
FAX　〇四四-九五九-一八〇三
振替　〇〇二五〇-〇-八五四七二
印刷所　シナノ
 ISBN978-4-86261-010-2 C0095